www.gesteditions.com

Sous la direction de Claire GILLIE

CHEMINS D'ÉCRITS ENTRE VOIX

AUTREMENT DIT
AUTREMENT VOIX

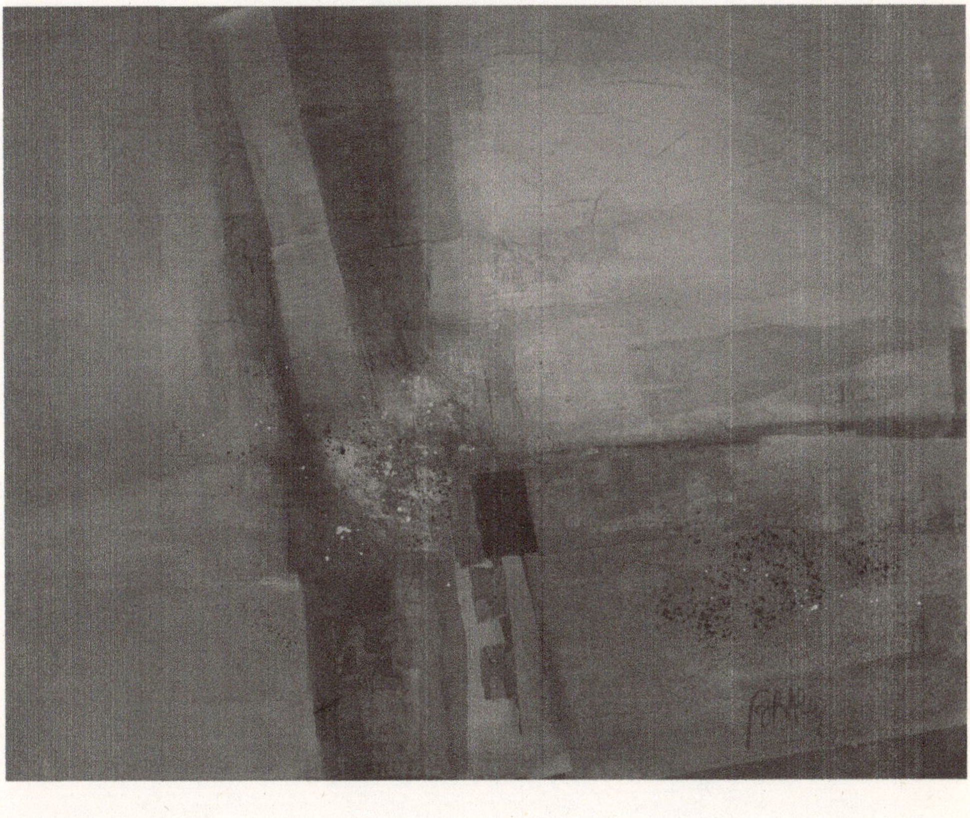

Sous la direction de Claire GILLIE

CHEMINS D'ÉCRITS ENTRE VOIX

AUTREMENT DIT
AUTREMENT VOIX

Préface de Paul-Laurent ASSOUN

Odile AMOSSÉ, Eva ARNAUD, Déborah BELLEVY,
Chloé BLACHÈRE, Marie-Laure CIBOULET-LEHMANN,
Fabien DELEURME, Véronique DESCHAMPS,
Estelle FIGON, Béatrice FOUCAULT, Laure GUILBOT,
Loni INGUANEZ, Martin LE DREF, Yael RAANAN-VANDOR,
Dimitri REPÉRANT, Manon TRICHARD,
Véronique TRUFFOT, Dominique VALLANET-DELAGE

En couverture : Roberte BRAEM. *La croisée des chemins*. Techniques mixtes et collages sur toile. 100 x 80 cm. 2009.

REMERCIEMENTS

Merci aux deux voix de Claire Gillie et Paul-Laurent Assoun, guides patients et passeurs de nos écrits :

Les étudiant.e.s souhaitent remercier monsieur Paul-Laurent Assoun, professeur émérite et psychanalyste, qui nous a fait l'honneur de contribuer à cet ouvrage en y rédigeant la préface ; son expérience et son œuvre se retrouvent en filigrane de notre formation et de la rédaction de cet ouvrage.

C'est avec émotion et reconnaissance qu'ils.elles adressent ensuite leurs plus sincères remerciements à madame Claire Gillie, professeur coordonnateur et psychanalyste, sans qui cet ouvrage n'aurait pas été possible. Sa disponibilité, son dévouement, sa générosité et son professionnalisme sans faille, les marqueront d'une trace indélébile dans la suite de leurs travaux respectifs et de leur cheminement.

Ils.elles remercient l'ensemble des intervenants qui leur ont fait entendre autrement « la » voix, depuis leur champ conceptuel d'appartenance, en leur offrant un tissage de savoirs sur lesquels étayer leur réflexion : Marcela ASSOUN, Paul-Laurent ASSOUN, Franck BAZILUCK, Dominique BERTRAND, Marie-France CASTARÈDE, Robert EXPERT, Claire GILLIE, Hélène GODEFROY, Nathalie HENRICH, Ghilaine JEANNOT-PAGES, Isabelle JULIAN, Elizabeth KALUARATCHIGE, Aude LAGIER, Brigitte LALVÉE, Chantal LHEUREUX-DAVIDSE, Valéry MEYNADIER, Erwan PEPIOT, Claire PILLOT-LOISEAU, Natacha VELLUT.

Toutes et tous ensemble, nous adressons nos sincères remerciements à madame Agnès ROTSCHI, pour le soin mis à corriger nos articles afin d'en tamiser quelques fausses notes.

Et nous remercions chaleureusement les éditions La Geste pour l'accueil fait à notre ouvrage à plusieurs voix, et pour avoir mené cette édition en un temps exceptionnel, sans sacrifier la qualité artistique de sa composition.

Planté dans la moelle
Levant parole parmi le champ des mots
Ce cri de l'être
Ébranle nos cibles
Détisse nos trames

Andrée Chedid / *Poèmes pour un texte*[1]

Le poème, recueil de lambeaux de corps, de morceaux de voix,
écriture sonore qui tente de retrouver l'origine dissimulée,
de reconstituer l'unité éclatée.
Éclos dans la perte de l'être,
il accueillerait la trace d'un acharnement,
celui de la voix poétique à reconduire une présence,
à redonner sa chance à l'être.

Alain Arnaud / *Les hasards de la voix*[2]

1. CHEDID, A. *Poèmes pour un texte*, *Épreuves du vivant*, Flammarion, Paris, 1991.
2. ARNAUD, A., *Les hasards de la voix*, Paris : Flammarion, 1992, p.21, cité dans DUCARD, D., *La voix et le miroir ; une étude sémiologique de l'imaginaire et de la formation de la parole*, Paris : L'Harmattan, 2002, p.246.

SOMMAIRE

PRÉSENTATION DES AUTEURS

AMOSSÉ Odile

Odile Amossé est cheffe de chœur et directrice artistique. Elle exerce à l'Institut Musical de Vendée. Elle a été l'assistante d'Olivier Schneebeli au Centre de Musique Baroque de Versailles et de Philippe Caillard au conservatoire du Centre à Paris ; responsable de la filière vocale au Conservatoire de Musique et de Danse du Tarn. Elle s'est formée tant à l'université qu'au conservatoire et à travers des supports multiples. Elle est passionnée par l'exploration de la voix sous toute ses formes et ses transformations, artistiques, scéniques, scientifiques, humaines. Elle est titulaire du CAPES d'éducation musicale et chant choral et du D.U. Voix et symptômes, psychopathologie et clinique de la voix, Paris 7 (2020). Elle est également membre du C.R.I.V.A. (Cercle de Recherche International Voix Analyse).

ARNAUD Eva

Musicienne interprète, compositeure, auteure et comédienne, Eva Arnaud est diplômée des CRR d'Annecy, Chambéry et Chalon-sur-Saône. Artiste plurielle, elle évolue, principalement à travers la pratique vocale, tant dans l'esthétique lyrique que dans celles des musiques actuelles électroniques et improvisées et des polyphonies traditionnelles bulgares. Pédagogue titulaire du D.E. de musicienne enseignante du Cefedem AuRA (Lyon) ainsi que du D.U. Voix et symptômes, psychopathologie et clinique de la voix, Paris 7 (2020), elle accompagne actuellement au développement personnel par la voix et le corps au sein de sa propre structure, ainsi que dans diverses structures de formation artistique et culturelle ou d'entreprises. Elle encadre aussi régulièrement des créations en tant que directrice artistique.

ASSOUN Paul-Laurent

Psychanalyste et agrégé de philosophie, Professeur émérite de psychopathologie et psychanalyse à l'Université Paris 7 Denis Diderot (Université de Paris), ex-directeur de l'UFR Sciences humaines et cliniques, membre d'Espace Analytique et du CRPMS, directeur de plusieurs collections éditoriales, Paul-Laurent Assoun a été responsable du DEA d'anthropologie psychanalytique et du Master Psychanalyse et pluridisciplinarité, mais aussi responsable universitaire du D.U. Voix et Symptômes, psychopathologie et clinique de la voix, de sa fondation en 2013 jusqu'à la dernière session de 2020 et président du Conseil scientifique du CRIVA. Son œuvre d'une quarantaine d'ouvrages et de 700 articles, remet au travail l'œuvre freudienne en ses enjeux épistémologiques et cliniques et dans l'axe d'anthropologie psychanalytique. Ses *Leçons psychanalytiques sur Le regard et la voix* et *Corps et symptôme* ont été à l'origine du D.U. Voix, recherche de résonance et de référence sur la scène française et internationale dans le champ de la recherche analytique.

BELLEVY Déborah

Déborah Bellevy, soprano, est diplômée en art dramatique et lyrique. Elle s'est produite sur de nombreuses scènes, notamment à l'Opéra de Monaco. Par ailleurs, créatrice de concerts lyriques, conférencière, art thérapeute et formatrice en art-thérapie voix-théâtre. Elle est aussi certifiée en PNL, sophrologie analytique. Avec sa propre méthode, elle accompagne avec passion des personnes en difficulté, psycho corporelle ou émotionnelle, afin de les aider à libérer et développer leur plein potentiel grâce à ce travail spécifique sur leur voix. Elle exerce en libéral, principalement au sein de son école, *L'univers de la voix* à Antibes. Elle a suivi le D.U. Interaction, Art & Psychothérapie, Nice, et elle est titulaire du D.U. Voix et symptômes, psychopathologie et clinique de la voix, Paris 7 (2020). Elle est également membre du C.R.I.V.A.

BLACHÈRE Chloé

Diplômée en psychologie clinique et psychopathologie de l'Université Paris 7 Diderot, Chloé Blachère est psychothérapeute. Elle assure des psychothérapies et des psychanalyses dans le cadre de sa consultation en libéral. Chloé Blachère est également doctorante de l'Unité transversale de recherche : psychogenèse et psychopathologie (UTRPP) à l'Université Sorbonne Paris Nord sous la direction du Professeur Florian Houssier et d'Angélique Christaki. Sa recherche porte sur la voix, étudiée sous le prisme de la mue faussée. Elle intervient régulièrement dans des colloques et séminaires, principalement sur ce thème. Elle est également membre du C.R.I.V.A.

CIBOULET-LEHMANN Marie-Laure

Marie-Laure Ciboulet est diplômée de L'ESRA, école de réalisation audiovisuelle. Également passionnée de littérature, elle s'inscrit dès la seconde année en parallèle à Paris 8 où elle obtient une licence en lettres modernes, puis poursuit en maîtrise avec un travail alliant littérature et psychanalyse autour de l'œuvre de Marguerite Duras, écrivain de la voix et du regard par excellence. Elle travaille depuis plus de 20 ans comme réalisatrice pour France Culture essentiellement pour des émissions documentaires et de créations sonores. Elle a poursuivi cette année ce nouage entre voix, écriture et psychanalyse par le D.U. Voix et symptômes, psychopathologie et clinique de la voix, Paris 7 (2020). DU, dont elle est titulaire. Elle est également membre du C.R.I.V.A.

DELEURME Fabien

Professeur des écoles, titulaire du CAPES et en chemin vers l'Agrégation de musicologie, Fabien Deleurme a déployé sa passion de la voix sur plusieurs scènes, tant comme comme chef de chœur, designer sonore, chef d'équipe audio, que dans la pratique des langues étrangères (formation et traduction). Chanteur, mais également multi-instrumentiste, il poursuit parallèlement des études d'ethnomusicologie, et investigue les pratiques insolites de la voix, plus spécifiquement celle de la voix inversée et son implication dans le *metal*. Il est titulaire du D.U. Voix et symptômes, psychopathologie et clinique de la voix, Paris 7 (2020). Il est également membre du C.R.I.V.A.

DESCHAMPS Véronique

Véronique Deschamps est titulaire d'une maîtrise de philosophie (1985) et obtient un DESS de psychologie clinique et pathologique en 1991. Ses formations et stages multiples soulignent son intérêt dans plusieurs domaines : de la psychopathologie à la psychosomatique, des liens de la psychanalyse avec les arts, des questions de filiation et de transmission intergénérationnelle, etc. Elle a travaillé en tant que psychologue clinicienne dans des institutions accueillant des enfants placés (Foyer de l'ASE), en institut médico-éducatif avec une population d'enfants et d'adolescents présentant des psychoses infantiles, autisme, polyhandicaps, etc. Elle est psychanalyste. Ces dernières années, son attention s'est portée sur l'importance de la voix dans les pathologies rencontrées chez les enfants qui ne parlent pas ou avec un langage réduit. Cet intérêt est redoublé d'une orientation personnelle pour la pulsion vocale dans la pratique du chant choral dans un chœur baroque. Elle est titulaire du D.U. Voix et symptômes, psychopathologie et clinique de la voix, Paris 7 (2020).

FIGON Estelle

Estelle Figon est agrégée de japonais et enseigne la langue et la littérature japonaises à l'École normale supérieure – PSL. Après plusieurs années en Italie puis au Japon, elle travaille comme interprète et traductrice, avant de se tourner vers l'enseignement. Passionnée de longue date par la voix dans tous ses états et notamment par le chant lyrique qu'elle pratique en amateur, ainsi que par la psychanalyse, elle est titulaire du D.U. Voix et symptômes, psychopathologie et clinique de la voix, Paris 7 (2020).

FOUCAULT Béatrice

Après 25 ans d'expérience en tant que chanteuse professionnelle, auteur-compositeur et interprète, et un parcours personnel d'analyse et de psychothérapie, Béatrice Foucault s'est formée pour devenir Gestalt-thérapeute du lien. Elle exerce en cabinet libéral à Colmar en qualité de psycho-praticienne certifiée pour des personnes en demande de psychothérapie individuelle, de couple ou en groupe. Elle est agréée en EMDR, formée aux neurosciences affectives et praticienne du travail par la voix. Elle intervient en entreprise et en école de travailleurs sociaux pour des formations (ateliers voix et corps, prise de parole en public, gestions du stress et des émotions). Elle est titulaire d'un D.U. en psychothérapies délivré par L'Université Paris 5 et du D.U. « Voix et symptômes, psychopathologie et clinique de la voix », obtenu à l'Université Paris 7. Elle est membre du C.R.I.V.A (Cercle de Recherche International Voix Analyse).

GILLIE Claire

Claire Gillie est Psychanalyste, membre d'Espace analytique (A.M.E.a), et de la FEP Fondation européenne pour la psychanalyse, docteur en anthropologie Psychanalytique (Paris 7), chercheur associée au Laboratoire CRPMS de Paris 7, agrégée de musicologie (professeur en IUFM), pianiste et organiste. Également traductrice, elle est chargée de cours à Paris 7 et Paris 3, après un parcours en ethnomusicologie (CNRS), sociologie (DEA). Elle a fondé et coordonné le D.U. « Voix et Symptômes, Psychopathologie et clinique de la Voix » à Paris 7, de 2013 à 2020. Elle a participé à une trentaine d'ouvrages publiés dans plusieurs langues, a écrit plus d'une centaine d'articles, et elle dirige la collection Voix/Psychanalyse chez Solipsy. Présidente du C.R.I.V.A. (Cercle de Recherche International Voix Analyse) qu'elle a fondé, elle organise des rencontres mettant les souffrances vocales à l'épreuve de la psychanalyse.

GUILBOT Laure

Laure Guilbot est orthophoniste. Formée aux Sciences humaines et sociales, elle est titulaire d'un master en logopédie à l'université de Liège (Belgique) et d'une licence en Sciences du langage à Paris 5. Après avoir exercé pendant plusieurs années dans un service hospitalier de rééducation et de réhabilitation post-traumatique, elle s'engage plus spécifiquement vers la rééducation vocale ; orientation qu'elle concrétise en devenant, en 2020, titulaire du D.U. Voix et symptômes, psychopathologie et clinique de la voix à Paris 7. Aujourd'hui praticienne dans un service d'ORL, elle suit et accompagne principalement des patients laryngectomisés. Elle poursuit une approche qui mêle son intérêt pour la psychologie et les problématiques autour de la voix.

INGUANEZ Loni

Loni Inguanez est psychologue clinicienne et psychothérapeute au sein d'un service de neuro-psycho-gériatrie à l'Assistance publique des Hôpitaux de Paris (AP-HP). Elle a eu l'opportunité de se former au sein de plusieurs universités, notamment Nantes et Paris 7, ainsi que d'effectuer sa troisième année de Licence à l'Université du Québec à Montréal (UQAM). Elle a également suivi plusieurs Diplômes Universitaires dans le domaine de la psychiatrie, de la psychanalyse et de la neuropsychologie. Par ailleurs, elle élabore actuellement un projet de thèse autour de la problématique du bégaiement et des troubles pouvant s'y apparenter. Elle est titulaire du D.U. Voix et symptômes, psychopathologie et clinique de la voix, Paris 7 (2020). Membre du C.R.I.V.A.

LE DREF Martin

Martin Le Dref est psychiatre, il exerce dans un secteur de psychiatrie infanto-juvénile en Île-de-France. Il s'est formé à la médecine à Paris 7 et a développé un intérêt pour la psychanalyse et l'anthropologie au cours de ses études. Sa thèse de médecine a porté sur l'influence des croyances religieuses hindoues sur le cours psychique de la grossesse. Il est titulaire du D.U. Voix et symptômes, psychopathologie et clinique de la voix, Paris 7 (2020).

REPÉRANT Dimitri

Dimitri Repérant est coach de voix et de voie à Paris. Coach professionnel, spécialiste de la voix, d'art oratoire et formateur en prise de parole en public. En parallèle de ses 25 années d'expérience vocale et scénique, il se passionne dès 2012 pour la transmission et crée une approche d'accompagnement alliant coaching professionnel et travail de la voix : *La Voie par la Voix*. Formé au chant dès son plus jeune âge au conservatoire et à la maîtrise de Notre-Dame de Paris, diplômé du conservatoire de Paris en Art Lyrique ; détenteur d'une licence de Musicologie, Paris 4 (2010) ; il a suivi une formation complète de comédien professionnel dans trois écoles ; est certifié au Sophrocoaching Vocal® ; formé au coaching professionnel, à la Communication NonViolente® et à la méditation de pleine conscience. Il est titulaire du D.U. Voix et symptômes, psychopathologie et clinique de la voix, Paris 7 (2020).

RAANAN-VANDOR Yael

Chanteuse lyrique, Yael Raanan-Vandor se produit comme soliste sur des scènes telles que l'Opéra de Paris, le Capitole de Toulouse, l'Opéra du Rhin, l'Opéra Comique de Paris, l'Opéra de Dijon, la Philharmonie de Paris, l'Auditorium de Radio France, et travaille avec des metteurs en scène tels qu'Olivier Py, Joël Pommerat, Éric Ruf. Elle nourrit un grand intérêt pour la psychanalyse. Elle a participé au D.U. « Introduction à la psychanalyse freudienne » à l'université Paris Diderot et suit un stage à l'hôpital psychiatrique de Ville-Évrard (2020-2021) dans le cadre de ses études de psychologie à l'université Paris Diderot. Elle est titulaire du D.U. Voix et symptômes, psychopathologie et clinique de la voix, Paris 7 (2020).

TRICHARD Manon

Manon Trichard est diplômée d'une licence de Psychologie de l'Université Paris Descartes. Elle est également secrétaire de l'Association Française pour la recherche sur la Trisomie 21 (AFRT) et Écoutante pour l'Association « Écoute Psychologique ». Elle est passée par la pratique de la danse classique et de la musique, étant altiste, pendant près d'une dizaine d'années. Étant titulaire du D.U. Voix et symptômes, psychopathologie et clinique de la voix, Paris 7 (2020), elle va continuer son chemin en intégrant le master 1 de Psychanalyse dispensé par l'Université Paul Valéry de Montpellier et exercer en tant que co-thérapeute en Psychodrame adolescent.

TRUFFOT Véronique

Vocaliste, Véronique Truffot explore la voix à travers différentes expressions et techniques pour approcher la pluralité qu'offre l'organe vocal. Titulaire d'un DEUG de musicologie, d'un DUMI à l'université d'Aix-Marseille, du D.U. Voix et symptômes, psychopathologie et clinique de la voix, elle est actuellement en deuxième année de Master, Ethnomusicologie et anthropologie de la danse à Nanterre pour lequel elle a obtenu la Bourse Martine Aublet du Quai Branly. Parallèlement, elle a suivi un cursus en piano au Conservatoire d'Aix-en-Provence (Fin d'études) et transmet le chant et le piano à des personnes avec autisme, avec la pédagogie Dolce à laquelle elle a été formée, ainsi qu'à des jeunes filles en rupture sociale.

VALLANET-DELAGE Dominique

Dominique Vallanet-Delage est orthophoniste et exerce en cabinet libéral. Titulaire d'un D.U. en neuro-linguistique dans le cadre des troubles des apprentissages délivrés par l'université Aix-Marseille et du D.U. Voix et symptômes, psychopathologie et clinique de la voix, Paris 7 (2020), elle exerce également la thérapie manuelle en orthophonie – Ostéovox – dispensé au CEESO de Lyon. Praticienne formée à la Mindfulness, elle allie neurosciences et art dans son approche professionnelle de la voix, grâce à ses formations à l'école de théâtre Jacques Lecoq à Paris et au centre artistique Roy Hart. Elle est également membre du C.R.I.V.A.

***

Coordination générale de l'ouvrage : Claire GILLIE

Coordination associée de l'ouvrage : Odile AMOSSÉ, Loni INGUANEZ, Véronique TRUFFOT

Bibliographie établie par Véronique DESCHAMPS à partir des notes de bas de page.

Préface

La voix saisie par ses instrumentistes

Paul-Laurent ASSOUN

Voici un ouvrage sur la voix à plusieurs voix. Cela s'appelle tout simplement un recueil. Mais dès qu'il s'agit de tenir un discours sur cela, l'objet voix, la métaphore prolifère. Il ne s'agit pas de procédé rhétorique, tant cela relève de l'être métaphorique de la voix, expérimenté par l'équipe de recherche pendant toutes ces années. De fait on trouvera de nombreux réseaux métaphoriques dans les contributions, qui se relaient, entrelacs laissant s'échapper la voix après l'avoir captée dans le prisme choisi. Ce pousse-à-la métaphore en fait la poésie à laquelle le lecteur sera sensible.

Point de cacophonie, loin de là. Le préfacier relisant cette série n'y voit pas de discordance majeure, mais juste ce qu'il faut de dissonances pour que le désir de passer d'un chapitre à l'autre se maintienne. Cette polyphonie fait-elle symphonie ? Au lecteur d'en juger, la coordinatrice du recueil a tenu assez fermement mais avec suffisamment de tact la baguette du chef d'orchestre pour que cela « symphonise », sans pour autant mener à la baguette les concertistes, je peux en témoigner.

Enfin, pour épuiser l'imagerie musicale, les membres de cet orchestre en étaient souvent les instrumentistes – les praticiens, tout simplement, mais avec un art tel qu'il était normal, voire fatal, qu'ils en viennent à interroger l'inconscient et à y impliquer le leur. La psychanalyse y intervient, à un certain moment de leur carrière vocale, comme un archet qui leur fut tendu, fourni dans ce que l'on appelle formation où il faut entendre « mise en forme ». Peut-être n'y a-t-il pas de meilleure image que celle de l'instrumentiste pour suggérer comment il faut lire ces textes, en leur unité et en leur variété.

Alors quel rôle revient à l'auteur de la préface ? Présenter et commenter le livret avant que le concert ne commence, le déposer entre les mains du lecteur pour savoir le voyage qui l'attend. Le préfacier pourrait, ayant assumé la direction scientifique de la formation qui a servi de cadre à ces travaux (on retrouve le vocabulaire universitaire), en énoncer la logique, dans l'après coup de ce qui s'est passé, et une fois que le texte est là, livré à l'édition… L'Université n'est pas condamnée à l'académisme : elle introduit l'exigence de rigueur qui donne d'autant plus de valeur à l'esprit de finesse. Il y a, dans le meilleur des cas, un art universitaire de faire jouer les textes, ce par quoi la culture prend corps, et les grands textes sur la voix l'illustrent. Bref, le bon moyen d'introduire est de souligner la logique de la randonnée, qui se dégage de l'ensemble, pour le rendre sensible à ce dans quoi il va mettre ses pas.

On ne s'étonnera pas que tout parte du cri, ce prélude de la voix sans lequel elle ne serait pas possible, mais qu'elle surmonte, introduisant un continuum qui en constitue le surmontement, mais qu'elle ne contient pas au point qu'il ne puisse resurgir à tout moment et éclater en elle et au-delà d'elle, faisant voler le silence en éclats. De là on passe à la coupure, dont les destins sont présentés, la turbulence de la voix étant ici barrage du larynx, support de la voix, cet organe stratégique qui, à un moment énigmatique et stupéfiant de l'histoire de l'espèce humaine, a remplacé la respiration et la déglutition par rien moins que la parole, qui suppose pour le « parlêtre » humain de donner de la voix. Voix muante, faussée, bégayante et qui fait incise dans le corps. Si elle est support de la pulsion d'invocation, la voix se joue dans ses pertes : au-delà de la conception fonctionnelle des « pannes », il faut bien s'aviser que la possibilité de perdre la voix, par les variantes du « couac », est inhérente à la vocalisation et c'est du même mouvement qu'elle est capable du meilleur. Si chez les garçons, la mue est spectaculaire en l'audible, la mue des filles s'insinue dans la vocalisation, inscrivant la sexion vocale, étant la marque même du sexuel. Elle fait entendre, entre éraillements et sublimation la musique de la castration – disons le mot puisque seule la psychanalyse s'y risque.

L'inusable métaphore de l'exil s'applique à la voix qui toujours vient d'ailleurs, telle la voix des sirènes ; étant donné son nomadisme, mettant en acte le larynx sans s'y sédentariser. Tourment de la voix, sa condition exilique. La voix a bien une existence temporelle, son drame proustien, du perdu au retrouvé. Les hallucinations s'y démontrent dès lors comme tout autre chose que des « perceptions sans objet », définition classique mais foncièrement fourvoyante, bien plutôt voix errantes et déconnectées, voix pures en ce sens. L'insonore sonorité de la voix ne se fait nulle part mieux signifier que dans la mélopée hallucinatoire. Bref, la voix se désaccorde et se réaccorde comme un instrument aux mains de l'inconscient.

De l'analyse à la mystique, c'est bien le grand écart. Entre s'entendre dire et tenter de rejoindre la voix de l'Autre, il y a une distance à franchir ou à laisser infranchissable, pour que le sujet prenne la parole pour de bon, que ce ne soit pas une façon de parler. Elle permet de comprendre à quel double titre la psychanalyse intervient : comme théorisation ou métapsychologie de la voix et comme ce qui fait résonner la séance. En elle, épistémé et praxis, savoir et pratique se rejoignent. Et c'est pourquoi elle peut inspirer, en plein respect de la différence des champs, tout l'éventail des pratiques. C'est ce qui se démontre, nous semble-t-il, dans le présent ouvrage, en quoi il pourrait faire date d'une rencontre. Voix séance tenante qui fait se rencontrer le patient avec sa voix, à condition que l'analyste tienne son archet invisible. Alors résonnent les voix du transfert. Si le créateur de la psychanalyse n'était pas mélomane, il insiste trop là-dessus d'ailleurs pour qu'il n'y ait pas anguille sous roche, il n'en dégage pas moins magistralement cette voix de l'inconscient à laquelle les contributeurs ont su s'initier et qu'ils ont su faire entendre depuis leur mise en pratique.

« Croyez-vous qu'il soit plus aisé de jouer de moi que d'une flûte… mais vous ne saurez jamais jouer de moi. » La psychanalyse de la voix relève le défi hamlétien de la voix : ce n'est pas qu'elle veuille se jouer de la voix qui mérite le respect du fait qu'elle est ce qui rapproche le plus de l'expérience de l'inconscient.

En ce sens, oui, décidément, la voix saisie par ses instrumentistes même : les auteurs ont su, chacun avec leurs objets, avec modestie et conviction, accorder leurs violons. Au lecteur de leur donner audience.

Prélude

Autrement Dit, Autrement Voix

Chemins d'Écrits entre Voix

Claire GILLIE

D'une voix à l'autre, d'une pratique vocale à l'autre, familiers ou non de l'hypothèse de l'inconscient, ils ont repris le chemin de l'université pour s'aventurer vers l'inouïe d'une voix qui les appelait, « sons dessus dessous », revêtue des emblèmes de « la pulsion invocante » et de « l'objet voix ».

Ils, elles, qui sont-ils ? Qui sont-elles ? Des chanteurs, des psychologues, des orthophonistes, des psychanalystes, des enseignants, des thérapeutes, des musicologues et ethnomusicologues, des coachs, des doctorants, venant d'horizons conceptuels multiples et divers, mais s'étant toutes et tous confrontés un jour à des problématiques liées à la voix. La leur. Ou celle des personnes qu'ils accompagnaient dans l'exercice de leur profession.

Sur les chemins de l'université, un écriteau – autrement dit quelques mots – qui se mettent à prendre relief pour eux sur les écrans de l'ordinateur : « D.U. Voix et symptômes, psychopathologie et clinique de la voix. » Alors, créant un espace-temps des savoirs suspendus, s'ouvre un temps volé au quotidien professionnel et familial – voix à mille temps – pour se rendre deux jours par mois à cette formation réservée aux Bac + 5. Il s'agit certes d'un diplôme universitaire, mais il s'agit surtout, en cet automne 2020, d'un groupe de 16 personnes qui se crée, dans une sorte de bunker universitaire, où les voix insolites de l'enfant *touva*, du *galeha* malgache et de la *quintina* sarde, le disputent aux citations de Freud et de Lacan. Voix(e) mouvantes entre histoires et accords d'âges, un chœur d'écoute et de questionnement est né, relançant les intervenants, croisant les savoirs médicaux, scientifiques, acoustiques, musicaux, métapsychologiques, anthropologiques. Et faisant de ces temps de savoir, des temps de rencontre, de transfert d'amitié et de savoir dont Freud n'aurait pas rougi.

Le but de cette formation était de faire travailler en synergie les terrains et les pratiques « locales » de la voix, la psychanalyse intervenant comme problématisation rendant possible une appréhension psychopathologique mais aussi une compréhension de cette réalité anthropologique centrale et complexe qu'est la voix. Il s'agissait, dans ce Diplôme d'Université, de prendre en compte les formes d'une *clinique de la voix* en leur diversité, les symptômes vocaux et les pathologies vocales étant susceptibles d'en mettre au jour la signification inconsciente et la fonction pulsionnelle. La visée de ce tissage étant de repenser la clinique des pathologies vocales qui mettent en échec le geste médical (phoniatrie), rééducatif (orthophonie), pédagogique et artistique.

Puis vint le temps de l'écriture d'un mémoire d'une cinquantaine de pages, et de sa soutenance. **Autrement Dit, autrement Voix**, leurs voix singulières prenaient corps au fil des pages, faisant sonner autrement les mots trop usés par la maltraitance de la répétition. Rencontrant, au détour d'ateliers d'écriture, le temps d'incrustation et de jaillissement d'un Dire autre, dépouillé de sa garde-robe vocalique. C'est alors que l'idée leur vint de cet ouvrage, théâtre de leurs voix mises en scène, et réunissant des articles extraits de leurs mémoires.

Chemins de voix, **chemins d'écrits entre voix,** cet ouvrage né d'un seul « chœur » invite, sur les chemins des voix retrouvées, au-delà des voix sonorisées et musiquées, à entendre autrement le chant des maux (non) dits.

***

Mais quelle est cette voix singulière qui prend parole ici, et se déplie hors des sentiers battus de la musicalité ?

La voix s'enroule et se déroule, s'écorche mais aussi cherche refuge dans les labyrinthes du corps[3]. Expulsée du dédale maternel, exhumée, elle ne sait pas encore qu'elle a la mort aux trousses. Elle se rue à la rencontre de l'oreille en colimaçon de l'autre, avide d'en découdre avec ses tours et détours, où « elle égare sa route et roule ses flots incertains[4]. » Tours de passe-passe, en attendant la dernière estocade. Car il lui faut laisser sa défroque sonore au profit de *his majesty the word*, en habit de lumière, grand serviteur du maître absolu, la mort[5]. D'un silence à l'autre, tel est son destin.

3. Le texte qui suit reprend en partie un article inédit en français : GILLIE, C., « Nœuds et dénouement ; du labyrinthe à la dernière estocade » (*Nudos y desanudamientos: del laberinto a la última estocada*), trad Marcelo Sztrum, Colloque de la FEP Tores et minotaures / Toros y minotauros13 ~ 15 avril 2018.
4. OVIDE, « Le Minotaure et le Labyrinthe », *Les métamorphoses*, (VIII, 152-168), Bibliotheca classica, 2007.
5. LACAN, J., *Écrits*, Paris, Seuil, 1966, p.123. Lacan reprend cette expression à Hegel.

Ce premier cri, en quête d'un autre et d'une inscription dans le chœur social, la fait parfois battre en retraite devant cette audace qui la déchire, à vouloir jaillir dans l'arène du monde. Elle retourne dans les coulisses du corps chercher un second souffle avant de reprendre sa course infernale. Course folle, qui est celle de cette poussée de l'appel, entre cri et silence ; invocation certes, mais révocation aussi. Pulsion invocante, dira Lacan : pulsion révocante, entendons-nous depuis la clinique, et plus spécialement la clinique des sujets bègues.

Voix masochiste qui se jette dans la gueule du loup, autrement dit la gueule de la castration[6]. Derrière cette mise en scène énigmatique, se joue un véritable drame pulsionnel. Se contenter de réciter son « catéchisme lacanien » en disant que la voix, c'est celle de l'Autre, du désir de l'Autre, c'est risquer de passer à côté de ce moment où le sujet choisit de se faire taire, de se faire happer par cette gueule béante de celui qui peut lui procurer une castration sur mesure. L'Allemand, de son côté, parle de *sich in die Höhe des Löwen wagen* : se risquer dans l'antre du lion. Il nous fait bien entendre la grammaire dans laquelle se dit l'inconscient : *« sich » wagen*, « se » jeter, autrement dit « se » faire passiver, émarger au troisième temps de la pulsion.

Cette voix-loup, voix-taureau prête à refermer ses mâchoires sur le souffle du chanteur, jusqu'à faire mourir sa voix, c'est par exemple celle des chanteurs de flamenco, repliée dans les nœuds du sanglot ; jusqu'au dénouement du *duende*, dans un déchirement de cris et de « lalies ».

Cette voix-loup, voix-taureau prête à refermer ses mâchoires sur les signifiants, c'est celle des patients faisant de leur labyrinthe phonatoire la terre d'élection de leur symptôme, et plus spécialement des sujets bègues qui livrent un véritable corps à corps avec la parole.

Cette voix-loup, voix-taureau prête à refermer ses mâchoires sur la pulsion, c'est celle du sujet de l'inconscient perdu dans le dédale de ses balbutiements, et qui attend du dénouement d'une analyse la passe qui le fera advenir à une parole inédite.

Certaines traditions font état d'une voix venant féconder l'oreille, ou prenant possession d'un être jusqu'ici inanimé ou muet. Le corps des mythes se prête donc à un *Et incarnatus est* au pied de la lettre, se confondant avec la destinée de la voix, prise entre naissance et mort[7].

Chez les Gitans d'Andalousie, la voix travaille au corps le chanteur de flamenco pour en extirper le flux sonore jusqu'à son dernier souffle. Extraction de l'objet (a) qui laisse le corps pantelant, comme une détumescence de la voix après un cri de jouissance étouffé. Loin d'une mise en péril de la voix au gré des prouesses lyriques, il s'agit, pour ce peuple imprégné de tradition tauromachique, d'« estampiller » la voix sur la scène du chant. Loin de se dresser avec fierté et arrogance à l'avant-scène, comme le chanteur de bel canto, « l'interprète gitan se soustrait de la scène : son corps n'est pas en expansion mais en repli[8]. »

---

6. ASSOUN, P.-L., *Leçons psychanalytiques sur le masochisme*, 2e édition, Paris, Anthropos, 2007.

7. GILLIE, C., *La Voix au risque de la Perte ; de l'aphonie à l'(a) phonie ; l'enseignant à corps perdu*, thèse de doctorat en anthropologie psychanalytique, Paris 7, 2006.

8. PASQUALINO, C., *Dire le Chant (les gitans flamencos d'Andalousie)*, CNRS Éditions de la maison des sciences de l'Homme, Paris, 1998, p. 236.

Avec le sanglot, la parole et la voix perdent la face dans un rictus glottique, faisant passer le sujet de la douleur du « corps du son au corps du manque[9]. » « Robe du vide », pour Rilke, il lui fera dire dans *Les Élégies de Duino :* « Qui, si je criais, qui donc entendrait mon cri parmi les hiérarchies des Anges ? [...] Tout ange est terrible. Il me faut donc ainsi me retenir et ravaler en moi l'obscur sanglot, ce cri d'appel. » Pour Artaud[10], ce sont des trumeaux, « grumeaux de corps décomposés [...] des mots fécaux des corps putréfiés et entrés en germination dans ce gouffre de la matière immonde[11]. » Selon lui, Van Gogh « s'est tordu à sa gorge ce nœud de sang qui l'a tué[12]. » Le corps-xylophène[13] tel que l'appelle Artaud permet de (dé)chiffrer cet entre-deux, entre stigmate corporel et tracé de la voix ; tandis que la langue retrouve des possibilités phonatoires oubliées, et ses « jeux de jointures[14]. »

La voix de la femme abusée, de l'homme violenté, se rue dans ce silence pétrifié des petits autres, présentifie un Grand Autre, et vient prendre place dans le bestiaire vocal de la phobie. Là où la parole s'arrête, et où la voix reste pulsion émergeant de la gueule béante de l'autre. La berceuse, c'est l'antidote au hurlement du loup, au hurlement à la mort du chien, au beuglement[15] du taureau. L'enjeu est de faire taire ce phallus sonore, reste totémique du père de la horde. Schofar bestial qui vient faire scansion, tmèse dans le silence ou les hurlements de la foule[16].

Lorsque Federico García Lorca décrit la voix d'une chanteuse de *Siguiriya*, on ne sait plus s'il décrit la voix dans sa plénitude, ou dans son effacement jusqu'au souffle, une voix déchirée qui n'est plus que « flux de sang » : « un soir, la *Niña de los peines* jouait avec sa voix d'ombre, avec sa voix d'étain fondu, avec sa voix couverte de mousse et l'enroulait à sa chevelure. Soudain elle se leva comme une folle pour chanter, sans voix, sans souffle, sans nuances, la gorge en feu, mais avec *duende*. Elle avait réussi à jeter bas l'échafaudage de la chanson, pour livrer passage à un démon furieux et dévorant, frère des vents chargés de sable, sous l'empire de qui le public lacérait ses habits. La *Niña de los peines* dut déchirer sa voix, car elle se savait écoutée de connaisseurs difficiles qui réclamaient une musique pure avec juste assez de corps pour tenir en l'air. Elle dut réduire ses moyens, ses chances de sécurité ; autrement dit elle dut éloigner sa muse, attendre sans défense, que le *duende* voulut bien venir engager avec elle le grand corps à corps. Mais alors comme elle chanta ! Sa voix ne jouait plus ; sa voix, à force de douleur et de sincérité, lançait un jet de sang[17]. »

---

9. GRIGNON, O. *Le corps des larmes*, Paris, Calman-Levy, 2002, p.247.
10. ARTAUD, A., *L'ombilic des limbes (1925)*, Paris, Gallimard, 1968.
11. ARTAUD, A., *Lettre à Henri Parisot* du 22 septembre 1945.
12. ARTAUD, A., *Van Gogh, Le suicidé de la société (1947)*, Paris, Gallimard, 2001.
13. ARTAUD, A., *Pour en finir avec le jugement de Dieu (1947)*, Paris, Gallimard, 2003.
14. ARTAUD, A., *Le théâtre et son double*, Paris, Gallimard, coll. « folio essais », 1938, *Théâtre de la cruauté*, p.132.
15. LACAN reprend ce terme à REIK dans son *Séminaire L'angoisse*.
16. GILLIE, C., « Phobie vocale et voix crépusculaire », *La voix entre chien et loup*, sous la dir. de GILLIE, C., Actes de la Journée Mondiale de la Voix 2014, éditions Solipsy, 2015.
17. GARCIA LORCA, F., *Romancero Gitano*, *Œuvres complètes* I, Paris, Gallimard, Pléiade, 1986, p. 415-452.

Tous ces chants, tous ces poèmes et ces écrits inspirés par la voix, viennent consonner avec les avancées conceptuelles de la pulsion invocante. Elle fait un détour par l'autre, avant de retourner à sa source, cercle glottique qui est, lui aussi, une figure du tore : « Émis à partir du ventre, le son retournerait dans la bouche pour redescendre dans les entrailles ; à ce moment "le chant se lance et s'avale"[18]. » Que la voix se lance et s'avale, c'est ce que nous fait entendre le sujet bègue qui fonce tête baissée dans le signifiant, et se heurte au couperet des consonnes. Voix bègue qui bute sur le signifiant et se fait « buter » (tuer) par la parole : « il répète comme il achoppe[19]. » N'est-ce pas ce rictus du sanglot qui déforme le visage du sujet bègue anticipant la dérobade de la voyelle, obturée par la cisaille consonantique ?

Ceci nous renvoie à cette définition lacanienne de la voix, reprise par Michel Poizat : « une part du corps qu'il faut consentir à perdre pour formuler une chaîne signifiante[20]. »

Le sanglot et le bégaiement, comme voix du corps, parlent de cette jouissance perdue d'une origine de langue, entre parole et silence. Autre version de l'objet (a), ils se font plutôt pulsion « révocante » qu'invocante, faisant s'embourber la voix là où le chemin de la parole lui était tout tracé, vouant cette dernière à la défaite vocale. Cette révocation de la voix qui joue sa disparition au lieu même de sa naissance, fait du sujet appelé à prendre sa place de parlêtre, un être pris entre deux sanglots, entre deux bégaiements. L'analyste qui se met à son écoute tend l'oreille vers cette parole qui oscille entre « hésiter » et « exister », dans le labyrinthe de la langue. Là où « Minos veut dérober au monde la honte de son hymen[21] », et où le bégaiement vocal se double d'un bégaiement sexuel. Ce bégaiement au plus intime du corps fait entendre le mot en gestation dans les limbes d'un souffle, dans cet entre-deux morts : celui de l'attente entre silence et parole, et qu'un de nos analysants bègues appelait « l'antichambre de la parole et du sexe. »

Ce serait une erreur de penser qu'il y a, d'un côté, une voix, de l'autre, une perte, et que la seconde est le passage obligé qui mènerait aux retrouvailles avec la première. La voix est la perte elle-même ; elle joue à quitte ou double avec cette perte. Elle fait entendre un semblant de voix, là où le sujet s'égare dans un *no man's land* vocal.

C'est un cri d'appel par le vide : c'est une mise à l'isolement. C'est un coup de grâce qui est porté au temps suspendu entre soi et l'autre, un silence qui dénonce le silence de l'innommable, et le chaos du silence originaire, silence gravide où s'origine la voix en passe d'advenir à la parole.

---

18. *Et cante se lanza y se traga*. Il est à noter que selon ce principe, la rémission du son se ferait en circuit fermé.
19. ASSOUN, P.-L., *Les troubles du langage*, EPCI, Journée d'étude, mai 2015.
20. POIZAT, M., *La voix sourde*, Paris, Métailié, 1996, p.195.
21. OVIDE, « Le Minotaure et le Labyrinthe », *Les métamorphoses*, (VIII, 152-168), *op. cit.*

Claire GILLIE. *Du vocal au vocable.* Bretagne. 2009

MITIA (Dimitri Repérant). *Ghostbuster*. Paris. France. 2017.

CHAPITRE 1

ENTRE ÉCLATS DU CRI ET CRI ÉCLATÉ

L'APPEL À TOUTE EXTRÉMITÉ

Le cri dans tous ses éclats : dire *en deçà-au-delà* de la parole, vibrant appel à l'Autre ?

Marie-Laure CIBOULET-LEHMANN

« Rares sont les moments où on retrouve le cri dans sa force et son intime audace ; surtout qu'étant alors mutique, il peut ne pas se présenter comme tel. Mais toujours il est coup de foudre, rappelant le double état du sujet, indécidé entre la vie et la mort. Traceur infatigable, il va de l'éveil au silence de l'être. Et c'est bien le champ de la parole qui le refoule[22]. »

Des cris, il y en a de toutes sortes. Des brefs, d'autres plus longs, du côté du hurlement. Les cris sont le plus souvent aigus, mais certains peuvent être sourds, dans les graves, comme un grondement, ceux-là seront alors plus intérieurs, alors que la voyelle hurlée dans les aigus sera proférée, éjectée. Si l'on commence par regarder du côté de la définition du mot *cri* dans le *Larousse*, on trouve : « Son ou suite de sons émis par un animal et caractéristiques de son espèce », puis « Son inarticulé émis par quelqu'un : le premier cri du nouveau-né », et encore, « Parole, son émis par quelqu'un sous l'effet d'une émotion, d'un sentiment, d'une sensation ; hurlement : pousser un cri de douleur. »

Le cri est donc d'abord, selon le *Larousse,* une caractéristique des animaux qui crient, grognent, chacun d'entre eux ayant son propre cri sous sa propre dénomination, et sa propre onomatopée. Il est d'ailleurs le sujet de nombreuses comptines et histoires pour enfants ; le cri des animaux est ce que l'on apprend aux tout-petits très tôt, ce que l'on joue à imiter et ce qui toujours les ravit et les fascine.

22. MAILLARD, C., « Du souffle au cri, l'art de La Moravie, Quatuor à corps d'écrit de mise à nue », *Insistance*, N° 1, 2005/1.

La deuxième acception du mot désigne le cri inarticulé du nouveau-né. L'enfant qui naît en poussant un cri est donc lui-même mis sur le même plan que l'animal lors de ses premiers instants de vie. Si aujourd'hui chacun s'accorde à dire que « Le bébé est une personne », le vocabulaire usuel de *cri* a perduré. De la même façon, *vagissement* s'utilise pour le nouveau-né (de moins en moins souvent cependant) comme pour certains animaux, selon les définitions du *Larousse* (« Cri particulier à l'enfant nouveau-né/ Cri faible et plaintif de certains animaux »). Pourtant, « les psychologues distinguent, dans les premières productions vocales du bébé, ce qui n'est tout d'abord que manifestations d'inconfort (premier cri de naissance), sans valeur intentionnelle, de ce qui servira ensuite très vite de demande d'attention[23]. » En effet, le petit d'homme arrive au monde par un premier cri « pur », réflexe, qui se transformera en cri « pour », cri-appel vers l'Autre, qui l'amènera à *entrer en langage*. Si le cri du nourrisson est reçu par l'entourage, alors « il n'est plus seulement un acte corporel, propre au sujet : il est repris par l'environnement qui va le transformer en appel, en moyen de communication ; il se change bientôt en demande[24]. »

Un cri s'entend, on n'a pas pour habitude de l'écouter. Nous proposons ici de le mettre sur écoute et d'oser en entendre les éclats. Si l'on fait un détour par la philosophie de Heidegger, on trouve cette distinction entre « le *dire (reden) du monde* et le *parler (sprechen)*, intercommunication entre les hommes. Mais, l'homme appartient au premier, avant d'utiliser le second comme instrument de communication[25]. » Le cri serait donc du côté du *dire*, comme le babil, il n'est pas *parole*, mais il n'est pas simplement *voix*, « envers de l'audible, *absences* puissamment *incarnées*[26]. » Il est un entre-deux, excès vocal à décrypter, *dire* qui fait toujours effraction, violence et transgression – un *dire* de bruit et de fureur (*bruit* étant à entendre au sens acoustique comme « un son indésirable »). Quand Lacan dit, lors de son Séminaire XII : « Le cri fait le gouffre où le silence se rue[27] », le silence, selon nous, ne s'oppose pas au sonore du cri, le silence serait à entendre comme le *dire* du cri qui reste hors sens. Le cri est un abîme de mots et de maux tus, silencieux, mais dans le cri, une dynamique s'amorce, une angoisse se dit malgré tout, dans un jaillissement, une explosion, à travers cette absence de mots qui restent terrés au fond de la *gorge-gouffre*.

Comment alors s'approcher du cri puisqu'il est, par définition, ce qui dérange et nous casse les oreilles, criblant de ses ondes sonores celui qui le reçoit à même la peau. « Le cri entraîne […] des réactions contre-transférentielles très intenses : il flirte avec l'horreur, la douleur, voire la haine. Prenant naissance dans le corps de l'autre, il saisit celui qui l'entend et le menace en éveillant le souvenir de ses

---

23. CASTARÈDE, M.-F., *La voix et ses sortilèges*, Paris, Les Belles Lettres, 1987.
24. *Ibid.*
25. *Ibid.*
26. ASSOUN, P.-L., « Préface », *Le regard et la voix, leçons de psychanalyse*, 3e édition, Paris, Anthropos-Economica, 2014.
27. LACAN, J., *Séminaire XII, problèmes cruciaux de la psychanalyse*, leçon du 17 mars 1965, inédit, 1964-1965.

cris anciens. Il se marque du sceau de l'inquiétante étrangeté, cet étrange familier qui *coïncide tout bonnement avec ce qui suscite l'angoisse en général*, souligne S. Freud[28]. » On peut noter au passage que la puissance du cri en limite la durée. Contrairement à la parole qui est un flux de séquences plus ou moins longues, mais qui finalement donne une impression de relative continuité, le cri est, par définition, bref. Même le hurlement qu'on peut imaginer plus long ne dure que le temps d'un souffle. La scansion du langage dans la durée n'existe pas pour le cri, le cri donne tout d'un jet. Et en cela, il déjoue la mort à chaque fois : chaque fin de cri laisse les poumons vides d'air, c'est « le temps du risque de *rendre l'âme*[29] », le temps d'expirer, c'est-à-dire de mourir. Enfin, le cri est une voyelle hurlée, en cela il diffère également de la parole associant voyelles et consonnes. « Du point de vue articulatoire, la différence fondamentale entre voyelles et consonnes est la suivante : alors que, pour la voyelle, l'air laryngé ne rencontre aucun obstacle, pour les consonnes, il y a toujours un obstacle que ce soit un rétrécissement du canal buccal ou une obstruction complète, mais momentanée[30]. » Le cri s'accompagne donc d'une tension qui explose, éclate vers l'extérieur sans obstacle aucun.

Avec le cri se joue donc aussi la question de la frontière, ce passage de la bouche qui se fait sphincter, s'ouvrant dans une sorte de lâcher-prise ou se fermant pour récuser l'impudeur du cri. La béance de la bouche, trouant le visage, laissant passer le cri, rejoue à l'autre bout du corps la mise bas de l'enfant qui naît en poussant lui-même un cri. La bouche, dans le cri, à l'identique du sexe féminin dans l'accouchement, se trouve déformée, faisant « troumatisme », comme peut l'être la vision de la vulve au moment de l'enfantement. Qui peut regarder quelqu'un crier sans en éprouver de l'effroi ? Tant à cause du son perçant l'oreille, qu'à cause de cette vision horrifique de la bouche démesurément agrandie. De fait, la bouche laissant passer le cri est du côté de l'archaïsme de la dévoration. « La bouche, pense Fédida, est le représentant de notre animalité. C'est la verticalisation du visage qui a permis l'accession à la sublimation et rend possible *la communauté des semblables qui comporte l'évitement – oubli ou refoulement – de la bouche et des lèvres dont la force angoissante d'aspiration démesurée et de dévoration amoureuse cannibalique revient à la capacité hallucinatoire de la parole*[31]. »

En dépit du caractère archaïque du cri, de sa violence, de son impudeur, de l'effet repoussoir qu'il provoque, nous tenterons malgré tout d'en entendre quelque chose.

---

28. ENGASSER, O., « Quand l'écrit fait taire les cris. Pour une clinique particulière de l'oralité dans la démence », *Clinique*, N°6, 2013/2.
29. GILLIE, C., « À couper le souffle ; écouter l'inexprimable avec Reik », *L'Esprit du temps* 2017/2, N°139.
30. PIERRET, J.-M., *Phonétique historique du français et notions de phonétique générale*, Louvain-La-Neuve, Peeters, 1994.
31. FEDIDA, P., *Par où commence le corps humain*, Paris, PUF, 2001, cité par CALECA C. dans « Cri, langage, affect : modalités dans le grand âge », *L'Information Psychiatrique,* Vol. 82, 2006/5..

Le cri « cru » : appel et réception, nouage et interprétation.

La notion de « cru » apparaît sous la plume de Claude Lévi-Strauss. Nous entendons par cri « cru » les cris qui ne sont pas socialement adaptés pour être acceptables. Les cris qui jaillissent, à défaut des mots, par opposition au cri « cuit[32] », socialisé, travaillé pour être *entendable*. Le premier cri « cru » est celui de la naissance. Pour Kant, relayé par P. Péju, l'enfant « *s'annonce* immédiatement en tant qu'être humain. [...] Le cri du bébé, radicalement différent de tous les cris animaux, indique par avance qu'il est voué à devenir. [...] Ce cri *n'a pas le ton de la plainte, mais de l'indignation et de la colère qui explose*[33]. » Kant va au-delà de la simple idée de souffrance du bébé. Pour lui, il y a déjà une sorte d'appel du bébé qui « s'annonce », en faisant état, par ses cris, de l'impuissance de la situation. Pour Rousseau, « ce n'est ni la faim, ni la soif, mais l'amour, la haine, la pitié, la colère qui leur ont arraché les premières voix. [...] Pour émouvoir un jeune cœur, pour repousser un agresseur injuste, la nature dicte des *accents, des cris, des plaintes*[34]. » Rousseau place le bébé du côté de l'être déjà *disant* capable de faire part, par ses cris, de ses sentiments, bien au-delà de simples éprouvés corporels. Tout cela dans le but « d'émouvoir », on peut donc y voir là aussi les prémices de l'idée d'un appel à l'Autre.

Aujourd'hui, les scientifiques s'accordent sur le fait que la naissance est, pour le nourrisson, d'une extrême violence. Cela peut provoquer un grand stress, mais le cri poussé par le nourrisson correspond aussi et surtout à sa première respiration en milieu aérien. Ce tout premier cri n'a donc pas réellement fonction d'appel mais reste fascinant, comme le montre toute la littérature mythologique de la création, de la naissance, et les émotions liées à ce premier cri pour quiconque.

Un nouage à l'Autre : crier pour être entendu, entendre, se faire entendre.

La mère, ou la personne à qui revient ce rôle, est en général en quelque sorte séduite par ce premier cri qui jaillit de l'enfant, cri tout de suite investi d'une foule de projections que la mère a pu élaborer pendant sa grossesse. L'enfant est accueilli par ce cri en tant que personne en devenir, *sujet-supposé-parlant*, en tout cas lorsque tout se passe bien. Dès le second cri, rien n'est déjà plus comme avant pour le bébé : « Il ne s'agit nullement de la répétition de cette première situation car ce second cri est déjà inséré dans un réseau de significations émanant de l'autre et inséré dans une dialectique marquée de son désir. Dès cette seconde phase, de "pur" qu'il était, le cri devient "pour", pour quelqu'un, pour quelque

32. Par analogie avec l'usage que fait Claire Gillie de la « voix crue » et de la « voix cuite », en référence à Lévi-Strauss *Le cru et le cuit*.

33. KANT, E., *Anthropologie du point de vue pragmatique*, Paris, Garnier-Flammarion, 1999, cité par PEJU P., « Le cri, le gouffre et le berceau », *Spirale*, N°56, 2010/4.

34. ROUSSEAU, J.-J., *Essai sur l'origine des langues*, Paris, Flammarion, GF, 1993.

chose. Il n'est plus simple expression vocale mais demande pour obtenir le retour de l'objet lié à cette jouissance initiale, il est d'ores et déjà élevé au rang de parole, de signifiant[35]. »

Dans ses écrits, Jean-Michel Vivès distingue trois phases dans l'entrée en communication de l'enfant. D'abord « être entendu », le nourrisson est donc passif. « À ce stade le sujet n'existe pas encore[36]. » La seconde phase est « entendre », « ce second temps correspondrait avec l'apparition de l'Autre de la pulsion qui répond au cri[37]. » C'est à ce moment-là que se mettrait en place ce que J.-M. Vivès appelle « le point sourd ». « L'interprétation signifiante du cri [par l'Autre] voile la dimension réelle de la voix à laquelle le sujet se rendra sourd pour accéder au sujet de statut parlant[38]. » Enfin arrive un troisième temps, « se faire entendre » : selon la formule de Lacan, celui où « le sujet-en-devenir se fait voix, allant quêter l'oreille de l'Autre pour en obtenir une réponse[39]. » C'est à ce moment-là que l'infans devient Sujet. « Pour qu'il puisse se faire entendre, il faut non seulement qu'il cesse d'entendre la voix originaire – ce que ne réussit pas à réaliser le psychotique – mais il doit en outre pouvoir invoquer, c'est-à-dire faire l'hypothèse qu'il y a un non sourd pour l'entendre[40]. » Ainsi, de la façon dont la mère – ou son substitut – va répondre au cri de l'enfant, de la façon dont l'enfant va appréhender la réponse à son cri, va dépendre son destin.

Florence Méry, dans son article « Le refoulement "manqué" du cri de naissance », déroule le récit d'une consultation avec un petit de six ans et sa mère, petit qui, au moment de sa naissance, n'avait, d'après la mère, poussé qu'« un faible cri », et qui avait dû passer trois semaines en néonatologie. Pendant les consultations, il ne reste pas en place, parcourt la pièce en tous sens. À un moment, il se jette sous les pieds d'une chaise, hurle, s'agite. Une autre fois, « il pousse un tout petit cri, que [l'auteure] entend comme un râle, et qui [lui] fait associer aussitôt sur le cri pas assez vigoureux dont avait parlé la mère[41]. » Florence Méry rapporte qu'elle dit alors à l'enfant que « c'est bien ce cri-là que sa maman a dû entendre, si petit, si faible qu'elle a eu peur que ce ne soit pas suffisant pour vivre[42]. » Florence Méry, au terme de sa réflexion après plusieurs séances, s'interroge : « Si [la mère] entend autre chose que du pur réel dans ce cri de naissance, alors la mère dans cette position d'Autre interprètera, donnera un unique sens, sans possibilité d'équivocité, aux différentes manifestations de son nouveau-né. » De fait,

---

35. POIZAT, M., *L'Opéra ou le cri de l'ange*, Paris, Éditions Métailié, 2001.
36. VIVÈS, J.-M., « L'avocation mélancolique », *Cliniques méditerranéennes*, N°73, 2006/1.
37. *Ibid.*
38. *Ibid.*
39. *Ibid.*
40. VIVÈS, J.-M., « Comment la voix vient-elle aux enfants ? », *Enfances & Psy*, N°58, 2013/1.
41. MERY, F., « Le refoulement "manqué" du cri de naissance », *Analyse freudienne Presse*, N°8, 2003/2.
42. *Ibid.*

le « faible cri de naissance » du petit avait été « interprété par sa mère comme un dernier souffle, faisant écho à la stupéfaction et à la peur de cette dernière[43]. » On voit bien dans ce récit que la parole maternelle *donne du sujet*, comme on *donne de la voix*. En saturant l'interprétation du cri de son enfant, la mère peut *ins-cri-re* ou figer un sujet dans un futur assigné.

Le cri suspendu : la mélancolie ?

D'après Jean-Michel Vivès, « le mélancolique serait moins privé d'une voix (comme peut l'être le névrosé) ou envahi par la voix de l'Autre (comme cela peut être le cas pour le psychotique) que suspendu à un cri qui semble ne pas pouvoir se transformer en appel[44]. » Ainsi, si le névrosé peut avoir l'impression de ne pas avoir *voix au chapitre*, pris dans les rets des voix surmoïques, le mélancolique, lui, n'aurait pu transformer son cri en appel faute d'avoir reçu une réponse adaptée.

Karima Lazali, dans son article « Un cri sans appel », nous fait part de son expérience au sein d'institutions accueillant des enfants placés par décision administrative ou judiciaire. Elle affirme que ce que certains de ces jeunes « expriment au moment de leur accueil en institution n'est pas de l'ordre d'une souffrance de la séparation [de leur famille d'accueil ou de leurs parents] mais plutôt d'une douleur témoignant de l'impossible de la séparation. [...] Ces enfants se présentent dans un grand vide psychique. [... Ils donnent] l'impression d'une mise en arrêt de l'existence ou plutôt d'une suspension dans ce que Winnicott nomme *un état de mort*[45]. » Pour ces enfants, elle parle de « désintrication pulsionnelle », les « laissant aux prises avec la pulsion de mort dans sa forme la plus ravageuse[46]. »

Les premiers cris de ces enfants semblent avoir rencontré un mur, *oreilles closes*, être restés comme un *fort* sans *da* comme si l'onde sonore du cri était effectivement restée suspendue, dans une attente, puis dispersée dans l'espace sans le rebond nécessaire, l'écho porté par l'Autre, de quelque chose d'autre que du vide, permettant plus tard la construction d'un individu dans sa course désirante. Ce cri resté en attente, on pourrait dire *en souffrance*, ne permettant pas à l'enfant d'envisager ensuite l'appel, et la possibilité de « se faire entendre », troisième temps de la construction de la pulsion invocante. Ces enfants portent alors en eux ce trou, ce gouffre du manque du désir de l'Autre. La mélancolie peut elle-même se définir comme un temps suspendu, arrêté, gelé, puisque pour le mélancolique, « le pire n'est pas à être redouté dans l'avenir : il est déjà accompli et c'est irréparable. Le sujet est déjà mort, *mort de toute éternité*, abolissant la temporalité[47]. »

---

43. *Ibid.*
44. VIVÈS, J.-M., « L'avocation mélancolique », *op.cit.*
45. LAZALI, K., « Un cri sans appel », *La lettre de l'enfance et de l'adolescence* 2006/2, N°64.
46. *Ibid.*
47. GILLIE, C., « La dette mélancolique ; souffrir et jouir du "rien" », (*La deuda melancolica; sufrir y gozar del « nada »*), *Mecanismos de defensa en las psicosis*, trad.Marcelo Sztrum, *Lapsus de Toledo*, N°11, Ledoria JMR, 2018.

Monologue à deux : un destin de psychose ?

Dans la psychose, le cri ne rencontre pas le vide de l'Autre en réponse, il ne rencontre tout simplement pas d'Autre, comme si, dans cette rencontre Mère-infans, il n'y avait encore que du *Un*. Dans la psychose, la mère ne fait pas Autre, elle serait dans une fusion avec l'enfant, ne laissant pas exister le père, ou du moins une tierce personne, laissant cet Autre totalement hors discours. On rencontre parfois des cas où l'enfant peut être envisagé par la mère comme issu de l'Immaculée Conception, ou encore de jeunes adolescentes célibataires venant d'accoucher qui étouffent leur bébé de baisers et de câlins en permanence, ne le posant jamais pour dormir, le gardant toujours porté dans leurs bras, à portée de regard et de voix, au point que l'enfant peut détourner systématiquement sa tête du visage de sa mère comme pour trouver une respiration, une échappée hors du maternel. Ainsi, sans père, ou si le père ne peut prendre sa place, ou si l'enfant n'arrive pas à renoncer à l'omnipotence maternelle, s'il se conforme au contraire à ce qu'il entend du désir maternel, alors il peine à entendre sa propre voix comme différente de celle de sa mère et donc à se subjectiver. Le *dialogue* Mère-enfant ne s'instaure pas, mais reste un *monologue à deux* puisque les voix restent indissociables du point de vue du bébé. Jean-Michel Vivès décrit ainsi l'étape nécessaire à l'infans « pour pouvoir disposer d'une voix » : il doit se rendre sourd « à la voix primordiale », et pour cela « il est nécessaire en effet de ne pas être totalement envahi par celle de l'Autre. Il convient donc que le sujet constitue un point intrapsychique, que nous nommons point sourd. Point sourd que nous définissons comme le lieu où le sujet, après être entré en résonance avec le timbre originaire, s'y est rendu sourd pour pouvoir disposer de sa propre voix en se mettant à l'abri de la voix de l'Autre[48]. »

« Crier comme un fou » : vibrant appel et désarrimage du symbolique.

Pourquoi un adulte qui peut parler se mettrait-il à crier ? Le cri pourrait-il être une façon de refuser de parler, de faire silence, taire, terrer les mots, lâcher un cri pour garder en soi, *en-cry-pter* en soi, un secret impossible à éjecter, secret gardé dans la tombe, au plus profond de la *crypte* du corps ? Bouche grande ouverte pour, dans le même temps qu'on jette un cri, ravaler le sens, comme on ravale un sanglot ?

Pour Ophélie Engasser, le cri, plus qu'un refus de dire, est d'abord un impossible à dire : « chez le dément, véritable exilé du symbolique, le cri prendrait la forme d'une demande de symbolisation, dans une quête désespérée de sens adressée à l'Autre, trésor des signifiants. [...] Il serait à envisager comme la dernière forme d'appel à l'Autre quand la parole échoue à formuler la demande et que le corps perd consistance[49]. » Elle ajoute : « le cri serait l'écho de l'angoisse

48. VIVÈS, J.-M., « Comment la voix vient-elle aux enfants ? », *op.cit.*
49. ENGASSER, O., « Quand l'écrit fait taire les cris. Pour une clinique particulière de l'oralité dans la démence », *op.cit.*

du non-être, et cette mise en acte de l'affect dans le corps [par le cri] serait une manière de combler un vide de pensée et de s'assurer une continuité d'existence par la recherche de sensations[50]. » Crier serait alors une érection sonore, une charpente pour tenir encore debout. D'autant que le cri, pour le sujet dit dément, en tant que voyelle continue, non coupée par les consonnes, comme c'est le cas dans le langage, peut avoir un effet rassurant de continuité, là où, pour le dément, tout est rupture et morcellement. Kristina Herlant-Hémar et Rosa Caron témoignent : « Les cris, incessants, répétitifs, nous ont tout d'abord amenées à questionner la notion de rythme comme tentative de recréer le socle temporel qui se fragmente. Ainsi, à la manière de l'enfant qui tente d'investir un temps fait d'événements, nécessairement discontinus, le sujet dit dément va chercher à rétablir une forme de continuité, là où les liens psychiques se délitent peu à peu[51]. » Ce lien avec l'infans, Catherine Caleca le fait également pour parler des personnes dans le grand âge pour lesquelles, selon elle, « la représentation d'un objet maternel rassurant semble faire défaut. L'évocation des angoisses primitives décrites par Winnicott semble être ici de mise et le cri viendrait alors colmater cette absence de holding dans un processus auto-calmant où l'objet n'aurait plus sa place[52]. » L'individu criant se placerait dans un bain sonore qui rejouerait en quelque sorte le *baby-talk*, lorsque la voix était jouissance hors sens ; tout en faisant résonner son enveloppe corporelle dans une recherche de bornage de la pulsion par l'Autre et de délimitation du corps. Crier aussi pour ne pas entendre le vide, le *rien*, le *trou* béant du dernier souffle qui viendra nous ravir. Une façon de vérifier que l'on a encore du souffle en réserve, au moment où, à l'autre bout de la vie, le dernier souffle s'apprête justement à faire écho au premier cri ?

D'autres articles permettent d'envisager que le cri de la personne dite démente serait au-delà du *signal*, et le propre d'un *Sujet*, porteur d'un *dire* mystérieux à décrypter. Pour Michèle Grosclaude, « la parole du dément a pour particularité de se faire directe, dépouillée de nos fioritures névrotiques et sociales. Allant droit au but, elle dit non pas n'importe quoi mais ce que le Sujet éprouve, sans précaution, voire elle interprète littéralement ce que le tiers pense ou éprouve : elle devient un dire associatif, interprétant à fleur d'énoncé inconscient, au pied de la lettre, aidée par sa sensibilité à l'affect[53]. » « Ceux qui, parlant normalement, nous disent en début de processus démentiel leurs éprouvés de perte, d'écoulement de soi, d'intrusion de quelque folie, de l'avancée d'une dépersonnalisation (« *je deviens folle* »), en des termes référés à des éprouvés de dégringolade, de chute, de fuite et de trouage[54] », sont aussi ceux qui, plus gravement atteints, formulent dans les cris, mais cependant très clairement et au pied de la lettre, leurs éprouvés : « *Ça me tombe, j'ai perdu mes extérieurs », «* pour dire l'horreur corporelle,

50. *Ibid.*
51. HERLANT-HÉMAR, K., CARON, R., « Le rythme comme générateur de continuité chez le sujet en proie à la démence avancée », *Cliniques méditerranéennes*, N°86, 2012/2.
52. CALECA, C., « Cri, langage, affect : modalités dans le grand âge. », *L'Information Psychiatrique*, Vol. 82, 2006/5.
53. GROSCLAUDE, M., « Les déments parlent-ils », *Gérontologie et société*, Vol.26, N°106, 2003/3.
54. *Ibid.*

de pertes des limites[55]. » Ophélie Engasser nous relate le cas de Louis : « À la frontière entre appel et cri, Louis ne cesse de hurler : “Je vais crever !”, mots que nous entendons littéralement comme une crainte d'éclatement, de crevaison de l'enveloppe corporelle, tant la pulsion déborde et menace l'intégrité de tout son être[56]. » Le cri est alors comme un *précipité sonore* d'une sorte d' « inconscient du dehors[57]. » N'oublions pas que « le dément sait ce que parler veut dire, même s'il l'a oublié : comme tout humain non psychotique, il y est né, y a baigné, en reste imprégné[58]. » Le cri est la sidération d'une vérité criante qui ne peut plus ou pas encore s'exprimer en mots, mais qui reste à entendre.

Il reste à dire que si le cri permet au sujet dit dément de faire passer un message – par une métonymie ou une expression à entendre de façon littérale – ainsi qu'un réancrage corporel, ce cri s'inscrit aussi du côté de la douleur. Le cri fait mal à la gorge, à la tête, aux oreilles qu'il frappe dans la boucle audio-phonatoire, il fait exister les contours du corps, mais au sens masochiste. Du même coup, tout en voulant faire appel, il engendre un effet repoussoir, il rate sa cible en mettant l'autre à distance, le sujet risque alors de rester emmuré, dans un *for(t)-intérieur* morcelé. Catherine Caleca, citant Roland Gori, parle de « murailles sonores », d'« un vacarme assourdissant, empêchant toute communication et toute pensée[59]. » Le cri, par essence, en dehors d'institutions où il est toléré – et entendu dans le meilleur des cas – est difficile à approcher en toute quiétude.

Le cri « cuit » : voix de la Diva-masque du cri / écrire-crier le monde.

Il peut être intéressant, dans un but thérapeutique, de travailler ce que nous appelons le cri « cuit ». Le chant comme l'écriture offrent des cris possibles, acceptables et structurants. La vocalise n'est pas « de l'ordre du *continuum vocal*, elle n'est pas son sans limite, cri infini, hallucination. La jouissance esthétique passe par le symbolique et ses lois : tout chant possède un rythme, même l'aigu. Le chant du soprano, à la fois transgression et rappel de la loi signifiante, se distingue du chant des sirènes, son pur, en dehors de tout rythme, et qui n'entretient aucun rapport avec la loi[60]. » Ainsi, le chant serait la transposition du cri dissonant en cri-vocalise consonnant, synonyme d'harmonie. Le chant serait la forme sublimée du cri. De même, l'écriture qui « scande, ordonne, opère, clôture [...] offre sa mélodie et son rythme au service d'une circulation de jouissance qui empêche son débordement. Les lettres se liguent entre elles pour produire du sens, et apprivoisent la pulsion[61]. »

---

55. *Ibid.*
56. ENGASSER, O., « Quand l'écrit fait taire les cris. Pour une clinique particulière de l'oralité dans la démence », *op.cit.*
57. ASSOUN, P.-L., *Le regard et la voix, leçons de psychanalyse, op.cit.*
58. GROSCLAUDE, M., « Les déments parlent-ils », *op.cit.*
59. CALECA, C., « Cri, langage, affect : modalités dans le grand âge. », *op.cit.*
60. LIPPI, S., « La voix sur le divan. Musique sacrée, opéra, techno de Jean-Michel Vivès », *Cahiers de psychologie clinique*, N°43, 2014/2.
61. ENGASSER, O., « Quand l'écrit fait taire les cris. Pour une clinique particulière de l'oralité dans la démence », *op.cit.*

La musique : commémoration et catharsis.

Dans l'opéra, le texte tend souvent à disparaître lorsque la diva enchaîne les notes de plus en plus aiguës, seules subsistent alors les voyelles : « le chant, et principalement le chant féminin, se pose délibérément comme chant, comme musique pure, rompant toute attache avec la parole, la détruisant littéralement au profit d'une mélodie purement musicale qui se développe petit à petit jusqu'à confiner à quelque chose qui est de l'ordre du cri[62]. » Comme l'a souligné Michel Poizat, dans l'opéra, le sexué tend à disparaître, pour autant, dans la voyelle vocalisée, c'est l'aigu de la diva qui est attendu. Il semble que la musique dans « cette double amputation sexuelle et signifiante » prenne « la place de la mère, la place de cette instance hors du sexe et avant la parole[63]. » Les voix des divas dans les opéras rejouent la tessiture de la voix, pure matérialité sonore, telle que le bébé l'a découverte en jouant avec sa propre voix, et telle qu'il l'a entendue venant de sa mère ou de son substitut. La mère en effet – comme la diva montant dans les aigus et effaçant le sens – a tendance à parler avec une voix plus aiguë à son bébé que de coutume avec le reste de son entourage, comme l'ont montré de nombreuses études. Pour M.-F. Castarède, dans l'opéra, la diva se situe également davantage du côté de la mère que de la femme : « les métaphores nous conduisent à une évocation plus métaphysique que charnelle : *prima donna, assoluta, diva*… Il s'agit plutôt de la fascination par la Déesse-Mère, *primo amore* […] dont la voix est le premier attribut connu par l'homme dans sa vie fœtale[64]. » Une fois que la mère interprète le cri de l'enfant, la voix dans sa pure matérialité sonore est perdue pour ce dernier derrière la signification qui lui est accolée. « Ce premier objet de jouissance […] prend alors valeur de paradis perdu[65]. » On comprend dès lors comment la vocalise réactive puissamment ces toutes premières sensations de jouissance, se faisant alors simulacre de ce paradis perdu.

Mais ce chant ou cri aigu de la *Diva-Déesse-Mère* commémorant la toute jouissance de notre objet voix, perdu, est insupportable et celle qui l'incarne doit mourir pour permettre un retour du langage, de la Loi. En effet, « la vocalise frôlant le cri […] présentifie, dans son aigu, un point de jouissance à la fois recherché et craint. […] Une fois cette jouissance approchée, grâce à la Diva, peut-être ne reste-t-il plus qu'à celle qui en a été le support qu'à être éliminée. Autant le plaisir ne pose pas de problèmes, autant la jouissance est vécue comme dangereuse car visant un lieu hors-la-loi[66]. » Cela explique pourquoi beaucoup de livrets d'opéra s'achèvent par la mise à mort de l'héroïne. Michel Poizat remarque que ces chanteuses sont souvent étranglées ou étouffées, elles meurent par là où elles

---

62. POIZAT, M., *L'Opéra ou le cri de l'ange, op.cit.*
63. SCHNEIDER, M., cité par GILLIE, C., « L'Autre femme : Micaëla », *Carmen, Figure féminine du désir*, 1er février 2020, à paraître.
64. CASTARÈDE, M.-F., *La voix et ses sortilèges, op.cit.*
65. POIZAT, M., *L'Opéra ou le cri de l'ange, op.cit.*
66. VIVÈS, J.-M., « Le chant entre parole et cri étouffé », *Insistance*, N° 1, 2005/1.

ont péché, c'est-à-dire par la gorge, la voix, le souffle... Le plus souvent, dans l'opéra, ce sont les figures paternelles qui arrêtent le cri. « Désir sans Loi, jouissance sans limite, tout cela est dangereux : mieux vaut le détruire[67]. » Même dans un contexte culturel codifié, le cri – « véritable *diabolus in opera* », selon l'expression de J.-M. Vivès – reste du côté de l'impudeur, de la transgression, de l'excès sur lequel la condamnation tombe systématiquement. La vocalise doit être exécutée sur l'autel de la Loi et le livret fait alors un retour au récitatif qui réintroduit « la loi du signifiant sous la forme de la parole[68]. »

Pour évoquer la dichotomie de la voix (mélodie/support de la parole), Michel Poizat prend comme exemple l'opéra de Schoenberg, *Moïse et Aaron :* parole, sens, du côté de Moïse, et musique, chant, du côté d'Aaron. Il raconte comment Moïse est désespéré lorsqu'il se rend compte qu'il n'a pas les mots pour transmettre et exprimer les Lois de Dieu et comment Schoenberg le met en scène : un « très long fa dièse joué aux cordes en point d'orgue est la musicalisation la plus parfaite peut-être de ce silence qui oppose sa présence absolue lorsque toute parole défaille. [...] Il dit la vérité que Moïse vient de découvrir sans le savoir : ce manque, cette béance, creusée au cœur même du langage et que les hommes ont tenté de combler par la figure, entre autres, du Dieu-Verbe, cette béance est silence : Dieu est Silence. Plus rien dès lors ne peut être dit : l'opéra ne peut qu'en rester là[69]. »

« Dans le chant, mais aussi dans le cri, le sujet – paradoxalement – se tait : il arrête le bavardage incessant, porteur d'un sens qui voile la jouissance de la voix en tant que réel[70]. » Le chant est alors aussi ravissement de soi, éclipse du sujet, ivresse de l'abandon, dispersion et retour à l'origine d'avant la construction du Moi. Il y a en effet quelque chose d'éperdu dans le cri et dans le chant, en cela que le fait de chanter ou d'écouter une voix pure met dans un *hors-soi* et trouble « à un point tel que l'on en vient à se disperser et à disparaitre[71]. » La voix, pour Lacan, est « littéralement un vide, un silence qui pourrait être le pur silence, un vide au cœur de tout objet, celui de l'objet *a*, c'est-à-dire un trou[72]. »

Mots, musique et silence.

Et si dans le chant, le sujet, paradoxalement, se tait, pour un écrivain comme Marguerite Duras, « Écrire c'est aussi ne pas parler. C'est se taire. C'est hurler sans bruit[73]. » C'est écrire avec le « trou » des mots, le mot qui toujours échappe lorsque l'on tend à l'atteindre, c'est écrire avec le cri qui vient trouer la page. C'est écrire avec les blancs, les points de suspension, les silences de la langue. C'est hurler, mais encore dans le cadre et les codes du langage.

---

67. *Ibid.*
68. *Ibid.*
69. POIZAT, M., *L'Opéra ou le cri de l'ange, op.cit.*
70. LIPPI, S., « La voix sur le divan. Musique sacrée, opéra, techno », *op.cit.*
71. ASSOUN, P.-L., préface de *Voix éperdues,* GILLIE, C., Éditions Solipsy, 2014.
72. VANIER, A., « La musique c'est du bruit qui pense », *Insistance,* N°6, 2011/2.
73. DURAS, M., *Écrire*, Paris, Gallimard, 1993.

Duras a écrit des romans, des pièces de théâtre et fait des films, mais toujours il s'agit pour elle de faire surgir la voix, « primordiale au théâtre (les Anglais « écoutent une pièce » lorsqu'ils se rendent au théâtre), mais aussi dans les films : [Marguerite Duras] avoue à son chef opérateur Nestor Almendros qu'elle fait des films pour qu'on les écoute. Au théâtre comme au cinéma, l'écriture naît de cette voix. L'une et l'autre – écriture et voix – ne forment qu'une seule et même matière, qu'un seul et même corps[74]. » Le corps de la voix est présent dans l'écriture, dans le sens où toutes les *scories* de la vocalisation y sont : cris, plaintes, hurlements, souffles, hésitations, balbutiements, silence… Duras donne énormément d'indications sur les voix dans ses textes, sur leur tessiture, sur leurs ratages. Expérimentations langagières servies d'ailleurs par des comédiens aux voix incroyables, tout comme l'auteure était elle-même connue pour sa voix – à la musique toute particulière – autant que pour ses livres. Voix qu'elle perdra lors d'une trachéotomie…

Si l'écriture est d'abord voix pour Duras, c'est une voix qui se fait toute musique, au-delà de ce qu'elle raconte. Elle écrit : « Je crois que si j'avais joué du piano en professionnelle, je n'aurais pas écrit de livres. Mais je n'en suis pas sûre. Je crois aussi que c'est faux. Je crois que j'aurais écrit des livres dans tous les cas, même dans ce cas de la musique parallèle. » Mais elle ajoute : « Des livres illisibles », « aussi loin de toute parole que l'inconnu d'un amour sans objet. Comme celui du Christ ou de J.-S. Bach – tous les deux d'une vertigineuse équivalence[75]. » Livre-musique, livre-silence du divin, on trouve là l'essence de l'écriture durassienne. La langue de Duras sera celle de l'expérimentation du langage « au détriment de la fable[76] », « langage que, très tôt, l'écrivain devine épuisé[77]. » Une langue au « rythme proche d'une partition, avec des trouées dans le texte, équivalentes au noir utilisé à l'image, noir qui se retrouve aussi dans tous ses livres, ce noir que l'écrivain appelait *l'ombre interne*, l'ombre historique de tout individu. Trouées qui correspondent à une recherche du vide, du *rien*, du *trou*[78]. » Comme l'écrit Paul-Laurent Assoun, « il y a toujours, dans les tribulations du sujet et de son histoire, quelque chose qui déborde, un trop ou pas assez vu, un excès vocal ou un silence, un *polypier d'images* ou un *éclat de voix*[79]. » Duras laisse exploser ce trop à dire du vide, de la faillite du langage socialisé, par une langue creusée de trous. Il manque toujours *Le Mot* : « un mot absence, un mot-trou, creusé en son centre d'un trou, de ce trou où tous les autres mots auraient été enterrés. On n'aurait pas pu le dire mais on aurait pu le faire résonner. Immense, sans fin, un gong vide[80]. » Ce gong vide serait comme un long cri hurlé, ininterrompu, qui remplacerait tous les mots jusqu'au silence.

74. PELLET, C., *Le théâtre de Marguerite Duras*, Lausanne, Ides et Calendes, 2018.
75. DURAS, M., *Écrire, op.cit.*
76. PELLET, C., *Le théâtre de Marguerite Duras, op.cit.*
77. *Ibid.*
78. *Ibid.*
79. ASSOUN, P.-L., *Le regard et la voix, leçons de psychanalyse, op.cit.*
80. DURAS, M., *Écrire, op.cit.*

D'autres textes de Marguerite Duras ne sont pas dans la tentative désespérée de trouver les mots justes pour raconter, mais dans un renoncement par le biais d'un langage qui se dissout à force de banalité. « Le théâtre de *L'Amante anglaise* est un drame du langage. Un langage qui se dérobe constamment, empêche toute communication. Langage absent chez la victime, sourde et muette. Langage trop explicite dans les questions de l'interrogateur à la meurtrière. [...] Un crime a eu lieu mais un autre drame continue de se jouer : celui que le langage n'arrête pas de contourner, d'éviter[81]. »

Pour Duras, le cri qui dit l'impuissance des mots se révèle être un *au-delà* des mots, puissamment intelligent et signifiant : « C'est vrai, il hurlait chaque jour le vice-consul... mais d'un lieu pour moi secret. Comme chaque jour on prie, lui, il hurlait. [...] Il hurlait chez lui, à la Résidence, et quand il était seul dans la nuit noire de Calcutta désert. Il est fou, fou d'intelligence le vice-consul[82]. » Elle écrit encore : « ça rend sauvage l'écriture. On rejoint une sauvagerie d'avant la vie. [...] C'est pas seulement l'écriture, l'écrit, c'est les cris des bêtes de la nuit, ceux de tous, ceux de vous et de moi, ceux des chiens[83]. » Christophe Pellet parle de son écriture comme d'un « enchantement qui nous révèle à nous-mêmes, dans les méandres hypnotiques d'une écriture des origines, archaïque[84]. » Sauvagerie des cris donc mais aussi folie et intelligence de *l'insu*, de ce qui passe *d'inouï* malgré nous dans les cris : éclats de clairvoyance, de vérité, impossibles à mettre en mots. Quelque chose de l'inconscient affleure dans l'échappé du cri. Les romans durassiens offrent le surgissement d'un « savoir inconnu, énigmatique, un savoir qui intéresse la psychanalyse[85]. » Lacan l'a dit en ces mots : « Duras s'avère savoir sans moi ce que j'enseigne[86]. » Le cri ne fige pas le sens comme les mots tentent de le faire, mais au contraire laisse le *dire* ouvert, il n'inscrit rien, ne circonscrit rien. Dans *La pluie d'été* ou *Moderato cantabile* de Duras, les enfants refusent une certaine connaissance, veulent conserver en eux la grande énigme du monde. L'un refuse d'apprendre ses gammes pour garder la magie de la musique, l'autre, Ernesto, refuse d'aller à l'école car on lui apprend là-bas ce qu'il ne sait pas ! Or, il cherche à rester en retrait d'un certain savoir, vierge d'une certaine connaissance. Le cri, propre à l'enfant (enfants qui ont beaucoup fasciné Marguerite Duras et avec lesquels elle s'est longuement entretenue), est un langage troué, le cri vient percer et faire éclater le sens du mot, comme Ernesto revendique un savoir troué, laissant une place à l'imagination, à la libre invention, à l'interprétation, au désir. Ne pas parler pour crier serait peut-être, non pas se taire, mais refuser de figer

81. PELLET, C., *Le théâtre de Marguerite Duras, op.cit.*
82. DURAS, M., *Écrire, op.cit.*
83. *Ibid.*
84. PELLET, C., *Le théâtre de Marguerite Duras, op.cit.*
85. CORPELET, D., « La voix du réel dans l'écriture du *Vice-consul* de Marguerite Duras », colloque international "Duras infinie", faculté de philologie de l'université Complutense de Madrid, 2014.
86. LACAN, J., « Hommage fait à Marguerite Duras, du r*avissement de Lol V. Stein » (1965),* dans *Autres écrits*, Paris, Seuil, 2001, cité par CORPELET D., dans « La voix du réel dans l'écriture du *Vice-consul* de Marguerite Duras », *op.cit.*

le Monde, le laisser ouvert à tout vent, à tout souffle. Et accepter l'impossibilité de penser le réel : « Le réel est l'impensable, l'impossible à dire et à donner du sens. C'est un vide, comme l'est la voix du vice-consul et de la mendiante [dans *Le Vice consul* de Marguerite Duras]. Tandis que imaginaire et symbolique se prêtent à construire du sens, le réel est *l'expulsé du sens*[87]. Le réel pose alors un défi à l'écrivain. Que peut-on en dire par les moyens du langage ? Lacan dira *: Le langage est un mauvais outil, et c'est bien pour ça que nous n'avons aucune idée du Réel*[88]. Le réel c'est le trou dans le langage. C'est le mot qui manque. Pour autant, par les moyens de la lettre, on peut écrire, du réel, des bouts. Chez Duras c'est par l'écriture d'une voix que le réel se force son chemin[89]. » Au-delà des mots, par les cris béants et les silences qui trouent la partition du texte durassien, l'impensable du réel, par bribes, s'impose et s'inscrit dans un double mouvement de dire et de taire.

« Y.A. : ça sert à quoi, écrire ?

M.D. : C'est à la fois se taire et parler. Écrire. Ça veut dire aussi chanter quelque fois[90]. »

---

87. LACAN, J., *Le Séminaire*, Livre XXII, *RSI (1974-75)*, inédit, cité par CORPELET D. dans « La voix du réel dans l'écriture du *Vice-consul* de Marguerite Duras », *op.cit.*
88. LACAN, J., *Le Séminaire*, Livre XXV, *Le moment de conclure (1977-78)*, inédit, leçon du 10 janvier 1978, cité par CORPELET, D. dans « La voix du réel dans l'écriture du *Vice-consul* de Marguerite Duras, *op.cit.*
89. CORPELET, D., « La voix du réel dans l'écriture du *Vice-Consul* de Marguerite Duras, *op.cit.*
90. DURAS, M., *Écrire, op.cit.*

MITIA (Dimitri Repérant). *Can't Take My Eyes Off You*. Palerme. Italie. 2015.

Et c'est ainsi que dansent les cris de l'extrême avec les voix du silence. Un pas de deux pour qu'advienne l'écrit des voix

Véronique TRUFFOT

« Chaque cri doit être suivi par un silence pour
faire entendre son écho.
Celui qui ne fait que hurler sa douleur
n'en verra jamais le visage
tout autant que celui qui s'obstine à la taire[91]*. »*
Wajdi Mouawad

Quelle est la nature de cette pulsion que le corps ne puisse contenir et qui s'échoit dans un cri ? La voix, cette vibration qui définit et marque le caractère unique de chaque individu, est plurielle. Il s'agira de traiter des voix dans leur vocalité et leur matérialité ou dans leur dimension pulsionnelle, flirtant avec les extrêmes, du cri jusqu'au silence. Qu'elles revêtent des expressions multiples et parfois contraires n'enlève rien au fait qu'elles questionnent, toujours, et que le rapport au corps qu'elles animent ainsi que les liens tissés avec ce dernier ne sont jamais loin. De l'autre côté du spectre, c'est l'absence et la perte qui s'expriment. Aphonie, dysphonie, mutisme, il faut alors tendre l'oreille pour que les voix se fassent entendre. Depuis cette mise en tension entre cri et silence, il s'agira de

91. MOUAWAD, W., *Anima*, Arles, Actes Sud, 2012.

déterminer dans quelle mesure les cris de l'extrême, qu'ils s'expriment en silence ou dans leur matérialité vocale, permettent de faire entendre le point sourd et une part du mystère du sujet.

Des cris qui s'écrient

Ce moment si particulier où le nouveau-né est lâché dans le monde dans lequel il va évoluer durant sa vie d'être humain est marqué par un changement, celui de la première respiration. Lorsque le nouveau-né sort du milieu aquatique qui était le sien durant la grossesse, les alvéoles pulmonaires se déplissent, entraînant la première inspiration suivie de la première expiration qui fera entendre le premier cri. Les philosophes se sont intéressés très tôt à ce cri. Bien que proposant des interprétations diverses, ils l'ont tous considéré comme une expression qui va au-delà de la seule douleur physique. Crier trouve son origine dans le verbe latin *quiritare* (qui se réduira en *critare*) qui signifie « appeler ; crier au secours ; protester à grands cris[92]. » Néanmoins le verbe le plus utilisé en latin était *clamare*, qui donnera « clamer », verbe très utilisé en français jusqu'au XVIe siècle, pour disparaître jusqu'au XXe siècle où on le verra réapparaître dans des contextes particuliers, souvent liés à la justice. Il est intéressant de constater que, durant les siècles où le verbe clamer a disparu du langage commun, ses dérivés ont quant à eux subsisté. Nous retiendrons « réclamer » dont la première définition donnée par le CNRTL est « implorer, invoquer ». La pulsion invocante proposée par Lacan aurait-elle donc un lien privilégié avec le cri ?

Les légendes se sont également emparées de ce thème, notamment une fable talmudique qui raconte que chaque nouveau-né possède toutes les connaissances de l'univers, les savoirs de ses vies antérieures et la conscience de sa mission à accomplir dans cette vie. Juste avant son premier cri, un ange apparaît, lui met le doigt sur le dessus des lèvres, l'enjoignant ainsi, de tenir ce savoir secret. L'enfant oublie tout avec son premier cri et ne garde pour trace que cette fossette, qui est un vestige de la fente que possèdent les mammifères à *rhinarium*[93]. Le cri apparaît ici comme la manifestation de l'oubli, autrement dit de la perte. Or, la voix est un objet potentiellement perdu, à travers lequel on fait, à multiples reprises, l'expérience de la perte (la première étant aux alentours de neuf mois lorsque l'enfant, pour s'inscrire dans le langage, perd quatre-vingt pour cent de son potentiel phonatoire) ou du risque de la perte (avec l'aphonie ou des pathologies plus sévères). Dès le premier cri, la voix cherche à présentifier l'absence pour la métamorphoser ou tout au moins pour s'en accommoder, comme dans l'expérience du *fort-da* décrite par Freud.

---

92. Centre National des Ressources Textuelles et Lexicales, CNRTL, en ligne : https://www.cnrtl.fr/etymologie/crier
93. Le *rhinarium* est ce que l'on appelle communément la truffe.

Le cri de l'ange : Ayrton Senna

Ayrton Senna, lors de sa victoire la plus marquante, la plus emblématique car dans son pays, au Brésil, profère un cri démiurgique d'une minute douze secondes qui semble le hisser hors de sa voiture, hors de son corps et de sa condition d'homme mortel. « Ce cri inarticulé dit quelque chose de ce silence – pas seulement extérieur au sujet – mais aussi d'un silence tapi au cœur même du sujet, de l'être parlant.[94] » En effet, ce cri est écartelé entre une vocalisation chevillée au corps et radicalement sonore et quelque chose qui relève du hors corps ou, pour le dire autrement, d'une décorporéisation qui établit une relation intime au silence. Il appelle le silence de celui qui l'entend. Les mots enfouis dans ce cri n'ont que peu d'importance, il convoque un au-delà des mots. Pour Senna, ce cri fut « un cri de malheur, de bonheur, de tristesse, de joie, de torture, de jouissance, bref tout ce qu'une vie humaine peut vivre, je l'ai vécu dans un tour.[95] » Si ce cri est si impressionnant, c'est parce qu'il condense tout ce qu'une vie humaine peut contenir, une vie intense, pleine, et qui, en cela, fait oublier sa finitude précisément parce qu'elle joue frontalement avec la mort. C'est un cri terrifiant qui révèle à la fois le sublime et le drame de la condition humaine. Le cri de Senna fait entendre l'expression la plus animale, peut-être même la plus bestiale qui soit, on entend d'ailleurs que *ça* crie plus qu'il ne crie, il est alors difficile de définir l'émetteur, le sujet, de ce cri. Il jaillit d'un au-delà, invisible et mystérieux. Ce que nous fait entendre Senna provoque la sidération, la même que l'on peut ressentir à l'écoute du hurlement du loup. Comme ce dernier, Ayrton Senna était indomptable et assoiffé de liberté. Les mots de Paul-Laurent Assoun illustrent le lien entre cri et liberté, symbolisé par la figure du loup : « La situation décrite par la fable [*Le loup et le chien* de Jean de La Fontaine] contient une suggestion capitale sur ce *lien de la voix humaine avec la condition de servitude*. Entre le libre et le serf, il y a bien une différence de régime vocal. [...] Tel est donc le loup qu'il veut préserver, en même temps que sa mobilité, son *droit à hurler* à son propre compte. Hurler, c'est pousser des cris aigus et prolongés. Quand un homme hurle, c'est signe de violence et de douleur, à tout le moins expression de véhémence.[96] »

L'appel du loup

Le loup fascine autant qu'il est craint et cette peur relève à la fois du scopique et de la voix. Michel Poizat affirme que « bien des malheurs du loup trouvent leurs racines dans les fantasmes inconscients qu'il a la faculté d'activer chez l'humain,

---

94. GILLIE, C., « Prélude : "phobie vocale" et "voix crépusculaires" », *La voix entre chien et loup,* sous la dir. de GILLIE, C., Actes de la Journée Mondiale de la Voix, 2014, Paris, édition Solilang, Coll. Solipsy, 2015, p.35.
95. DOMECQ, J.-P., *Ce que nous dit la vitesse*, Paris, édition Pocket, 2013.
96. ASSOUN, P.-L., « La voix de son maître : le masochisme vocal », *La voix entre chien et loup, op. cit.*, p.47.

en raison notamment de son regard et de sa voix comme par hasard les deux mamelles, si j'ose dire, du surmoi.[97] » Le surmoi, comme le précise Lacan, est essentiellement vocal : « Le Surmoi en son intime impératif est bien "la voix de la conscience". En effet, c'est-à-dire une voix d'abord et bien vocale, et sans plus d'autorité que d'être la grosse voix.[98] » Le sujet se trouve dans une forme d'assujettissement aux injonctions du surmoi, sorte de voix intérieures, qui viennent des premières instances parentales. Si ces voix dans leur matérialité sont plus silencieuses que sonores, une forme d'insonorité vocale pour reprendre l'expression de Lacan, elles n'en sont pas moins présentes et injonctives. Selon Michel Poizat, qui se réfère, quant à lui, à Melanie Klein, le surmoi prend son origine dans l'enfance alors qu'il était dans un état de totale dépendance à l'Autre, autrement dit, dans la plupart des cas, à la mère. Le surmoi serait par conséquent une voix qui incorporerait à la fois le père (la « grosse voix ») et la mère. De nouveau, il y aurait au sein d'une même voix une pluralité de voix, une polyphonie vocale en quelque sorte, qui peut prendre parfois l'allure d'une complainte toxique, envahissante et morbide. C'est, entres autres, dans cette pluralité de voix, dans le sens où il y a, au moins du double, sinon du double augmenté, qu'apparaît l'inquiétante étrangeté, l'*Unheimliche*, telle qu'elle a été conceptualisée par Freud. La peur que le loup suscite pourrait ainsi prendre son origine dans son hurlement, caractéristique par le continuum qu'il fait entendre, ce que souligne Michel Poizat : « Or les hurlements du loup, repris en chœur par la meute en de longues modulations tenues très longuement, sont particulièrement aptes à présenter cette caractéristique du continu de la voix en tant qu'objet. [...] Aucun autre animal confronté dans son écologie à l'être humain ne présente cette particularité vocale.[99] » Ce continuum marque le point de rupture entre loup et chien, ce dernier ayant abandonné, sa vie sauvage, libre mais rude, au profit d'une vie soumise domestique, confortable mais soumise à son maître. Cet abandon se manifeste dans la perte du continuum vocal devenu aboiement, scansion, à l'image de l'homme qui devenu être parlant alterne entre voyelles et consonnes, ces dernières représentant en quelque sorte une répression de la vocalisation. Elles ont une fonction de coupure qui marque la perte du temps, d'avant le langage, où la jouissance vocale était pleine. Dans une sorte d'imitation de son être humain de maître, le loup devenu chien a opéré une sorte de mue vocale. Jean-Michel Vivès, faisant référence à la thèse soutenue par Michel Poizat et aux recherches de l'ethno-zoologue Geneviève Carbone, rappelle que « la domestication du loup en chien avait transformé le hurlement en aboiement réintroduisant du discontinu chez le chien là où le hurlement du loup présente du continu. D'ailleurs, lorsque ce hurlement – dit à la mort – réapparaît chez le chien le sentiment d'inquiétante étrangeté éprouvée lorsque l'on entend

97. POIZAT, M. « "L'inquiétante étrangeté" de la voix ou : la voix du loup », *La lettre de l'enfance et de l'adolescence*, 2004/2, N° 56, pp.43-50.
98. LACAN, J., *Écrits*, Paris, Seuil, 1966, p.684.
99. POIZAT, M., « "L'inquiétante étrangeté" de la voix ou: la voix du loup », *op.cit.*, pp.43-50.

la vocalisation du loup fait également retour. C'est encore une fois la dimension du continu que la domestication avait tenté d'éradiquer qui s'impose alors.[100] »

Outre le caractère continu du hurlement du loup, sa dimension éminemment sociale marque le lien identitaire. La particularité vocale du hurlement lupin est « d'autant plus opératoire qu'elle s'apparente tout particulièrement à l'une des fonctions même de la voix comme objet chez l'homme : participer de la manifestation, voire de la constitution de son appartenance au groupe, de son identité sociale. On pourrait ainsi risquer l'hypothèse que la voix du loup produirait un effet qui ne serait pas sans rapport avec celui du schofar.[101] » Theodor Reik, et, à sa suite, Lacan, ont proposé une analyse sur la fonction du schofar qui permet, en effet, d'établir un lien entre la vocalisation du loup et les résonances du schofar, instrument fabriqué avec la corne de bélier, utilisé dans la liturgie judaïque depuis l'Antiquité. Le schofar se fait entendre à travers trois principales sonneries : *Teqi'a*, un son long et ininterrompu ; *Terou'a*, une série de neuf sons saccadés et *Chevarim*, trois sons brefs. Si cet instrument, somme toute rudimentaire, a attiré l'intérêt de psychanalystes tels que Reik et Lacan, c'est précisément pour son rapport à la voix, référence à celle de Dieu, pour Reik, thèse que Lacan développe par la suite. C'est à partir de l'introduction de la pulsion invocante dans la pensée lacanienne que le schofar entre en jeu. Ce qui caractérise les objets de la pulsion, ce n'est pas leur présence mais leur absence, leur manque. Lacan les a rassemblés sous un même concept du manque, l'objet *a*, ce manque qui nous fait désirer. Lacan établit un rapport entre la corne du bélier avec lequel le schofar est fabriqué et celui sacrifié par Abraham au mont Moriah, qui n'est pas un bélier ordinaire mais une sorte de divinité créée avant même la création du monde. « Le sacrifice par Abraham du bélier-originaire est donc la mise à mort de ce dieu du paganisme, divinité à laquelle on offrait des sacrifices humains, généralement des enfants. Ce bélier peut être considéré comme un animal totémique, c'est-à-dire l'ancêtre mythique, le père primitif de la famille hébraïque. C'est ce père primitif qu'Abraham sacrifie. Il n'en reste pas moins dans l'inconscient une trace nostalgique et coupable de ce meurtre. Telle est la relecture que Lacan fait du complexe d'Œdipe freudien à partir du texte biblique.[102] » Ce bélier est par conséquent un animal totémique, comme décrit dans *Totem et tabou*, le son du schofar pouvant être considéré comme « la voix même du Père, de ce dieu absent auquel il y a à se rappeler et dont le sacrifice répète le meurtre. La voix est celle du père interdicteur voué à la mort.[103] » Le schofar comme le loup ont un rapport avec le père mais aussi avec le surmoi, lien où regard et parole sont intimement liés.

---

100. VIVÈS, J.-M., « Les voix et le regard du loup : le surmoi lupin », *La voix entre chien et loup*, sous la dir. de GILLIE, C., *op.cit.*, p.86.
101. POIZAT, M., « "L'inquiétante étrangeté" de la voix ou : la voix du loup », *op.cit.*
102. HADDAD, G., *Tenoua.org*, en ligne : https://tenoua.org/kippour-shofar-haddad-173/
103. JURANVILLE, A., *Lacan et la philosophie*, Paris, PUF, 1984, p.186.

La figure du loup évoque et rappelle ce que l'homme cherche désespérément à contrôler, ou à oublier, à savoir son animalité. Ce qui dans le loup dérange l'humain serait qu'il témoigne de cette liberté perdue que l'animal sauvage continue, lui, de savourer. Et si *homo homini lupus est* (l'homme est un loup pour l'homme), ce n'est certainement pas par la liberté qu'il a conservée de cette parenté avec l'animal mais seulement par son agressivité, comme l'a souligné Freud dans le chapitre V de *Malaise dans la civilisation*.

Rituels : de chair et de cris, l'écho des ancêtres

La vocalité dans des rituels pratiqués dans les cultures extra-occidentales met en exergue la voix comme véhicule privilégié pour une forme d'expression liminaire. Qu'il s'agisse de forces musculaires qui s'opposent ou d'articulation entre absence et présence, il y a, au cœur de la voix, une cohabitation de notions qui fonctionnent en miroir. Dans des contextes différents, tels que des rituels observés au Gabon, en Amazonie[104], à Madagascar[105], en Mongolie[106], mais qui ont en commun un intérêt moindre porté aux mots en tant que signifiants, la performance vocale s'exprime au-delà du langage, dans sa matérialité, et sollicite la métamorphose, le masque, le souffle, le bégaiement, le sifflement, le cri, l'étranglement, la brisure, la cassure, la voix hantée, la litanie, la plainte, le vide, le halètement… La voix joue avec les frontières, entre expiration et inspiration, entre son et silence, entre chair et air, entre présence et absence, entre intérieur, puisque c'est au tréfonds du corps qu'elle prend naissance, et extérieur, car c'est dans la projection, hors du corps, qu'elle se donne à entendre. N'est-ce pas précisément parce que la voix prend sa source dans une zone liminaire, à la lisière entre plusieurs niveaux de réalité (à commencer par la réalité physique de la voix qui existe parce qu'il y a rencontre entre la matérialité corporelle et l'immatérialité de l'air), créant ainsi un point de jonction où se rejoignent diverses caractéristiques, qu'elle est si présente dans l'activité rituelle ? Quand, dans cette rencontre, se côtoient des expressions antagonistes (telles que cri/silence, décorporéisé/incarné), ne s'agit-il pas moins de l'expression d'un paradoxe que de la traduction d'une dynamique où les limites et les frontières, parce que plus instables, permettent de se dégager de considérations binaires, clivantes et cloisonnantes ? La voix pourrait-elle être le véhicule permettant la présentification de ce qui est vécu comme réel par les acteurs du rituel bien qu'invisible et imperceptible ? Pour le chamane ou le guérisseur, l'expression vocale se fait aux limites du corps pour les dépasser, afin que se fasse entendre une voix inhumaine car ne correspondant plus à l'expression

104. GUTIERREZ-CHOQUEVILCA, A.L., « La contagion des images : voix enchâssées et dispositifs sensoriels dans un rituel chamanique amérindien », *Hybrid*, 1 déc 2017.
105. BURGUET, D., « Des voix pour un bilo. L'expulsion rituelle du maléfique à travers les chants polyphoniques », *Transposition*, 1 | 2011.
106. ZEMP, H. et HAI, T.Q., « Recherches expérimentales sur le chant diphonique », *Cahiers d'ethnomusicologie*, N° 4, 1991.

d'un seul individu. Ce qui signe la trace de l'individu, mais aussi sa limite, c'est le timbre, l'empreinte vocale équivalente à celle digitale[107]. Le timbre est unique, propre à chaque individu et immédiatement reconnaissable, on parle aussi de couleur vocale[108]. Avec la voix, au travers du timbre, l'individu se manifeste. Or, une production vocale en situation de rituel fait entendre une polyphonie à travers un émetteur unique. Ces voix multiples, celles des entités, génies ou ancêtres, étant à l'extérieur du corps de l'énonciateur lui imposent une délocalisation de la voix qui est alors hors-corps, mais qui pour pouvoir se faire entendre devra réinvestir avec puissance et violence la corporéité de la voix et en repousser les limites. D'où un travail sur le timbre à travers un phrasé musical ou sonore, pour que la voix devienne une forme, un réceptacle pour accueillir d'autres voix, venues d'outre-tombe, pour se faire « attrape-timbre », un artefact venant capturer la matérialité vocale. Andrea-Luz Gutierrez-Choquevilca, dans son article « La contagion des images : voix enchâssées et dispositifs sensoriels dans un rituel chamanique amérindien », parle de la multiplication des voix du chamane, de la transformation de sa voix, de l'enchâssement de sa voix par une « voix quasi-autre.[109] » Elle explique que « le contexte de l'action rituelle se duplique : c'est à la fois le chamane qui énonce son chant et les esprits qui sortent littéralement de sa bouche.[110] » Cette quête vocale semblerait aboutir à une matérialité prégnante, une forme de méta-incarnation de la voix, qui pourrait donc être plutôt considérée comme celle d'une voix et d'un corps augmentés.

Toute cette description sans mise en contexte culturel pourrait en tout point correspondre à des cas cliniques de sujets psychotiques atteints d'hallucinations vocales. Les voix sont extérieures au sujet, elles s'emparent de lui dans une manifestation invasive, elles prennent la parole, parfois dans une langue étrangère au sujet ou bien dans un langage imaginaire, et délivrent un message. À la différence des voix qui s'expriment dans le rituel où elles peuvent être tout autant violentes d'un point de vue sonore que susurrées, les voix de l'halluciné sont plus murmurées que criées mais, dans un cas comme dans l'autre, *ça* crie et ça télescope la voix du sujet. C'est le grand Autre qui s'invite, bien que cette dénomination soit dénuée de sens dans les cultures évoquées plus haut. Il y a certes éclatement du sujet dans les deux cas, mais la grande différence entre les deux expériences est d'ordre culturel : là où ce phénomène est considéré comme un symptôme grave qui relève, pour la psychiatrie, de la maladie mentale, d'autres cultures, parce qu'il y a une mise en place symbolique de ces manifestations, offrent au sujet une position certes singulière dans la communauté mais hautement respectée. Dans ce contexte, il y a une place pour ce qui n'appartient pas au domaine du visible,

107. ORRADO, I. ; PILAS, V. ; VIVÈS, J.-M., « De l'impossible cession de l'objet voix au possible investissement d'une voix : La passe résonante de l'autiste », *Revista Latinoamericana de Psicopatologia Fundamental*, juillet 2017; 20(3): pp.481-946.
108. *Ibid.*
109. GUTIERREZ-CHOQUEVILCA, A.L., « La contagion des images : voix enchâssées et dispositifs sensoriels dans un rituel chamanique amérindien », *Hybrid*, 1 déc 2017.
110. *Ibid.*

ce qui permet à la crise de possession d'être contrôlée par le cadre établi par le rituel, ce qui permet une entrée et surtout une sortie de crise[111]. Cette mise en regard entre des sociétés animistes et celle occidentale nous permet de constater que ce qui fait symptôme prend parfois sa source dans la culture. Notre civilisation cartésienne est construite sur ce qu'elle peut voir, reléguant tout autre phénomène dans le domaine de l'inexistant, et celles et ceux qui ne se soumettraient pas à cette vision sont rangés dans la catégorie des malades. La maladie mentale a une dimension éminemment culturelle, mais on peut aussi questionner la façon dont elle est engagée à se régénérer et à se réactiver. Les individus entre pression sociale et prise médicamenteuse, coupés de toute relation humaine ordinaire, ne sont-ils alors pas pris dans un cercle vicieux qui les enferme dans leurs propres pathologies ?

Le noble silence

De l'autre côté du cri, tel un frère jumeau, à la fois semblable et différent, se trouve le silence. Il est source d'angoisse pour les un.e.s, de paix pour les autres. En musique, sa présence est indispensable ; sans silence, il ne saurait y avoir de musique. Il est d'ailleurs fréquent de dire que l'on reconnaît les très bons musiciens à leur capacité de jouer avec le silence, de faire entendre la musique dans les silences. Le son a besoin de silence pour pouvoir résonner. Pourtant, pour des sujets très angoissés, la pollution sonore est encore préférable au silence. Ce dernier ouvre l'espace, y inscrit une faille et, avec elle, l'illusion d'une vacuité et toutes les angoisses que cette expérience peut (r)éveiller. Pour les détourner, tous les moyens sont bons, de la boîte à musique pour endormir les enfants à la télévision ou la radio allumée toute la nuit pour simuler une présence et surtout permettre aux vieux démons de se taire. Occuper l'espace avant qu'il ne soit colonisé par la voix du Grand Autre. « Ce silence ou l'imminence du désir de l'Autre, voilà l'angoisse. L'angoisse que le phobique traite par la peur, car le phobique a cette expérience particulière comparable à la toux qu'on entend soudain au concert quand la musique fait silence. Dans le silence de la chambre, la nuit, il entend les craquements du bois, le frôlement du vent, il a peur. Il a peur de quelque chose qui serait le signe de l'Autre, non pas son signifiant mais le signe de l'Autre, de sa présence, l'imminence de la voix, l'imminence de son désir.[112] » Le silence est présent dans beaucoup de pratiques spirituelles. Dans la religion chrétienne, on peut faire vœu de silence, comme on fait vœu de chasteté. La prière ne représenterait-elle pas une façon de faire taire une sorte de verbiage ? Or, même sans parole audible, comment accéder au silence absolu et que l'esprit cesse de produire des mots, pour qu'un retour à l'état d'avant les mots soit possible ? C'est au moins extrêmement difficile, sinon impossible. Aucune technique de méditation ne réussit à donner de véritable solution pour faire disparaître ce bavardage incessant, ça parle, toujours.

---

111. ROUGET, G., *La musique et la transe*, Paris, Gallimard, 1990.
112. VANIER, A., « La musique, c'est du bruit qui pense », *Insistance,* N°6, 2011, p. 21.

Que se cache-t-il derrière ce besoin de silence ? Dans l'environnement intra-utérin, il n'y a pas de place pour le silence, le corps maternel produisant en permanence des sons, puis à la naissance, c'est la « sonate maternelle[113] » qui occupe toute la place. Il est alors absolument nécessaire pour le jeune enfant de créer une coupure avec cette voix maternelle pour avoir accès au langage. Dans cet espace vide, ce « trou », la parole du père, la voix du père, peut apparaître et ouvrir, dans son sillage, la voie du langage. Le sujet peut alors à son tour faire l'expérience de sa propre voix, mais pour que cela puisse advenir, il doit, à travers sa propre voix, faire l'expérience de la perte. « Mais la voix au sens de la psychanalyse n'est pas la sonorité. Ce n'est pas le timbre, ni l'intonation, ni ce qui resterait quand on a retiré la parole, ni la pure image acoustique. Pour Lacan, ce qui s'en approche le plus, c'est la scansion, soit la coupure même. Elle est ce qui choit de la parole, mais ce n'est pas ce reliquat de timbre ou quoi que ce soit d'autre de sa matérialité. Elle est ce qui choit de la parole, c'est-à-dire littéralement un vide, un silence, qui pourrait être le pur silence, un vide au cœur de tout objet, celui de l'objet *a*, c'est-à-dire un trou.[114] » On comprend donc à la fois l'importance du silence mais aussi à quel point il peut être terrifiant car en son cœur réside la pulsion de mort. Faire vœu de silence est en quelque sorte exprimer le désir de revenir à ce temps où la *sonate maternelle* était omniprésente, c'est un désir d'absolu qui se manifeste, revivre ce temps de fusion, intimement lié, nous l'avons vu plus haut, avec la pulsion de mort. Dans la quête mystique, on peut comprendre ce besoin de se fondre dans le silence, ou plus exactement dans la voix du Grand Autre, comme une façon d'annuler l'alternance absence/présence, de se soustraire au *fort-da*, ce jeu qui permet d'entrer dans le langage. Ainsi, en refusant le langage, le sujet se prive du plaisir de parler et de la possibilité de rentrer dans le symbolique, une jouissance seconde, au profit d'un retour à la jouissance absolue archaïque et primitive, celle de la mère, de Dieu, de Bouddha, celle du Grand Autre qui permet de nourrir l'illusion, étant totalement « absorbé » par la *Chose*, d'arrêter de désirer. On peut rapprocher cette quête du sentiment océanique dont fait état Romain Rolland : « Il s'agit d'une sensation de l'éternité, sentiment comme quelque chose de "sans frontière, sans borne". Romain Rolland avance alors l'hypothèse que la religion est universelle par son origine dans le sentiment océanique, sans article de foi ni affiliation à une communauté. Pour Freud, l'expérience océanique surgit dans un après-coup, tendance au retour à un état primitif pulsionnel qu'il qualifie du retour au giron maternel.[115] »

Pour illustrer ces propos, je m'appuierai sur le cas clinique d'un jeune homme, Vladislas, atteint de troubles autistiques. Il fait partie d'un groupe avec lequel je mène un projet musical. Ce jeune homme a vingt-cinq ans, il vit seul avec sa mère, qui est chanteuse lyrique, il a la double nationalité française et russe. Ce

---

113. QUIGNARD, P., *La haine de la musique*, Paris, Gallimard, coll. Folio, 2002 (ouvrage original publié en 1996), p.109.
114. VANIER, A., « La musique, c'est du bruit qui pense », *op.cit.*, p.17.
115. KALUARATCHIGE, E., « La musique "océanique" : Romain Rolland entre Beethoven et Wagner », *Topique*, 2014/3 N° 128, pp.135-149.

jeune homme ne parle quasiment pas, il est de nature très angoissée, mais il aime beaucoup les cours de musique. Durant les séances, s'il ne cesse de sourire, il participe peu mais il est pourtant présent, ce qu'il manifeste en appliquant certaines consignes proposées. Son silence ne ressemble en rien à un mutisme, il semblerait plutôt qu'il baigne dans un univers filtré, « aquatique », où tout lui parvient mais avec un tel décalage temporel, qu'il lui est difficile, sinon impossible, d'être dans une interaction. Nous préparons, avec le groupe, un concert. Une jeune participante, Éléonore, chante pour l'occasion l'*Ave Maria* de Gounod. Le concert est une réussite, un moment très émouvant. La séance suivante, la mère de Vladislas nous dit qu'il a adoré entendre Éléonore chanter l'*Ave Maria*, qu'elle-même, la mère, chantait beaucoup lorsqu'il était enfant. Lors de la séance, je demande alors à Éléonore si elle veut bien chanter l'*Ave Maria*. Ravie, elle commence le chant quand Vladislas reprend avec elle « Ave Maria » à deux reprises, d'une voix extrêmement claire pour retourner immédiatement dans le silence mais avec un sourire encore plus grand que d'habitude, un sourire à la limite du rire. Il semble lui-même surpris de s'être entendu. Non seulement sa voix était intelligible mais il a chanté de façon parfaitement synchronisée avec Éléonore, sans décalage. Ce chant, entendu enfant de la voix de la mère, puis interprété par une jeune fille, permettait à Vladislas de quitter le sentiment océanique, de perdre la voix de la mère et de se replacer dans un circuit invoquant. « L'infans, en perdant la voix comme objet, devient invoquant, entame son procès de subjectivation et enclenche sa course désirante[116]. » La voix d'Éléonore avait permis, l'espace de quelques instants, à Vladislas de réenclencher un circuit de désir, ce qui put advenir car rendu sourd à la continuité de la voix de la mère, indifférenciée avec son propre cri d'infans, il entra dans le processus où il devrait « rester sourd au chant de la sirène, pour n'entendre que le chant de la poétesse qui l'invit[ait] à advenir.[117] » Même s'il est ensuite retourné dans son silence figé, la voie/x est ouverte.

Les labyrinthes du silence : autisme et langage

Si le langage représente souvent un problème pour le sujet atteint de troubles autistiques, cela ne signifie pas que ce dernier se refuse à communiquer. C'est la voix, dans sa matérialité, qui semble faire barrière au langage plus qu'un refus de communication. En effet, la personne avec autisme communique, même si elle n'est pas verbale. Pour pouvoir accéder au langage, l'enfant doit avoir le sentiment d'exister dans son corps. La voix y occupe un rôle de structuration du sujet, le « bébé naît immergé dans un bain de langage. Mais, pour qu'il advienne en tant qu'être parlant, il faut que ce langage s'incorpore au réel de son corps.[118] » Parce

---

116. VIVÈS, J.-M, « Pulsion invocante et destins de la voix », *Insistance*, en ligne : http://ns.lutetium.org/mirror/www.insistance.org/news/42/72/Pulsion-invocante-et-destins-de-la-voix/d,detail_article.html
117. *Ibid*
118. CATÃO, I., et VIVÈS, J.-M., « À propos du choix du sujet autiste : voix et autisme. Pour une prise en compte de la dynamique invocante dans la psychothérapie des patients autistes », *Psychothérapies*, vol. 32, N° 4, 2012, pp. 231-238.

que, en se référant à Lacan, la « voix ne s'assimile pas, elle s'incorpore[119] », elle nécessite que l'enfant accepte l'incorporation de la voix de l'Autre, et pour cela « la particularité de la voix par rapport aux autres objets pulsionnels est d'être l'objet du désir de l'Autre (Lacan, 1964), ce qui implique une double direction : de l'Autre vers le sujet, mais également du sujet vers l'Autre[120] », ce qui implique l'acquisition d'un point sourd[121], autrement dit objet de désir, d'un côté et la marque de la perte et du manque, de l'autre. Or, si l'on s'en tient à l'hypothèse de Vivès et Catão le sujet autiste n'a pas pu effectuer ce mouvement de « non-assourdissement », différent des hallucinations verbales du sujet psychotique, car il s'agit, dans le cas du sujet autiste, d'une hypersensibilité aux bruits et aux sons due à l'absence de ce point sourd. La personne avec autisme qui se refuse à la voix procède de différentes façons, par le verbiage, flux incessant de mots qui lui permet de parler « volontiers mais à la condition de ne pas dire[122] », par la répétition en différé de phrases entendues dans un autre contexte mais dont le but est communicatif, par le langage voilé, c'est-à-dire qui « reste souvent ainsi déguisé comme pour bien s'approprier un sens, qui ne soit pas immédiatement dévoilé[123] », ou encore par le mutisme. Mais quelles que soient les manifestations, il s'agit plus d'une difficulté à entrer dans le langage que d'un refus de communication. Quand, comme le suggère Chantal Lheureux-Davidse, le thérapeute, le professeur de chant ou encore toute autre personne souhaite entrer en contact avec le sujet autiste, il « gagne à observer finement la moindre réaction de la personne autiste qu'il accompagne face aux impacts des événements sensoriels qui peuvent être surprenants et parfois effractants. Il est important qu'il cultive également sa propre capacité à se laisser surprendre par le moindre événement, le moindre mouvement et qu'il manifeste de façon explicite son étonnement, en synchronie avec l'étonnement implicite de la personne autiste.[124] » L'angoisse s'apaisant alors permet de constater que le désir de communiquer est bel et bien présent chez le sujet autiste.

Formée à la pédagogie Dolce en direction des personnes autistes, je donne des cours de chant et de piano à ces élèves depuis plusieurs années. Aziz a neuf ans quand les cours commencent. La plupart du temps, il soliloque, adoptant une voix de dessin animé. L'intention est neutre, comme si Aziz répétait une leçon. Il m'est difficile de saisir les mots prononcés et lorsque c'est le cas, j'ai beau essayer de trouver ce qu'Aziz tente de me dire, je ne parviens pas à créer des liens. Je remarque seulement que ces phrases apparaissent avec un besoin de se lever et de parcourir la salle. Après quelques minutes, Aziz s'assoit de nouveau au piano

---

119. LACAN, J., *Le Séminaire*, Livre X, L'Angoisse, Paris, Seuil, 2004.
120. CATÃO, I., et VIVÈS, J.-M., « À propos du choix du sujet autiste : voix et autisme. Pour une prise en compte de la dynamique invocante dans la psychothérapie des patients autistes », *op.cit.*
121. VIVÈS, J.-M., « Comment la voix vient-elle aux enfants ? », *Enfances & Psy,* Vol. 58, N° 1, 2013, p. 40-50.
122. MALEVAL, J.-C., *L'autiste et sa voix,* Paris, Seuil, 2009
123. *Ibid.*
124. LHEUREUX-DAVIDSE, C., « L'étonnement partagé face à des événements sensoriels avec des personnes autistes », *Cliniques méditerranéennes,* N° 91, 2015, pp.67-80.

et accepte de reprendre l'apprentissage. Étant donné que ces moments de déambulation ne génèrent pas d'agitation, je le laisse faire. Tout en l'observant, je joue du piano ou je chante. Aziz étant algérien, lors d'une de ses déambulations, je chante une berceuse en arabe. Sans manifester de changement de rythme dans sa marche, dans ses paroles ni dans sa trajectoire, Aziz, lorsqu'il arrive près du piano, vient s'asseoir tranquillement. Je m'arrête alors de chanter mais, pour la première fois, il me regarde droit dans les yeux et me demande : « Encore, Véronique ! » avant de poser sa tête sur mes genoux. Puis, toujours dans cette position, lorsque j'ai eu fini de chanter, il pose ses mains sur le piano et petit à petit il se redresse et termine la séance sans reprendre ni déambulation ni verbiage. Cette loquacité était une façon pour Aziz de gérer ses moments d'angoisse, lorsque je devenais certainement trop effractive pour lui. « Le verbiage autistique est un exercice rassurant de parole dans laquelle la voix est gommée, non placée au lieu de l'Autre, de sorte qu'elle ne divise pas le sujet, et qu'il peut en garder la maîtrise.[125] » Une façon pour Aziz de faire barrage à trop de voix de ma part. Sa propre voix n'avait pas pour fonction de communiquer avec moi mais, à défaut de se boucher les oreilles, elle créait une bulle dans laquelle je ne pouvais plus m'introduire. Pourtant, quand la berceuse en arabe surgit, c'est une voix de la mère qui apparaît mais différente, par le timbre et certainement un accent défaillant. Différence qui a introduit des micro-variations favorisant « l'émergence d'un langage parlé communicatif non stéréotypé dans la mesure où le propre du langage est d'utiliser certains mots dans des contextes différents avec des micro-variations de sens de ces mots selon leurs contextes.[126] » Aziz s'est alors senti rassuré mais surtout concerné, ce qu'il m'a fait savoir en me regardant et en m'adressant une demande qui prouvait que le circuit de la pulsion invocante s'était mis en place, en me nommant. La relation était établie. En partageant avec lui l'étonnement qui fut le mien, par une narration puis en chantant cette berceuse chaque fois qu'Aziz commençait à soliloquer et à déambuler, tout en y apportant des micro-variations afin d'éviter la ritualisation excessive, nous sommes arrivés, peu à peu, à prolonger les temps d'apprentissage et à multiplier les échanges où une réelle communication verbale se mettait en place. Le verbiage a progressivement complètement disparu des séances.

La voix est ambivalente, la personne autiste ne s'y trompe pas, elle l'utilise tantôt pour communiquer, certes avec des codes qui ne sont pas ceux habituels, tantôt pour faire barrière (à l'heure où on ne cesse d'entendre parler de gestes barrières !) à l'Autre. Si la voix, dans sa manifestation sonore, est un rempart au trop de son, c'est qu'elle a en elle une dimension silencieuse. On pourrait la qualifier de voix muette, hors-corps, une voix *a-phone*.

---

125. MALEVAL, J.-C., *L'autiste et sa voix*, *op. cit*, p.78.

126. BARRAL A., BEN YOUSSEF R., LHEUREUX-DAVIDSE C., VARRO C., « Émergences du langage dans le suivi d'enfants autistes en psychothérapie », *Psychiatrie de l'enfant*, vol. LIII, 2/2010, pp. 509-545.

Le silence peut revêtir différentes formes comme le cri avec lequel il est intimement lié. Citons à ce titre Lacan qui écrit : « Le cri fait le gouffre qui engendre le silence[127] » ; ce serait une erreur d'opposer ces deux expressions de l'extrême et de catégoriser le dernier comme l'expression d'une pulsion de mort, tandis que le cri serait celui de la pulsion de vie. Il s'agit au contraire d'une articulation bien plus complexe où coexistent les deux pulsions, dans un rapport plus ou moins équilibré. Selon les situations et surtout la façon dont le sujet s'en empare, s'y réfugie ou s'y soustrait, le silence peut s'inscrire dans différents mécanismes psychiques. En musique comme dans la vie, il est l'expression en creux dont on ne peut se passer. « Ce que laisse entendre ce silence inouï, imperceptible, est exactement le contraire de ce que le silence traumatique ne laisse pas entendre : ce qui caractérise le silence traumatique, c'est qu'il est "silence de silence", autrement dit un silence qui ne s'entend pas. À ce silence traumatique inaudible, j'oppose le silence "inouï" que la musique ou la poésie peut entendre et fait entendre. Ce dernier n'est pas sans rapport avec le type de silence que l'analysant peut "ouïr" à travers le silence de son analyste.[128] »

Les voix dans leurs expressions extrêmes jouent sur une corde sensible, celle de l'entre-deux, entre l'impalpable et la matérialité, l'insonorité, l'indicible et la vocifération, la perte et la jouissance, le hors-corps et la transgression, l'absence et la présence..., comme s'il s'agissait là de décliner à l'infini l'alternance du rythme respiratoire, entre inspiration et expiration. L'enjeu n'est-il pas alors de prendre le risque de défier la voix en tant qu'objet *a* ? En la traitant comme déchet, en la considérant ainsi comme insignifiante, le sujet se protège pour se donner l'illusion d'échapper à tout ce qui la lui rendrait précieuse. Rendre les frontières poreuses et instables afin que l'entre-deux devienne un espace de plus en plus vaste, où puissent se déployer une quête de liberté ainsi qu'une forme de vérité, non absolue, mais personnelle et sans cesse renouvelée – et qu'importe si l'entreprise est insensée –, est certes l'enjeu de la cure psychanalytique mais aussi de l'art. S'il y a un point d'équilibre entre pulsion de vie et pulsion de mort, à travers lequel la pulsion invocante peut se manifester et combler le trou causé par le manque et la perte, alors la sublimation, mouvement de freinage pulsionnel, peut potentiellement opérer.

127. LACAN, J., *Séminaire XII, Problèmes cruciaux de la psychanalyse, non publié*, leçon du 17/03/1965, en ligne : http://staferla.free.fr/S12/S12 % 20PROBLEMES.pdf

128. WEILL, A.-D., *Un mystère plus lointain que l'inconscient*, Paris, Aubier, 2010, p.135-136.

Il marche après…
Libre
Toujours ;
Après tout pourquoi devrait-il l'être ?
S'il parvient à marcher ; alors, sans s'arrêter ! Dirigé, poussé, guidé…
Changement.
Brutal
ça craque, ça déchire là, dans le sternum. Il n'entend plus que ça.
Et plus rien.
Plus de lumière, plus d'astre pour ouvrir la voie, plus d'astrologie pour lui dire qui il est, qui il veut, qui il aime.
Il marche
vers lui
vers l'oubli
plus rien ne dit
plus rien ne crie
tout est dit.
Il quitte la vie
il ne marche plus après
il ne marche plus vers
il marche

Véronique Truffot

Texte écrit en Atelier d'écriture de Valéry Meynadier

Claire GILLIE. *Cri perce-muraille.* À proximité du pont Saint-Charles, Prague. 2010.

CHAPITRE 2

ENTRE CORPS MUTILÉ ET TRÉBUCHEMENTS DE LA PAROLE ;

LA PERTE VOCALE À CORPS PERDU

Du corps mutilé de la laryngectomie à la voix « turbullée »

Laure GUILBOT

Introduction

« Le langage c'est un océan de mots. Pour ma part, ou je suis presque noyé dedans ou, quand la mer se retire, je regarde, je marche sur ce qui reste. Des trous, des flaques. L'écriture fragmentaire, ce sont des flaques, ces restes marins, ces coquillages, ces témoins humides. Mon attention les sèche. À l'opposé du discours continu, qui est la vie, entre du palpable et du rien[129]. »

Inspirer, expirer. Respirer.

Vie et voix sont mues par cette pulsation entre présence et absence : pas de vie sans air, pas de voix sans souffle. À l'image du vent qui tourne et devient brise, il arrive que la voix se brise. Dans les cas les plus extrêmes, elle n'existe plus.

C'est ce que l'on observe dans la laryngectomie totale, qui consiste en l'ablation du larynx et des cordes vocales dans les cas de cancers des voies aéro-digestives supérieures.

Dans quelle(s) mesure(s) corps et voix sont-ils liés, alliés ? Comment se vit l'acte chirurgical, mutilant, de la laryngectomie totale ? Quels sont les dessous de la rééducation orthophonique et quelle place le thérapeute tient-il dans l'accompagnement du patient pour sa nouvelle voix ?

Un point de vue orthophonique soutenu par une approche psychanalytique permet de répondre à ces questions. Il s'illustre et s'incruste par le *mot* que le

129. PERROS, G, *Papiers collés,* III, Paris, Gallimard, 1978.

dictionnaire définit ainsi : « Chacun des sons ou groupes de sons correspondant à un sens isolable spontanément[130]. »

Quand le son est impossible, on assiste à la mue du muet.

S'incorpeaurer

« Je me laisse manipuler comme si j'étais un sac. Obsession du sac. Être un sac. Perte absolue de toute personnalité – si tant est que... – de toute présence, de toutes ces âneries finalement mondaines, dignité, fierté... [...] Je sens l'animal, à fleur de peau, qui broute mon corps, mon "espace intérieur"[131]. »

Une peau comme besoin

La peau est la partie visible du corps.

Incorporer, c'est « faire entrer comme partie dans un tout[132]. »

Le « corps-peau » constitue l'enveloppe, la carcasse nécessaire, l'« organe contour » de notre existence. La peau nous (dé)limite.

De lisse à écorchée, la peau est en effet marquée, tracée ; elle porte naturellement les stigmates de notre parcours de vie. Elle est mémoire.

Que se passe-t-il quand la maladie vient s'y introduire, quand elle vient la gangrener, la contaminer, au point d'en arriver à « jouer sa peau » ?

Dans les cancers évolués des voies aéro-digestives supérieures, le traitement repose principalement sur la laryngectomie totale : cette intervention chirurgicale qui consiste à retirer la tumeur avec le larynx et les cordes vocales[133], a vocation à « faire la peau » au cancer, en retirant la tumeur, et à entrevoir l'espoir de « sauver sa peau ».

« Peau ». « Pot ». Étrange homophonie.

Toucher à la peau revient en effet à toucher à notre « pot », notre « coffre ».

Car « pour exister, il faut être contenu ; le contenant est l'essentiel, le sac, le paquet, l'écrin[134] », note un chirurgien plasticien.

Comment l'expression « avoir du coffre » peut-elle dès lors résonner ? Sera-t-on encore potable ou empoté ? Réduit à potiche, pot de fleurs ? Pire : un dépôt, un déchet ? Un pot-pourri de peaux pourries ?

---

130. JOURNET, R., ROBERT, G., & PETIT, J., *Mots et dictionnaires, 1798 – 1878*, Paris, Gallimard, Les Belles Lettres.
131. PERROS, G, *Papiers collés*, III, Paris : Gallimard, 1978.
132. *Le Petit Robert*, 1973.
133. BABIN, E., *Le cancer de la gorge et la laryngectomie, « La découration »*, Paris, L'Harmattan, 2013.
134. MIMOUN, M., « La quatrième dimension de la peau : le point de vue d'un chirurgien plasticien, reconstructeur et esthétique », *Revue française de psychosomatique*, no 29(1), 147-158, 2006.

Or, considérer la peau comme simple « pot » lui ôte son aspect stratifié : « Je dis épithélial plutôt que *cutané* pour souligner la construction cellulaire par strates, se régénérant et entretenant des connexions. Alors que le *cutané* me semble faire trop sac, trop enveloppe, il est une vision rétrograde, qui résume le corps humain au médiéval *saccus merdae.*[…] Car la peau n'est pas une et indivisible. Elle est toujours l'interpénétration de plusieurs peaux concomitantes. Indécise, feuilletée, elle fait stade, interminable transition entre deux métamorphoses. Elle est elle-même la vaporeuse frontière de l'être, en somme la fine lame d'une feuille de papier qui n'aurait ni envers ni endroit mais un seul bord et une infinité de profils, lesquels n'en finiraient pas de se perdre dans la boucle infernale d'un ruban de Möbius. De même que, dans la langue, on ne saurait isoler la sonorité de la sourde pensée qui la double, ni la pensée de son revers clinquant, la peau ne distingue pas son recto de son verso[135]. »

Du Moi-peau[136] à la voix-peau[137]

La peau entretient naturellement des connexions avec le sonore.

« Il n'y a pas d'étanchéité de soi à l'égard du sonore. Le son touche *illico* le corps comme si le corps devant le son se présentait plus que nu : dépourvu de peau. Oreilles, où est votre prépuce ? Oreilles, où sont vos paupières ? Oreilles, où sont la porte, les persiennes, la membrane ou le toit ?[138] »

Le larynx. Enchâssé dans le corps. Réduit comme peau de chagrin sur l'homunculus. C'est pourtant là que se trouvent les cordes vocales, là que se niche la voix.

Cette voix, ce corps invisible, ce spectre habité par l'éducation, le passé, les émotions, nous échafaude de façon nécessaire depuis la petite enfance. Ne me voyant pas, je suis présent par ma voix, par l'écho intérieur que je perçois. En somme, je parle, donc je suis.

« Nous entourons de linges une nudité sonore extrêmement blessée, infantile, qui reste sans expression au fond de nous. Ces linges sont de trois sortes : les cantates, les sonates, les poèmes. Ce qui chante, ce qui sonne, ce qui parle. À l'aide de ces linges, de même que nous cherchons à soustraire à l'oreille d'autrui la plupart des bruits de notre corps, nous soustrayons à notre propre oreille quelques sons et quelques gémissements plus anciens[139]. »

Les blessures d'enfance, qui bercent, somment, assomment, font passer du Moi-peau à la voix-peau.

---

135. DETAMBEL, R., « Le chemin sous la peau », H. Marchal et A. Simon dir., *Projections : des organes hors du corps* (actes du colloque international des 13 et 14 octobre 2006), publication en ligne, www.epistemocritique.org, septembre 2008, p. 166-171.
136. ANZIEU, A., « L'enveloppe sonore du Soi », *Nouvelle revue de psychanalyse*, *13*, 173-179, 1976.
137. GILLIE, C., « "À gorge déployée, à gorge dépliée", mutations, métamorphoses & devenir des voix d'enfants », https://www.le-lab.info/sites/le-lab.info/files/atelier5-textescomplets_0.pdf
138. QUIGNARD, P., *La haine de la musique*, Paris, Gallimard, 1996, p.120.
139. *Ibid*, p.11.

La voix perdue, on assiste à la perte du trait identificatoire[140]. Car la voix est un « visage sonore[141]. » Conçue pour s'adapter : changer de voix pour changer de scènes[142]. On s'en pare, pour incarner au mieux un personnage. On cherche la bonne « combinaison ». Le costume vocal change, s'adapte[143].

Comme un mauvais doublage, il arrive parfois que ça ne soit pas « raccord », que la cohésion entre l'image et le son soit incohérente. L'inconfort s'installe. *Unheimlich.* On endosse alors une peau – de bête, une peau d'âne – pour se dissimuler, se protéger en attendant de se redévoiler.

Moi-peau et voix-peau sont alors indissociables : lorsqu'advient la « desquamation vocale[144] », il faut panser et repenser son corps, ses interventions, son personnage.

Lorsque la voix pèle, que l'on en vient à (s') épeler. Au point d'oublier parfois comment on s'appelle.

« La lèpre, tangible au dehors, fait écho à la lézarde du dedans[145]. »

Du pli au repli

Tout est pli dans le corps.

« Aujourd'hui, la peau est tension, soutien de la verticalité de tous mes corps, invisible interstice, qui se fait possibilité, latence et chair des choses, dans un effet de retour et de retournement. Désormais, l'homme est sans orifice. Les narines, la bouche, l'anus, le vagin, l'hymen, les tympans ne sont que plis de peau, invaginations, repliements de la matière. Tout en moi, y compris mon cerveau, est pli poussé à l'infini, pli sur pli, pli selon pli. Ma peau est labyrinthe. Je suis infinie. La rectitude, le poli n'existent plus. Toute surface est diversifiée par des plis[146]. »

« Notre voix marquée des cicatrices, ratures et mutations de notre vie, s'offre comme un palimpseste à l'écoute de l'autre. À bien y tendre l'oreille, elle se déplie comme un parchemin vocal dont le texte primitif – la voix émergeante de la prime enfance – aurait été gratté et sur lequel des voix nouvelles s'inscriraient au gré des métamorphoses pleinement vécues ou subies[147]. »

Les cordes vocales, ou *plis vocaux*, n'échappent pas à cette forme. Plicature. Déplissement[148].

140. LE BRETON, D., *Du silence*, Paris, Métailié, 1997.
141. RÉVIS, J., *La voix et soi. Ce que notre voix dit de nous*. Paris, De Boeck, 2013.
142. Paul-Laurent ASSOUN, Intervention sur la mue
143. GILLIE, C., « La Voix à fleur de Peau », *Colloque de musicothérapie* Paris V-2008, *Revue française de musicothérapie*, Volume XXVIII, N° 1, 2009,
144. *Ibid.*
145. DUMAY, C., La cave, *Crispations,* Les Arêtes, 2014.
146. DETAMBEL, R., « *Le chemin sous la peau* », *Projections : des organes hors du corps,* sous la dir. MARCHAL, H. et SIMON, A.,actes du colloque international des 13 et 14 octobre 2006, 2008, p. 166-171.
147. GILLIE, C., « "À gorge déployée, à gorge dépliée", mutations, métamorphoses & devenirs des voix d'enfants », *op. cit.*
148. CORNUT, G., *La voix*, Que sais-je, Paris, PUF, Que sais-je ?, 2009.

Le pli constitue la « partie d'une matière souple rabattue sur elle-même[149]. » Ondulation d'un tissu flottant. Ondes sonores, d'un message à transmettre : mettre sous pli. C'est le temps de l'annonce, l'annonce diagnostique. Ça reste en travers de la gorge : ça ne passe pas. Engorgement. Sifflet coupé.

Car une laryngectomie est une amputation, une opération chirurgicale sans retour en arrière. Ce non-retour a quelque chose de morbide, d'autant plus terrible que la voix tuée ouvre sur un silence de mort.

Georges Perros (1923–1978), comédien, poète, contraint au silence après une laryngectomie, livre ses (res)sentiments avec force :

« Vous rentrez dans un engrenage d'où votre parole est exclue. Bouclez-la, ou allez vous faire voir ailleurs[150]. »

Le patient se trouve alors devant un dilemme : le repli sur soi – le mutisme – ou prendre le pli – la rééducation. Dans les deux cas, le rapport au corps – la voix en devenant sa précieuse métonymie – est bouleversé. Ma présence intime au monde – je parle, donc je suis – est affectée : quand les mots raisonnent mais ne résonnent plus.

La rééducation orthophonique ne serait pas un salut ou une résurrection, mais l'apprentissage d'un corps nouveau, d'un rapport au monde dont la nouveauté et la découverte pourraient être promesse de vie.

Cette nécessaire transition du corps induit un changement de mode de communication. « Trouver une parole de traverse.[151] » Un autre appel à l'Autre.

De la mutilation à la mutité : une réorganisation du schéma corporel

« J'ai de plus en plus cette sensation d'outre-tombe, comme si on m'avait soulevé la dalle, cette bonne blague, et que ni vu ni connu, quoique sous et dans le même corps, le même visage, je me sois payé ce plaisir extrême du posthume pendant d'existence.[152] »

L'appel du scalpel

Par l'annonce de la maladie, le cancer fait irruption dans la vie de l'individu, et prend la forme de l'adversaire – le crabe – plaçant le patient dans l'adversité. Il est le monstre qu'il faut vaincre et qu'on s'approprie : « mon cancer », « son cancer ».

Les armes médicales entrent en guerre : chimiothérapie, radiothérapie.

Les étapes se succèdent, et lorsqu'aucun traitement curatif ne permet une régression suffisante de la maladie, l'intervention chirurgicale s'impose.

Juguler le cancer, l'étouffer, l'égorger. Prendre ses jambes à son cou ?

149. JOURNET, R., ROBERT, G., & PETIT, J., *Mots et dictionnaires, 1798-1878, op cit.*
150. PERROS, G, *Papiers collés*, III, *op. cit.*
151. *Ibid*, p. 44.
152. *Ibid.*

On passe à l'arme blanche, au corps à corps. Le couteau sous la gorge. Or, qui égorge-t-on ? Le monstre ou le patient ? Le patient pour le monstre ?

« Je présente à qui exige ma gorge comme mes fesses, mes bras comme mon cou. On m'enfonce des aiguilles en veux-tu en voilà, un peu partout. Corps en transit[153]. »

L'organisme appréhende la perte de l'organe[154].

Cette épreuve infligée au corps, illustrée par « le tableau corporel des sévices infligés aux saints [qui] prend le sens d'un tableau à la Bacon. On a affaire à un corps flagellé, déchiqueté, décapité, lacéré, écorché, carbonisé, grillé, découpé… […] Ce qui surgit dans ce tableau, c'est l'*organe*, en quelque sorte « isolé » et mis en relief par les sévices[155]. »

Or, si le schéma corporel n'est pas ménagé, il est réaménagé : l'acte technique crée une indépendance entre les voies respiratoires et digestives. Il prive l'individu de sa voix traditionnelle et laisse un orifice au milieu du cou – trachéostome – qui lui permet de respirer[156]. Les organes deviennent, entre eux, troc, monnaie d'échange. On réORGAN(ES)ise. Comme la petite sirène échange sa voix contre une paire de jambes.

Chez le laryngectomisé, est-ce le cou à payer ?

Détournement, trafic d'organes.

Merveille que cette « géométrie variable du corps[157]. »

Le traumatisme est là. Les mots, s'ils ne se prononcent plus, gardent leur verve.

TrauMATisé : perte du mât, de la charpente, de la colonne vertébrale.

(H)amputation du morceau de viande, du tuteur permettant de tenir un tout[158].

Laisse place au temps de la sidération. Si, des rations. Petites portions.

De la peau suture à la posture

Le larynx, amputé, se voit déserté, désincorporé, désengagé du « bataillon ». Désengorgé. La voix l'accompagne, solidaire de son écrin, son réceptacle.

Le contrat est résilié avec le corps-sujet. Cette voix, dont on se parait, il est temps de s'en séparer. Désemparé.

Perte des repères, des coordonnées. Corps donné.

Restent les cicatrices, les sutures.

On n'a pas fini d'« en découdre ». De gérer les accrocs.

---

153. *Ibid*, p. 312.
154. VELLUT, N., *Le cri du vivant*, Communication à Tolède, mars 2020.
155. ASSOUN, P.-L., « Le corps saint : du déni à la jouissance », *Champ psychosomatique*, n° 33(1), 11-27.
156. BABIN, E., *Le cancer de la gorge et la laryngectomie, « La découration »*, op. cit, 2013.
157. ASSOUN, P.-L., expression utilisée lors des interventions au D.U. Voix, 2020.
158. JOURNET, R., ROBERT, G., & PETIT, J., *Mots et dictionnaires, 1798-1878, op.cit.*

La peau ainsi marquée, se remarque, se démarque. Idée d'un corps cartographié, auquel on aurait retiré une parcelle, redéfini les frontières. Le pli induit la rupture[159].

Métaphore géopolitique des notions de « frontières couture » et « frontières coupure[160] » :

Entre coupure et couture, on navigue entre ouverture et fermeture : comment gérer les flux, les échanges à présent ? Rupture avec soi, avec l'autre.

Lorsqu'une cicatrice s'ouvre, on dit qu'elle se désunit. *Désunion.* « Quel joli mot, d'une douceur trompeuse ! Une sorte de divorce épidermique, doux et peiné. Une terre promise qui s'ouvre, laissant apparaître une sinistre rivière souterraine dont les berges s'éloignent[161]. »

Parce que le trou est apparu, parce qu'il est apparent.

Ouverture, pour respirer, fermeture, pour s'alimenter. Les routes sont déviées, scindées, les conduits séparés.

La suture – physique – vient modifier, altérer la posture – symbolique – face à l'Autre.

Vient se poser la question de la posture sociale du laryngectomisé : son intégration physique, sociale, identitaire. Les notions de handicap, d'invalidité, apparaissent. Liminarité.

Faut-il se recroqueviller dans ce corps déformé, parce que l'on n'a plus voix au chapitre ?

« Accommodation organique, presque animale, aux espaces exigus dans lesquels je me tiens, quitte à m'y ensevelir. Je végète, statique, sur une minuscule parcelle, n'arpente que les cratères des volcans éteints[162]. » Faut-il se fondre dans le silence ?

Car « il y a assurément des voix qui [...] ont du poids[163]. » Celle du laryngectomisé a le poids de la gravité.

Risque-t-on l'imposture, à être sans voix, sans posture ?

Qu'est-ce qui se dit au-delà de l'acte, au-delà du « disséquer sec ». Porter atteinte à son appareil phonatoire peut être apparenté à une forme de suicide de l'être parlant.

Par l'oralité surexcitée de la prise de toxiques[164] – tabac, alcool – au risque de la vocalité perdue.

Suicider la parole, le lien à l'Autre.

---

159. "La profondeur de la peau" – Exposition avec Laurie Karp dans le cadre des "Moments artistiques" chez Christian Aubert – janvier 2020

160. FOUCHER, M., *L'invention des frontières*, Paris, Fondation pour les Études de Défense Nationale, 1987.

161. LANÇON, P., *Le Lambeau*, Paris, Gallimard, 2018.

162. DUMAY, C., *Le refus*, Revue l'Intranquille, 2018, p.14.

163. ASSOUN, P.-L., « Au bord de l'inaudible. L'Autre à voix basse ou la profération hallucinatoire », dans C.Gillie (sous la direction de), *À bas bruit, la voix, Voix/ Psychanalyse*, Solipsy, 2016, p. 39-49.

164. ASSOUN, P.-L., *« Que veut une adolescente ? »*, Serge Lesourd éd., Le f*éminin : un concept adolescent ?,* Toulouse, Éditions Érès, 2001, pp. 75-90.

De la posture à la prise de position

Avoir une bonne posture. Corporelle, sociale. Bien se « tenir ».

Idée d'une « peau lisse » [polis] : respect du cadre, de la règle. Coller à ce que les autres attendent de nous.

« Proférer l'image, asseoir la représentation. Le vernis, en surplomb, pour mieux se soustraire, s'effacer, voire disparaître.[...] Une histoire de défection, sous le couvert de la peau[165]. »

Considération de l'Autre face à la sidération de la situation.

Le patient n'est plus ce beau parleur.

Il déambule, erre. Les gestes deviennent plus grands, plus amples, pas forcément bien contrôlés. On cherche à agrandir l'espace, on cherche une place. Les bruits de bouche, le souffle et les expectorations bruyantes rythment les mouvements saccadés du corps.

Cet entre-deux, entre ni phonie vrai.

Ça sonne creux, on parle dans le vide.

Il se terre pour se taire.

Et risque la posture de repli, de refus.

« Je me tiens dans les vases clos, m'engourdis dans les déserts, au fond des ravines, au milieu des voix tues, refoulées, réprimées. J'ai cette propension nette à glisser vers le bas, à ployer et diminuer, à entrer le plus vite possible dans la poche de peau qui constituera mon ultime demeure. [...] Le refus dit cette audace, la géométrie du corps qui parle déjà quand il se meut, ou cesse de se mouvoir : placarder, déserter, se mutiner (...). Mais je n'ai ni le corps ni les mots du refus, suis incapable de me départir des chuchotements, des bégaiements, de ce qui couve dans la gorge, et finit par s'étioler dans le mutisme. Une langue sans relief, des intonations flasques. La voix ne sort pas[166]. »

Renoncement du Moi à son affirmation. Deuil anticipé de soi. Petite mort. Côtoyer une forme d'horizontalité. Horizon alité.

Comment se faire entendre désormais ?

« Dans les procès-verbaux des assemblées, on trouve l'indication "murmures" pour désigner des manifestations vocales indistinctes de plusieurs, en général en forme de protestation rentrée, qui n'ont pas l'audace ou les moyens de se faire entendre distinctement, autrement que par ce bruitage contestataire[167]. »

On retrouve cette voix de « protestation » chez le patient laryngectomisé. On est loin des murmures, mais on assiste à un vrai spectacle d'oralité, de bruits de bouche exacerbés, feu d'artifice d'occlusives sourdes : un « squelette consonantique privé de sa chair vocalique[168]. »

Des « pffff », des « tsss » : sans voisement, des voix désabusées, usées jusqu'au chuintement.

165. Exposition « *La profondeur de la peau* », Laurie Karp et Alain Sicard, Claire Dumay.
166. DUMAY, C., *Le refus*, Revue l'Intranquille p.14
167. ASSOUN, P.-L., *Au bord de l'inaudible, op. cit.*
168. GILLIE, C., « La Voix à fleur de Peau », *op. cit.*

Face au silence

« …les mots montent jusqu'à mes lèvres
sans pouvoir en franchir l'ourlet
elles restent en tremblement
faites pour être regardées
les yeux des autres s'y consument
que veut-il dire on n'entend rien
seul le regard jette monnaie
sur le tapis du face à face[169]… »

Bouche bée

Ce que le patient ressent :

« Bouche. Pièce, grotte, espace où se répercutaient les échos d'un monstrueux bla-bla-bla, orgie de mots. Salle déserte, comme après bal[170]. »

Ce que le thérapeute voit :

Bouche béante. Cou béant.

Coup double avec ces deux trous superposés.

Comme deux yeux vides. Des judas. Des occasions d'évasion manquées[171] ?

Ce que les deux partagent sans se le dire :

Bouche.

Bouche de métro ; bouche de mes trop.

Bouche d'égout ; bouche dégoût.

Bouche d'incendie ; bouche d'un sans dit.

Une bouche « bouchée », ouverte sur le rien[172]. Bée. Béante. Bée hante.

Un coma vocal[173].

Cou.

Le cou, un des théâtres de l'intime, rideaux formés par les muscles sterno-cleido-mastoidiens sur cette jolie partie du corps, fragile, délicate, soutenue par la scène des clavicules.

Petite alcôve où viennent se loger les baisers, où les « ras du cou » viennent trouver refuge.

On passe du creux au trou. Encrier vide.

On se retire dans les coulisses de la vie. Cou vent. On s'emmure[174].

Cou à l'air. Courant d'air.

Sortir couvert, cou ouvert. On s'expose, on est mis à nu, sans carapace. Sans filtre.

---

169. PERROS, G, *Papiers collés*, *op. cit.*
170. *Ibid*, p.326.
171. LANÇON, P., *Le lambeau*, *op. cit*, p.439
172. Claire Gillie, expression utilisée lors des interventions au D.U. Voix.
173. *Ibid.*
174. MARTINEZ, C., *Du domaine des murmures*, Paris, Gallimard, 2011.

Désormais la respiration se fera par ici. Nécessité de la mise en place d'un nez artificiel. Un filtre. Nécessité de masquer le trou. Claustra, moucharabieh de mousse, de plastique ou de métal.

Par-dessus, on cherche – ou pas – à cacher le vide, la béance : retour du nœud papillon, de la lavallière, plus souple et moins « maigre » que la cravate, moins « rigide » aussi.

Comme un décorum exigé par la fonction publique.

On en fait même des bijoux, des décorations qui deviennent des « décourations[175]. »

On peut alors fermer. Pour respirer. Paradoxal.

Fermer son clapet. La mettre en sourdine.

On est garrotté. Gars roté. Gars raté ?

L'observation minutieuse, attentive, sans obscénités, est nécessaire pour que le muet (re)devienne interlocuteur.

Les bruits de bouche

Pour pallier l'absence de larynx, on contourne certains organes et on apprend à les utiliser différemment. L'œsophage, dédié à accueillir la nourriture, aura vocation également de vibrateur. Les rôles sont redistribués, centralisés, de façon écologique.

La bouche œsophagienne va ainsi permettre l'apprentissage de la voix œsophagienne. Tout passera désormais par le même conduit. Tout est dévoyé, détourné du droit chemin.

On trouve des voies de secours, des bifurcations, d'autres embouchures. Déroute.

Perspective d'une bouche qui s'ouvre à nouveau.

Comment appréhender ce goulot d'étranglement, cette nouvelle gestion des flux, éviter l'engorgement, tout en se gorgeant à nouveau ?

La sphère orale est sur le devant de la scène. Sorte de Cène, de repas d'entre-deux, d'apothéose des sens.

« Restaurant
Rote et rend
Reste en rang
Rend tes restes[176] »

Car le goût de la bonne chère n'est souvent plus là.

---

175. BABIN, E., *Le cancer de la gorge et la laryngectomie, « La découration », op. cit.*
176. PERROS, G, *Papiers Collés, op. cit.*

Gourmandise perdue des mots et des mets. On est loin de la table consolatrice, des agapes, des orgies. Plus de lampées ou de gorgées, plus question d'engouffrer, d'ingurgiter.

On pense au repas en silence d'Amélie Berrodier[177], exercice de pleine conscience, où les seuls éléments sonores sont les tintements de couverts et les bruits de bouche, de mastication.

Saliver, surler, éructer.

Car la voix œsophagienne est faite de cette substance-là : le rot.

Renvoi. D'un message qui ne serait pas reçu, pas même parti.

Apprendre à contrôler ses éructations pour transmettre un message : une vraie gageure à l'encontre de la bienséance.

Appréhender les éructations « naturelles », qui remontent sans crier gare. Souffles errants. Était-ce une tentative de parole manquée ?

Les aspérités corporelles restent apparentes, brutes. Tout ce qui serait de l'intime refait surface.

On ne cherche pas à nettoyer les scories de la parole, ses résidus, comme dans l'enregistrement radiophonique.

Comme un retour à quelque chose de primitif, de presque animal. Entre brame et coassement de grenouille. Érotisme zéro dans le rot.

La scansion sans sanction

« Ouïe et obéissance sont liées. Un chef, des exécutants, des obéissants, telle est la structure que son exécution aussitôt met en place[178]. » Devoir d'écoute.

L'oreille attentive de l'orthophoniste s'affine avec l'expérience, l'exposition répétée aux différents corpus sonores. Or, l'écoute de la voix œsophagienne, ou du laryngophone, induit souvent un « décrochage » du thérapeute, souvent interlocuteur privilégié du patient laryngectomisé. Pare-choc. Car ces voix percutées se rapprochent davantage d'un *beatboxing*. Une mélopée qui sonne creux, qui sonne faux. Syncopes, onomatopées, télégramme, tesselles, fragments, balbutiements, arythmie. Un sonore qui désoriente, presque insécure, contraire à la « sonate maternelle[179]. » On sombre dans un continuum sonore. « L'auditeur en langage est un interlocuteur : l'égophorie met à sa disposition le *je* et la possibilité ouverte de répondre à tout instant. L'auditeur en musique n'est pas un interlocuteur. Il est une proie qui s'abandonne au piège[180]. »

177. https://ameliebe rrodier.com/lerepas/
178. QUIGNARD, P., *La haine de la musique*, *op. cit.*, p. 221
179. *Ibid.*.
180. *Ibid*, p. 222.

L'orthophoniste, comme investi du « prestige symbolique du porte-voix de suppléance[181] », déploie une attention constante et continue, pour ne pas lâcher, ou le moins possible, pour reconstituer le puzzle sonore. À tâtons, baliser, reformuler sans interpréter. Être sûr d'avoir bien saisi la teneur du message. Culpabilité à la moindre distraction, à la moindre pensée, qui ferait perdre le fil. Responsabilité d'une écoute avortée, qui deviendrait superficielle, uniquement corporelle, à travers des hochements de tête bienveillants. Ne pas tenir parole.

Ramasser les bribes, les restes, les feuilles, les lettres mortes, tombées à terre. En faire quelque chose. « *Logos* voulait jadis dire "collecte"[182]. » Comment réorganiser le bruit pour qu'il redevienne langage ?

Rebrousser chemin : se défaire de tout le bain linguistique et retourner aux premières expériences d'oralité[183]. Comme un langage codé, secret, entre l'objet d'attachement et le sujet.

« Le lien entre l'enfant et la mère, la reconnaissance de l'un par l'autre puis l'acquisition de la langue maternelle se forgent au sein d'une couvaison sonore très rythmée datant d'avant la naissance, se poursuivant après l'accouchement, se reconnaissant par cris et vocalises, puis par chansonnettes et formulettes, prénoms et petits noms, phrases revenantes, contraignantes, devenant ordres[184]. »

De la même façon, comme la vague qui revient avec la même force, la même énergie, on rabâche, on somme, on assomme. On redonne vie à ce qui ne sort plus, à ce qui ne sort pas, ou pas encore, tels « les sons dans l'air qui font tressaillir le nouveau-né, modifient son rythme respiratoire (son souffle, c'est-à-dire sa *psyché*, c'est-à-dire son *animatio*, c'est-à-dire son âme), transforment son rythme cardiaque, lui font cligner des yeux et mouvoir de façon désordonnée tous ses membres[185]. »

Une forme de renaissance. Ne plus être inerte.

Conclusion

« Je suis comme décentré quant à ce qui rendait possible mon équilibre, ma figuration acceptable, entre le hurlement – désormais blanc – et l'abandon. Je suis à côté d'un moi ancien, qui a aimé, vécu, *autre chose*[186]. »

Cette réflexion intime et subjective sur le rapport à l'Autre – le laryngectomisé – met en lumière le cheminement, entre corps et voix, d'un ancrage à repenser.

181. ASSOUN, P.-L., « Au bord de l'inaudible », *op. cit.*
182. QUIGNARD, P., *La haine de la musique, op. cit.*
183. ANZIEU, D., « L'enveloppe sonore du moi », *op. cit.*
184. QUIGNARD, P., *La haine de la musique, op. cit.*, p.229.
185. *Ibid*, p.232
186. PERROS, G, *Papiers collés, op. cit.*

Se réincarner pour se mouvoir, continuer de s'émouvoir.

Réappropriation d'un corps régi par les turbulences de l'air.

Une oralité à réapprivoiser, sans voisement, scandée sans sanction.

On peut alors se poser la question du silence de l'orthophoniste.

Savoir se taire. Ne pas céder à la tentation des comportements compensatoires : braver le vide, ne pas le combler par sa propre parole.

Accepter la « vacance de l'Autre[187]. »

Pour un silence partagé.

187. ASSOUN, P.-L., « Au bord de l'inaudible », *op. cit.*

Porte
Pièce
Quatre murs ou cinq ou six ou encore
Fenêtre ouverte – Frais – Air –
Porte fermée – Souffle – Manque –
Mur fin, très fin
Fleurs noires, roses, petites, pétales envahis par le mur, par le bruit, par les pleurs, les désirs, les rêves les envies…
Livres – Armoire – Poubelle – Trace(s) –
et puis, jonchées sur le sol, dépouilles de la nuit…
Trop, trop de choses, de détails, d'oublis
– Silence – Gouffre – Vide –
Bout de papiers, d'étoffe, de tissu.
Bout à bout
Bout de tout
À bout
Bout
Jusqu'au

Véronique Truffot

Texte écrit en Atelier d'écriture de Valéry Meynadier

Endométriose : une voix du sang violé-e

Eva ARNAUD

Claudine DOLLAT. *Sans titre*. Gouache sur papier canson épais. 40 x 47 cm. 1984-1987.

Rencontre avec la voix et le sang – Introduction

Il y a ces corps. Qui se meuvent. Qui parlent. Qui chantent. Qui se drapent d'une voix. D'une voix qui est la leur tout en étant celle des autres. D'autres. De petits. De grands. Avec des majuscules ou bien seulement comme ça, sans artifice. Ces voix qui crient. Ou bien qui sont murées, rendues muettes, réduites au silence. Si seulement elles ne l'ont pas choisi.

Il y a ces corps. Qui bougent. Et d'autres, qui sont figés. Il y a ces corps qui bougent et sont figés. Tout à la fois. En différentes parties, en différents endroits. Qui sont découpés, en partie, en morceaux, morcelés. Et murés. Dans le silence du non-dit. Ou bien l'absence de souffle. Dans la rupture d'avec la résonance, d'avec les vibrations.

Il y a ces corps qui ont ces morceaux avec ces parties qui s'agitent et qui vibrent d'une puissance meurtrière et d'autres qui meurent d'absence d'air, de souffle, de mélodie et de silence.

Il y a ces corps qui entrent en scène pour jouer cette partition savamment écrite par une psyché qui donne vie et protège : opéra pour un corps qui se vit même meurtri. Avec le trauma et par-delà la stupeur et l'effroi. Orchestration par la voix et le sang, tous deux amis fidèles et de longue date qui se lient dans l'être du sujet fait humain. Tous deux fluides de vie, source de mort dans le cycle fécond du chaos.

Il y a ces corps qui disent, dans la tranquillité de l'ordinaire, le chemin de croix de la souffrance qui se trace sur les actes d'imagerie après de longues années de va-et-vient dans le corps médical et les services d'urgences : hémorragies, inflammations, troubles hormonaux, digestifs, de l'humeur, de la psychologie. Des corps dans un corps. Un corps qui ne trouve pas de sens. Pas de suite. Pas assez vite. Qui ne sait pas prendre en charge. La charge de ce qu'il ne sait pas nommer, mal percevoir.

Il y a ces corps qui creusent le fond du lit par leur longue présence, qui se tiennent à bout de bras à la barre du transport en commun, qui s'écroulent sous l'effet foudroyant de la douleur en pleine rue, qui ne sont pas vraiment sociables parce que les sorties le soir, c'est trop tard pour eux, qui chancellent sous le gris de la déprime, même en plein été.

Et il y a ces voix. Qui ne crient plus, pas, jamais. N'ont jamais pu. Parce que c'est impudique. Parce que c'est effrayant. Parce que c'est tabou. Parce que c'est risqué de ne pas entendre son propre écho, comme le buveur de sang ne retrouve pas son reflet dans le miroir. Parce que ce serait risquer d'entendre son effroi. Le vide, l'absence, le néant.

Il y a ces voix donc qui ne vibrent pas dans l'air mais qui trouvent résonance dans les corps. Qui cherchent à vibrer coûte que coûte car rien, rien ne résiste à la voix. Rien ne résiste au fluide. Rien ne résiste au sang. Aucune retenue, aucune rétention. Aucune mise sous silence, forcée ou inconsciente.

La voix et le sang fuient et se trouvent une place. Peu importe qu'on les y ait invités.

Endométriose : une maladie polymorphe

Mutation

« *L'endométriose est une affection caractérisée par la présence de fragments de tissus similaires à la muqueuse utérine, situés à l'extérieur de l'utérus, à des endroits où ils ne devraient pas être. Le tissu n'est pas identique à la muqueuse utérine, mais il semble similaire sous un microscope.*[188] »

Similaires mais différents. Ressemblants mais non identiques. Le tissu endométriosique n'est pas l'endomètre. Les fragments de tissus présents en dehors de la cavité utérine montrent des « différences génétiques [...], d'activité enzymatique, de récepteurs hormonaux, de réactivité hormonale, d'apparence microscopique et d'apparence visuelle »[189] aux cellules d'endomètre.

« *[Louise Bourgeois*[190]*] met en scène à l'intérieur d'une pièce sombre, une multitude de fioles et de flacons, alambics en verre contenant les "humeurs" du corps. Il s'agit d'une libre figuration de glandes lacrymales, sudoripares, d'ovaires, ovules, testicules, vessie... tous les organes internes sécréteurs de fluides liés aux émotions. Des tubes de verre ou de latex relient aléatoirement certaines fioles et diffusent vers l'extérieur. Des verres à pied emplis de liquides divers transparents se concentrent sur eux-mêmes. On peut imaginer à l'intérieur des fioles et des tubes une mystérieuse circulation en perpétuelle élaboration...*

Cette "théorie des humeurs" de L. Bourgeois donne à voir et à penser une production de liquides vitaux en danger d'assèchement ou d'intensification sous l'impact de chocs psychiques puissants. Humidification du vagin, "éjaculation" intime, menstrues, larmes, sueur, urine ... la circulation de ces fluides et le transfert de leur énergie en émotions distillées est à la source d'une alchimie psychique à la fois profuse et fragile. Le sang des règles peut s'arrêter de couler ou au contraire s'épancher en fonction des émotions, explicite l'artiste. La clinique psychanalytique confirme la vulnérabilité de l'unité psyché-soma comme en témoignent les aménorrhées de l'anorexique, les troubles hormonaux liés à la stérilité, etc.[191] »

188. EVANS, S., BUSH, D., *Endometriosis and pelvic pain,* Adelaide, Susan F. Evans Pty Ltd, 2011.
189. REDWINE, D., *100 Questions & Answers,* Burlington, Jones and Bartlett publishers, 2009.
190. BOURGEOIS L., « Precious liquids », installation artistique réalisée en 1992, dans un réservoir d'eau d'immeuble new-yorkais.
191. VAUBOURG-BERTRAND L., « Sang Peur », *Champ psychosomatique,* N° 40, 2005, p. 147-163.

Les lésions d'endométrioses ont pour origine le fluide du sang menstruel fait matrice, matière originaire de la fécondité. Si, comme le suggère Louise Bourgeois dans son œuvre, un choc émotionnel suffisamment puissant peut permettre la modification de fluides, la source de la modification des cellules d'endomètre en cellules d'endométriose peut être imaginée comme celle d'un choc émotionnel puissant. Peut-être même est-il le choc initial provoquant la mise en mouvement migratoire de ces cellules mutantes et évolutives en dehors de la cavité utérine ?

Migration

L'endométriose se répand de manière surprenante dans l'abdomen, principalement dans la zone pelvienne mais pas seulement, aussi au-delà.

Épanchement de liquide péritonéal porteur des cellules ou circulation par voie lymphatique ou voie veineuse ? Les théories se confrontent et s'affrontent[192]. Mais quoi qu'il en soit, des cellules migrent et se fixent ailleurs, parfois bien loin de leur foyer d'origine.

Nombreuses et variées sont les zones du corps que l'on retrouve atteintes de lésions, outre le péritoine : nerfs, muscle, muqueuse, diaphragme, poumons[193], péricarde[194] jambes, larynx, cerveau, nez[195]. La liste est longue.

Loin de se cantonner à l'atteinte des corps aux caractéristiques majoritairement féminines, on retrouve de l'endométriose chez des fœtus[196], chez des femmes n'ayant pas d'utérus fonctionnel[197] mais aussi chez des personnes ayant des caractéristiques majoritairement masculines.

Dans ce dernier cas, d'après la Dr Marina Kvaskoff, une quinzaine de cas sont décrits dans la littérature clinique[198]. Pour l'expliquer, les chercheuses et chercheurs ont développé la théorie métaplasique dite « théorie des restes embryonnaires. » Cette théorie postule que des cellules provenant des canaux de Müller[199]

---

192. MARTIN, D., REDWIN, D., « Great debate on the origins of endometriosis », *Conférence médicale,* 2019.
193. JOSEPH, J., SAHN, S., « Thoracicendometriosis syndrome : New observations from an analysis of 10 case », *The American Journal of Medicine,* Vol. 100, N° 2 1996, p. 164-170
194. CHARPENTIER, E., PETIT, E., BERANGER, S., AZARINE, A., « Presumption of pericardial endometriosis using MRI : Case report and review of the literature », J *Gynecol Obstet Hum Reprod.* 48(1), 2019, p. 71-77.
195. MIGNEMI, G., FACCHINI, C., RAIMONDO, D., MONTANARI, G., FERRINI, G., SERACCHIOLI, R., « A case report of nasal endometriosis in a patient affected by Behcet's disease », *Journal of Minimally Invasive Gynecology,* 19, 4, 2012, p. 514-516.
196. SIGNORILE, P-G., BALDI, F., BUSSANI, R., VICECONTE, R., BULZOMI, P., D'ARMIENTO, M., D'AVINO, A., BALDI, A., « Embryologic origin of endometriosis: analysis of 101 human female fetuses », *J.Cell. Physiol,* vol. 227, N°4, 2012, p. 1653-1656
197. KEFALAS TRONCON, J., TAGLIATTI Zani, A., DAMASCENO VIEIRA, A. POLI-NETO, O., NOGUEIRA, A., ROSA-E-SILVA, J., *Endometriosis in a Patient with Mayer-Rokitansky-Küster-Hauser Syndrome,* 2014
198. Dont certains sont à retrouver sur Pudmed.org. Webinaire Compare 15 juillet 2020.
199. Structures embryonnaires qui constituent les voies génitales indifférenciées de l'embryon, avant que celles-ci ne se différencient en appareil génital féminin/masculin jusqu'aux environs des 8 semaines d'aménorrhée.

se développeraient en lésions d'endométriose au moment de l'organogenèse, c'est-à-dire au moment de la formation et du développement des organes chez l'embryon entre la 4e et la 8e semaine de grossesse.

C'est une mise en mouvement migratoire sans limite, ni dans les lieux d'atteinte, ni dans le temps. Alors comment le fœtus atteint dès sa conception peut-il voir évoluer la pathologie en son corps ?

Évolution

L'endométriose est une pathologie évolutive et que l'on observera principalement sur les corps assignés « femme » à la naissance.

On peut distinguer jusqu'à six types de lésions différentes qui semblent évoluer dans le temps.

Ces lésions réagissent aux variations de l'œstrogène produit par les différentes glandes hormonales telles les ovaires mais aussi les glandes surrénales, hormone fabriquée en plus grande quantité dans les corps à caractéristiques gonadiques plus féminines que masculines[200].

Ces glandes sont elles-mêmes déréglées par l'alimentation[201], le stress[202] et les douleurs chroniques engendrées par la pathologie de l'endométriose, entre autres. Elles se mettent à produire un excès de cortisol qui viendrait faciliter l'accumulation du tissu adipeux – tissu gras – dans le corps.

Le tissu adipeux, quant à lui, contient des enzymes d'aromastase. Cette enzyme, impliquée dans la production d'œstrogènes, catalyse la conversion de la testostérone – un androgène – en estradiol – un œstrogène. L'aromatase se trouve dans les cellules productrices d'œstrogènes des glandes surrénales, des ovaires, du placenta, des testicules, du tissu adipeux et du cerveau.

Les symptômes de la pathologie nourrissent la pathologie qui vient amplifier les symptômes. Et ainsi la boucle est bouclée. Les lésions évoluent, principalement dans les corps assignés « femme » à la naissance, où elles sont, du moins, plus observées et observables. Le sujet et l'ensemble de son environnement viennent renforcer le développement du symptôme.

Et ainsi se tisse peu à peu ce qui apparaît comme une toile d'araignée psychique et organique.

L'endométriose continue chez certains sujets à évoluer durant une grossesse ou après la ménopause. Ce dysfonctionnement du corps, cet épanchement de cellules invasives paraît intarissable chez certains cas. C'est un envahissement du corps qui se fait lieu d'accueil d'un corps qui, tout en étant une part de lui-même,

---

200. Un corps est composé de données sexuelles à de multiples stades : chromosomiques, gonadiques et corporels. Ces différents stades n'interagissent pas forcément entre eux et aujourd'hui encore, seuls les organes externes sont observés pour définir l'identité sexuelle et de genre d'un individu. Selon VINET, E., & MORANDEAU, C., Formation *Culture de l'égalité*, 2014.

201. FOURNIER, T., JARTY, J., LAPEYRE, N., TOURAILLE, P., « L'alimentation, arme du genre », *Journal des anthropologues*, N° 140-141, 2015/1-2, p. 19-49.

202. BERCOT, R., « Rapports sociaux de sexe et appréciation du mal être au travail », *Raison présente*, N° 190, 2014, p. 19-29.

lui est étranger. Jusqu'à faire régner une totale discordance. Le corps s'en défend, tente de s'en protéger avec les moyens qui sont les siens : nodules, kystes, cicatrices adhérentielles, fibrose.

Les cellules d'endométriose s'inspirent de celles de l'endomètre. Elles l'imitent et limitent. Elles semblent en être une copie mais ne sont en rien conformes.

Et pourtant elles s'acharnent. Elles pointent. Elles crient. Elles remplissent les espaces vides, le silence nécessaire au passage de l'air. À la respiration. À la vie.

Malgré toutes les tentatives de réparation de la mécanique, l'endométriose résiste. Parfois, elle semble même s'aggraver, se renforcer, se galvaniser, flamber.

Et c'est ici que nous entendons symptôme. Et c'est de là que nous en cherchons la cause.

Oriana : histoire transgénérationnelle de la violence sexuelle
Acte 1

Oriana a 22 ans. Elle a été mon élève durant une année scolaire entre ses 18 et ses 19 ans. Je continuerai périodiquement à avoir de ces nouvelles jusqu'à son appel téléphonique en septembre 2019 : « j'ai été diagnostiquée d'une endométriose et je sais pas quoi faire, ni vers qui me tourner. »

La demande est simple : puis-je l'accompagner dans cette étape de son parcours de vie ?

Ma réponse est oui. On est hors cadre institutionnel mais il n'en existe pas pour accompagner les patient-e-s dans leur parcours de soins. Hormis quelques associations de patient-e-s mais qui n'ont pas la possibilité de proposer des accompagnements individuels.

En tant que militante féministe pour les droits, la santé et l'endométriose, j'accompagne depuis plusieurs années maintenant des personnes en besoin de soutien, de ressources et de réseau. Alors ma réponse est oui.

Je resterai en lien avec elle autour de ce diagnostic et de ce début de prise en charge plus d'une année durant. Prendre le temps de relire ensemble les comptes rendus médicaux pour les décrypter, trouver avec elle les praticien-ne-s les plus adapté-e-s à son parcours, accueillir l'émotionnel qui n'est pas tellement bienvenu dans l'entourage familial, amical et professionnel.

En février 2020, nous nous retrouvons autour d'un café pour nous donner des nouvelles.

Je lui annonce mon interrogation sur le lien entre l'endométriose et la voix. Et l'intuition qui, quelques jours avant, m'a surprise de plein fouet : les violences sexuelles comme clef de voûte entre voix et endométriose. La violence mise sous silence et qui se rejouerait dans le corps porteur ou héritier.

À ce moment-là, elle repose sa tasse pour m'observer silencieusement durant plusieurs secondes. Je ne dis rien. J'attends. Elle me dit : « C'est drôle que tu parles de ça parce que j'ai subi une agression cet été… Je sais pas si ça un lien. Mais ça pourrait. »

Et elle se met à me raconter. Les circonstances. Les conséquences. Et que « depuis, c'est vrai que je souffre beaucoup plus [des symptômes d'endométriose]. »

J'écouterai, accueillerai. Je laisserai cheminer en moi sa voix. L'écoute du signifié mais aussi celle du signifiant. Les intonations, les inflexions, les respirations, les silences, les brisures, les pauses. Les mots qui ne se disent pas ; qui semblent emplir toute la pièce qui nous entoure dans un cri vibrant de silence mais que je ne peux pas entendre parce qu'elle ne peut pas les dire.

Acte 2

En mars 2020, l'annonce du confinement tombe. L'échéance du rendu de mémoire est là. Tout comme l'impossibilité de pouvoir effectuer des observations cliniques auprès de professionnels de l'accompagnement traumatique dans le cadre de l'association SVS[203].

Tout comme mon impossibilité de changer de sujet. Il s'impose à moi, me prenant comme en otage de ne pas me détourner de lui. Je suis témoin. Et mon désir de ne pas me détourner, de ne pas ignorer la force vibratoire du besoin de libérer la parole, de briser le silence est trop fort.

Je décide alors de proposer un entretien aux trois personnes me paraissant être les cas les plus marquants et croisés au cours de ma carrière de vocaliste et de professeure, dont j'ai pu observer les corps et entendre les voix mises au service de la voix et de l'art scénique.

Il s'agira alors d'établir précisément ma posture afin de respecter un cadre éthique très clair.

Au premier point, celui sur le regard porté sur sa propre voix, son rapport à elle, son analyse et ses observations cliniques, Oriana pointe sa voix qui « bloque dans les aigus ».

« Qu'est qui bloque ?

– Je sais pas. Je bloque.

– …

– Ça bloque. Je crois que c'est les émotions. »

Oriana enchaîne avec sa parole, qu'elle nommera « sa voix », qui se bloque, qui ne sort pas quand une émotion est trop forte. Elle m'évoquera la « pote à sa mère » et ses propos tenus après son agression. D'abord questionnant la responsabilité d'Oriana dans l'agression qu'elle a subie quelques mois plus tôt – elle aura été interpelée par un groupe de jeunes hommes dans une rame de métro aux alentours de 22h au mois de juillet, individus trouvant sa tenue inadéquate et lui refusant la sortie de la rame quand elle la demandera, certains apposant leur main sur son corps et cherchant l'accès direct à sa peau. Puis la perte de poids spectaculaire et appréciable, selon le propre avis de « la pote » – perte de poids provoquée par

203. Association Stop aux Violences Sexuelles https://www.stopauxviolencessexuelles.com/

les tendances anorexiques (impossibilité de s'alimenter, vomissements) d'Oriana définies comme conséquences de cette même agression.

Oriana est renvoyée à son corps, à ses formes dont elle est responsable jusque dans les actes de l'autre.

« J'aurais bien aimé lui répondre mais je pouvais pas.

Pourquoi ?

Mais parce que c'était insupportable ! »

Et c'est insupportable. Importable. Comme les vêtements qu'elle avait choisi de revêtir ce jour parce que c'était l'été, qu'il faisait chaud et que « je n'avais pas imaginé ça. »

Je comprends que ce n'est pas tout. Que tout n'est pas dit. Que le rapport à son corps et à l'image de soi qui fait violence est antérieur. Mais c'est trop tôt pour y venir à ce moment-là de la conversation. Et je sais qu'il est primordial de ne pas rompre le fil ni du temps, ni de l'élaboration. J'écoute.

Cette voix qui ne sort pas dans cette situation la renvoie à une autre situation. Oriana a été une enfant adoptée. Lorsqu'elle décidera d'ouvrir son dossier d'adoption en 2014 et tombera sur sa fiche géniteur, ce qu'elle y découvrira provoquera, selon, elle une aphonie. Elle chuchotera pendant un mois puis gardera une « voix cassée. » « Mais je trouvais ça stylé. » Sa mère, ne connaissant pas la situation, le mettra sur le compte d'une mauvaise préservation d'elle-même. Oriana commencera à porter des écharpes pour « donner raison à maman », j'entends : pour ne pas qu'elle se préoccupe de chercher plus, de découvrir, de comprendre.

Il faut comme préserver le non-dit, protéger le tabou, préserver la honte.

« Née d'un viol »

Acte 3

Abandonnée à 4 jours par sa mère biologique, Oriana sera adoptée par un couple hétérosexuel en France à l'âge d'un an. Très spontanément, Oriana viendra creuser l'histoire maternelle.

La mère adoptive d'Oriana, Josette, est blonde aux yeux clairs dans une famille où ces caractéristiques ne se retrouvent pas. Les circonstances de sa propre conception sont troubles : « ma mère serait un bébé nazi. » Seulement, les périodes ne correspondent pas. Plus d'une vingtaine d'années sépare la conception de Josette de la Seconde Guerre mondiale. La mère de Josette est dite "fille mère" dans la famille. Oriana sent que quelque chose ne colle dans le mythe familial mais « vu que ma grand-mère ne parle pas, on n'a pas de certitudes. »

Les circonstances, difficile à connaître, d'une conception et d'une naissance non souhaitée : l'histoire de la mère et de la fille se font effet miroir. Elles sont liées.

Le silence est là. Pas celui qui donne de l'air ou de l'espace. Non. Celui du trouble voulu, du trouble choisi. Par nécessité. Pour préserver, que l'on croit. Le silence qui instaure le non-dit.

Aussi, l'abandon dans l'histoire d'Oriana trouve son antécédent dans celle de Josette. Elle aussi sera abandonnée par sa mère.

Adoptée par « l'autre », l'ex-compagnon de sa mère, Josette restera auprès de lui durant 9 années. Il l'agressera sexuellement et la violera.

Josette parle la première fois. Mais personne ne la croit. Du moins, c'est ce qu'elle croira pendant plus de quarante années. Avant de découvrir que ses sœurs adoptives avaient elles aussi été victimes de leur père quelques années auparavant lorsqu'elles vivaient encore auprès de lui.

Le silence encore. Le non-dit. La négation du sujet fait victime. Rendu objet par l'acte de violence perpétré sur son corps. L'air, l'espace ou les deux se remplissent de ce qui ne se dit pas et de ce qui ne se laisse pas dire. S'instaurent le tabou, la terreur. On tente de préserver une fois encore.

Au décès de « l'autre », la parole se libère. « Tout le monde a balancé ce qu'il avait à dire sur cet homme. » « C'est mon père qui me l'a dit, mais ma mère, elle m'en a pas parlé. »

Lors de cousinades organisées des bouts sortent. « Ils finissent toujours par en parler. » « Ça revient toujours sur la table. »

Mais quelque chose ne sonne pas juste dans les oreilles d'Oriana : « ils en rigolent. » « Moi je suis toujours très mal à l'aise quand je suis là et que ça se passe. Mais je sais qu'ils réussissent à se dire genre euh… c'était pas facile mais on a quand même bien rigolé. Pour eux, j'ai l'impression que c'est pas… Le drame de leur vie genre. Et c'est tant mieux ! Mais pour moi je trouve que cette légèreté-là c'est un peu dommage par rapport aux faits. » « Ma mère, elle me dit souvent « tu sais, c'était pas les mêmes temps qu'maintenant. J'lui dis mais oui mais là quand vous en parlez c'est maintenant. Après tant mieux si vous arrivez à aborder ce sujet avec liberté mais je trouve que… » Oriana sera interrompue.

Légèreté indécente aux yeux de la jeune fille. Malaise.

Oriana ne dira jamais ni les mots viol, ni les mots inceste. Dès qu'ils se présentent dans l'acte de retranscription de la mémoire, elle trouve un subterfuge pour ne pas le nommer. Et pourtant ils résonnent de manière criante dans l'espace, le vide, le silence laissé à la place, même s'il est succinct et qu'elle tente de masquer le trouble. Elle réussira à prononcer deux fois les mots « violence », « sexuelle » qu'elle détachera l'un de l'autre même s'ils sont successifs, qu'elle appuiera d'un temps d'arrêt comme si le passage à l'acte de l'énonciation était rendu difficile et qu'il lui fallait prendre son élan pour chacun des deux mots, les deux ne pouvant être joints au reste du discours. Dé-tâchés. Comme le détachement familial autour des actes de leur père. Mémoire du silence.

Endométriose : quand la transmission de la pulsion meurtrière du viol fait symptôme

Nous choisissons ici de faire l'hypothèse de l'endométriose comme symptôme du traumatisme des violences sexuelles ou de ses effets. Il ne s'agit pas de définir cet axe somato-psychique du trauma comme seule source possible de l'endométriose et de ses symptômes.

Seulement de tenter d'en observer la possibilité.

Du placenta à l'épigénétique

« La femme en elle-même promeut plutôt la catégorie d'un temps initial, temps cyclique d'un aléatoire commencement. Il y a pour la femme plusieurs origines en une : matière cosmique en expansion et contraction illimitées, mères ancestrales qui ont légué le territoire viscéral des flux vitaux, origine en latence avec l'enfant à naître, maillon d'une chaîne ininterrompue d'hommes et de femmes… faisceau d'origines où le temps se démultiplierait : ainsi elle ne produit pas simplement du différent ou du même mais constitue une architectonique stratifiée des temps[204]. »

Dans le creuset créateur, un fœtus se développe. L'utérus et la parole, comme source de l'initial et du commencement fabriquent dans le temps, par la lignée, les couches successives d'une œuvre construite par l'art subtil de superposition de strates : la famille.

Dans l'utérus, le placenta est le premier organe à se former à partir des cellules du fœtus.

Il lui permet un ancrage dans l'utérus maternel et régule les échanges de nutriments, de gaz respiratoires et de déchets avec la mère.

Il sécrète des hormones, fait barrière aux infections, mais avant tout, assure le non-rejet du fœtus par le corps maternel.

En effet, cette semi-greffe implantée dans la cavité utérine a un génome hérité pour moitié de la mère mais aussi hérité pour moitié du père.

Cela pourrait lui valoir rejet par le système immunitaire de la mère qui n'a aucune raison de (re)connaître les molécules étrangères d'origine paternelle.

Ainsi l'enfant, fruit du Nous, est héritier d'une mosaïque où il puise, selon les cas et selon les lieux de son corps, à la fois dans l'origine maternelle et paternelle ou dans l'une ou l'autre de ces origines.

Mais sa constitution est plus complexe que la somme des gènes dont il a hérité.

L'épigénétique est la discipline qui permet l'explicitation de ce qui constitue l'individu au-delà de la simple génétique. Elle tente de décrypter les différentes façons dont le corps peut se servir des gènes transmis, même de manière silencieuse tel l'ADN longtemps appelé "poubelle" car on ne pensait qu'il ne servait

204. VAUBOURG-BERTRAND L.,« Sang-peur », *op. cit*

“à rien” et que l’on préférera nommer ADN mémoire. En effet, selon l’histoire et l’environnement du sujet, cet ADN influera sur l’évolution génétique du sujet.

Nos origines, en plus de la dimension temporelle, ont aussi une dimension dans l’espace : ce qu’il y a autour de nous. Ce qui nous entoure et nous permet de nous construire en continu. Notre identité et notre avenir sont en permanence en construction.

Ainsi le creuset matriciel, l’utérus, ne suffit pas à lui seul à la transmission du legs transgénérationnel. La voix et la parole qui l’habite sont les écrins de la construction du *moi* et du *je*, en écho et en résonance à l’environnement.

Oriana arrive à sa famille adoptive chargée de sa propre histoire : « Née d’un viol. » Sa mère Josette sera elle aussi, et en un sens, « née d’un viol. » Car ne faut-il pas renaître d’un acte de meurtre de la subjectivité en soi ? Ces deux histoires entrent en résonance. À quel point fusionnent-elles ?

La voix « empreintée » de l’Autre

En psychanalyse, pour pouvoir se subjectiver, l’infans doit pouvoir recevoir la voix de l’Autre, qui est son tout premier environnement.

Au tout départ, la voix de l’Autre, c’est la voix du porteur du berceau, du creuset organique, l’utérus. Puis elle devient celle du parent, mère, père, biologique et/ou adoptant. C’est, en tout cas, celle du parent, au sens de l’adulte qui porte l’infans et l’accompagne jusqu’au langage.

Le viol est, pour le-a violé-e, une rencontre violente et non choisie avec sa jouissance dans le réel par l’imposition de la jouissance de l’autre sur et en soi. C’est la déchirure de son propre lien à soi, de sa propre subjectivité. C’est la rupture du symbolique : l’imaginaire ne peut plus exister. C’est le meurtre de son creuset par la recherche incompressible de l’autre à trouver en soi ce qu’il n’a pas en lui-elle.

Et ainsi, ce meurtre psychique devient le meurtre de la parole.

En venant emprunter la voix de l’autre, le violeur-se empreinte son corps. La voix de la victime se fige d’effroi puis elle disparaît du corps. Elle est empruntée le temps de l’acte, elle disparaît pour laisser à la place un trou. Puis elle sera rendue « empreintée[205] » de ce qui faisait trou chez son bourreau. Le néologisme de Jacques Lacan, le trou du trou-mastisme, nous apparaît ici très clairement. Par cet emprunt temporaire, le bourreau marque sa victime.

La voix du sujet victime s’empreinte d’une marque, qui viendrait modifier la nature originelle de la voix, son signifiant.

Parfois, le sujet victime devient Autre pour un infans, un futur parlêtre. Si le trou-matisme existe dans la voix du sujet victime devenu Autre, qu’en perçoit et reçoit le fœtus puis l’infans ? Si l’ensemble de son environnement possède une

205. Orthographe nous permettant de symboliser l'emprunt et l'empreinte laissée à la fois.

parole « empreintée » de la violence sexuelle et si l'enfant est lui-même parlé avec ces marques, cela viendra vraisemblablement influer sur sa constitution épigénétique.

Le trou-matisme et son empreinte dans la voix de l'Autre sont présents et perçus par l'infans. Il ne peut pas se rendre sourd à la présence de ces empreintes[206].

Magali Ravit évoque pourtant la nécessité, pour une contenance émotionnelle et pulsionnelle adaptée, d'un berceau matriciel et environnemental fécond[207]. Mais cette voix portant l'empreinte du viol contraint le bébé « à se couper de sa capacité de compréhension émotionnelle[208] » et le prive donc d'une contenance pulsionnelle complète. Il ne pourra pas s'accomplir entièrement en tant que sujet parlant sans cette altération, le corps se parant des trous de la voix de l'Autre en en adoptant les marques telles qu'on les retrouve en s'en faisant victime dans l'endométriose ou en s'en faisant l'auteur comme dans l'acte de viol.

Au décès de « l'autre », les symptômes de l'endométriose chez Oriana sont en pleine flambée. C'est l'année du diagnostic pour elle. L'année où l'on nomme. L'année où le corps hurle chez l'enfant ce qui s'est empreinté dans le corps de la mère et qui n'a pu être soigné jusque-là, car le silence du non-dit régnait en maître.

Les cicatrices comme des tentacules qui étouffent la voix

L'endométriose et ses cellules prolifèrent et envahissent le corps, presque sans limite, ni dans les lieux, ni dans le temps. La cavité utérine, le creuset créateur de la vie organique est habité par un symptôme.

Un tissage composé de cicatrices se dessine et peu à peu entrave le corps lésé. Ce sont comme les empreintes, comme les marques faites au corps empreinté qui viennent révéler les trous du trou-matisme, du traumatisme, et du trop-plein de la parole qui ne peut plus s'épancher.

Certain-e-s pensent à un lien entre la localisation de certaines lésions et celle des violences sexuelles subies.

Elsa Comemale m'évoquera un cas pris en charge par l'association SVS et ayant des atteintes laryngées : cette personne aurait été forcée de pratiquer des fellations non consenties durant son enfance.

Irina, elle, me fera part, au détour d'une conversation informelle sur le sujet, d'atteinte recto-vaginale et du cul-de-sac de Douglas et qu'elle lie aux viols anaux qu'elle a subis durant plus de quatre années dans sa vie prépubère.

---

206. VIVÈS, J.-M., « Le point sourd », *La voix sur le divan*, Paris, Aubier, 2012.
207. RAVIT, M., « Le viol ou l'autre comme empreinte de soi », *Psychologie clinique et projective,* N° 10, 2004, p. 209-227.
208. VAUDOURG-BERTRAND, L., « Sang-peur », *op. cit*

Cette destruction de l'organisme par la mutation de cellules matricielles semble pointer la déflexion de la pulsion de mort qui ne peut se faire hors de soi. Les toiles de soie fines croissent, se répandent, s'épaississent, enserrent, étouffent, étranglent, strangulent peu à peu les organes et, ce faisant, le psychisme. Elles deviennent comme des mains invisibles qui prennent au cou le sujet porteur ou héritier du traumatisme pour maintenir le silence qui a été. Cette toile, qui enserre le bas-ventre, vient enserrer le larynx. La circulation sanguine se stoppe, ainsi que la parole. Se créé des stases de sang et des stases de voix. C'est l'arrêt de la circulation des fluides. Mais aussi celui de la circulation des énergies.

« Si tu écoutes ton corps lorsqu'il chuchote, tu n'auras pas à l'entendre crier »

(Sagesse tibétaine)

Seulement, bien souvent, le sujet atteint d'endométriose n'écoute pas. Comment écouter quand la parole est meurtrie ? Le sujet atteint est, en étant rendu muet, sourd. Iel[209] n'entend pas ce que le corps dit, ce qui se crie par le symptôme. Alors iel se débat, résiste, va contre, lutte, s'acharne, refuse, rejette.

Lors de notre entretien, Oriana me dira : « Je ne suis pas prête à mettre ma vie entre parenthèse pour m'en occuper. Je sais bien qu'il le faudrait. Mais je suis pas prête[210]. »

Une autre élève, elle aussi diagnostiquée, me dira, lors d'un cours de chant pris ensemble : « Je veux pas niquer ma vie et mes envies pour cette merde, tu vois ? Je me dis que rien peut m'arrêter, tu comprend ce truc ? »

Quand ces mots sont prononcés, elles sont en pleine flambée d'endométriose. La douleur chronique est quotidienne. Elle ne les lâche plus depuis des mois. Les anti-inflammatoires pris en grandes quantités ne font presque plus effet, hormis sur des systèmes digestifs déjà fort fragilisés depuis des années. Pourtant, elles continuent de travailler des longues heures par semaine, l'une au service de l'art, l'autre au service de l'autre souffrant lui aussi.

Me revient, comme souvent, lors de ce type d'échange qui illustre la résistance contre, l'image des *Filets du Diable* dont il est question dans *Harry Potter et l'École des sorciers*. Harry, Ron et Hermione sont à la recherche de la Pierre Philosophale dans le but de la soustraire au terrible Voldemort, Celui dont on ne doit pas prononcer le nom, afin de l'empêcher de pouvoir se réincarner et de faire régner de nouveau une ère de terreur et de ténèbres. Durant cette quête, tous trois chutent dans ce qu'Hermione finira par identifier *in extremis* comme étant des *Filets du Diable*, une plante qui par ses tentacules capture quiconque le touche, lui attachant les bras et jambes, enserrant le corps jusqu'à l'étouffement. La rapidité de cet étouffement dépend de la résistance que met en œuvre la victime à tenter de

209. Nous faisons ici le choix de l'utilisation du pronom iel car il nous permet d'associer le corps à un genre neutre.

210. Nous garderons les formulations d'origine, malgré leur incorrection grammaticale. Ici et dans les citations qui suivent.

se défaire de cet étau. Plus la force dépensée pour lui résister est grande, plus la plante sert vite et fort. C'est une loi énergétique que l'on retrouve dans la pratique d'arts martiaux comme l'*aïkido* : la force dégagée par le corps de l'autre peut être absorbée par nous-même pour s'en servir et la retourner contre lui.

Je vois donc ces tentacules enserrant mes élèves, qui resserrent leur étau sur et dans leurs corps, autour de leurs organes, craignant pour elles l'étouffement.

C'est la jeune sorcière Hermione qui par un sortilège de Flammes Bleues lui permettra, ainsi qu'à ses compagnons d'aventure, d'être libérée. Ces flammes sont comme la lueur de libération apportée en soi pour soi, par l'énonciation à haute voix d'une invocation à la connaissance ; le sort énoncé pour contrer la mise sous silence et libérer l'étouffement de ce qui ne se dit pas.

Entre les couches de tissus vient se glisser l'endométriose. Elle vient entraver la lente et ancestrale construction des strates de la lignée et du transgénérationnel. Elle vient enrayer leur développement en s'infiltrant dans les espaces de vide, nécessaires à la création de toute matière. Elle vient même jusqu'à trouver ressource dans la matière et s'en nourrir.

Les cicatrices faites par l'endométriose muent en adhérences et en fibroses, les fibroses comme des liens, ceux de la filiation et donc de la transmission que l'on ne veut pas voir.

Elles encordent les branches de l'Arbre de Vie, de la Kabbale, de la lignée transgénérationnelle pour fixer le tissage traumatique et les effets du traumatisme dans les corps descendants du trauma comme le fait le Filet du Diable.

Parce que toutes les personnes atteintes d'endométriose n'ont pas forcément été victimes dans leur chair de la violence sexuelle, l'endométriose pourrait être un symptôme d'une mise sous silence de la violence sexuelle trans-mis par le trans-générationnel.

L'endométriose vient ajouter de la matière dans les espaces de vide. Elle vient fixer les tissus, les organes entre eux. Elle vient interrompre le glissement qui se fait par le mouvement respiratoire et nécessaire à la bonne santé de ses organes. Elle vient pénétrer les tissus, s'accrocher aux fibres musculaires, aux muqueuses, aux nerfs.

Elle vient ajouter des strates et ainsi bouleverser la structure organique. Et la structure familiale.

Elle vient révéler, sous l'appareil de radiologie et dans le conscient du corps atteint, ce qui a été tu par soi et par les générations précédentes.

Et peut-être vient-elle le révéler dans la voix ? Existe-t-il des séquences de la voix spécifiques aux personnes atteintes d'endométriose telles que l'on en cherche actuellement dans la maladie de Parkinson ou le diabète ?

La pratique vocale comme une sortie de crise – Conclusion

« Le silence est un levier de l'analyse. Le silence est au cœur du travail analytique : silence assourdissant ou silence apaisant ; silence du corps ou de l'esprit ; silence de la plainte, de la rêverie. Silence côté cour et côté jardin. Angoisse du silence. Il n'y a pas d'analyse si le silence s'absente car il est l'indicateur du cheminement des mots.[211] »

Il y a ce silence apparenté au vide. Souvent interprété comme la rupture de la parole, il n'est finalement qu'une composante de la parole à part entière.

Il y a dans l'*architectonique stratifiée des temps*[212] à inclure l'espace. Celui des pleins et des vides, des silences et des sons s'intercalant les uns, les autres pour composer le tout de la lignée et de la parole.

Il y a, dans la violence sexuelle, un silence qui n'est pas levier de cheminement du sujet vers son désir. Parce qu'il est imposé par l'autre à soi. Parce qu'il n'est pas choisi. Parce que l'on n'en est pas responsable. Parce que ce silence est l'absence de cri. La déchirure à son propre cri, le cri initial de la mise au monde, de l'arrachement au creuset maternel pour rejoindre, mû par son désir, le creuset de sa parole.

Il y a, au détour d'un exercice de respiration au sol, un sujet qui retrouve dans la crispation de son diaphragme, l'émotion originelle du trauma : l'effroi ; ce dont on ne peut rien dire (Freud) ; « ce qui se passe pour le sujet avant même que ne surgisse l'angoisse[213] » ; l'absence révélée comme telle (Lacan).

Nous entendons l'indicible ; l'effroi comme la rencontre inopinée d'avec sa propre jouissance. Parce qu'elle n'est pas choisie, elle rend le sujet incapable d'agir.

Il y a cette jouissance qui se dégage des élèves que je rencontre dans l'espace du cours de chant quand proposition est faite de « pousser la voix. »

L'espace du cours de chant est un lieu qui, par l'engagement corporel et vocal qu'il nécessite, permet aussi au sujet de se reconnecter à son berceau émotionnel et pulsionnel.

Un jour, au détour d'une *master class*, mon professeur émérite Hubert Humeau nous dit : « Il y a dans ce passage à l'acte de chanter quelque chose d'une urgence : parce que parler ne suffit plus. » J'ai toujours compris cette urgence ; je l'ai toujours perçue. En moi. En les autres. Et j'entends aujourd'hui qu'il pourrait y avoir quelque chose d'une urgence parce que… Parler n'a pas pu, n'a pas su. Qu'il y a une nécessité à prendre la place, et à occuper l'espace.

L'une de mes élèves me disait, l'autre jour, son horreur puis son plaisir à « pousser [sa] voix comme ça. »

---

211. BOLZINGER, C., « La voix du silence en psychanalyse », *Sigila*, N° 29, 2012/1, p. 59-69.
212. VAUDOURG-BERTRAND, L., « Sang-peur », *op. cit*
213. CHIRIACO, S., *Le Désir foudroyé. Sortir du traumatisme par la psychanalyse*, Paris, Navarin, 2012.

« J'aime pas crier. Je ne veux pas le faire. C'est juste pas possible. »

Puis quelques minutes après un exercice de vocalise engageant pour le corps et la voix, à ma question « Alors ? Que ressens-tu ? », elle me répond : « Je sais pas. On dirait que c'est moi et pas moi en même temps… Mais c'est… Effrayant. C'est fort. Ça vibre partout là. C'est fort. »

Elle me montre devant elle, au niveau de son thorax. Son regard est brillant, stable, mais avec une lueur que j'interprète comme une forme d'excitation. À ma proposition de recommencer plus tard, de poursuivre cette recherche lors d'une prochaine séance, elle me répondra « Oui » un grand sourire étirant ses lèvres.

Prendre garde pourquoi autant,

Il se peut déformés soient les mythes, genèse ou texte,

Seul le leitmotiv de la vie fait défaut à celui qui le cherche,

Au motif, n'accorde que peu de place au vide,

Non pas Ovide avec un O,

Mais bien le double avec espace.

Loni Inguanez

Texte écrit en Atelier d'écriture de Valéry Meynadier

MITIA (Dimitri Repérant). *Halo*. Barcelone, Espagne. 2015.

Les enjeux psychiques dans le bégaiement

Loni INGUANEZ

Introduction

Selon l'*Association Parole Bégaiement*, environ 1 % de la population est concernée par un bégaiement, soit plus de 600 000 personnes en France[214]. Mais alors quel accompagnement leur propose-t-on aujourd'hui ? La communauté bègue rapporte que le fait de bégayer peut engendrer une importante détresse psychique et avoir des conséquences sur la santé mentale des personnes concernées. Pour autant, aujourd'hui en France, la prise en charge prédominante reste le suivi orthophonique et le bégaiement est considéré comme un trouble neurodéveloppemental. Plus exactement, dans la 5e édition du *Manuel diagnostique et statistique des troubles mentaux* de l'Association Américaine de Psychiatrie (le DSM-5), il est classé comme un *trouble de la fluidité verbale apparaissant durant l'enfance ou débutant à l'âge adulte*. L'hétérogénéité de l'expression de ce *trouble* et ses évolutions diverses me laissent à penser qu'il serait intéressant de remettre au cœur de cette problématique le sujet et son discours[215]. C'est donc dans un contexte d'une littérature psychiatrisante américaine hégémonique et d'une majorité de travaux anglophones[216] que je souhaite aborder la question du bégaiement à travers une

214. Mais un quart seulement le resteront à l'âge adulte.

215. Au sens lacanien du terme, c'est-à-dire qui prend en compte l'interrelation entre le sujet, un *autre supposé-savoir* et un système pulsionnel.

216. Bien sûr, on peut trouver des cas cliniques abordant la problématique du bégaiement ; notamment dans la sphère psycho-analytique française (Assoun, 2001, 2011; Fabre, 2004, Gillie, 2017; Rassial, 1990), mais leur visibilité se fait moindre à côté de la profusion de travaux émanant du domaine médical et orthophonique. De plus, en France, les travaux du Dr Monfrais-Pfauwadel font figure de référence dans la recherche autour du bégaiement et de sa prise en charge.

lecture psychodynamique, afin de situer ce *trouble* dans une symptomatologie plus globale et une dynamique psychoaffective singulière. À travers ce travail, je souhaite proposer une lecture psychanalytique du bégaiement et d'un *trouble* pouvant s'y apparenter : le bredouillement. J'envisage ainsi le bégaiement non pas comme un *trouble* isolé, mais dans sa dimension pulsionnelle, au cœur d'un conflit psychique subjectif, pouvant être le témoin de psychotraumatismes plus ou moins précoces.

Problématique, hypothèses et méthodologie

Ce projet rédactionnel part de plusieurs constats autour de la problématique du bégaiement, comprenant des questionnements a priori, ainsi que mes premières intuitions cliniques. Comment se fait-il que certains se considèrent comme « guéris » du bégaiement, tandis que d'autres se considèrent comme porteurs d'un handicap ? Comment se fait-il que ce trouble neurodéveloppemental soit aussi fluctuant dans ses caractéristiques et dans son expression ? Ce caractère aléatoire me pose question et m'amène à vouloir explorer l'histoire du sujet, ses traumatismes, son rapport à l'*Autre*[217] à travers sa parole. Divers questionnements que j'aimerai confronter à la rencontre clinique, car il me semble y avoir autant de sujets bègues que de bégaiements.

Ainsi, dans quelle mesure serait-il pertinent de coupler une prise en charge orthophonique avec un accompagnement psychologique dans la problématique du bégaiement ? Je souhaite que ce travail soit le témoin de rencontres intersubjectives dans un contexte d'écoute clinique où se reflétera le discours de chaque sujet. Pour cela, j'aimerais rencontrer, *via* divers dispositifs et divers contextes, des personnes concernées par un bégaiement ou ayant des problèmes d'élocution s'y apparentant. À travers cet écrit, se succéderont des témoignages et des publications issus d'un groupe d'échanges privés (spécialement créé pour des personnes qui bégaient), ma réflexion clinique et des apports théoriques. Pour ce faire, je m'appuierai sur une position d'attention flottante et serai attentive à la dynamique transféro-contre-transférentielle, ainsi qu'aux phénomènes d'associativité en jeu. Je porterai également mon attention sur l'investissement du corps, tant dans sa dimension psychique que somatique. Selon moi, la mission principale du clinicien est de créer les conditions les plus favorables pour permettre le déploiement et l'expression de la subjectivité de chaque sujet, tout en ayant conscience de ses propres limites en tant qu'individu et professionnel[218].

217. Lacan distingue le grand Autre d'autrui (Séminaire II, *Le moi dans la théorie de Freud et dans la technique de la psychanalyse*, 1955).
218. En tant que psychologue clinicienne, je me suis engagée à respecter le *Code de déontologie des psychologues* de mars 1996 (réactualisé en février 2012).

Ces différents questionnements m'amènent aux hypothèses suivantes :

Hypothèse 1 : Il y a un cheminement possible entre la manifestation de cette « perturbation vocale » et l'expression d'une souffrance. Je fais l'hypothèse que la parole en proie au bégaiement est une parole en quête de dire.

Sous-hypothèse 1-1 : D'une part, il me paraît essentiel d'envisager cette « parole troublée » comme un symptôme à contextualiser à travers le discours du sujet et son histoire.

Sous-hypothèse 1-2 : D'autre part, il est indispensable d'explorer la place de l'*Autre* et de l'*objet regard* dans cette problématique.

Hypothèse 2 : Le bégaiement serait l'expression d'un conflit psychique, en lien avec des expériences précoces potentiellement traumatiques qui chercheraient à être contenues, projetées et mises en sens dans l'espace psychothérapeutique.

Sous-hypothèse 2-1 : Le bégaiement pourrait résulter d'un passif d'injonctions paradoxales et témoigner d'un matériel psychique de nature trans/intergénérationnelle non élaboré.

Sous-hypothèse 2-2 : Dans un second temps, le bégaiement pourrait être envisagé comme ayant une fonction de suppléance, dans un contexte d'une saturation du système pare-excitatif.

En toile de fond se posera la question de la fonction du bégaiement (signe ou symptôme ?). J'ai fait le choix de ne pas corriger les fautes d'orthographe et l'organisation syntaxique de chaque publication, car il me semble indispensable de partager les témoignages tels qu'ils l'ont été au départ.

Réflexion clinico-théorique

Articulation de témoignages « numériques » et amorce de réflexions cliniques

Un indéniable impact ?

Je débuterai ma réflexion avec un post questionnant le groupe sur la souffrance qui peut entourer cette problématique :

« Bonjour le cercle, pouvez-vous me dire sur une échelle de 0 à 10 l'intensité et la souffrance que représente votre bégaiement ? »

Voici les réponses :

Souffrance : **7**
Intensité : **4**

Intensité : **5**
Souffrance : **4**

Souffrance : **4**
Intensité : **7**

Intensité : **1**
Impact au quotidien : **1**
Souffrance : *je peux passer du 2 au 8 en l'espace de quelques instants. Je sais, ce n'est pas très rationnel…*

Intensité : **2**
Souffrance **0.** *Mais il m'arrive d'en souffrir un peu, si l'intensité augmente et que l'on me regarde de travers par exemple.*

J'aimerai mettre en perspective ces premiers retours d'expériences avec une étude anglaise (Hayhow et al., 2002) qui visait à recueillir les témoignages d'adultes bégayant, les effets sur leur vie, le choix d'une prise en charge orthophonique ou d'une autre méthode, ainsi que les attentes projetées sur la rééducation orthophonique.

Les participants rapportent que le bégaiement a eu un effet négatif significatif sur leur vie, que ce soit dans le milieu scolaire ou professionnel. Pour beaucoup, l'orthophonie leur a été utile, mais on peut noter l'absence de précision concernant les bienfaits et le détail des autres interventions et méthodes utilisées ayant eu un impact sur leur *trouble*.

Une autre partie des répondants ont spécifié qu'ils n'avaient pas été satisfaits par leurs diverses prises en charge orthophoniques et qu'ils sont toujours à la recherche de solutions pour contrôler leur bégaiement, ainsi que pour élaborer des stratégies d'adaptation plus efficaces. Peut-on y voir, pour les « insatisfaits », un possible décalage entre le désir du sujet d'être entendu et les méthodes proposées, qui privilégient, pour la plupart, un travail sur le contrôle du bégaiement[219] et non sa mise en sens ?

Une histoire de gêne ou de gène ?

Pour continuer, je propose d'aborder l'hypothèse de la prédisposition génétique dans le bégaiement et la question d'un possible héritage de ce *stigmate vocal*. En effet, d'autres membres du forum sont venus interroger la question de la génétique. Voici, pour illustration, une publication d'un internaute :

Salut, pour ceux qui n'ont pas encore eu d'enfants. ça vous fait peur ou vous frustrez à l'idée qu'un jour, peut-être vous donniez naissance à un enfant qui hériterait de votre bégaiement ?

Commentaires associés à ce post :

– Tout dépend si vous avez des gens bègues dans votre famille.

– Mes parents ne sont pas bègues, moi et mes 2 frère le sont, ma première fille ne l'est pas par contre la deuxième a commencé à bégayer l'horreur, je ne veux pas de cet héritage là pour mon bb.

---

219. Notamment des techniques de la parole, le contrôle du débit, par exemple, la modification de bloc, des exercices respiratoires divers, la réduction de l'évitement, des techniques de relaxation, la gestion de l'anxiété ou encore le discours chronométré syllabique (Hayhow et al., 2002).

– Pour ma part, ma mère bégaye, je bégaye, et mon neveu bégaye (alors que ni son papa, ni sa maman ne bégayent).

– Longtemps, je n'ai pas voulu d'enfant à cause du risque de transmission d'une prédisposition génétique (même avant que cela soit mis en lumière par la science, je m'en doutais, vu que ma mère bégaye également). Mais faut dire que pour moi, à cette époque, le bégaiement était un enfer. Et puis, je me suis occupée de moi et de mon bégaiement, et maintenant je le vis mieux.

– C'est sûr que c'est une idée qui me traverse l'esprit, mais si ça arrivait, je ferais tout pour que ce soit plus facile pour l'enfant et pour qu'il l'accepte davantage que moi.

De manière candide, je me demande dans quelle mesure la génétique peut faire la différence entre la transmission d'un *gène du bégaiement* et celle d'un possible traumatisme qui chercherait à être élaboré et qui fait symptôme au fil des générations ? J'approfondirai donc cette question, en partant du principe que le bégaiement et d'autres *troubles* pouvant s'y apparenter, comme le bredouillement, seraient des symptômes à mettre en lien avec des expériences précoces, potentiellement traumatiques, cherchant à être contenues, projetées et mises en sens dans l'espace psychothérapeutique. Ainsi, il pourrait être intéressant de revoir la terminologie pour séparer un bégaiement acquis suite à un AVC, d'un autre qui s'exprimerait hors du champ neurologique. En effet, un trouble dont la fluence est neurogène est différent d'un labellisé psychogène et n'a pas le même impact dans l'imaginaire du sujet et du collectif. Par association, l'homophonie entre les mots « gène » et « gêne » génère des interrogations : dans quelle mesure le bégaiement est-il une gêne pour le sujet ? Ses théories explicatives personnelles sont-elles plutôt d'ordre exogène ou endogène ? Sachant qu'actuellement il y a une valorisation des neurosciences et des techniques d'imagerie médicale *pour tout voir*.

Sujet silencieux ou silence de l'autre ?

Toujours dans cette volonté de donner la place aux personnes directement impliquées, voici un autre post que j'ai pu lire sur le forum :

Bonjour à tous,

*La naissance de notre premier enfant au moins de ****** m'amène à vous demander vos témoignages concernant la difficulté à dire son prénom au quotidien. Il y a un prénom qu'on aime beaucoup avec mon conjoint, mais ça commence par une lettre que j'ai toujours « détesté » de le dire, le son K, Q. J'ai peur d'avoir du mal à le dire à chaque fois que j'aurai besoin de le dire et dans des émotions différentes, mais aussi pendant des moments où il faudrait que j'alerte notre enfant pour éviter un danger. Pour ceux ou celles qui sont ou étaient concernés par ce problème, aviez-vous regrettez ? Ou comment avez-vous fait pour aller au-delà du problème ? Ou avez-vous pris un autre prénom pour ne pas bégayer sur celui que vous vouliez initialement ?*

Voici les commentaires qui ont suivi cette publication :

– Bonjour, question très intéressante. Moi j'ai choisi des prénoms qui ne posent pas de problèmes particuliers. Sûrement par conditionnement inconscient aussi, mais c'est avec ce type de prénom que je me projetais le mieux […].

– Moi j'ai donné un prénom facile à mes 3 enfants aussi.

– Moi aussi j'y ai été simple. Simple à dire pour moi et simple pour eux s'ils finissent par être bègue.

– Les prénoms de mes enfants étaient des prénoms coups de coeur. Jamais regardé par quelle lettre ça commençait ni si ça serait dur à prononcer. Je pense qu'il ne faut pas choisir le prénom en fonction du bégaiement […]. Les 2 derniers sont extra dur à dire quand quelqu'un me demande « comment il s'appelle. » L'horreur ! Mais c'est pas grave[220]*, car j'adore ces prénoms et j'aurais jamais pu choisir un prénom bof juste parce qu'il est facile à prononcer. Pour ma part, je ne bégaie pas quand je les appelle.*

– Moi par contre, justement au premier enfant, j'ai choisi un prénom, dont l'initial m'est vraiment difficile à prononcer, car j'étais sûre qu'au fil de temps, à force de l'appeler à chaque occasion, je finirai à ne plus bégayer sur le D, et j'ai réussi là-dessus.

De façon manifeste, ce post a été propice à l'expression d'un très grand nombre d'internautes… À travers l'évitement de certains mots, phonèmes, que cherche vraiment à éviter le sujet ? Le sens de ces évitements, de ces fuites phonémiques, pose question tout comme leur contexte d'utilisation. Pourquoi devoir décliner son identité demeure une épreuve quotidienne pour beaucoup de personnes qui bégaient ? Ce peut être le nom, le prénom, ou parfois les deux, qui ne passent pas. Est-ce l'adresse à l'*autre* dans les présentations qui est en jeu ? Qu'est-ce qui amène alors un sujet à dire ou à ne pas dire ? Et dire quoi exactement ? Il s'agit, selon moi, d'un fil à déployer par et avec le sujet. Qu'est-ce qu'il ne peut pas dire au risque de se révéler ? Parler expose le sujet par sa qualité intrinsèquement projective à être entendu, voire écouté. Le bégaiement serait-il alors une tentative de faire barrage pour éviter au sujet de se dévoiler ? Dans quelle mesure, parler pourrait alors le mettre en danger ? Ce n'est peut-être pas anodin que nombre de sujets rapportent bégayer plus lors de prises de parole groupales et moins en situation où ils sont seuls ou hors contexte communicationnel avec autrui. Par exemple, beaucoup de sujets concernés par le bégaiement disent que les situations les plus anxiogènes depuis leur plus jeune âge restent les exposés (dans le cadre scolaire puis dans la sphère professionnelle). On ne peut ignorer la multiplicité des sens de ce terme qui peut à la fois être entendu comme une présentation explicative sur un thème donné et le fait d'être *exposé* à un danger. Qu'en est-il alors de la répercussion de ces mots dans les sphères du Réel, de l'Imaginaire et du Symbolique (selon la conception lacanienne) ?

Je poursuis mon questionnement et me demande si, au-delà d'un dévoilement de soi, au sens de l'émergence du « je », il ne pourrait pas être question également d'un potentiel risque de réexposition à travers certains dires, certaines prises de position du trauma, qui cherche à coexister avec le sujet à travers cette parole bégayante. Autrement dit, qu'est-ce que le sujet ne pourrait pas supporter de s'entendre dire ? De plus, qu'est-ce qui fait effraction quand le sujet se met à

220. Je rappelle ici que j'ai fait le choix de ne pas corriger les fautes d'orthographe et l'organisation syntaxique de chaque publication.

bégayer ? Une étude qui s'intéresse aux effets des différentes sources de divulgation du bégaiement sur les perceptions d'un enfant qui bégaie, relève que si l'entourage de l'enfant (aussi bien les parents que le corps enseignant) l'encourage à parler de son bégaiement et qu'eux-mêmes communiquent à ce sujet, cela aura un impact positif sur sa qualité de vie et sur les représentations qui en découlent pour les personnes impliquées (Snyder et al., 2020).

Rencontre avec l'insaisissable ?

Poursuivons avec ce témoignage :

Ce soir, comme d'autres soirs, je fais une rechute : comme un besoin d'extérioriser tout ce que je garde pour moi au quotidien concernant certes le bégaiement, mais tout ce qui en découle : manque de confiance en moi, peur de parler, sentiment d'être une bête de foire que l'on questionne pour faire surgir son bégaiement et s'en délecter [...]. Cette semaine un de mes professeurs m'a imité quand j'ai commencé à bloquer. Je sais pertinemment qu'il n'est pas mauvais et que c'était sa manière à lui de réagir, mais je suis fatiguée de passer pour une femme « stupide » à chaque fois que j'ouvre la bouche. Marre d'avoir à fournir 3 fois plus d'efforts pour faire ce que certaines personnes font naturellement : PARLER.

Cette notion de *rechute* dont fait part cette étudiante pose question dans le contexte du bégaiement ; que vient relever cette résurgence du symptôme qui peut se retrouver notamment dans les problématiques addictives ? Je propose ici d'introduire la question de la structure au sens de la vision structurale de la psychopathologie de Bergeret (1974). La langue constitue une expérience de séparation entre soi et l'autre et permet une tiercisation. Le bégaiement pourrait venir y faire effraction, actualisant un entre-deux langagier.

Il se peut alors qu'il ait des répercussions et qu'il fragilise la construction psychique du sujet, tant sur le plan intrapsychique qu'interindividuel. L'inscription dans la langue peut alors faire défaut, mettant en échec la symbolisation d'un *Autre* symbolique. Lacan nous rappelle que c'est par le biais de l'entrée dans la langue que nous existons pour l'autre. Il développe également l'idée selon laquelle il y a « forclusion du nom-du-père » dans la psychose (1998). Cette absence de la « métaphore paternelle » (1953) laisserait le sujet dans une jouissance hors limite, ne pouvant assumer la castration et l'introjection du signifiant de la loi. Le délire peut alors être envisagé comme une tentative de séparation (qui fait défaut ici dans le Symbolique), venant faire retour dans le réel par ces phénomènes. Aussi cette parole bégayante pourrait renvoyer à une certaine « inquiétante étrangeté[221] » (que ce soit pour le sujet ou son interlocuteur). Ce qui m'amène à me questionner sur l'implication de la boucle audio-phonatoire et l'investissement des cinq sens pour un sujet dont la voix peut être considérée comme ingérable, voire devenir un objet étranger. Il me semble donc primordial de contextualiser ce symptôme avec la structure du sujet dont l'objet *voix* peut-être plus ou moins

221. En référence au concept freudien – Freud, S. (1919). Das Unheimliche. Dans *Imago : Zeitschrift für Anwendung der Psychoanalyse auf die Geisteswissenschaften*, 5(6), 1.

vécu sur un mode persécutif. Ainsi la question de la psychose peut être envisagée ; le bégaiement serait alors le marqueur d'un entre-deux vocal, témoin d'une singularité dans le rapport à l'autre et dans la relation d'objet, voire d'un possible morcellement de la voix. Dans cette optique, on pourrait alors se questionner sur la nature des bégayages et les symptômes pouvant l'accompagner (comme les tics, les tocs, les rituels, etc.). Ne pourrait-il pas être la manifestation de phénomènes hallucinatoires qui seraient une tentative de composer avec l'exigence de la communication et de la relation avec l'Autre ? Ces coupures induites par le bégaiement seraient alors signes d'une tentative de distanciation avec ce dernier ; sachant que l'une des fonctions de la parole est de faire séparation. Autrement dit, le bégaiement pourrait venir interroger la différenciation avec l'autre et par la façon dont le sujet dispose de sa voix s'il est indifférencié avec la voix surmoïque maternelle ou d'une autre figure d'attachement, par exemple.

La voix est le désir de l'Autre pour Lacan. Mais de quelle voix serait propriétaire le sujet bègue si ce n'est sa parole ? Peut-être celle incorporée de son agresseur ou bien serait-il sous l'emprise de celle d'un autre ? Certaines personnes décrivent être comme locataires de leur propre voix, une sorte d'indésirable qui ne serait pas à sa place, mais est-ce le sujet ou sa voix qui est en trop ? Cette voix ne serait-elle pas acquise et sujette aux vacillements d'un *moi* tiraillé par la voix d'un autre ? Qu'est-ce que risque le sujet [bégayant] à parler, pourquoi les mots ne se risquent-ils pas à sortir ? Dans ce sens, mon hypothèse est donc que le bégaiement pourrait avoir une fonction de suppléance. Il me semble intéressant de noter que certains sujets confrontés au bégaiement vont jusqu'à porter des appareils de rétroaction auditive différée. L'objet *voix* se retrouve ici compensé par un objet matériel, une *prothèse auditive*. Le bégaiement pourrait alors être lu comme une tentative de guérison (une suppléance en termes lacaniens) ? Ainsi c'est par la voie de cet objet étranger que viennent s'arrimer l'Autre et l'énigme qui l'accompagne (que me dit l'Autre ? Qu'attend-il de moi ?). En arrière-plan se dessinent d'autres questions qu'il pourrait être intéressant de discuter dans le cadre d'une relation psychothérapeutique : que deviendrait le sujet sans son bégaiement ? Qu'est-ce que serait sa vie sans le bégaiement ? Qu'est-ce qu'il s'autoriserait de plus ? En parallèle, il pourrait être pertinent d'explorer avec lui de possibles bénéfices secondaires… Cela m'invite à fortement envisager le bégaiement comme un signe (parmi d'autres) dans un tableau clinique plus global ; tout en le mettant en perspective avec le discours du sujet et le contexte de sa demande.

Le bégaiement interrogé

À ce niveau de la rédaction, je souhaite partager une autre publication d'un internaute qui pose la question suivante :

« Est-que le bégaiement peut disparaître avec l'âge ? Si oui comment ? »

Réponses sous ce commentaire :

— *C'est souvent dû à un cerveau contrarié (exemple parmi plein d'autres : gaucher contrarié). Si la cause le contrariété est supprimé, le bégaiement disparaît progressivement.*

— Je suis une gauchère contrarié et j'ai un bégaiement léger. Depuis le début de l'année, je bégaie presque plus avec les gens extérieurs. Encore avec ma famille, mais ça dépends des discussions. Si la discussion tourne autour d'un sujet sensible, je vais bégayer à fond. Sinon, mon « père » (sujet sensible) et mon beau père leur bégaiement est parti vers l'âge de 30 ans. Je vais sur mes 37 et c'est toujours là.

— Et ben ca explique sûrement le fait que je sois ambitexte, je fais tout de la main gauche, je travaille mieux côté gauche aussi, j'écris aussi main gauche, mais moins bien que la droite quand même.

— Peut être que si tu décidais un jour de te latéraliser 100 % à gauche, ton bégaiement disparaîtrait après quelque temps. Ce n'est bien sur qu'une supposition !

— Hummm j'ai bientôt 56 ans et je bégaie encore, avec des années de plus ou moins fluide, mais depuis plusieurs mois catastrophe !

— C'est parti à 13 ans presque entièrement (j'ai l'impression qu'on est jamais complètement guéri, mais on vit avec en étant plus ou moins gênant). C'est parti quand j'ai accepté de parler comme ça et d'être différente.

— J'ai 67 ans et je me considère toujours « bègue ». Ceci étant je peux dire que, dans mon cas, le bgmt s'est estompé au fil des années et maintenant je ne bégaie quasiment plus. Mais je fais toujours attention quand je dois prendre la parole.

Dans les réactions ci-dessus est mentionnée la théorie du bègue en tant que gaucher contrarié. C'est une des hypothèses causales qui est depuis longtemps véhiculée, notamment avec celle du bilinguisme. Ici l'enjeu n'est pas d'essayer de réfuter ou non ces allégations, qui ont déjà fait l'objet de nombreuses recherches, mais plutôt de voir dans quelle mesure les sujets s'approprient ces étiologies explicatives pour mettre du sens derrière leur symptôme et pour mesurer l'impact que cela a sur ce dernier.

« Je lis énormément de post ou nous mentionnons que nous bégayons depuis nos 6 ans. Pareil pour moi. Pourquoi 6 ans alors que nous avons parlé sans bégayer à 5 ans, 4 ans ? L'entré en primaire ? Quel enjeux à ce moment-là ? Quelle évolution de l'enfant au stade des 6 ans ? »

Commentaires qui ont suivis :

— Est-ce que ça ne correspond pas plutôt à nos premiers souvenirs de bégaiement ?

— Mon fils a commencé à 6ans. 2 semaines après la naissance de sa sœur.

— Mon fils a 3 ans quand je langage s'est installé.

— Mes jumeaux vers 6 ans aussi. Ils ont eu un gros retard de langage donc orthophoniste, puis d'un coup un s'est mis à bégayer et quelque temps plus tard le 2ème aussi. à ce jour ils vont faire 14 ans et c'est très dur !

— Pour ma part ça a commencé dès que j'ai commencé à parler, puis ça s'est arrêté quand j'ai commencé à savoir lire (vers 6 ans donc). C'est revenu vers mes 11-12 ans ensuite.

— Moi j'ai commencé à bégayer à l'âge de 9 ans. Le dernier jour de CM1, on jouait à des jeux de sociétés dans la classe, lorsque un moment j'ai voulu parler je n'ai pas pu sortir le mot, plusieurs fois comme ça. Sur le coup j'ai trouvé ça vraiment étrange. Depuis ce jour je bégaie.

— à 4 ans. Traumatisme. Renversé par une voiture.

— Pour ma part ça a commencé a 6 ans je me rappelle bien c'était le 2ème jour à l'école quand j'ai sorti pour lire l'alphabet.

— Moi ver l'âge de 7 ans et demi du a un choc.

— En fait, sans le témoignage de nos parents, certains ne peuvent pas vraiment déterminer l'âge du début. En effet. Jamais je n'aurais sur vers quel âge ça c'est déclenché si je n'avais pas demandé à ma mère. Je sais très exactement quand et (certainement) l'élément déclencheur.

— J'ai 21 ans et mon traumatisme est arrivé lorsque j'avais 5 ans. J'ai appris que j'avais eu un grand frère et qu'il était décédé « à ma place » je n'ai vraiment pas supporté.

— J'ai passé beaucoup de temps à l'hôpital entre ma naissance et mes 6 ans. D'après ma mère, mon bégaiement est apparu à 2 ans et demi, car à l'époque (68/74) les parents ne pouvaient rester avec leurs enfants, donc sentiment d'abandon...

***

Le bégaiement mobilise l'autre dans son écoute. Dans la situation du bégaiement, très souvent cela aboutit à la non-réception du message de l'émetteur à son destinataire. Mais alors qu'est-ce qui amène un sujet à être le porteur d'une voix ne pouvant se faire entendre et, par extension, comprendre ? Cette spécificité langagière peut-être vécue comme un échec relationnel, confrontant l'autre à une parole imprévisible (tant sur le plan rythmique qu'articulatoire) ; l'individu récepteur adopte très souvent la formule politiquement correcte « je n'ai pas entendu », alors que le message a bien été réceptionné sur le plan auditif. C'est au contraire la réception du contenu qui a été mise à mal par cette voix trouée, inaccessible dans son sens et aboutissant à une perte de ce dernier à travers ce chaos des mots. Mais qu'est-ce qui, à mi-mot, révèle ces bégayages aux prises entre répulsion et expulsion ? Très souvent les personnes qui bégaient doivent répéter leurs dires et vont alors changer leur énoncé initial. Comme si le premier dire, avec toute sa vérité, devait être annulé par un contournement du sens et une approximation dans cette nouvelle transmission de la parole, alors que le sujet peut verbaliser dans un après-coup le message qu'il voulait transmettre.

Je suis également interpellée par le fait que beaucoup de personnes concernées par un bégaiement rapportent qu'il leur est insupportable de s'entendre bégayer (*via* un enregistrement audio par exemple). À quoi le sujet fait-il donc face quand il est le récepteur de sa propre voix ? Cette voix de l'intime provoque de l'émotion et il n'est pas rare que certains évoquent le fait qu'il leur est impossible de regarder un film lorsqu'il y a un personnage qui bégaie. Peut-on ici faire intervenir la notion de honte ? Lorsqu'il y a de la honte, il y a l'émergence du pulsionnel. Mais si tel est le cas, qu'est-ce qui, dans l'histoire du sujet, peut venir faire écho à cette honte ? Est-ce la voix de la honte qui s'exprime à travers le bégaiement ?

Par ailleurs, chez l'enfant ou l'adolescent (voire chez l'adulte), le fait de bégayer peut aboutir à un mutisme sélectif ; qui se manifeste par une prise de parole difficile ou impossible à l'école, chez des amis, mais fluide dans le cadre sécurisant du domicile. Ce symptôme peut donc générer, par extension, le silence. Ce qui soulève une nouvelle question : qu'est-ce qui amène, dans l'histoire et la construction du sujet, à faire silence ? Doit-il taire quelque chose ou renvoie-t-il par cet arrêt de la parole le silence même qu'on lui a imposé ? Le bégaiement pourrait-il être la résultante d'un passif d'injonctions paradoxales ? Ce *trouble* serait alors une cristallisation de ces dernières (verbalisation de se taire ; que sa parole n'a pas de valeur ; secret dans un climat incestuel…) ? Ou encore est-il le témoin d'un conflit trans/intergénérationnel ? Il me semble également pertinent d'explorer, dans l'histoire du sujet, les traces de son environnement sonore précoce (y compris la vie intra-utérine), en portant notamment l'attention sur la transmission de la langue maternelle et la place des voix des figures d'attachement ainsi que les propriétés de leurs interactions, afin de contextualiser la voix du sujet dans sa filiation (comment il a été nommé et la place de son identité à travers cette dernière).

Interactions pulsionnelles, sensorialité et narrativité

M'appuyant sur les propos recueillis lors de l'intervention de Madame Hélène Godefroy[222] concernant la primauté de la pulsion vocale et l'étayage des autres pulsions sur cette dernière, il me semble intéressant d'explorer les liens entre la pulsion vocale et celles qui suivent, c'est-à-dire les pulsions orale, anale et scopique.

Pour introduire cette piste de réflexion, on peut s'interroger sur un potentiel retour d'un trauma non intégré à travers des somatisations successives. Le forum fait état de nombreux témoignages décrivant des troubles somatiques, par exemple pour une jeune fille qui décrit des désordres sphinctériens ; elle cite l'apparition d'une dyschésie après la mort de son grand-père. Après avoir pris connaissance de ce syndrome en lien direct avec l'anisme, qui résulte en une inversion des réflexes de rétention et de poussée, je propose une analogie avec la respiration, très souvent impactée chez les personnes qui bégaient (notamment l'asynchronie entre l'inspiration et l'expiration), rapprochant, par conséquent, le symptôme à une forme de « bégayage anal[223]. » Dans ce témoignage, on peut donc voir que deux réflexes sont touchés… D'autres personnes font part de symptômes localisés autour de la bouche (comme de l'herpès ou des allergies diverses) ou encore au niveau des muqueuses oculaires, comme du psoriasis inversé. À travers ces quelques retours épars, il paraît donc important, dans un cadre psychothérapeutique formel, d'investiguer, dans l'anamnèse du sujet, de possibles comorbidités comme des troubles gastro-intestinaux ou sexuels. Du côté de la pulsion scopique, de nombreux internautes témoignent de leur rapport entretenu entre le regard d'autrui et l'intensité de leur bégaiement.

222. Dans le cadre du D.U. *Voix et Symptômes*, le 21 janvier 2020.
223. Au cours de mes recherches, j'ai également découvert qu'il existait un « bégaiement urinaire » qui est un trouble de la miction (voir l'ouvrage de Jules Janet, *Les troubles psychopathiques de la miction : essai de psycho-physiologie normale et pathologique*, 1890).

Une autre question s'est imposée à moi lors de cette rédaction : peut-on être bègue seul[224] ? Et dans quelle situation communicationnelle le bégaiement intervient-il ? Est-il actif au téléphone ? Lors de l'enregistrement d'une vidéo ? Ainsi la différence d'interaction avec autrui peut-elle faire l'objet d'un traitement spécifique pour le sujet dans sa vocalisation ? Très souvent, c'est un professionnel qui labellise/nomme ce symptôme chez le sujet, sachant qu'il est possible que le sujet n'en ait pas conscience avant que son entourage ne le lui fasse remarquer. Il est donc important de s'intéresser au moment où le bégaiement est venu faire souffrance pour le sujet et si cet état perdure dans le temps[225].

Se pose également la question d'une possible esthétisation de la voix, le bégaiement venant alors se heurter à la sensibilité de l'ouïe d'autrui pour lequel il y aurait une certaine représentation d'un idéal vocal, ou du moins d'une norme dans son déploiement, mis à l'épreuve par le bégaiement[226]. Il est alors pertinent d'explorer le rapport du sujet avec son bégaiement dans des situations de projections vocales diverses : voix parlée, chantée ou chuchotée. Dans la mesure où il est très fréquent qu'un bègue ne bégaie plus lorsqu'il chante, qu'il joue un rôle, qu'il communique sous le coup de la colère (notamment lorsqu'il profère des jurons) ou encore lorsqu'il est seul. Dans ces différentes situations, on voit que l'adresse à l'autre est différente, car le sujet n'est pas dans l'attente directe d'une réponse de la part de son interlocuteur. L'attention est dirigée vers la « décharge » d'une parole dans un contexte de performance, sans que le contenu ne soit directement remis en cause. Si l'expression de la rage (voire de la haine) permet une mise de côté du bégaiement, serait-ce parce qu'elle touche à la réalité pulsionnelle du sujet, en parallèle à une levée des défenses ? Le bégaiement pourrait être considéré alors comme un contre-investissement vis-à-vis de l'expression, en même temps que l'intégration d'un contenu psychique, pour le moment inélaborable, empêchant le sujet de transmettre sa vérité au moment où il le désire. Il s'agirait donc d'un mécanisme de défense. On peut alors se demander si la « gravité » du bégaiement ne pourrait pas être liée au contenu personnel, à la charge identitaire d'une parole dont découle une charge émotionnelle et pulsionnelle.

À partir de l'extrait d'un échange issu du groupe, je m'emploierai maintenant à étayer une intuition clinique en envisageant la parole avec et sans neutralisation de sens dans le cadre d'une hypothèse d'une saturation du système pare-excitatif.

Je me suis aperçue que je parle mieux avec les gens quand j'écoute de la musique avec des écouteurs. Je crois que c'est le fait de moins entendre ma voix, d'être moins dans la situation du coup je stresse moins. Faudrait que je réessaye.

Cette internaute n'est pas la seule à faire état d'une atténuation, voire une disparition, du bégaiement lorsqu'elle ferme les yeux ou porte un casque. Si l'on

224. Je fais le parallèle avec le postulat de Bernard Mottez de « handicap partagé » (*La surdité dans la vie de tous les jours*, 1981). La surdité est une expérience partagée, on ne peut pas être sourd tout seul…
225. Il pourra être intéressant de voir s'il y a eu des changements entre le bégaiement de l'enfant et celui de l'adulte et comment le sujet a grandi avec.
226. Ce qui rejoint le concept de « ségrégation vocale » proposé par Madame Claire Gillie.

envisage le bégaiement comme un dire du corps, dans son acception pulsionnelle, à entendre comme un appel/une demande qui passe par le corps, on peut alors considérer que le corps d'un bègue est plus que parlant. Ce qui peut se manifester dans le langage non verbal par des tics, des spasmes, des contractions involontaires du visage accompagnant souvent les bégayages, révélant une parole trouée (en écho au « troumatisme » évoqué par Lacan ?).

Le concept d'un « corps parlant » à travers le bégaiement, peut-être développé à partir des travaux de Madame Lheureux-Davidse qui déconstruit une parole « standardisée » au profit d'une rencontre plurielle au carrefour des sens. Ainsi, s'ouvre une autre piste de réflexion où les situations de bégayages sont envisagées comme une fuite du corps avec de possibles angoisses de liquéfaction, voire un quasi-démantèlement ou un clivage (de nature sensorielle notamment). Le bégaiement pourrait alors être vu comme un mode de récupération, voire une stéréotypie, avec des particularités sur le plan sensoriel (hypersensibilité ? Transmodalité sensorielle ?) dans un contexte d'envahissement et d'auto-contacts fréquents, ce qui renforce l'hypothèse proposée concernant une saturation du système pare-excitatif. Dans ce sens, travailler sur l'investissement du corps du sujet confronté au bégaiement, ainsi que sur son vécu d'existence et de coexistence pourrait s'avérer probant. Le bégaiement pouvant venir perturber le sentiment de continuité avec soi et les autres, comme si métaphoriquement cette parole hachée venait rompre le lien lui-même. Qu'est-ce qui est à l'origine de ce comportement : est-ce le bégaiement qui isole le sujet ou bien le sujet qui se coupe de l'autre « grâce » au bégaiement ?

Par ailleurs, se pose la question de la position du sujet face à la dimension psychiatrisante du bégaiement (DSM) et de la possibilité d'être reconnu comme porteur d'un handicap (MDPH[227]). Le sujet est donc pris entre ce trouble et ce handicap. Comment le sujet peut-il alors advenir à travers sa parole ? Subit-il son bégaiement, l'interroge-t-il, le nie-t-il ou, à l'inverse, est-il source de créativité et de dépassement de soi ? Autant de questions qui seront à mettre au travail dans le cadre d'une psychothérapie. Enfin, le bégaiement est-il un symptôme universel, se manifestant dans d'autres cultures, et le cas échéant, son expression est-elle similaire à la nosographie francophone ?

Par exemple, Cosyns et ses collaborateurs (2009) ont étudié le bégaiement en langue des signes flamande (VGT) et ils repèrent tout comme, dans l'oralisation, les caractéristiques du bégaiement clonique ou tonique et la mise en place des stratégies de compensation similaires. À nouveau, faire le lien entre le corps organique et le corps pulsionnel me semble primordial pour envisager ce symptôme dans son bain de langage originel. De plus, en effectuant des recherches préliminaires sur l'épidémiologie du bégaiement à travers le monde, la surreprésentation de ce *trouble* sur certains continents interroge et invite à se questionner sur des liens possibles entre cultures et traumatismes divers (personnels, sociétaux, transgénérationnels).

227. Maison départementale des personnes handicapées.

Conclusion

Que ce soit dans un contexte clinique ou de manière informelle sur les réseaux sociaux, de nombreux sujets s'expriment sur leur bégaiement et rapportent une importante détresse psychologique, voire une exclusion sociale, en raison de leurs difficultés d'élocution. Dans cet article, j'ai tenté d'envisager ce « trouble de la communication » comme un symptôme à contextualiser à travers le discours du sujet et son histoire. Ainsi le bégaiement ne serait plus considéré comme une condition fixe et immuable, *être bègue* (où seul le versant de la rééducation orthophonique serait conseillé), mais comme une parole troublée, résultant possiblement d'un conflit psychique à nommer et à élaborer (révélateur d'un impensé, d'un innommable). C'est pourquoi coupler une prise en charge orthophonique et un accompagnement psychologique serait certainement pertinent. Ce désir de recherche doit être étayé par un état des lieux sur la santé psychique des personnes qui bégaient (notamment sur le risque suicidaire), ainsi que sur ses conséquences psychosociales, afin de sensibiliser davantage les professionnels aux répercussions et aux implications psychologiques sous-jacentes à cette problématique.

MITIA (Dimitri Repérant). *La Voix du Silence*. Sainte-Sophie, Istanbul, Turquie. 2016.

« Commencer, recommencer, les grands obstacles du jour s'annoncent au matin. Quels affrontements, ces retours successifs des instants ?

Septembre, octobre, novembre, décembre, janvier, coronavirus février mois un, coronavirus mars mois deux, coronavirus avril mois trois…

L'étirement du confinement dans la monotonie des jours et des nuits. Hors temps, hors sens, hors souffrance, hors tout. »

Véronique Deschamps

Texte écrit en Atelier d'écriture de Valéry Meynadier

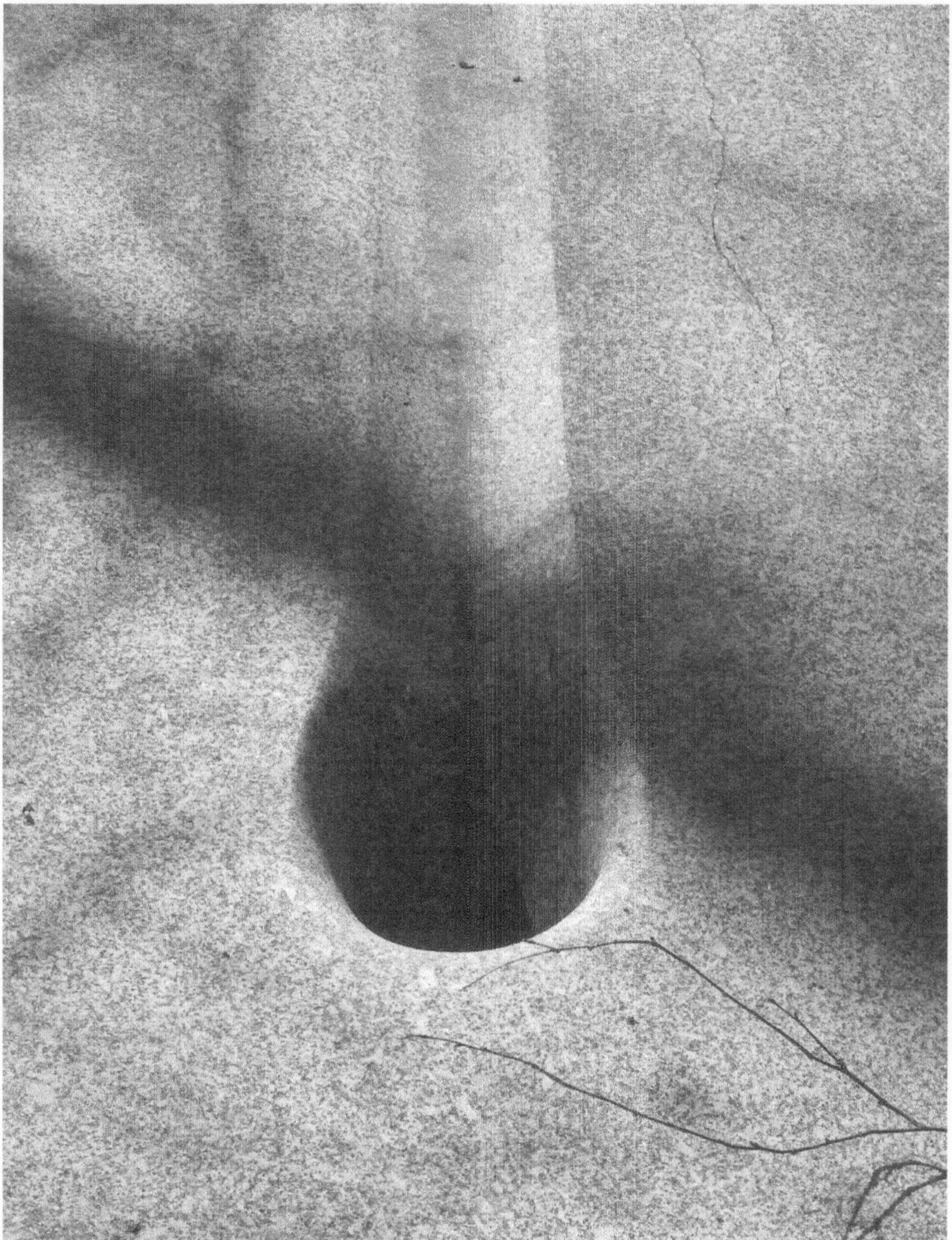

Claire GILLIE. *Au risque du faux-pas vocal.* Limoges. 2014.

L'impossible génitalisation psychique et son écho corporel

Chloé BLACHÈRE

Le passage vocal qui conduit de l'enfance à l'âge adulte constitue une délicate opération. Dans ce moment de la puberté, nombre de réaménagements psychiques viennent bousculer l'adolescent et s'ajouter aux transformations corporelles à l'œuvre. Ce franchissement du pubertaire peut occasionner d'importants conflits, pour certains tenus inconscients, mais dont les effets peuvent être donnés à entendre au travers de la voix. L'une de ces manifestations vocales porte le nom de mue faussée. Quelle lecture psychanalytique pouvons-nous faire d'un tel phénomène vocal ? Quelle fonction celui-ci occupe-t-il dans l'économie psychique d'une personne ?

En partant de ces interrogations, nous nous engageons sur le chemin sinueux de la voix, depuis ses origines jusqu'à son façonnage, à la rencontre de ce qu'elle vient dire d'un être parlant.

La voix à travers les âges

Chaque âge de la vie est marqué du sceau de la voix. Celle-ci revêt des couleurs et des intonations particulières à chacune des étapes qui la composent.

La voix surgit au moment de la naissance. Elle est d'ailleurs médicalement interprétée, dans les premières secondes qui suivent la venue au monde du nouveau-né, comme étant le signe d'une bonne vitalité.

C'est d'abord la voix de l'*infans* qui se fait entendre. Rappelons que l'étymologie d'*infans* correspond à « celui qui ne parle pas[228]. » Ainsi dans l'histoire de l'être parlant, c'est d'abord sans verbe que celui-ci se fait entendre. Le registre verbal, c'est de l'Autre qu'il provient. Marie-Claude Baïetto[229] précise à ce propos que « comme objet, la voix tombe de l'Autre [et qu'elle est donc, de ce fait] porteuse d'altérité. » Cette voix de l'*infans* vient occuper une certaine place dans les relations que celui-ci tisse avec son entourage, venant s'immiscer dans les moments de soins, de maternage, de nourrissage. Cette voix vient s'interposer entre son porteur et l'autre, agissant là comme un « premier tiers immatériel (...) entre la mère et l'enfant, entre le père et l'enfant.[230] » Cette voix de l'*infans* constitue en fait, avant même l'émergence du langage, une matérialisation sonore de sa singularité dans son rapport à l'autre.

Par ailleurs, c'est parce que l'autre y répond, à cette voix, que l'*infans* perd le rapport d'immédiateté à sa voix comme objet, dont il a d'abord fait l'expérience[231]. En effet, ce qui n'était d'abord qu'un cri pur devient, du fait que l'autre l'interprète et y réponde, un cri *pour*[232], chargé d'intentionnalité. Il s'agit là d'une première expérience d'incorporation vocale[233]. Nous y reviendrons.

Le passage de l'*infans* à l'enfance se fait avec l'acquisition du langage. La voix de l'enfant, à cette époque de la vie, est notamment caractérisée par sa hauteur, qui rattache celui-ci à l'univers maternel. Il s'agit d'une voix haute, de tête, parfois incorrectement qualifiée d'asexuée en raison de la difficulté – voire de l'impossibilité – de distinguer celle du garçon de celle de la fille. De ce lien primordial, qui place d'abord la voix du côté de la relation à la mère, le langage opère une séparation d'avec elle, qui est à entendre du côté de la fonction paternelle. L'aspect verbal de la voix, de par sa dimension structurelle, introduit des limites au caractère pulsionnel qui la compose. Car si l'on se réfère à la théorie de la pulsion développée par Freud dans *Métapsychologie*[234], la voix, dans sa composante vocale, constitue bien un objet pulsionnel, c'est-à-dire ayant une source corporelle d'excitation, une force, un but correspondant à l'abaissement de la tension éprouvée et un objet, le récepteur[235]. Notons que Freud caractérise la

228. Dictionnaire *Le Littré* (XMLittré v2), https ://www.littre.org/definition/enfant
229. BAÏETTO, M.-C. « La voix incorporée ». *Analyse Freudienne Presse*, 2010/1, N° 17, p.59.
230. *Ibid.*, p.60.
231. VINCIGUERRA, R.-P. « L'objet voix ». *La cause freudienne,* 2009/1, N° 71, p.136.
232. POIZAT, M. *L'opéra ou le cri de l'ange, Essai sur la jouissance de l'amateur de l'opéra*, Paris, A.M. Métailié, 1986.
233. VINCIGUERRA, R.-P. « L'objet voix », *op. cit.*
234. FREUD, S. (1915). « Pulsions et destins de pulsions », *Œuvres complètes, Vol. XIII*, Paris, PUF, 1988, p. 161-185.
235. ASSOUN, P.-L. *Leçons psychanalytiques sur le regard et la voix, Vol. 1. Fondements*, Paris, Anthropos-Economica , 1995 ; ROSOLATO, G. *La relation d'inconnu*, Paris, Gallimard, 1978 ; CASTARÈDE, M.-F. *La voix et ses sortilèges*. Paris, Les belles lettres, 1987 ; CASTARÈDE, M.-F. « Métapsychologie de la voix », *Champ psychosomatique*, 2007/4, N°48, pp.7-21.

pulsion comme étant une force constante[236]. Elle provient de l'intérieur du corps et est, de ce fait, extrêmement difficile à fuir. Celui-ci en fait un concept frontière entre somatique et animique[237], entre pulsions sexuelles et pulsions du moi, dont le conflit qui les oppose est à l'origine de troubles psychiques observables[238].

Si l'on se réfère aux registres lacaniens, la dimension vocale de la voix, en tant qu'elle est corporelle, est à entendre du côté de l'Imaginaire, là où sa dimension verbale l'inscrit dans le Symbolique[239]. Il s'agit donc de consentir à renoncer à l'univers maternel pour investir celui régi par la loi. Cette séparation vient notamment s'organiser à partir de ce que Lacan nomme le Nom-du-père. Ce passage est grandement facilité par le désir de la mère qu'elle oriente vers le père. À l'inverse, l'impossible introduction d'un tiers maintient l'enfant sous le joug de la puissance maternelle. Dans le champ artistique, Mozart nous offre un exemple de cette dualité et du conflit qu'elle génère au travers de son célèbre opéra *La flûte enchantée*. La fille, sous l'emprise de sa mère terrifiante et de sa voix diaboliquement aiguë, est tenue éloignée du père par celle-ci, et par là même de la loi et de l'autre.

Cette loi, portée par la fonction paternelle, s'inscrit dans un contexte social. L'une des fonctions de cette loi consiste à réguler les pulsions qui, elles, cherchent à jouir de leur objet. La voix fait donc l'objet, en tant que pulsion invocante, d'une régulation sociale.

La notion de castration prend racine dans cette régulation. Elle est tout à fait déterminante au moment de la puberté, lorsque se joue le passage de l'univers enfantin à celui de l'adulte. François Marty propose à ce sujet une distinction radicale entre castration réelle et castration Symbolique : alors que la castration réelle n'a d'autre destin que de maintenir la voix dans son registre aigu, enfantin, la castration Symbolique permet au contraire à un être de quitter l'enfance et la voix qui était la sienne jusqu'alors pour faire sienne sa voix muée[240].

Ainsi, après cette première danse par laquelle il a fallu, dans l'enfance, ajuster les registres vocaux et verbaux de la voix, celle-ci fait l'objet d'une nouvelle évolution au moment de la puberté. Dans cet entre-deux, des vibrations nouvelles sont générées par les cordes vocales, dont l'amplitude accrue vient provoquer de nouvelles sensations. Elles signent un événement du corps, tout autant que du psychisme.

---

236. FREUD, S. (1915). « Pulsions et destins de pulsions », *Œuvres complètes, Vol. XIII*, Paris, PUF, 1988, p.165.
237. *Ibid.*, p.167.
238. FREUD, S. (1910). « Remarques psychanalytiques sur un cas de paranoïa (dementia paranoides) décrit sous forme autobiographique », *Œuvres complètes, Vol. X*, Paris, PUF, 1993, p.301.
239. BEAUSSANT, C. & JOHNSTON, G. « Quand l'homme ne trouve pas sa voix – une étude psychologique de la mue faussée », *Neuropsychiatrie de l'enfance et de l'adolescence*, 2016, N°64, pp.125-130.
240. MARTY, F. « Le retard de la mue chez le garçon », *Champ psychosomatique*, 2007, N°48, pp. 125-136.

Cette transformation de la voix se stabilise progressivement dans un registre mature, mué, qui équivaut dans notre culture, pour un homme, au renoncement à son registre aigu au profit d'un investissement exclusif de sa voix de poitrine, sa voix grave donc ; et pour une femme, à un abaissement de la tonalité connue jusqu'alors. Dans les deux cas, il se profile un renoncement, une perte, matérialisés dans la voix. Que faut-il donc consentir à perdre pour investir sa voix muée ?

Cette perte, nous l'avons dit, est renforcée dans notre culture par le renoncement à la hauteur qui était celle de l'enfance, bien que physiologiquement, il s'agisse en fait de l'enrichissement de la palette sonore. C'est pour l'individu de sexe masculin que ce renoncement se fait le plus entendre. Celui-ci est invité à mettre de côté sa voix de tête, aiguë, au profit du mécanisme vocal dit lourd. Lourd, comme aime à l'écrire Quignard, comme le sont devenus les testicules qui descendent vers la terre alors que la voix non muée transportait vers le ciel, par les airs[241]. « Le secret de la mue masculine », nous dit-il encore, « c'est le sexe devenu mûr, devenu fécond. La gravité de la voix n'en est que la sécrétion sonore[242]. » Cette expression du sexuel là où on ne l'attend pas, là où justement la voix fait l'objet d'une régulation sociale qui devrait tenir bien loin d'elle la question du sexuel, se fait entendre avec force dans toute sa conflictualité.

Et justement, n'est-ce pas parce qu'il est question du sexuel qu'intervient l'action de la culture ? Cette contradiction, prenant en défaut la bisexualité psychique à l'œuvre jusqu'alors et qui coïncidait avec une voix et féminine et masculine pour le garçon comme pour la fille, Quignard la décrit en ces termes : « La mue au sens de *vernatio*, au sens de mutation vocale, au sens d'opposition des sexes, au sens sous-jacent de mue caractéristique du désir masculin, là est la tragédie[243]. » Cette « opposition » signe la perte qui est à l'œuvre. Elle introduit le renoncement nécessaire à la bisexualité psychique infantile qui va permettre l'émergence d'un désir génitalisé. Et cette bisexualité psychique, rappelons que Freud la place comme étant « le noyau de l'inconscient, le refoulé, [qui] est donc chez chaque être humain l'élément de sexe opposé présent en lui. (...) Chez l'homme, le refoulé inconscient est à ramener aux motions pulsionnelles féminines ; et c'est l'inverse chez la femme[244]. »

Lisser la voix, de sorte qu'elle ne donne à entendre ni coloration ni donc agressivité ou séduction, permet de la désexualiser. Mais alors cela implique un véritable arrêt du parcours libidinal. En effet, de cette période de la puberté lors de laquelle la libido connaît un déplacement du moi propre à un objet externe[245], tout indique, dans le cas qui nous occupe, une fixation libidinale ne permettant pas cet investissement objectal.

241. QUIGNARD, P. (1987). *La leçon de musique*, Paris, Gallimard, Folio, 2007, p.74.
242. *Ibid.*, p.50.
243. *Ibid.*, p.88.
244. FREUD, S. (1919). « Un enfant est battu », *Œuvres complètes, Vol. XV*, Paris, PUF, 1988, p.143.
245. FREUD, S. (1912-1913). « Totem et tabou », *Œuvres complètes, Vol. XI*, Paris, PUF, 1998, p. 298-299.

Le risque de cet impossible passage du registre du moi idéal, où règne la toute-puissance infantile, à l'idéal du moi, c'est-à-dire « à une forme sublimée, subjectivée et assumée du modèle de soi[246] », consiste en un arrêt temporel, sans projection possible vers l'avenir.

Ce que Lacan nous apprend de la voix

Lacan situe la voix comme étant l'un des objets *a*. Aux objets identifiés par Freud, il ajoute le regard et la voix. Bien qu'il s'intéresse davantage au langage en tant qu'il participe à la structuration du sujet, il indique néanmoins que la voix, en tant que pulsion invocante, constitue l'objet du désir *de* l'Autre. Il écrit : « La voix n'est pas seulement l'objet causal mais l'instrument où se manifeste le désir de l'Autre[247]. » Le langage, c'est couramment la voix qui le véhicule. De cette articulation entre verbal et vocal, Lacan nous enseigne que : « Tout ce que le sujet reçoit de l'Autre par le langage, l'expérience ordinaire est qu'il le reçoit sous forme vocale.[248] »

Lorsque Lacan théorise l'objet vocal comme étant l'objet du désir de l'Autre, nous pouvons nous demander à quoi la mue faussée vient répondre du désir supposé de l'Autre.

Finalement, quels sont les éléments permettant qu'une identification à sa propre voix soit possible ? Et comment cette identification peut-elle être maintenue par-delà la mue vocale et le changement qu'elle produit ?

Le processus d'incorporation par lequel une personne fait entrer fantasmatiquement en elle un objet pour en assimiler les qualités est caractéristique de la première phase orale de l'organisation de la libido. L'incorporation constitue le prototype corporel de l'identification[249]. C'est « l'intérieur du corps qui est visé avec trois buts : se donner un plaisir par pénétration de l'objet en soi, détruire l'objet, assimiler les qualités de l'objet[250]. » On voit là se dessiner la manière dont les voix parentales vont être incorporées. Et Lacan est clair sur ce point : « Une voix, donc, ne s'assimile pas mais elle s'incorpore[251]. » Cette incorporation, il la situe « au point inaugural de la structure inconsciente[252]. » Incorporer donc, implique différentes étapes, notamment celle d'avoir accepté d'introduire en soi, corporellement, d'avoir été pénétré, pourrait-on dire, par d'autres voix,

246. MARTY, F. « Le retard de la mue chez le garçon », *op. cit.*, p.131.
247. LACAN, J. (1965-1966). *Le Séminaire, livre XIII, L'objet de la psychanalyse*, leçon du 1er juin 1966, inédit.
248. LACAN, J. (1962-1963). *Le Séminaire, livre X, L'angoisse*, Paris, Seuil, 2004, p. 317.
249. FREUD, S. (1905). « Trois essais sur la théorie sexuelle », *Œuvres complètes*, Vol.VI, Paris, PUF, 2006, p.134.
250. ROUDINESCO, E. & PLON, M. (1997). *Dictionnaire de la psychanalyse*, Paris, LGF, 2011.
251. LACAN. J., *op. cit.*, p. 320.
252. LACAN, J. (1964-1965). *Le Séminaire, livre XII*, « Problèmes cruciaux pour la psychanalyse », leçon du 3 mars 1965, inédit.

notamment les voix parentales, d'être parvenu à leur destruction fantasmatique et enfin d'en avoir assimilé les qualités. De cette destruction fantasmatique, voici ce qu'écrit Freud :

> « *[L'identification] se comporte comme un rejeton de la première phase orale de l'organisation de la libido, dans laquelle on s'incorporait, par le fait de manger l'objet désiré et prisé, et ce faisant on l'anéantissait en tant que tel*[253]. »

N'est donc incorporé que celui qui est chéri, dans un mouvement ambivalent de tendresse et d'hostilité. Et dans ce même mouvement contradictoire, Freud dit de l'identification qu' « elle peut tout aussi bien se tourner vers l'expression de la tendresse que vers le souhait d'élimination[254]. » La délicatesse que demande cet ajustement pulsionnel pourrait bien, si son équilibre n'est pas maintenu, se retourner contre la personne propre et prendre corps dans la voix et une impossible mue.

En avoir « assimilé les qualités » nous renvoie à ce que Mertens identifie comme étant l'enjeu de l'adolescence, à savoir « faire taire la voix paternelle pour que le sujet puisse investir sa parole comme sujet désirant[255]. » Assimiler les qualités, enfin, fait écho à la constitution du Surmoi.

Ainsi permettre à sa voix d'émerger dans sa singularité, reconnaître sa voix comme étant la sienne, l'inscrire dans une continuité permettant d'assurer le passage de l'enfance à l'âge adulte, implique nécessairement ce passage par l'Autre.

Le pubertaire : transformations corporelles, réaménagements psychiques

La voix constitue un caractère sexuel secondaire. De ce fait, elle compte parmi les indicateurs physiologiques permettant de distinguer visuellement l'homme de la femme, comme c'est le cas également, par exemple, de la pilosité, de la musculature ou de la morphologie, ou encore de l'apparition des seins chez la femme. En tant que caractère sexuel secondaire, son implication dans les fonctions sexuelles et reproductives est établie, confirmant la dimension génitale de la voix. Pour certains auteurs[256], la voix constitue une véritable exhibition du sexuel et donc de la vie pulsionnelle qui anime une personne, au sein de laquelle on compte la violence et l'agressivité. L'actualisation de problématiques œdipiennes inhérentes à cette période de la puberté peut rendre terriblement menaçante sa propre voix, dont les colorations peuvent échapper au contrôle de celui qui donne de la voix.

---

253. FREUD, S. (1921). « Psychologie des masses et analyse du moi », *Œuvres complètes*, Vol XVI, Paris, PUF, 1991, p.43.
254. *Ibid.*
255. MERTENS, G. « (S')accorder une voie », *Cahiers de psychologie clinique,* 2005, p.192.
256. GILLIE, C. « Voix « flagellée », voix « transfigurée » : la « clandestinité vocale » à perpétuité ». Colloque « anthropologie et psychanalyse/clinique de La Marge ». *Cliniques Méditerranéennes*, 2011, p.5.

Ces transformations physiques concernent d'abord le corps propre. Elles constituent un véritable bouleversement pulsionnel, lors duquel « la pulsion sexuelle passe d'auto-érotique à un objet sexuel[257] », et où il est donc précisément question de se mettre en lien avec l'autre. L'enjeu se situe bien dans cette rencontre : que faire de ce réveil pulsionnel, là où jusqu'alors la pulsion fonctionnait en circuit clos ? Comment la mettre en circuit avec l'autre, de sorte que « toutes les pulsions partielles œuvrent alors pour un but commun [et parmi les objets pulsionnels, il faut donc compter la voix] : le plaisir terminal[258] » ?

Ce qu'est la mue faussée

La mue faussée est une terminologie empruntée au domaine médical. Dans ce cadre, elle correspond à l'incapacité, pour une personne, à muer de la voix, sans pour autant qu'il existe de cause anatomo-physiologique à cela. Certaines personnes atteintes de mue faussée connaissent leur voix muée mais se trouvent dans l'impossibilité de l'investir. D'autres témoignent ne pas y avoir porté un intérêt particulier et continuent d'utiliser leur voix d'enfant, malgré les transformations corporelles inhérentes à la puberté. Dans le premier cas, la mue faussée est identifiée par la personne elle-même alors que, dans le second, cette fixation vocale se fait à bas bruit. Sauf à l'entendre tel que Joseph Attié nous y invite, à savoir que « le symptôme analytique renvoie à une fixation de la libido[259] », il s'agit donc d'abord d'un phénomène vocal plutôt que d'un symptôme médical, celui-ci pouvant passer inaperçu au moins pour un temps – rester inaudible, pourrait-on dire – pour celui qui en fait l'objet.

Les réaménagements pubertaires viennent bousculer l'identité sexuée. L'arrivée de la génitalité donne aux fantasmes œdipiens un caractère menaçant. La manière dont elle vient bouleverser l'organisation moïque établie jusqu'alors constitue une véritable épreuve narcissique. Nombre de repères identitaires connus jusque-là ne font plus balises, sans que l'issue de toutes ces modifications puisse être repérée et identifiée à l'avance. La voix fait l'objet de l'une de ces transformations qui agit l'individu pubère malgré lui.

La voix à l'épreuve de la mue

Monsieur F. est un homme de 26 ans. Je le rencontre dans le cadre d'une recherche universitaire que je mène sur la mue faussée. Lors de cet entretien, il évoque des difficultés avec sa voix depuis le début de sa puberté, en lien avec la transformation vocale inhérente à ce processus. Un diagnostic de mue faussée a

257. FREUD, S. (1905). « Trois essais sur la théorie sexuelle », *op. cit.*, p.145.
258. *Ibid.*
259. ATTIÉ, J. « Du symptôme au sinthome ». *Che vuoi*, 2003/1, N° 19, p.166.

été posé au moment de son adolescence, impliquant une prise en charge médicale et orthophonique qui se poursuit toujours actuellement. Pourtant, si la voix de Monsieur F. est particulière, notamment dans sa prosodie, il utilise bien sa voix de poitrine. Sa voix est grave et ne révèle en rien l'existence d'une mue faussée. Toutefois, arrimé à cette parole du médecin, Monsieur F. fait de *sa* mue faussée le pivot de son existence, dont il rythme le quotidien au gré de ses séances de rééducation. Celui-ci justifie l'abandon de ses études supérieures par ses difficultés vocales, précisant qu'étant donné son problème, la prise de parole en public lui était devenue impossible. Sans perspective d'apprentissage ou professionnelle, sans rencontres amoureuses et/ou sexuelles, sa vie s'organise autour d'une mue faussée dont il semble ne rester que le signifiant. Il revient sur la séparation de ses parents qui a eu lieu lorsqu'il était encore dans le ventre de sa mère, séparation dont il dit qu'elle a entraîné plusieurs tentatives d'avortement de la part de sa mère : « Elle ne voulait pas me mettre au monde. Il y avait mon grand frère, c'était trop de responsabilités. » Il poursuit en disant : « Au final, j'étais venu au monde. Aujourd'hui, elle dit tout le temps *tu es mon préféré*. Elle voudrait même que je reste avec elle, que je ne me marie pas, que je reste avec elle dans la maison et tout. »

Dans ces mots qu'il répète : « Tu es mon préféré », comment ne pas entendre résonner cette injonction : *tuez mon préféré* ; injonction proférée par la figure maternelle qui barre, par là même, la rencontre avec l'autre et l'accès au sexuel. Celui dont elle a d'abord souhaité qu'il ne vive pas et qu'elle cherche à tout prix à garder auprès d'elle aujourd'hui, le récit qu'elle en fait à son fils, cela ne nous éclaire-t-il pas sur la double motion d'amour-haine qui l'anime et qui participe du désir de l'Autre pour Monsieur F. ?

L'objet incestueux inconscient se trouve ainsi tenu à distance par la voix qui maintient Monsieur F. dans une position infantile. Dans son discours, il y consent d'ailleurs volontiers : « Je l'aime bien ma mère, je n'ai pas de problème avec elle », n'ayant de fait jamais investi un lieu – physique ou psychique – qui lui est propre, à distance du foyer maternel.

De la figure paternelle, Monsieur F. en dit peu de choses en dehors du fait qu'il a quitté épouse et enfants pour s'installer dans un autre pays. Il maintient toutefois le lien avec son fils, notamment au travers de la prise en charge médicale et rééducative de la voix de ce dernier. Le symptôme vocal se dessine ici également comme une tentative d'instauration d'un lien au père.

Du temps de sa puberté, Monsieur F. se souvient : « Dès que je parlais, ma voix partait dans tous les sens. » C'est bien de la pulsion dont il est question et qui agit Monsieur F. malgré lui, comme tant d'autres hommes à l'aube de leur vie adulte. Ce bourgeonnement pulsionnel, s'il est insuffisamment accueilli et accompagné, court le risque de déborder celui qui en est la scène, au risque d'en interrompre l'éveil.

Ainsi cette fixation vocale – rappelons que pour Freud, la fixation constitue un processus passif de « rester en arrière[260] » – signe l'arrêt du développement libidinal de Monsieur F. Parce que certaines des motions sexuelles qui l'animent ont été refoulées, la mue faussée prend ainsi la place d'une satisfaction sexuelle dont il semble ne rien vouloir savoir[261]. Ce dernier point semble confirmé lorsque, quelques mois après l'entretien dont il est question ici, Monsieur F. me contacte pour me faire part de sa décision de ne plus participer à cette recherche, le premier entretien ayant été, pour lui, source d'une angoisse importante : « Ça m'a trop angoissé d'avoir parlé de ma voix. »

Attenant à cette volonté d'ignorance, on observe parfois une forme de fétichisation du symptôme. Ainsi, certains viennent consulter le médecin pour que celui-ci « répare » la voix[262], pour qu'il « enlève » le symptôme. Et de fait, ça marche, comme c'est le cas pour cet autre jeune homme qui, après qu'il « a été diagnostiqué par le médecin » – tout d'un coup, ça porte un nom auquel le patient vient s'accrocher – et rééduqué par l'orthophoniste, ne garde que le souvenir d'une voix à la tonalité haute et à la fréquence faible qui, sans le faire souffrir, avait les inconvénients de ne pas lui permettre de se faire entendre en toute circonstance et de renforcer sa timidité. Pour ce dernier, il s'agit d'un trouble purement mécanique que la rééducation a rendu rapidement résiduel. Est-ce effectivement le cas pour certains ou bien peut-on faire l'hypothèse d'un possible déplacement de symptôme ? Si c'est le cas, quelle singularité peut-on associer à ce symptôme vocal et quel effet psychique produit l'intervention médicale ?

Si déplacement il y a, nous pouvons nous avancer à penser que, pour Monsieur F., les conséquences de sa mue faussée depuis lors résolue – à commencer par les conséquences professionnelles et affectives – se sont substituées au symptôme vocal. Apparaît ici la dimension excessive, réductrice qu'une personne peut faire porter à sa voix comme pour s'en dégager, au point de se livrer à une forme d'assujettissement au symptôme. Dégagé de toute responsabilité vis-à-vis de lui-même, celui-ci se positionne comme victime de sa voix, se maintenant dès lors comme objet de l'Autre. Le fait que Monsieur F. entende sa voix comme faussée malgré une mue qui, elle, ne l'est plus et malgré les innombrables consultations médicales et rééducatives auxquelles il s'est prêté révèle une fois de plus que ce n'est pas *là* que cela se passe. Son insatisfaction traduit sa plainte, au même moment où son symptôme lui procure une satisfaction. Son rapport à lui-même et à l'autre se trouve vectorisé par sa voix en tant que symptôme qui, même s'il n'est plus présent dans l'actuel, vient le définir dans son rapport au monde. Du

---

260. FREUD, S. (1910). « Remarques psychanalytiques sur un cas de paranoïa (dementia paranoides) décrit sous forme autobiographique », *op. cit.*
261. FREUD, S. (1911). « Sur la psychanalyse », *Œuvres complètes, Vol. XI*, Paris, PUF, 1998, p.37.
262. BEAUSSANT, C. & JOHNSTON, G., « Quand l'homme ne trouve pas sa voix – une étude psychologique de la mue faussée », *op. cit.*

corps au discours, les effets du rapport de Monsieur F. à sa voix se mesurent directement dans sa manière de construire sa vie.

Le narcissisme caractérise « le comportement par lequel un individu traite son propre corps de la même manière qu'on traite d'ordinaire celui d'un objet sexuel[263]. » Il constitue « le complément libidinal à l'égoïsme de la pulsion d'autoconservation[264]. » Pour tout être humain, Freud distingue deux objets originels que sont la personne propre et sa mère. Ils constituent à eux deux ce que celui-ci a nommé narcissisme primaire[265]. L'état de maladie, quant à lui, correspond au retrait narcissique de la libido sur la personne propre[266]. Cette tentative, sans cesse renouvelée par Monsieur F., de restauration narcissique ne trouve-t-elle pas racine dans la blessure originelle que constituent les multiples tentatives d'avortement commis par sa mère à son encontre ? À ne pouvoir prendre appui sur un narcissisme primaire suffisamment solide, le développement d'un narcissisme secondaire apparaît dès lors comme prématuré. De ce fait, la libido du moi ne peut se muer en libido d'objet.

En référence au concept d'incorporation développé par Freud et Lacan, Monsieur F. semble se trouver dans une impossibilité de détruire fantasmatiquement les figures parentales, destruction vécue comme trop menaçante. Rappelons que n'est incorporé que celui qui est aimé, dans un mouvement double de tendresse et d'hostilité. Il faut donc que les deux soient rendus possibles psychiquement pour que puisse opérer l'incorporation, dont on a explicité plus tôt les rapports qu'elle entretient avec la voix.

Ainsi, il se passe *quelque chose* dans le corps, que les médecins et les orthophonistes appellent mue faussée, mais qui est *autre* chose. Mais alors de quoi la mue faussée est-elle le symptôme ?

Cette *autre chose* indique ce qui, de la voix, échappe au Symbolique par le registre vocal. N'oublions pas que, de tout temps, la voix a fait l'objet d'un contrôle social, à commencer par la voix chantée et notamment celle des castrats dont la voix et l'être tout entier étaient dédiés au service de Dieu[267].

« Fausser », le dictionnaire nous apprend que cela correspond à « Rendre quelque chose contraire à la vérité, falsifier[268]. » Le *Dictionnaire de l'Académie française* ajoute : « Faire perdre sa justesse à », « Déformer un objet, un dispositif, de sorte qu'il devient inutilisable ou fonctionne mal[269]. » À « faussé », on

263. FREUD, S. (1913-1914). « Pour introduire le narcissisme », *Œuvres complètes, Vol. XII*, Paris, PUF, 2005, p.217.
264. *Ibid.*, p.218.
265. *Ibid.*, p.231.
266. *Ibid.*, p.226.
267. POIZAT, M., *La voix du diable. La jouissance lyrique sacrée*, Paris, édition Métailié, 1991.
268. *Dictionnaire CNRTL*, entrée « fausser ». https ://www.cnrtl.fr/definition/dmf/fausser
269. *Dictionnaire de l'Académie française*, 9e édition (actuelle). https ://www.dictionnaire-academie.fr/article/A9F0332

trouve : « Action inspirée par la volonté de tromper ; trahison, traîtrise[270]. » Oui mais alors, fausser qui ? Qui, de soi ou de l'autre, faut-il maintenir dans l'ignorance de ce qu'implique la mue vocale ? Ce que ces différentes définitions nous apprennent, c'est qu'il s'agit là d'une démarche active, dont l'intentionnalité vise un détournement du processus vocal.

Cet « adulticide[271] », perpétré contre soi-même au décours de la voix, traduit une haine de soi et une agressivité à l'égard de l'autre. Et cette agressivité, même si elle se révèle pour partie insatisfaisante, peut néanmoins constituer une forme d'appel, une tentative de lien[272]. Ainsi sont palliées les impasses de la parole au moyen de relations, qui plus est, conflictualisées. Double mouvement d'agressivité, donc, puisque, comme nous l'avons vu, l'interruption de la mue en comporterait donc une part comme adresse, mais que l'inhibition de cette agressivité viendrait, à la base, figer cette transformation et par là même, en empêcherait le processus.

Si la voix constitue une exhibition du sexuel[273], la mue vocale en est le paroxysme. Dans le corps, elle se passe *malgré* l'individu. D'un point de vue psychique, les résistances qui se manifestent apparaissent comme autant de revendications actives à refuser ces transformations et la génitalisation du corps. Notons qu'il s'agit donc d'un symptôme très sexualisé. Nous avons vu, dans le cas de Monsieur F., dans quelle mesure ce phénomène vocal coïncidait avec une vie sexuelle génitale inexistante, en parallèle à un attachement maternel prégnant.

Certains s'y arrêtent et en font *leur* objet d'attention et de préoccupation. C'est donc le cas de Monsieur F. Pour d'autres, elle apparaît plutôt comme une singularité, un écho pourrait-on dire, d'une problématique qui s'ancre autrement dans le corps. C'est le cas de cette femme, Lene Marie Fossen, photographe norvégienne, anorexique depuis l'âge de 10 ans et décédée d'une crise cardiaque en 2019, lorsqu'elle en a 28[274]. Un reportage[275] réalisé sur elle donne à entendre, tout au long de ce portrait, comme un écho lointain de la voix doublée, sa voix à la tonalité enfantine. C'est au moyen de celle-ci qu'elle témoigne de sa détermination à ne pas grandir, à arrêter le temps, à le rendre immuable. Arrêter de s'alimenter constitue l'action qu'*elle* produit pour empêcher le processus pubertaire :

> *« J'ai 28 ans et je n'ai jamais atteint la puberté. Je n'ai jamais eu un soupçon de poitrine, ni mes règles, ou quoi que ce soit qui fait de moi une femme. C'est parce que ça m'effraie. J'ai peur de grandir. Je veux rester enfant. En ne mangeant pas,*

---

270. *Dictionnaire CNRTL*, entrée « faussé ». https ://www.cnrtl.fr/definition/dmf/faussé
271. Formulation empruntée à Claire Gillie
272. BENGHOZI, P. « La violence n'est pas l'agressivité : une perspective psychanalytique des liens », *Revue de psychothérapie psychanalytique de groupe*, 2010/2, N° 55, pp.41-54.
273. GILLIE, C. *Op. Cit.*
274. *Lene Marie ou le vrai visage de l'anorexie*, Coproduction entre Speranza Films, NRK et ARTE, 2020. https ://www.lenemariefossen.com/
275. *Ibid.*

j'arrête ce processus. Mais d'après les médecins, même à 28 ans je peux atteindre la puberté, aussi étrange que ça paraisse. Pour y arriver, mon corps doit être suffisamment nourri pendant un long moment. Il faut que je sache si j'en ai vraiment le courage[276]. »

En interrompant sa puberté, c'est l'ensemble du circuit pulsionnel qui est ici mis à mal. Le discours de cette femme vient illustrer avec précision le conflit psychique qui oppose pulsion de vie et pulsion de mort, déclinées pour elle en ces termes : manger ou ne pas manger, vivre ou ne pas vivre, grandir ou ne pas grandir, accepter d'être traversée par le temps ou bien le figer.

Dans son discours, elle décrit ce qui n'est pas autre chose que la mise en suspens du circuit pulsionnel. Mise en suspens donc, puisque comme l'atteste le discours médical, celui-ci peut être réamorcé et donc remis en route. Sa recherche effrénée d'immuabilité, d'arrêt temporel, elle y parvient à travers la photo, par laquelle elle traduit « L'expression de la douleur par l'art. On y voit tout le chagrin que j'ai en moi, le chagrin d'avoir perdu toutes ces années[277]. »

Ayant fait de son corps décharné un objet privilégié de son travail artistique, celui-ci se trouve intriqué à sa démarche en tant qu'artiste, comme une singularité sans laquelle son identité viendrait à être menacée. C'est en ce point précis que vient se loger une ambivalence qu'elle-même soulève : « J'ai peur de guérir. De devenir une moins bonne artiste[278] », point qui manifeste à la fois ce qu'elle déplore être sa maladie et son objet lui ayant permis d'éprouver une forme d'accomplissement d'elle-même. Cette place particulière que Lene Marie Fossen donne au symptôme et son articulation avec son travail artistique introduisent la notion de sinthome théorisée par Jacques Lacan[279]. En faisant emploi de l'ancienne graphie du mot symptôme[280], ce dernier théorise le sinthome à partir de la fonction qu'occupe l'écriture pour l'écrivain James Joyce. En référence au nœud borroméen, il le définit comme constitutif d'un quatrième nœud possible, permettant de lier le Réel, le Symbolique et l'Imaginaire[281]. Ainsi pour cette femme, sa voix se fait l'écho de son rapport au corps, et de la manière dont elle est parvenue à s'inscrire dans le monde à partir du moment où elle découvre la photographie.

Il y a pourtant dissonance entre parole et corps, dont le nouage maladroit rattache la première à une forme de maturité alors que le second, lui, n'est qu'une manifestation criante d'un arrêt du vivant, un refus du pubertaire. Souvenons-nous que Freud, en 1910, écrivait que « Le plaisir sexuel n'est pas seulement rattaché à la fonction des organes génitaux ; la bouche sert au baiser tout aussi

276. *Ibid.*, 7'25
277. *Ibid.*, 28'53
278. *Ibid.*, 43'41
279. LACAN, J. (1975-1976). *Le Séminaire, livre XXIII, « Le sinthome »*, Paris, Seuil, 2004.
280. *Ibid.* p.11.
281. *Ibid*, p.20.

bien qu'au manger et à la communication langagière. [...] Il se confirme dès lors qu'il n'est facile pour personne de servir deux maîtres à la fois[282]. » Entre pulsion orale et pulsion invocante, ingérer et expulser, ce lieu du corps se trouve au carrefour d'enjeux multiples.

Conclusion

Est-ce que cela fait souffrir, la mue faussée ? Si c'est le cas, qui est-ce que cela fait souffrir ?

Cette singularité vocale vient s'articuler différemment pour chacun. Ce qui, pour l'un, sera dissonance douloureuse entre corps et voix, sera, pour un autre, assise subjective. Nombre de chanteurs ont fait de leur voix d'abord perçue comme problématique l'expression de leur subjectivité.

Nous avons vu ce que la voix, dans sa dimension vocale, pouvait traduire de la vie psychique d'une personne au moment de la puberté. Porte-parole d'une *parole* qui n'est pas dite, la voix dissimule autant qu'elle dévoile. Dans ce temps de la puberté, elle s'érige comme dernier bastion qui résiste à toute réassignation. S'inscrire dans sa masculinité, pour l'homme, et dans sa féminité, pour la femme, passe par le support de la voix. Et n'est-ce pas cette difficulté à occuper une position féminine pour la femme et masculine pour l'homme qui se traduit par la voix lorsque celle-ci refuse de se plier au génital et cherche encore à se faire entendre dans sa bisexualité ?

282. FREUD, S. (1910). « Le trouble de vision psychogène dans la conception psychanalytique », *Œuvres complètes, Vol. X*, Paris, PUF, 1993, p.217.

Tout d'abord l'enfermement,
Lorsqu'on le regarde de près, de très près
On découvre un univers carcéral
Chaque forme semble prisonnière d'une autre
Chaque fibre donne le relais à une autre
Tapisserie de peaux multiples, multiforme
espace dense, entrelacement
forêt dans laquelle les repères deviennent flous
Risque de se perdre dans ces méandres où la lumière ne fait que passer
Laissant dans son sillage une fantomatique clarté vite effacée.

Puis l'éloignement,
Mise à distance,
Respiration plus ample,
rythme plus léger,
pulsation
L'espace se dessine,
Libérant une fresque jusqu'alors masquée
Musicalité des couleurs
Les mouvements s'entrechoquent
Se repoussent,
S'expansent,
Danse effrénée d'un monde qui s'éveille
Sortie de l'oubli, de la léthargie bienveillante et protectrice
Sculpture prenant forme

Dominique Vallanet-Delage

Texte écrit en Atelier d'écriture de Valéry Meynadier

Claire GILLIE. *Quand la voix adolescente tombe le masque.* Prague. 2010.

CHAPITRE 3

ENTRE EXIL DANS LE CORPS ET EXIL DANS LA LANGUE ;

LES FRONTIÈRES ET FRANCHISSEMENT DE LA VOIX EN ERRANCE

Les filles muent aussi

Odile AMOSSÉ

« Ou bien c'est le lot commun. Ça commence vers treize ans, au moment où l'on est en mesure de se dire que c'est ainsi et que c'est bien après que ça l'a été purement et simplement, sans qu'il fût besoin d'y penser, et ça se termine cinq ans plus tard, quand tout semblait dit, acquis.

Ou alors ça ne se produit qu'une fois, de part et d'autre de laquelle il y aura un avant et un après. Il se peut que l'après ne vaille pas mieux que l'avant qui lui-même ne valait pas grand-chose mais ce n'est pas l'important. Ce qui compte, c'est la fois, la foi, la capacité limitée, unique d'être quelqu'un, d'avoir quelque chose, n'importe qui, peu importe quoi, même de chétif, d'exigu que le temps requis scellera. Ce qui semble demander dix-huit ans à quelques jours près.[283] »

S'il est communément admis que les garçons muent, il est communément tu que les filles muent. Les filles muent aussi, or ce n'est pas su. Tel un silence assourdissant, un soleil aveuglant, la mue de la fille est un fait le plus souvent ignoré. Espace de non-dit aussi grand que le vide. Comment passer du mutisme, du tacitement ignoré, à la connaissance exprimée et à la culture incarnée ? La mue est-elle ce passage du mutisme à la mutation pour les filles, alors qu'elle est un passage d'une voix d'enfant à une voix d'homme pour les autres ? Pour quelles raisons la mue de la fille n'est-elle pas connue dans la société en général ? Comment et pourquoi le lien n'a-t-il pas été établi entre le vu de l'adolescente dans sa croissance staturale et la transformation de sa voix ? En quoi et comment savoir et dire que les filles muent, transforme leur être-à-soi et leur être-au-monde ? Leur positionnement dans le désir ?

283. BERGOUGNIOUX, P. *La mue,* Paris, Gallimard, 1991, p.31.

Contexte social et professionnel

Contexte pluriel, chœur singulier, inspiration

J'ai pu approcher l'insu de la mue de la fille, dans un chœur dont le contexte de mixité choisie fut favorable à l'émergence du symptôme et à la prise de conscience du problème. Étant directrice artistique et cheffe de ce chœur, mon envie de recherche sur l'insu de la mue de la fille est partie d'un déclic vécu au sein de ce groupe choral singulier. Ce chœur d'enfants, de préadolescents, d'adolescents, de jeunes adultes et d'adultes, est marqué par une identité plurielle car il est construit sur une mixité territoriale, juridique, sociale, institutionnelle, culturelle, intellectuelle, spirituelle, artistique et vocale. J'en ai pris la direction avec l'inspiration de prêter attention à chaque personne ; d'aborder le chant non en tant que production vocale comme point de départ, mais en tant que conséquence. Je souhaitais aller à la rencontre de la voix « sonnant à travers » la personne, pensant chaque être humain en quête de soi-même. La voix suit les mutations douces du corps, les métamorphoses parfois inattendues, les paliers d'évolution. Au fondement du projet, la place donnée à chaque être dans sa singularité est essentielle et chacun découvre sa différence comme humus de l'œuvre, terreau d'humilité.

Eddy RIVIÈRE. *Écouter, donner le la.* Saint-Laurent-sur-Sèvre. 2019.

La mue, un monde

L'adolescence est le monde des émotions nouvelles, des premières sensations pubertaires, des marquages progressifs de la croissance du corps, du développement des idées, de la spiritualité éveillée, qui posent peu à peu leur empreinte comme une signature indélébile dessinant majestueusement l'être humain naissant progressivement de son propre chef. L'adolescence se fait remarquer par sa présence, dans ses divers degrés, qui parlent d'une nouvelle personne, définissant un nouveau mode d'être au monde. L'adolescence est puissante dans tous les sens. Elle est sensationnelle. Elle se voit dans les formes que prend le corps ; elle est palpable, toutes et tous à touche-touche en tribu, ou hors de la tribu dans l'isolement ; elle s'entend bruyante ou dans toutes les strates du bruit à plein moteur, pleins rires et cris fols, ou crie dans le silence impénétrable ; elle se sent dans les odeurs d'hormones entêtantes à la fin des répétitions. L'adolescence remplit les murs de ses inquiétudes ou de ses révélations intimes, de ses sentiments à tout va. Les lieux sont souvent trop petits pour contenir cette belle énergie de vie de l'adolescent, et fréquemment trop grands pour mettre en sécurité l'enfant qu'il est encore en oscillant.

À mi-voix, à mue-voix, voix sous-entendue : surexposées, qui sont les adolescentes, filles de porcelaine et jeunes filles d'in-faillance ? À l'étape de la ménarche[284], la fille vit des transformations corporelles comparables à celles des garçons. Si les attributs ou leur taille les différencient, le phénomène n'en est pas moindre. Dans le corps de la fille, tout grandit et cela se voit. Tout comme le garçon, la fille a une mue de la voix. Son larynx grandit lui aussi et ses cordes vocales s'allongent, mais dans une proportion moindre que celle des garçons. De ce fait, la voix de la fille reste dans le registre aigu et sa mue n'est pas remarquée.

Ainsi donc la chose, l'insu de la mue de la fille, serait de cette incroyable simplicité d'un vécu universel non dit aux conséquences insoupçonnées : entrouvrir la porte de la mue féminine, ouvrir autant de portes que de bouches, multiplier les voies de mutation. L'altération dièse # qui élève le ton, signe ce premier quart de siècle, donne de la voix. Les jeunes filles nées avec lui ont déjà 20 ans. En savent-elles plus sur leur voix que dans les époques antérieures ? Je cherche dans les écrits, dans les rituels, les cultures, et je trouve très peu de ressources à ce stade de ma pérégrination. Quelle est la genèse de ce silence ? Est-ce le pouvoir de la vue sur l'entendu chez l'être humain ?

Dans le contexte d'un chœur de jeunes, il faut oser et parler la mue de la fille. De plus, en parler une fois ne suffit pas : est-ce parce qu'on aura dit que les filles muent aussi qu'elles seront reconnues dans leur statut de femme ? Non, il faut que cet événement tatoue la vie, s'incruste comme une marqueterie, le dire et le redire pendant des années. Les jeunes gens se sont pourtant immédiatement engouffrés dans la justesse du propos à dire « les filles muent aussi » : visage de bonheur, visage recomposé (qui serait l'inverse de décomposé). Du mode mineur

284. Terme désignant la période où la fille a ses premières menstruations

au mode majeur, la mue fait son œuvre de passage de l'enfance à l'âge adulte, du temps du secret au temps secret. La voix mutante *est* la voix de l'adolescence. L'adolescence *est* mue. À l'ère du masque, n'est-il pas temps de la parole, urgence de l'écoute : d'émotion et d'enthousiasme, de mue en mutations, la vie faisant consciemment levier ? Ainsi a commencé la traversée exploratoire d'une terre silencieuse à un territoire sonore.

« *Terre délavée stérile mes yeux ma bouche mon regard*
Terre des latérites et des jungles vertes
Terre des podzols et des toundras (...)
Les crues emportaient tout
Les frontières de la vie
La pesanteur des limons
Les opercules certitudes (...)[285] »

Eddy RIVIÈRE. *Gabrielle dans le passage.* Saint-Laurent-sur-Sèvre. 2019.

Le déclic

Le Pas suspendu de la cigogne[286] : se pourrait-il que la jeune fille ne franchisse pas le passage de sa voix d'enfant à sa voix d'adolescente ? Sur cette photo, la jeune fille ne regarde ni derrière, ni devant. Placée dans le passage, perdue dans ses pensées, entre l'enfance et l'adolescence, elle est prête à suivre les femmes vues de dos qui s'avancent vers la sortie, dans la lumière. Telle la cigogne, sa voix peut rester en veille, suspendue entre l'enfance et l'adolescence. Cela ne l'empêche

285. AMOSSÉ V. *Ce que la pluie entraîne.* Poèmes roulants 1981-2004. Inédit.
286. ANGELOPOULOS, T. *Le Pas suspendu de la cigogne*, Centre du cinéma grec, Theo Angelopoulos, Arena Film, Vega Film, Erre Produzioni, 1991, 143 minutes.

pas de passer les autres étapes de maturation que sont tous les marqueurs de la vie affective, scolaire, étudiante, professionnelle, et la maternité. Mais la voix fait partie des strates de notre géologie humaine, ainsi que l'évoque le poète plus haut. Il s'agit de ne pas l'oublier.

Gérard Chevaillier affirme que « Les cas de mue faussée de l'adulte ne sont en fait que des mues figées en attente d'un déclic pour guérir[287]. » Je relie cette citation à la sorte de « mue faussée sociale » générale des filles, état que je ne supportais plus, même inconsciemment. Ce fut lors d'une de ces répétitions pour les chanteurs de 4ème et 3ème ensemble, que j'en fis l'épreuve. Soudain, mettant en arrêt provisoire le travail musical, je dis : « Je comprends parfaitement jeunes hommes que vous maîtrisiez difficilement le volume de votre voix nouvelle ! Mais cela ne constitue en rien une excuse à bavarder et à vous agiter. » Puis une idée me cogna la tête et me fit « déclic » et je dis aux filles : « Savez-vous que vous aussi vous muez et je ne vois pas bien pour quelle raison vous auriez un comportement placide et patient, quand les garçons mutants s'agitent ; ou bien alors, se pourrait-il être la situation inverse : que les garçons adoptent une attitude silencieuse comme les filles ? » Cet arrêt sur image, cette pause, fit son effet. L'ambiance fut « bon enfant » et augurait d'une nouvelle possibilité de communiquer et de travailler ensemble. Ce moment qui inscrivit un « stop » dans l'air, qui marqua une fin et un commencement, me donna l'envie de creuser ce sujet : poser les bases d'une réflexion approfondie et trouver des réponses qui permettraient d'asseoir l'identité des chanteuses et des chanteurs sur de nouveaux critères, sur une nouvelle posture générale, sociale. Par conséquent, pour essayer de comprendre l'origine de l'insu de la voix de femme, j'ai convoqué trois disciplines de l'esprit, du corps et de l'âme : l'exégèse, l'anthropologie et la psychanalyse. Comment « autoriser » le passage de la frontière, le franchissement, le saut vers l'inconnu, la levée de l'écluse et la survenue de l'eau qui ouvre et met à niveau les bateaux ? Que l'adolescente s'autorise à être reconnue, entendue ; qu'elle s'impose dans les oreilles et les verbes d'autrui ? Origines de l'insu, passage de l'accord tacite à toutes les mutations, voici l'objet de cette partie qui s'ouvre vers l'ailleurs.

D'Ève et d'imago[288]

Du côté de l'exégèse : genèse du féminin

Si j'en réfère aux travaux d'Annick de Souzenelle, serait-ce éclairer d'un autre jour symbolique l'histoire d'Ève ? Parle-t-on d'un être féminin et d'un être masculin (Ève et Adam ?) et/ou du côté féminin et du côté masculin de l'être humain en général ? Voici deux extraits de l'introduction de son ouvrage *Alliance de feu* : « […] l'homme créé au sixième jour, "mâle et femelle", est celui (hommes

287. CHEVAILLIER, G. « Les troubles de la mue masculine et leur prise en charge », *De la voix parlée au chant*, Carine KLEIN-DALLANT (sous la dir.), Éditions Klein-Dallant, 2016, p.413.
288. Dernière étape de croissance de l'insecte adulte sexué

ou femmes) qui, en tant que "mâle", "se souvient" de son "féminin". » Et plus loin : « L'homme que je dénonçais tout à l'heure comme s'étant coupé de lui-même, de ses mondes intérieurs, en se séparant de la tradition, est devenu peu à peu le faux mâle fort de ses forces extérieures. Celui-là d'ailleurs a peu à peu aussi relégué au second plan le monde féminin d'un premier niveau, car tout se tient, et ce n'est pas par hasard non plus que ce même monde féminin se réveille aujourd'hui en même temps que se redécouvre l'inconscient (...)[289]. »

N'est-il pas enrichissant pour tout être humain de faire le voyage vers son féminin, vers l'inconnu de lui-même et d'accomplir sa plénitude ? Le pouvoir de l'être humain sur lui-même est-il de reconnaître toutes ses forces inconscientes, et éventuellement de les mener à sa propre conscience ? Est-ce là le lieu de sa liberté ? Est-ce là le lieu de sa voix juste ?

Une civilisation est-elle d'autant civilisée qu'elle tend à trouver la place juste de son féminin, énergie en mouvement, pour l'accorder à son masculin, énergie stabilisée, et trouver son point d'équilibre ? De sa genèse à la Genèse et inversement ?

Du côté de l'anthropologie : "La valence différentielle"

Après le questionnement de la traduction originelle de la Genèse, je m'interroge sur la connaissance humaine à travers les écrits de Françoise Héritier. Dans une conférence réalisée avec des enfants de 10 à 12 ans, l'anthropologue répond à la question d'un enfant lui demandant d'expliquer la différence d'attitude entre les « garçons perturbateurs » et les « filles appliquées ». Françoise Héritier y répond : par le besoin d'exister ; elle indique, de plus, que les garçons imposent leur loi à la maison, et qu'ils sont dans l'assertivité : « De temps en temps, l'assertivité dérape vers l'agressivité et l'agression, mais les deux choses relèvent du même ordre : montrer que l'on existe. Le tout est de savoir par l'éducation la reconnaître et la canaliser correctement[290]. »

Les écrits ci-dessus décrivent la situation récurrente vécue dans le chœur que je n'ai plus acceptée sans comprendre. Et trouver une raison ne suffit pas encore à saisir le « non-dit ». Son point de vue d'anthropologue peut permettre d'éclairer les attitudes quotidiennes à l'intérieur de la naissante société du chœur, mais aussi de questionner la différence saisissante. Dans son ouvrage *Masculin/féminin II Dissoudre la hiérarchie*, Françoise Héritier fait remarquer que l'injustice ontologique supportée par l'homme de ne pouvoir engendrer est « [...] à l'origine de tout le reste, qui est advenu de façon semblable dans les groupes humains depuis l'origine de l'humanité et que nous appelons la « domination masculine[291]. »

---

289. SOUZENELLE A. *Alliance de feu I,* Paris, Albin Michel, 1995, p.13 et 14.
290. HÉRITIER F. *La différence des sexes*, Montrouge, Bayard Éditions, 2010, p. 89,93 et 94.
291. HÉRITIER F. *Masculin/Féminin II Dissoudre la hiérarchie*, Paris, Odile Jacob, 2002, P. 23.

Il y a loin de cette affirmation de la chercheuse aux chanteuses du chœur. Et comment faire entendre, malgré tout, ces jeunes filles et les reconnaître dans leurs voix épanouies ? Reprenant l'expression inventée par Françoise Héritier, Agnès Fine, dans son article « "Valence différentielle des sexes" et/ou "domination masculine" ? » fait l'hypothèse que la dévalorisation féminine procèderait « [...] d'une volonté de contrôle de la reproduction des femmes[292]. »

Elle compare les expressions de Pierre Bourdieu, de Françoise Héritier et de Louis Dumont : « domination masculine », « valence différentielle des sexes », « hiérarchie entre les sexes[293]. » Elle met en rapport les termes choisis en tant que concepts interrogeant la différenciation des sexes : « Si Pierre Bourdieu émet l'hypothèse que "la différence des sexes devra à terme se dissoudre avec la disparition de l'inégalité", Agnès Fine affirme que sa conception « est contradictoire avec celle de Françoise Héritier qui écrit : "Il n'y a pas de société possible sans différence des sexes, ni du point de vue cognitif, ni du point de vue social." Pour elle, l'enjeu politique est de "dissoudre la hiérarchie", mais pas la différenciation entre les sexes[294]. »

Du côté de la psychanalyse

Pulsion scopique et pulsion invocante

Il m'importait de cerner certains éléments, introduisant la psychanalyse à l'heure de la puberté et de l'adolescence. Ces éléments pourraient-ils m'apporter un éclairage sur le « tu » de la mue vocale féminine ? Pourrait-on parler d'une forme de « complicité sourde » qui induirait une volonté sous-jacente ? Ou d'une « surdité ignorante » ? Ou tout autre phénomène très humain relevant d'une culture ancrée tout simplement ? Comment entendre ces « *Danaïdes de l'invisible*[295] » ?

Pour cerner le problème, je suis partie de mon étonnement très personnel : puisqu'il y a une différence notable entre voir et entendre, dans le cas présent, je me suis rapprochée de la pulsion scopique et de la pulsion invocante. Dans ses travaux, Tatiana Pellion rappelle les débuts de l'intuition de ces pulsions : « En 1905, dans ses *Trois essais sur la théorie sexuelle*, Freud découvre, dès son premier essai, la *Schaulust* ou plaisir de regarder, et la *Schautrieb*, pulsion de voir, présente dans la perversion mais aussi chez l'enfant et moteur de son développement »[296].

292. FINE A. « "Valence différentielle des sexes" et/ou "domination masculine" ? », *Travail, genre et sociétés*, (N° 10), 2003, p.174-à 180, https ://www.cairn.info/revue-travail-genre-et-societes – 2003-2-page-174.htm
293. *Ibid*
294. *Ibid*
295. PROUST M. *Le côté de Guermantes*, Paris, Collection Folio classique (N° 2658), Gallimard, 1994.
296. PELLION T. « Présentations de l'objet à l'adolescence. Le cas de la pulsion scopique », Recherches en psychanalyse, N° 8, 2009, p.265-281. https ://doi.org/10.3917/rep.008.0265.

Plus loin, elle évoque les nuances du « voir » et du « percevoir », quand « quelque chose d'inéluctable [...] échappe à l'adolescent[297]. » Elle amène ici un vide. Ce vide est-il source d'une angoisse qui entraînerait de se raccrocher au connu de l'enfance, la sienne ou celle de l'autre ? Plus loin, elle ajoute : « Ainsi, le premier temps de l'adolescence sollicite le circuit qui va du sujet à l'objet, voir et être vu par l'autre. Se posent alors deux questions cliniques fondamentales : d'une part, celle très manifeste pour l'adolescent de la représentation de soi, et d'autre part, celle plus latente de l'activité libidinale qui sous-tend cette représentation[298]. » On est alors, entre autres, dans l'univers de l'image que l'on donne, de l'image que l'on reçoit. Le regard et le voir sont-ils de la même nature ? Y aurait-il des gradations entre voir, regarder et observer qui induisent à chaque fois un plan nouveau d'action des personnes entre elles et pour elles-mêmes ? Y a-t-il une différence entre impliquer ses yeux uniquement ou bien engager tout son corps, sa pensée, sa personnalité, son énergie, avec le sens de la vue ? Mais ce n'est qu'une part de la réflexion à mener.

Revenant à Tatiana Pellion, elle déroule ensuite l'apport de Lacan. En 1958, Lacan introduit ceci : « L'objet petit *a* – produit par la pulsion par *effet de perte* – [...] est [...] à l'articulation de la notion de représentation et de ses avancées sur l'image (le spéculaire). En cela, il est une notion fondamentale dans la clinique de l'adolescence[299]. »

L'association de ces mots : pulsion invocante, pulsion scopique, induit d'agir en se reliant ou bien à une faculté humaine, parler ou chanter, c'est-à-dire utiliser son outil voix (donc tout un appareil corporel est en jeu) ; ou bien à un sens, la vue, ou plus encore, à la faculté animale de regarder. Mais d'après l'étymologie, c'est plus encore. Il s'agit d'observer. Donc ce serait une action d'observer mue par un désir ou un besoin ? Ou bien un désir ou un besoin qui fait mouvoir le corps afin d'observer ? Nous entendons la mue de la voix des garçons, alors nous les considérons comme des hommes. Nous voyons le changement corporel des filles et des garçons, alors nous les considérons comme des femmes et des hommes. Nous n'entendons pas la mue des filles (nous n'y prêtons pas attention, à quelques exceptions), alors ? Ici se loge un vide. D'un point de vue vocal, les filles peuvent rester des petites filles. Cela ne gênera pas leur capacité à séduire, à désirer, à aimer, à procréer. Mais la question se pose-t-elle à l'envers en extrapolant ? Cela ouvrirait un autre champ de réflexion : les garçons ont mué et sont des hommes. Ont-ils tous, pour autant, fait une véritable mutation intérieure ? Et à l'inverse de nouveau, les femmes qui n'ont pas mué, ou bien qui ne savent pas qu'elles ont mué, n'ont-elles pas, pourtant, entrepris une mutation intérieure ? Il y aurait donc une mue vocale

297. *Ibid.*
298. *Ibid*
299. *Ibid*

et simultanément ou indépendamment une mutation de l'être qui pourrait être désolidarisée ? Quel est l'intérêt (ou l'enjeu) de se poser cette question sinon de vivre mieux, de rétablir un équilibre. De rendre à chaque être sa justesse. De permettre à chacune et chacun d'être libre et librement elle ou lui. De dissoudre la confiscation de la liberté de l'autre à cause de l'ignorance. D'entendre mieux puisqu'alors nous ouvrons tout un champ d'écoute de la voix, écoute subtile, attentive, délicate, dans la finesse des vibrations, des sensations, des perceptions. D'inviter également par l'ouïe et le champ d'écoute à entrer dans l'ouverture à son propre féminin. Et encore : de s'ouvrir à la voix de l'autre dans son inconnu et de s'accorder à soi également un champ de liberté infinie. De s'arrimer au champ de l'autre qui nous renvoie une possibilité d'espace décuplé. De pénétrer le champ de la découverte de l'autre, grâce à l'ouverture de la voix de la femme qui nous invite, de plus, à l'imaginaire ; nous découvrons que nous pouvons peut-être entendre encore plus subtilement. Beaucoup plus subtilement. Entériner la mue de la femme, c'est une renaissance. C'est une révolution pour l'amour de soi, le désir, la séduction, l'amour de l'autre, la reconnaissance. Tout d'abord, on n'est plus seulement entre un homme et une femme, mais entre deux êtres qui portent chacun leur féminin et leur masculin. Puis on quitte le bancal d'un monde de perception en trépied. On quitte la triangulation pour un quadrilatère de communication, ou plus exactement on comble le vide du quatrième angle. Il y avait un lieu présent/absent. Un vide d'air. Avide de sens. Il s'agit aussi d'un échange d'énergie neutre car ouvert à toutes les déclinaisons.

Enjeux de l'attention portée à la mue

« La capsule insonore »

La jeune fille entendant sa voix de femme s'aime, elle-même, se reconnaît, différemment que dans l'ignorance. Elle peut pressentir qu'il y a une nouveauté en elle, la nouveauté vocale, sans qu'elle soit donc identifiée socialement. Mais si les étapes de la communication ne sont pas franchies, il n'y a pas d'existence en temps et en lieu prévisible. À la place se loge une capsule hermétique, insonore. J'ai imaginé ce schéma pour signifier l'inaudible de la mue de la fille, dans la mise en perspective des pulsions scopique et invocante. J'ai appelé le lieu de vide « la capsule insonore », dessiné telle une oreille, telle une pièce ne résonnant aucunement. Ce schéma m'a permis de matérialiser ma sensation, de montrer l'impasse relationnelle existant en cette capsule. En effet, elle pointe le lieu de la frontière de la méconnaissance. Elle est également à l'origine de mon besoin de rechercher le vocabulaire adéquat pour signifier le chemin de la fille dans sa mutation.

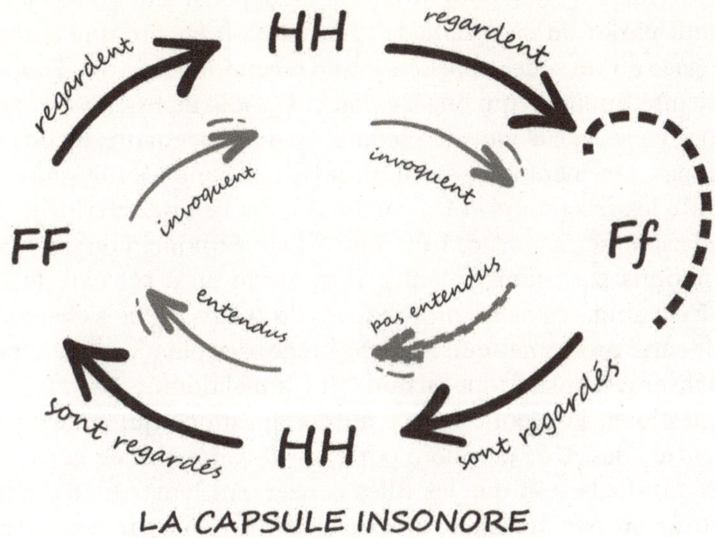

Schéma personnel : la capsule insonore[300].

***Description** : De gauche à droite, en noir, les femmes F regardent les Hommes H et Les Hommes H regardent les Femmes F*

De droite à gauche, en noir, Les Femmes F sont regardées par les Hommes H et les Hommes H sont regardés par les Femmes F

De gauche à droite, en gris, les Femmes F invoquent les Hommes et les Hommes H invoquent les Femmes F

De droite à gauche, en pointillé, la flèche de non-communication, les femmes ne sont pas entendues par les Hommes donc f et la capsule, en pointillés, comme une oreille de l'endroit non entendu. J'ai alors utilisé un f au lieu d'un F pour signifier la fille au lieu de la Femme.

De droite à gauche, en gris, les Hommes H sont entendus par les Femmes.

(Il est arbitraire de ma part de m'en tenir à la perception des Hommes par les Femmes ou l'inverse. Bien entendu, il faudrait élargir. Mais cette simplification me permet de mettre en avant ce que j'ai appelé « La capsule insonore », c'est-à-dire la voix muée des filles, donc la voix de femme que l'on n'entend pas).

Le cœur du propos est le désir : ce qui se transforme dans le « su » de la mue vocale de la fille est la nature du désir : il mute depuis « attendre le désir de l'autre sans vraiment identifier le sien, être quémandeuse, et recevoir, dans un vide qui prend beaucoup de place », à « il est possible que l'on vienne à moi et je désire cela. » Vais-je être désirée ? Pour quoi ou qui de moi ? Qui de moi vit et qui de moi est attractif ? Mon désir le plus intime est-il empêché par cette ignorance ? Comment ce silence conditionne-t-il la vie de la femme ?

300. Merci à Marielle Auvinet, ID*elle*, pour la version digitale de mon schéma.

La pulsion invocante désigne une pulsion d'appel, engage la voix, et donc l'écoute et l'oreille. En effet, pour qu'il y ait un appel, il faut un récepteur. Ou bien alors ce serait parler ou crier dans le vide. Et c'est encore une autre notion. Le regard n'engage qu'un sens ; appelle-t-il une réception ? La voix, l'appel, la parole, c'est une faculté humaine qui engage l'ouïe. C'est là que se pose le problème qui nous occupe : ici se loge le vide de l'écoute, ou de l'imaginaire, ou de l'inconscient qui ne veut pas. On n'entend pas ou on ne dit pas que les filles muent. Il y a un décalage entre les récepteurs et les émetteurs. Est-ce une infériorité de la femme alors ? Quel est donc ce vide, ce trou d'air ? Est-ce un plein ou un vide ?

Quelles notions correspondraient à cette perte ou à cet exil de soi pour les filles ? Ou à cet abîme dans les profondeurs du temps ? Quels chercheurs se sont penchés sur cette problématique ? Quelles réponses puis-je trouver pour m'aider à conceptualiser ce constat tout-terrain ? Il y a mal donne.

À mes questions, je réponds par d'autres questions qui sont progressives et font écho entre elles. Une première porte sur la pérennité de la voix enfantine : les hommes ont-ils besoin que les filles conservent leur voix d'enfant afin, par effet de miroir ou par nostalgie, ou par assurance, ou par peur, d'être sûrs de conserver leur voix d'enfant quelque part préservée et qu'ils peuvent retrouver à tout moment ? Leur voix perdue de garçon se logerait-elle chez l'autre, la fille, continuant à exister par procuration dans son cocon d'enfance ? La voix de la femme/fille serait comme un musée, une assurance contre la perte, un empêchement, pour l'homme, à faire un deuil de sa voix perdue de garçon ? Ce qui imposerait que la fille ne mue pas et soit déesse de la voix enfantine ? Une deuxième question porte sur la valorisation mutuelle vocale : les hommes ont-ils besoin de conserver une mainmise sur les femmes ? Et de faire sonner plus fortement leur voix par comparaison ? Or, si l'homme entend la voix de la femme muée en place de la voix de la fille, cela le valorise. Il a son égal, son équivalence, dans l'autre. L'autre lui renvoie son statut d'homme plus que de mâle et le valorise ainsi. Ou bien est-ce une protection très naturelle, animale, instinctive, vers la femelle ? Une troisième question porte sur le parallèle pulsionnel homme et femme : il et elle se distinguent dès l'enfance. Ils procèdent ensemble à un franchissement, à un passage. Ils mettent en harmonie leur corps et leur voix. Leurs pulsions sont-elles assouvies ? En effet, il faut s'imaginer peut-être que tant que la voix de la femme n'est pas parlée, reconnue, elle vit dans une sorte de sous-régime de ses pulsions. Et l'autre, l'homme, est-il renvoyé à une partie de pulsion qui n'est pas assouvie ? Une quatrième question porte sur le malaise : il y a un malaise fondamental, une faille, une défaillance, une discordance. J'aime bien dire aussi « in-faillance » qui voudrait dire une faille à l'intérieur. Et je me demande bien comment on peut vivre dans la complétude avec cette disharmonie. « La capsule insonore » de la femme est un appel. La pulsion invocante est bien là, mais comment se satisfait-elle ? Est-elle refoulée ? Transformée ? Imaginée ? Est-ce une automutilation silencieuse ? Invisible ? Indolore ? Comment se manifestent les appels refoulés ? Quel voyage fait alors le refoulement de la voix de la femme dans le corps ? Il faut imaginer que c'est vouloir empêcher un corps de sortir de son enveloppe d'enfant.

La femme existe-t-elle ?

Prenant connaissance de la représentation du sexe féminin dans l'inconscient, je me demande : serait-il possible que les mots employés (et non les concepts), s'ils ont un côté réducteur, ou bien s'ils ont besoin d'être expliqués pour être bien saisis, entraînent des conséquences insoupçonnées ? Une des raisons de l'insu de la mue des femmes au XXIe siècle pourrait-elle se loger dans cette « niche » ? Et sinon se loger, du moins être confortée ? Ou bien, cet « inentendu » a-t-il été soulevé et pas encore entendu ? Ou bien n'est-ce pas un problème en soi puisqu'il n'a pas empêché d'avancer ou d'exister ? Qu'apporte le savoir ?

D'après Claude-Noële Pickmann dans un article « La petite fille existe-t-elle[301] ? », Freud introduit en 1923 le « primat du phallus pour les deux sexes[302]. » Lacan déduira logiquement que « La femme n'existe pas[303] », se reposant sur le symbole sexuel unique de l'inconscient qu'est le phallus. Le focus sur le phallus induit le rejet du sexe féminin a priori. Mais le phallus désigne-t-il un concept ou signifiant ou bien également l'organe sexuel masculin ?

L'insu de la mue de la voix de la femme trouverait-il son origine ou un appui dans l'in-vu de l'inconscient ? Le sexe féminin est parfaitement identifié pour les filles, comme attribut anatomique, « mais [...] pour l'inconscient, le sexe féminin n'existe pas au sens où il ne peut pas être élevé au statut de signifiant. Il est forclos de la structure[304]. » Cette absence de symbole féminin dans l'inconscient, ou plus exactement la référence au phallus, trouble-t-elle la femme cherchant un sens et une possibilité d'identification ? M'est-il possible de poser cette question : en associant la défaillance de l'oreille – et sa cohorte d'insus – à l'égard de la mue féminine, à une perception éventuellement « incomplète » de l'inconscient, ou comme le dit Claude-Noële Pickmann, « à un défaut propre à la structure même du symbolique[305] », puis-je imaginer que la représentation sexuelle de la femme dans l'inconscient soit non perçue et non pas inexistante ? L'inentendu de la voix de la femme dans les strates symboliques, ou l'insu de sa voix, pourrait-il trouver une « raison d'être » ou bien une origine dans ce « défaut » initial ?

Le « su » de la mue vocale féminine opère une transformation : il modifie le positionnement de la personne, sa présence physique, son énergie, en tant qu'individu pour elle-même, et comme être social. L'objet de ce positionnement est tout l'appareil vocal, mais surtout le larynx comme figure de proue. Le larynx pourrait-il alors devenir signifiant symbolique, sorte de phallus vocal ? Il y aurait la mue d'égalité, le larynx d'égalité. Et précédant les pulsions scopique et invocante, il y aurait la façon d'imposer la mue équivalente dans une projection presque

301. PICKMANN C.-N. « La petite fille existe-t-elle ? », *Revue de l'enfance et de l'adolescence*, N° 51, p. 21-28.
https ://www.cairn.info/revue-lettre-de-l-enfance-et-de-l-adolescence-2003-1-page-21.htm.
302. *Ibid.*
303. *Ibid*
304. *Ibid*
305. *Ibid*

énergétique de la personne. Ce qui est en partie commun à l'homme et à la femme, d'un point de vue sexuel, c'est la mue et le désir. Ce qui est commun pour signifier visuellement la mue – et donc l'agrément, en quelque sorte, d'être un homme ou une femme –, c'est le larynx (certes plus ou moins proéminent selon les hommes et les femmes, mais qui s'impose pour l'un comme pour l'autre et pour les autres). La voix et le regard, la production vocale, la production visuelle, la réception auditive, et la réception visuelle, seraient-ils des seconds temps ? Le premier temps étant l'appropriation du même objet (larynx) et appareil phonatoire pour les deux sexes. Dans son article « La vocation du féminin », Jean-Michel Vivès écrit : « Pour le petit garçon, l'incarnation leurrante du phallus se fera sur le pénis qu'il sera souvent conduit à surestimer en en faisant le signe de sa complétude. Le leurre de la parade masculine venant ici s'opposer au trompe-l'œil de la mascarade féminine. Ce centrage n'étant pas possible chez la petite fille, c'est le corps entier qui va se trouver investi[306]. » Et plus loin : « La plainte apparaîtrait alors comme la tentative d'articuler en mots cette position mortifère et comporterait donc une dimension de sauvegarde visant à inscrire, même a minima, le sujet féminin dans le champ de l'Autre[307]. » Dans l'hypothèse de la mue d'égalité entre l'homme et la femme, les notions de mascarades et de plainte, tel un lamento, se posent-elles de la même façon ? Y aurait-il là un positionnement symbolique et social différent ?

Complexe d'Œdipe, complexe d'Électre

Un autre champ d'exploration à l'insu de la mue de la fille est le complexe d'Électre. L'insu de la mue de la fille aurait-elle pour origine l'Œdipe féminin, qui rendrait sourd ou mutique ? En effet, dans la jeune fille, la voix de la petite fille se continue, et la voix de la femme est mutique, ou inaudible, ou déniée. Ce mutisme est-il l'enjeu de la rivalité avec la mère, le prix à payer pour aligner le désir fille/mère face à la conquête du père ? La quête de la voix de femme serait-elle l'enjeu d'une conquête ? En effet, ne pas être dans sa voix de femme induit une quête perpétuelle d'un inconnu de soi, que l'on sait existant et qu'on s'applique à ne pas trouver. Ce positionnement préalable à tout, et surtout au désir de la femme, serait conditionné par l'impossibilité ou la peur de perdre l'amour maternel ? Dans leur article « Œdipe féminin et destins de l'Œdipe féminin », Jean-Michel Vivès et Brigitte Leroy-Viémon[308], rappellent le parallèle, proposé par Freud, entre la civilisation mino-mycénienne et la civilisation grecque, comparées aux phases préœdipienne et œdipienne de la fille. Telle la civilisation mino-mycénienne recouverte par la civilisation grecque, la phase préœdipienne laisserait des traces d'amour vers lesquelles revient la fille déçue de la non-réponse du père.

306. VIVÈS J.-M. « La vocation du féminin », *Cliniques méditerranéennes*, N° 68, 2003 p.193-205. https ://www.cairn.info/revue-cliniques-mediterraneennes-2003-2-page-193.htm.
307. *Ibid.*
308. VIVÈS J.-M., LEROY-VIEMON B. « Œdipe féminin et destins de l'Œdipe féminin », *Cliniques méditerranéennes,* N° 92, 2015, p. 41-56

Les auteurs citent Paul-Laurent Assoun[309] : « Cet être à la fois bisexuel et amoureux de la mère devient une femme », dont, selon Freud, « les premières motions libidinales [celles que l'on rencontre dans le lien mère/fille] ont en propre une intensité qui reste supérieure à celle de toutes les motions ultérieures et peut à vrai dire être nommée incommensurable[310]. » Pouvons-nous alors déduire que le désir d'attachement de la femme pour sa mère serait supérieur au désir d'alliance avec un amour adulte, et qu'alors, cette suprématie serait signée du déni de la voix de femme, de l'insu collectif de la mue de la voix de la fille ?

Ariane ou la complexité du parcours féminin

Le premier modèle de labyrinthe désigne le long parcours pour trouver la révélation, centre lumineux qui vient à l'issue d'un chemin tâtonnant ; l'autre modèle de labyrinthe désigne, en son centre, un combat, un enfer, qu'il faut vaincre, et dont il faut s'extraire. Le fil d'Ariane a, ici, la vocation de tracer le chemin, de conduire, de guider. C'est un lien d'amour.

Quoi qu'il en soit, ce qui ressort de ces deux modèles, c'est la peur de perdre, de se perdre. Il y a l'entrée/sortie et le centre/milieu. Au fil de la voix, tel le fil d'Ariane (qui m'apparaît comme une figure emblématique de l'adulescence), suffirait-il de suivre le flux de la voix, aveuglément, tout simplement, pour entériner ses métamorphoses ? Les reconnaître alors sans aucun déni ? Et n'avoir pour désir que celui-là ?

L'adolescente doit se chercher dans les arcanes de la pensée, du corps transformé, du sens du temps se rythmant en cycle. Peut-elle avoir accès à tout son monde érotique si sa voix demeure celle de la petite fille ? Là où tout se relie : suivre le fil de la voix lui permet-il, de l'autre côté du pont franchi, émancipée (comme sortie du « *e mancipare* » de l'esclave), de parler d'une voix muée, de muer, de provoquer les mutations de la mère pouvant, à son tour, sortir sa voix de femme ; du père, reconnaissant la mue féminine ; valorisé par ricochet, et valorisant à son tour le fils dans sa mue d'homme. En effet, la mue du garçon est-elle mutation tant que la mue de la fille n'est pas sue ? Suivre le fil de la voix n'est-ce pas la réponse ? Dire la mue de la voix de la fille, n'est-ce pas répondre à une simple ignorance ? Et accepter que la relation à la mère par le lien vocal soit inaltérable ? Le fil vocal est-il arrimé à la mère et se déroule-t-il ainsi sans perturber la mue, depuis le centre de la vie jusqu'à ses extrémités lointaines ?

Il faudrait se référer à d'autres mythes et aux contes qui, depuis « La Petite Sirène », évoquée par Nicole Charpy[311], au « Petit Chaperon Rouge », intronisent la notion de secret de l'adolescente dans son intimité menstruelle et érotique. Mais plus encore, et c'est un autre champ qui s'ouvre, l'insu de la mue de la fille

309. ASSOUN P.-L. *Freud et la femme,* Paris, Calmann-Lévy, 1983,
310. FREUD, S., « De la sexualité féminine », 1931, *Œuvres complètes, Vol. XIX*, Paris, PUF, 1995.
311. CHARPY, N., *La mue des adolescentes*, Communication présentée lors du Congrès de la Société Française de Phoniatrie, Paris, octobre 2002.

est-il miroir seulement du secret, ou miroir de la « solitude à la Mélusine, qui à l'abri des regards rééquilibre ses batteries pulsionnelles, suggère que l'homme dans son isoloir névrotique peut faire la femme[312] » ?

Mille-feuilles de secrets et de savoirs à taire. Dire l'insu de la mue de la fille signe une fin : la femme devenue perd sa voix d'enfant, sa voix de petite fille. Mais rien ne se perd. Elle se retrouve. Différemment. La transformation vocale part de l'œuf, matière sonore. La voix adulte, palier de l'imago, vient de la voix-nymphe adolescente, qui vient de la voix-larve infantile, qui vient du cri-bébé et du babil. Monde des ondes et de l'énergie, labyrinthe vu depuis la hauteur des satellites et des drones, le temps est-il venu de dire la mue de la fille ?

L'insu de la mue de la fille est-il alors tout simplement humain, et peut-être faudrait-il interroger *ce qu'est l'être humain*, et accepter la différence ? Mais il est immédiatement impossible de le faire : *l'insu* qui devient *su* appelle des explications et des solutions en résonance.

Faire le deuil de sa voix d'enfant pour ne pas faire le deuil de sa vie. Faire le deuil est la grandeur de la vie. Le grand œuvre. Intégrer la mue de la fille, c'est un passage de mort à vie, d'exil à lieu sûr ; moment de deuil, passage à vif. Je note d'ailleurs que les hommes font obligatoirement le deuil de leur voix de garçon, quand les femmes peuvent ne pas faire le deuil de leur voix de fille. Lieu de choix, lieu de liberté ? C'est une différence tonitruante.

Des mutations comme s'il en pleuvait

Mutation du désir, des mots : notion de féminence

En écho à la situation plurielle, lieu d'incubation de ma curiosité sur l'insu de la mue de la fille, résonnent autant de mutations. Consécutives au « su » de la mue féminine, celle du désir est prééminente. De même que la nécessité langagière. Identifier l'origine d'une ignorance permet d'apprendre à savoir. De ce grand silence tacitement approuvé à ces mutations accordées, le savoir et la parole font leviers.

« Féminence »

Pour accompagner la « teneur » de mon propos, j'utilise mon propre terme de « Féminence ». Cette notion est tout à fait personnelle. Être « féminante », participe présent, c'est marcher sur un territoire en déambulant sans a priori ; découvrir et se réapproprier ce qui est existant, mais qui n'est pas forcément dit et reconnu de la femme, ambulante, parlante, écoutante. Faut-il de nouveaux mots pour faire sonner, par le langage, l'inentendu ?

312. GUICHARD, L., *Leçons psychanalytiques sur le Masculin et le Féminin*, *Le Carnet PSY*, N° 104, Revue en Ligne, 2020, p.17-19.

Être dans la connaissance, et reconnaître la mue de la voix de la fille, c'est accorder une mutation à la fille devenue femme, et, par là même, lui accorder tous les accès à son humanité et à son désir. Alors, elle se positionne ouverte à son propre désir et au désir de l'autre : sujet qui regarde et vers lequel porte le regard ; sujet à voix muée portant sa voix, et vers laquelle se porte l'écoute.

En cette période historique unique, grande crise criante révélée par une petite cellule virale mutique, le centenaire sociologue et philosophe Edgar Morin publie un ouvrage *Changeons de voie*[313], dans lequel il invite à ouvrir les yeux et à confronter notre liberté d'humains à la survie de la planète. La conscience fait passage, fait levier à la mutation, fait entendre.

Reconnaître la femme dans son intégrité, en ouvrant l'oreille à sa voix, participe à l'inspiration de la société. N'est-il pas urgent d'accorder à la voix de la femme son espace de résonance, son espace de liberté ? Voix d'enfants, voix d'adolescents, voix de femmes, voix d'hommes : voix d'humains démultipliées dans les porte-voix de ces humanistes qui tonnent. Mue, mutation, conscience : tout vient exactement, ici et maintenant, à temps.

313. MORIN, E., *Changeons de voie. Les leçons du coronavirus*, Paris, Denoël, 2020.

L'enfance, moment d'insouciance ;
Dominé par de nouvelles découvertes, de nouvelles idées ;
Énervé d'opinions contradictoires ;
Trouvant la beauté dans le mélange des couleurs ;
Le temps est long ;
La douleur est vive sans « faux-semblant ».

Manon Trichard

Texte écrit en Atelier d'écriture de Valéry Meynadier

« Couleur verte couleur jaune
Elle vogue et elle vole
Là
Feuille sibylline
Elle trace des poings à l'envers et qui s'ouvrent
Avant
Elle regagnait le vent sans cesser
Là où le ciel courait sur un nuage »

Odile Amossé

Texte écrit en Atelier d'écriture de Valéry Meynadier

MITIA (Dimitri Repérant). *I've Turned You To Stone*. Palerme, Italie. 2015.

Psychodrame : les voix qui peuvent enfin être entendues

Manon TRICHARD

Introduction

Le thème général que j'ai choisi pour ce mémoire est : Psychodrame : les voix qui peuvent enfin être entendues ou Les voix, théâtre de notre inconscient.

Autour de la question initiale et principale : « qu'est-ce que cette technique (du psychodrame) permet d'appréhender/d'apprendre à propos de la vie/de l'histoire du sujet ? », j'ai développé au fur et à mesure des séances et des cours que nous avions au D.U. les questions suivantes : qu'est-ce que ces scènes peuvent induire de plus qu'une thérapie traditionnelle ? Quelles en sont les différences ? Quelle est la place du meneur de jeu et des co-thérapeutes ? Qu'apporte la présence de plusieurs thérapeutes à la fois ? Quelle distance faut-il avoir avec ces adolescents ? Quelles sont les règles à suivre ? Que faut-il éviter de faire ou dire ? Quelles différences entre ces adolescents : en termes de postures, de voix, de jeu, de voie, de vie… ?

Ainsi donc, j'ai pu développer la problématique de ce mémoire :

Dans quelle mesure la technique du psychodrame, forme de médiation thérapeutique, avec les enjeux impliqués par la présence de plusieurs thérapeutes, peut-elle être une voie pour la libération de la voix adolescente ?

Nous allons développer deux axes de travail différents :

- Premier axe : une voix libérée avec une expression positive des affects, des sentiments et des ressentis permettant à ces adolescents d'avancer dans leur thérapie ;
- Deuxième axe : une voix qui se veut libérée, mais qui reste « coincée » comme « bloquée » face à des affects et à des situations négatives pour l'adolescent.

Je propose donc, dans une première partie, de rappeler le contexte de création de cette technique, les objectifs, les règles et les spécificités propres à la période adolescente. Puis, dans une seconde partie, des exemples cliniques illustreront ces deux axes de travail.

Méthodes

Contexte et définition

Dans cette première partie, nous allons faire un rappel sur le contexte de création, les objectifs, les règles et les spécificités du psychodrame auprès des adolescents.

Tout d'abord : Qu'est-ce que le psychodrame ?

Le psychodrame d'aujourd'hui s'inspire de celui d'un psychiatre viennois : **Jacob Levy Moreno** (1889-1974). Il a réussi, à partir du jeu théâtral, à trouver des effets thérapeutiques et cathartiques pour les individus qui s'y prêtaient. À l'époque, il définissait le psychodrame comme : « *une science qui explore la vérité par des méthodes dramatiques.* » Son but premier était de permettre à ces individus de retrouver, grâce à cette expérience de jeu en groupe, leur « *spontanéité créatrice* » et d'accéder à leurs conflits internes. Il développera d'ailleurs la notion de « *principe d'interactions thérapeutiques* » qui symbolise l'influence mutuelle que chaque patient joue sur le groupe.

Après ce retour sur le contexte de création de cette méthode, on est en droit de se demander dans quel but celle-ci a été développée ?

Le psychodrame est décrit comme une forme de psychothérapie permettant d'accéder à des processus psychiques autrement inaccessibles, par le biais du jeu. Autrement dit, c'est une technique qui permet de ramener à la conscience des conflits psychiques, et à l'individu une certaine prise de conscience de son monde interne. « Le jeu » permet une exploration non invasive des angoisses, des fantasmes, des défenses, des traumatismes, ou encore de la place occupée par l'individu dans ses relations familiales, personnelles ou professionnelles de l'individu.

Maintenant, comment se déroule une séance de Psychodrame ?

Il existe plusieurs variations du psychodrame : en groupe, en couple, pour les personnes avec addictions, avec une certaine pathologie…

Celui dont je vais parler ici est appelé psychodrame individuel. Il comprend un seul patient et plusieurs co-thérapeutes. Nous pouvions être jusqu'à 9 co-thérapeutes sans prendre en compte le meneur de jeu : D. Tourres (psychanalyste). Dans la pièce où sont reçus les adolescents, des chaises sont disposées en cercle. L'adolescent, quand il rentre, se place face aux thérapeutes, à la gauche du meneur de jeu.

Commence alors le premier temps de la séance que j'appelle « temps de questionnement ». Pendant cette première partie, le meneur de jeu discute avec l'adolescent de son état, il lui demande comment il se sent et lui pose ensuite des questions en lien avec sa problématique personnelle. De ce temps de questionnement émerge, plus ou moins spontanément, une idée de scène à jouer, réelle ou imaginaire.

C'est donc le second temps de la séance où le meneur de jeu et l'adolescent décident quelle scène va être jouée, avec quel personnage, quel co-thérapeute interviendra et le rôle que va prendre l'adolescent.

Puis, une fois la scène terminée et interrompue par le meneur de jeu, une troisième phase que j'appelle « phase d'explication et de discussion avec l'adolescent » commence. Cela permet à l'adolescent de partager son ressenti sur ce qui s'est joué. Enfin, après le départ de l'adolescent, a lieu le débriefing entre co-thérapeutes, nos perceptions, interprétations et réactions.

Quelles différentes techniques peuvent être mises en place pendant ces séances ?

Dans l'observation que j'ai faite du psychodrame, la technique du double était très fréquemment utilisée. Celui-ci vient épauler un adolescent en difficulté, pour l'aider à débloquer sa voix, ses idées. Le co-thérapeute, qui évoque le patient à la première personne, lorsqu'il doit interpréter son double, doit imaginer comment le patient se représente la scène, ses réactions, sa parole et il doit essayer d'exprimer ses désirs et ses fantasmes là où le patient ne peut pas le faire lui-même.

D'autres techniques sont aussi utilisées, comme les scènes répétées : un adolescent qui reproduit à chaque rendez-vous la même scène ; ou, ce que je n'ai malheureusement pas pu observer, comme les voix off en commentaire ou encore la situation de spectateur proposée à l'adolescent.

Cas clinique et interprétations

Dans cette seconde partie, nous verrons des exemples cliniques d'adolescents rencontrés pendant ce stage qui illustreront nos deux axes de travail. Pour respecter leur anonymat, je leur ai attribué un numéro. Je rappelle les deux axes : le premier qui va traiter d'une voix libérée avec une expression positive des affects, des sentiments et des ressentis qui permettent à ces adolescents d'avancer dans leur thérapie et le second qui va parler d'une voix qui se voulait libérée, mais qui reste « coincée », comme « bloquée » face à des affects et des situations négatives pour l'adolescent.

Une voix libérée

Je vais présenter, dans cette première partie, ce que j'ai pu observer et qui se présente, d'après mon point de vue, comme une libération déjà au niveau vocal avec plus de parole et de partage, mais aussi une amélioration au niveau thérapeutique pour ces jeunes. Je vais pour cela nous appuyer sur l'histoire de trois adolescents différents, pour qui, je pense, les séances de psychodrame ont été bénéfiques.

Adolescent 1 :

J'ai rencontré cet adolescent pour la première fois le 14 décembre 2019. C'est un jeune garçon, dans ses années collège. Je comprends de lui, dans le premier temps de questionnement, qu'il a des problèmes de comportement et de tenue en cours et qu'il est souvent entraîné par ses camarades. Voici la description de cette première séance :

Le meneur de jeu et le jeune créent une scène. Il y incarne son propre rôle et demande à avoir deux camarades : un garçon, une fille (respectivement deux co-thérapeutes homme : H et femme : F) et un autre co-thérapeute incarnant le rôle de la professeure (co-thérapeute F). Il décide de jouer une scène prenant place en classe de Français avec leur professeur, avec qui il nous dit qu'il a un peu de mal. Il décrit cette professeure comme quelqu'un de strict et d'embêtant. Il décrit également les filles de sa classe comme trop studieuses. En retrait, on lui introduit un double (co-thérapeute H) pour essayer de traduire ses pensées. Il parle peu, mais rigole aux réflexions que fait son double à sa professeure : « je ne vous aime pas » et aux filles : « vous êtes trop studieuses. »

On a pu observer pendant cette scène qu'il était très en retrait par rapport à ce qu'il nous décrivait. Il se disait beaucoup plus perturbateur. On avait l'impression qu'il se retenait. Il parlait très peu, mais sa gestuelle et les expressions de son visage traduisaient de façon non verbale qu'il était en accord avec ce que le double incarnait. Celui-ci était très bruyant.

J'avais été désignée pour jouer dans cette scène, mais du fait que cela était ma première fois, le meneur de jeu est intervenu pour demander de sélectionner un autre co-thérapeute, ce qui m'a permis d'observer.

Nous l'avons ensuite revu le 11 janvier 2020 :

Il nous relate aujourd'hui le fait qu'il n'a pas été en cours pendant 3 jours à cause de douleurs dentaires, qui l'empêchaient de parler et donc le gênaient beaucoup.

Cette fois-ci création d'une scène, en accord avec le meneur de jeu, le mettant en scène (dans son propre rôle) avec sa mère, sa sœur et son bébé (3 co-thérapeutes F). Dans cette scène, la mère très protectrice lui dit qu'il peut rester avec elle, tandis que la sœur, pas du même avis, propose de profiter de sa présence pour sortir en lui laissant son enfant. Celui-ci refuse aussitôt.

Pendant le débriefing, on m'apprend que ce mal de dents fait écho à un épisode de sa vie ayant eu lieu en CM1 : il a eu un accident à la piscine, en voulant remonter près de l'échelle, il se l'est prise dans la mâchoire. On a également interprété ce refus et le souhait de rester auprès de la mère, la mère protectrice, comme un retour à l'enfance. Garder un enfant est une trop grande responsabilité pour ce jeune qui veut seulement se réfugier.

Sa parole, qu'il trouvait gênée, était pourtant, de mon point de vue, très fluide. En écho avec ce qu'il m'avait présenté à la séance précédente, je l'attendais bien plus timide. Il était certes toujours un peu en retrait, mais n'avait pas eu besoin de double pour exprimer ce qu'il ressentait à ce moment-là. Je commençais enfin à le découvrir.

Maintenant, voici la vignette de la dernière fois où nous l'avons vu, le 25 janvier 2020 :

Il nous raconte aujourd'hui qu'il va bien, qu'il veut même aller habiter aux États-Unis (plus précisément à Los Angeles) pour y faire du moto-cross et y devenir célèbre. Il a déjà un membre de sa famille qui habite à New York et qui y a eu une petite fille qui se trouve donc avoir la nationalité américaine.

D'un commun accord avec le meneur de jeu, il décide de recréer une scène le mettant en scène avec sa mère et également sa tante et son père (respectivement deux co-thérapeutes F et un co-thérapeute H). Sa mère l'encourage à aller vivre plutôt au Canada, où la vie est moins chère. Son père est en désaccord et dit que c'est un grand garçon, qu'il peut faire ce qu'il veut, car il est fort. Sa tante exprime une troisième opinion, elle est contre, car elle trouve ça trop dangereux. On lui introduit un double pour l'aider à avancer ces idées et celui-ci exprime cette envie de devenir une star, d'être célèbre, de faire ce qu'il veut où il veut. Il acquiesce.

Avec cette dernière vignette, j'ai eu une réelle impression de progression. Au fil des séances il se mettait à s'investir un peu plus dans les temps de questionnement et se dévoilait de plus en plus.

Ce qui m'a surprise également, c'est le fait qu'il avait beau être de plus en plus bavard pendant les temps de questionnement, il restait toujours timide et en retrait au moment des scènes. Est-ce parce qu'il était gêné par ce contexte ? Une peur face à ce qu'il pourrait dire ? La peur du jugement ?

Pour lui la figure du double était importante. Il était tout le temps en accord avec celui-ci. Il communiquait, en quelque sorte, avec nous ce qu'il ressentait et ce qu'il pensait via ce double.

On retrouve également cette progression dans le fait qu'à la séance dernière, ce jeune qui voulait rester auprès de sa mère, rester dans le cocon familial, se détache peu à peu pour finalement demander sa liberté. Nous l'avons évoqué pendant notre formation : cette envie, cette recherche d'autonomie, assurer sa propre pensée, son désir et avoir une voix qui compte, en se séparant des objets parentaux. Il nous pose ici son projet d'avenir. C'est une preuve de confiance que nous avons eu plaisir à recevoir. L'objet voix ici, on pourrait dire a aidé ce jeune à trouver sa propre voie et à l'exprimer/jouer fièrement.

Adolescent 7 :

Pour ce second exemple, nous allons parler d'un jeune homme que j'ai rencontré pour la première fois le 21 décembre 2019. C'est un adolescent dans ses années collège, qui dès son arrivée se présente comme un « pitre. » Il est très peu attentif, joue avec les objets dans la pièce et ne porte absolument pas d'attention aux questions qui lui sont posées. Voici donc sa vignette :

Il raconte aujourd'hui qu'il a été exclu de sa cantine et qu'il a des problèmes à l'école.

Se crée alors une scène, après discussion avec le meneur de jeu, sur les grèves qui séparent des familles ; ils trouvent cela inadmissible. Il incarne le rôle d'un père de famille mécontent et demande à avoir les personnages du Président et du Premier ministre (incarnés par deux co-thérapeutes F). On lui introduit également un double pour l'aider à exprimer ses idées (incarné par un co-thérapeute H). Il exprime le fait qu'il trouve inadmissible en période de grève, de laisser des familles séparées, car ils n'ont pas la possibilité de voyager. Le Premier ministre (moi-même) et le Président lui proposons une alternative, pour lui dire que s'il veut vraiment aller voir sa famille, d'autres options que le train peuvent lui être proposées.

Dans cette scène apparaissent les thématiques de séparation, d'éloignement et d'abandon. On peut faire le lien avec sa propre histoire de famille recomposée avec un père et une mère séparés. Il vit avec sa mère et donc voit moins souvent son père.

Du côté voix, ce que j'ai trouvé marquant et bien représentatif de l'image du père qu'à cet adolescent, c'est qu'il ait pris une grosse voix pour incarner ce père. Contrairement à l'image qu'il nous présentait au départ : très dissipé, pas à l'écoute, ici il était à fond dans la scène : concentré, dans la peau de son personnage. C'est l'un des rares que j'ai pu voir, qui s'est permis de jouer un autre rôle que le sien. Il s'est mis dans la peau de l'autre, ses ressentis, ses envies et ses peurs.

J'ai joué dans cette scène le Premier ministre. J'avoue ne pas avoir été très à l'aise, ne sachant pas vraiment quoi dire.

Nous l'avons revu le 11 janvier 2020, voici sa vignette :

Ce jour-là, sa mère nous apprend qu'il a encore été exclu de la cantine pour des problèmes de comportement. Il ne peut maintenant y manger que le jeudi. Il aurait été violent avec une animatrice, à qui il aurait tordu les doigts et qui aurait fini à l'hôpital. Quand on lui demande de nous expliquer ce qu'il a fait et surtout pourquoi, il ne parle pas et mime des gestes de fermeture de bouche à clé. On apprend également qu'il a été puni par son père et qui lui a interdit tout jeu vidéo. Le meneur de jeu demande donc de recréer cette scène de confrontation avec son père et sa belle-mère (respectivement deux co-thérapeutes H et F).

On observe dans cette scène un retrait de cet adolescent, qui ne veut pas parler ni à son père ni à sa belle-mère. Il fait mine qu'il ne s'est rien passé. Pendant toute la durée de la scène, il se tenait caché derrière les chaises présentes dans la pièce. On lui a donc introduit un double pour exprimer ce qu'il pensait face à ce père énervé et cette belle-

mère qui ne sait pas quoi dire. Le double disait de cette animatrice « qu'elle l'avait bien cherché, mais qu'il ne voulait pas être privé de console, qu'il ne voulait pas énerver son père… » Derrière lui, on pouvait voir l'adolescent rigoler.

Tout d'abord, je me suis demandé pourquoi ce geste de fermeture de bouche à clé ? Pourquoi ne voulait-il pas en parler ? Était-ce par honte ? Ou par peur ? À chaque question qu'on lui posait il faisait mine de reprendre cette clé pour nous donner des réponses comme : « hum… » Nous avions parlé pendant la formation d'une forme de bouderie et je trouve que cela s'applique bien dans ce cas. Il interrompt ici la discussion, on attend sa parole.

Il n'a donc pas voulu parler de ce moment, même pendant la scène. On avait l'impression que pour lui, cela n'était pas réel, il en rigole, il ne prend pas ça au sérieux. On ne ressentait pas vraiment de regret face à ce qu'il avait fait. Mais on pouvait cependant noter son malaise face à la déception qu'il provoquait chez son père. Il nous dit qu'il n'aime pas le décevoir.

Pendant tout le reste de la séance, il a fait quelque chose qui nous a interpellés : il faisait disparaître/réapparaître ses doigts par « magie », fortement en lien avec ce qu'il a fait subir à cette animatrice.

Nous l'avons revu pour la dernière fois le 25 janvier 2020, voici la vignette :

Il nous a beaucoup parlé de ses grands-parents (qu'il appelle par leurs prénoms) et ses arrières grands-parents (qu'il appelle Papi et Mamie) dont il semble très proche. Il nous raconte qu'il a différents cousins, mais qu'il aime beaucoup s'occuper de son plus petit cousin. On se rend compte qu'il est très protecteur envers ce petit cousin. Il nous relate un évènement au parc où son petit cousin jouait avec une balle et qu'un autre petit est venu la lui prendre. Il nous raconte qu'il lui a demandé de la lui rendre, qu'il était petit, qu'il ne comprenait pas tout et que ça, c'était méchant. Il nous raconte aussi qu'il aime beaucoup jouer avec lui à des jeux vidéo présentant des voitures et qu'il fait bien attention à ne pas lui montrer des jeux violents pour qu'il ne soit pas violent après. Avec le meneur de jeu, ils décident de le mettre en scène dans son propre rôle, avec son petit cousin de 2 ans (moi-même) et ses grands-parents (deux co-thérapeutes H et F). Pendant la scène, les deux enfants jouent à la tablette avec des voitures et des motos et pour mettre fin au jeu, il dit qu'il n'y a plus de piles dans la tablette.

Déjà dans cette scène on a une vision de comment il se représente les différences de générations et de la place de chacun dans sa hiérarchie familiale.

De plus, il nous apprend que s'il s'occupe comme cela de son cousin, c'est en lien avec sa propre histoire et de comment il aurait voulu que son grand frère s'occupe de lui.

J'ai moi-même joué le petit cousin de 2 ans. Je n'étais pas au courant que lorsque l'on jouait un bébé, il fallait le faire parler. Mais cette erreur de ma part a laissé s'installer un jeu de regards entre lui et moi vu que je ne produisais que certains mots en écho avec ceux qu'il émettait.

Je l'ai trouvé très sage et posé dans cette scène contrairement à ce qu'il nous avait présenté jusqu'à présent. Dans ce rôle de grand frère, je le voyais à sa place, dans son élément. Il nous a dévoilé quelque chose d'important de son histoire et nous a montré de quoi il était capable. Même si on dit de lui qu'il est agité, il peut être calme et posé avec ce choix de voie/voix de grand frère. Je suis sûre que ce genre de thérapie, centré sur ses atouts, peut être bénéfique pour lui.

Une voix bloquée

Je vais maintenant présenter en contraste avec cette première partie, différents cas qui se rapprochent cette fois-ci d'une rupture de ce travail thérapeutique et qui ont eu des effets négatifs sur la voix et l'expression de ces adolescents.

Adolescent 2 :

Pour le premier exemple, nous allons parler d'une jeune fille que j'ai rencontrée pour la première fois le 14 décembre 2019. C'est une adolescente, dans ses années collège, pour qui j'ai appris plus tard qu'elle était atteinte d'une pathologie particulière. Voici sa première vignette :

Elle fait du théâtre d'improvisation et nous fait part d'une scène qu'ils ont créée qu'elle a trouvé absurde. Elle nous relate une histoire prenant place dans les années western, avec des cow-boys qui se battent non pas avec des armes mais des bananes, ce qu'elle a relevé de « drôle » et « absurde ». Elle nous relate d'autres exemples de scène comique, où les personnages ne sont pas en adéquation avec la scène jouée, par exemple en étant habillée en reine des neiges. Elle décide donc de créer de son propre gré une scène présentant un ennemi (qu'elle incarne), face à deux cow-boys, dont l'un finit habillé en clown (incarnés par un co-thérapeute H et un autre F). Le meneur de jeu décide à un moment du jeu d'introduire un metteur en scène (co-thérapeute F) pour rétablir un peu d'ordre dans cette scène qui commence à tourner à l'absurde autour de ce cow-boy qui se retrouve habillé en clown.

Ce qui m'a frappée chez cette adolescente que je rencontre, c'est que c'est la première qui propose de faire une scène qui ne peut pas avoir lieu dans la vie réelle à cause de cette tournure absurde. En lien avec ce que nous avons évoqué pendant la formation, cette façon de se créer une autre réalité, m'a fait penser à un fantasme (voire une psychose).

De plus, le fait qu'elle se place d'elle-même dans ce rôle d'ennemi me fait penser à la théorie de Freud avec ce conflit conscient/inconscient. On a l'impression qu'elle lutte contre quelque chose. Elle se met elle-même dans la peau et dans l'incarnation du mauvais rôle. Ce qui était également frappant avec ce rôle, c'est qu'elle attribuait à son personnage une voix grave, comme pour imiter un garçon. Ne connaissant pas son histoire, je ne sais pas si cela fait écho à une de ses expériences de vie.

Nous l'avons revue le 11 janvier 2020, voici la vignette :

Elle décide elle-même aujourd'hui de créer une scène en rapport avec la galette des rois qui a eu lieu dans son collège, pendant la cantine. Elle demande donc à avoir auprès d'elle (elle incarne son rôle) deux garçons (deux co-thérapeutes : un H et F je pense par manque de co-thérapeute H) et une amie (que j'incarne). L'un des garçons a la fève, c'est elle qui a demandé que ce soit lui qui l'ait. Il demande donc à avoir cette jeune fille pour reine. Elle refuse. Il demande donc à l'autre fille présente dans la scène, qui elle accepte. Le meneur de jeu introduit un cuisinier (joué par un co-thérapeute F) qui apporte les couronnes. S'ensuit une discussion sur pourquoi elle ne voulait pas de lui comme roi et retournement de situation, le cuisinier lui demande si elle veut bien être sa reine, cette fois-ci elle accepte. Ce qui laisse le dernier garçon seul face à cette création de « couples ».

On évoque ici des thématiques autour des couples, de l'amour, du genre et du statut avec cette histoire de roi/reine. Même si elle ne voulait pas accepter l'invitation d'un garçon, elle a bien voulu se rapprocher du cuisinier. On peut se demander si le fait que ce cuisinier ait été joué par une personne de sexe féminin l'a influencée (face à ce garçon joué par un thérapeute homme).

Elle nous apprend également qu'elle apprécie beaucoup le cuisinier de sa propre cantine, ce qui peut expliquer son choix.

Ici, en parallèle avec la scène précédente, on la retrouve dans une scène du réel, avec sa propre perception de ce qu'est l'amour, le fait d'être libre de ses choix, de pouvoir dire non si on ne veut pas. Elle a réussi à s'affirmer.

Nous l'avons vue pour la dernière fois le 25 janvier, voici sa vignette :

Elle décide de son plein gré de créer une scène se déroulant en Roumanie, où elle incarne son rôle et demande à être accompagnée d'une amie (co-thérapeute F). Elle nous explique qu'elles vont devoir visiter le château de Dracula et que dans ce château il y aura une statue de Dracula (co-thérapeute H) qui en fait n'en ait pas vraiment une. Il prendra vie après une soudaine coupure de courant. Pendant la scène, le meneur de jeu introduit un guichetier (co-thérapeute F). Il donne les tickets pour visiter le château et les prévient que de s'aventurer dans ce château peut être très dangereux. Son amie est très apeurée, mais l'adolescente lui dit de continuer, elle n'a pas été dissuadée par ce guichetier. La scène commence à tourner un peu en rond, c'est donc l'adolescente qui amène cette coupure d'électricité au final (elle avait demandé au meneur de jeu de l'introduire). Celle-ci va alors faire rebondissement dans cette scène. Dracula prend vie et elle se tétanise. Il lui demande si elle veut devenir vampire, qu'il suffit d'une petite morsure et c'est fait ! Il essaie de la séduire et de l'attirer de son côté, tandis que son amie lui dit qu'il faut qu'elles partent. Elle refuse donc cette morsure et décide de terminer la scène en instaurant une seconde fois cette coupure de courant.

Pendant cette scène, on sent qu'elle veut se montrer courageuse et forte, mais que finalement face au danger elle perd tous ces moyens. Elle nous a quand même montré encore une fois que c'était elle qui décidait et que si elle voulait quelque chose, elle n'avait besoin de personne pour l'avoir. C'est elle qui a finalement provoqué la coupure de courant pour introduire le danger et qui instinctivement l'a réactivé pour le faire disparaître.

Elle a vraiment eu peur de ce Dracula qui était beaucoup dans la séduction pour l'attirer de son côté. D'ailleurs elle n'est pas restée très longtemps après pour discuter de la scène, on avait l'impression qu'elle voulait s'échapper.

Pour cette adolescente, même si ce n'est pas flagrant, on sent qu'il y a quelque chose de ce cadre sécurisant qui se brise. En sortant de cette salle, elle n'osait plus regarder le thérapeute qui avait incarné « Dracula ».

Ce que j'ai trouvé dommage, c'est que pendant cette scène, je l'ai vu perdre l'enthousiasme qu'elle avait pris à créer des scènes parfois imaginaires, parfois réelles. Elle n'osait plus s'exprimer, alors que jusqu'à maintenant elle avait été très expressive dans ces jeux. Le jeu d'un thérapeute peut vraiment tout changer dans ce que l'adolescent en face exprime.

J'espère que cela ne va pas l'empêcher de revenir en séance.

Adolescent 4 :

Voilà le second exemple que je voudrais exposer. C'est un jeune homme dans ses années collège que j'ai rencontré pour la première fois le 14 décembre 2019, voici sa vignette :

Il nous raconte qu'en venant avec sa mère, en voiture, ils avaient été gênés sur le périphérique. Des gens qui ne mettent pas leur clignotant, qui ne respectent pas les priorités… Le meneur de jeu et l'adolescent décident donc de recréer cette scène : il incarne son propre rôle avec sa mère (un co-thérapeute F) et un conducteur (co-thérapeute H). L'autre conducteur est dans une Mercedes et prend toute la place sur la route. L'adolescent a demandé à sa mère de rentrer dans la voiture de cet autre conducteur, mais cela ne s'est pas fait par manque de place dans la pièce. Alors il a décidé de sortir une arme (imaginaire) et s'est mis à tirer sur le conducteur gênant. Le meneur de jeu introduit alors un conducteur x (joué par un co-thérapeute F) qui sort de sa voiture pour voir ce qui se passe. L'adolescent fait mine de mettre l'arme dans la voiture du conducteur gênant pour qu'on ne le soupçonne pas. S'ensuivent des discussions pour expliquer la situation, le conducteur gênant disant que l'adolescent a usé de violence envers lui. Celui-ci en réponse lui met un coup de pied.

Lors de cette première rencontre, je dois avouer que j'avais cru avoir face à moi une jeune fille. Il avait une voix si aiguë et était habillé de façon qui irait à une fille comme à un garçon. J'ai compris seulement après son départ, avec la discussion auprès des autres co-thérapeute, que c'était un garçon. C'est vrai qu'il parlait avec une petite voix, qui montrait qu'il était peu sûr de lui et je me demandais pourquoi.

On m'a appris qu'il avait possiblement été agressé sexuellement par son oncle et avait fait une tentative suicide. Ici, dans ces scènes, ils essayaient de le faire parler de ces sujets dont il ne veut pas parler en consultation traditionnelle en face à face. De plus, ils ne sont pas sûrs de la véracité de ses propos, car cet adolescent est également connu pour ces mensonges.

C'est vrai que dans cette scène on observe une grande violence chez cet adolescent. Tout tourne autour de l'agression. En effet, cela fait lien avec sa propre histoire, dans le fait de « rentrer » dans une autre personne, référence à sa possible agression. Mais ici il n'est plus la victime, mais l'agresseur. Peut-être essaye-t-il de comprendre ce qui se passe du point de vue d'un agresseur ?

On n'a pas vraiment ressenti de culpabilité chez cet adolescent, après les actes de violence contre cet autre conducteur.

J'ai aussi appris que le meneur de jeu avait évité dans cette scène d'introduire une personne faisant partie des forces de l'ordre, car le père de cet adolescent est un ancien policier et que c'est un sujet sensible.

Nous l'avons revu le 11 janvier, voici sa vignette :

Il nous parle aujourd'hui de sa famille. Il a une famille recomposée, avec un frère aux États-Unis, un autre en Martinique (du côté de son père). Il nous relate un souvenir ou son demi-frère est revenu des États-Unis avec un cadeau pour lui : la PS4.

D'un commun accord avec le meneur de jeu, il décide de recréer cette scène qui a eu lieu quelques années auparavant. Il joue son propre rôle et demande à avoir son frère et son père (j'ai moi-même joué le rôle du frère et un co-thérapeute H a joué le père). Son frère arrive donc, lui offre la PS4 et ils se mettent à jouer tous les trois ensembles.

Il dit qu'il bat souvent son père parce qu'il est « nul » aux jeux vidéo. Il nous apprend également lors de cette scène que son père n'a que peu d'amis ou qu'il les voit peu et qu'il aimerait être différent de ce père. Il dit que lui a des amis et qu'il sort souvent avec eux contrairement à son père.

J'ai beaucoup aimé cette scène, déjà parce que j'ai pu jouer son frère et que je me sentais proche de cet adolescent. Moi-même d'origine martiniquaise avec une famille nombreuse, je me retrouvais un peu dans son histoire de famille et cela m'a fait plaisir d'incarner ce frère. Je me suis sentie d'autant plus proche avec l'introduction de ces jeux vidéo.

Ce que j'ai également apprécié dans cette scène c'était de le voir heureux, dans son élément, ça se sentait. Il parlait spontanément, on sentait sa parole délivrée, il disait même de son père « oh tu es nul à ce jeu… » Il ne se gênait pas pour dire ce qu'il pensait. On voyait que ça lui faisait du bien de s'exprimer comme il l'entendait. On commençait à avancer avec cet adolescent.

Nous l'avons revu le 25 janvier, voici sa vignette :

Il nous explique aujourd'hui que sa mère l'a inscrit au CLAVIM (organisme qui s'occupe d'organiser de petites sorties pour les jeunes). Il a donc le soir même une soirée cirque organisée. Il est content parce que c'est son père qui vient le chercher et il dort ensuite chez lui.

Avec le meneur de jeu, ils mettent donc en scène l'adolescent (dans son propre rôle), un ami à lui et son père (deux co-thérapeutes H). Les deux amis sortent donc de leur sortie au cirque pour rejoindre le père. Le père au loin n'entend pas ce que les deux amis se disent et le co-thérapeute dans le rôle de l'ami commence à dire du père qu'il est nul (en lien avec la scène précédente), qu'il est con, bon à rien.

J'ai appris pendant cette séance que ses parents étaient séparés et qu'il vivait avec sa mère et donc voyait moins souvent son père. J'ai appris également que père et fils ne partagent pas autant de choses que ce qu'il voudrait. Il dit pendant le débriefing de ce qui vient de se passer qu'il pose très peu de questions à son père et qu'il ne sait même pas si celui-ci aime ou non le cirque. Il nous dit également qu'il sait seulement de lui qu'il aime le français et parler créole.

Dans cette scène d'attaque au père, il répond qu'il n'a quand même pas été en accord avec le fait de l'avoir entendu être traité de con : « ce n'est pas parce qu'il ne sait pas jouer aux jeux vidéo qu'il est forcément con. » Ce n'est pas ce qu'il pense de lui du tout et je pense que ça lui a fait du mal d'entendre des mots aussi crus.

Pour la seconde fois, j'assiste à la création d'une seconde scène en rapport avec le choix des langues qu'il va devoir faire dans le cadre scolaire. Voici la vignette :

Après cette réflexion sur le fait que son père est fort en français, il nous parle d'un choix à venir en rapport avec l'école, entre pratiquer le chinois ou l'espagnol. Il dit être plus tenté par le chinois parce que tout le monde fait espagnol. Il incarne donc ici son propre rôle et demande deux thérapeutes, l'une en faveur du choix de faire espagnol et l'autre vient avec une troisième idée : le choix du créole (en lien avec son l'origine du jeune). Arrive donc un débat entre ses trois opinions qui débouche finalement par cette phrase de l'adolescent : « bon bah je vais prendre latin. »

Ici, c'est toute la thématique autour des origines qui se joue, la thématique du choix, de suivre une voie qui nous est propre. Et ce qui est intéressant c'est le choix de cette langue du latin, elle-même a l'origine des langues qui n'était même pas dans les options de base. J'ai eu l'impression ici qu'il se rendait compte qu'il avait le choix, qu'il avait le droit de choisir par lui-même, sans forcément que cela soit lié à ses propres origines. Il a le droit de se démarquer des autres.

Malheureusement, en sortant de la salle on l'entend dire qu'il ne voulait pas revenir en psychodrame. J'ai trouvé ça dommage, car j'avais l'impression que l'on commençait à avancer, à se rapprocher de son image du père.

Nous l'avons donc revu pour la dernière fois le 14 mars dernier. C'était une séance très spéciale autour de cette demande bien spécifique d'arrêter le Psychodrame. On lui a expliqué que compte tenu de ses antécédents (suicide...), on ne pouvait pas le laisser partir comme ça, sans suivi. On lui propose donc des séances de thérapies traditionnelles en face à face, qu'il refuse. On lui demande s'il veut venir en rendez-vous avec sa mère, il refuse également.

On lui demande si son père est au courant qu'il participe à des séances de psychodrame et il nous apprend que non. Par un geste intuitif, il sort son téléphone et demande si on veut qu'il l'en informe maintenant. Le meneur de jeu lui dit que s'il en avait envie il le peut et lui demander également de venir en rendez-vous. On lui demande s'il viendrait avec son père pour ce rendez-vous, il est plus hésitant, mais refuse également. Elle lui répète qu'elle ne veut pas le laisser comme ça, elle lui montre son inquiétude et lui rappelle son état au début des séances et lui demande s'il veut retomber dans cet état de mal-être. Mais rien à faire, on a donc écourté la séance.

On imagine bien ici la raison de cette demande. L'attaque au père de la séance précédente a laissé des séquelles et a bloqué cette communication, cette confiance. Ce sujet était trop sensible, je pense, pour lui.

On lui a également demandé pendant cette séance des informations à propos des épisodes de sa vie dont il ne voulait pas parler, si aujourd'hui il le voulait bien. Il a dit que non.

Ici, on a vraiment l'exemple de quelque chose qui se brise dans la confiance qu'accordait ce jeune aux thérapeutes présents. Quelque chose qu'une parole de trop a brisé. On est allé trop loin avec ce père et ça a blessé le fils.

Je ne sais pas s'il reviendra en séance.

Conclusion

On attend donc du psychodrame qu'il mette à jour ce que la parole, venant du face à face, n'apporte pas principalement. La parole est présente, oui, mais elle est complétée par les significations du jeu, de la liberté d'association des gestes, des postures, de la prosodie et de la groupalité.

Dans ce mémoire nous avons donc développé la problématique suivante : dans quelle mesure la technique du psychodrame, forme de médiation thérapeutique, avec les enjeux impliqués par la présence de plusieurs thérapeutes, peut-elle être une voie pour la libération de la voix adolescente ?

Nous nous sommes intéressée aux deux axes suivants : l'un parlant d'une voix libérée avec une expression positive des affects, des sentiments et ressentis qui permettent à ces adolescents d'avancer dans leur thérapie ; l'autre parlant d'une voix qui se veut libérée, mais qui reste « coincée » comme « bloquée » face à des affects et à des situations négatives pour l'adolescent.

Nous avons démontré dans ces deux parties quel lien à la voix le psychodrame pouvait présenter pour ces adolescents.

Pour certains il y a la mise en place d'un cadre positif, qui repose sur la confiance mutuelle entre tous les participants et qui permet à ces adolescents de se livrer, de libérer leur voix, de fournir des informations sur leur histoire et de discuter de sujets qui peuvent être sensibles. Cela leur permet parfois d'exprimer leur choix de voie, de se différencier des figures parentales, de s'affirmer. Certains s'amusent même dans ses séances, en incarnant un rôle autre que le leur. Ils se mettent dans la peau d'un autre, imaginent ce que l'autre ressent, changent de voix en choisissant des personnages loufoques, en incarnant des scènes imaginaires, font des combats imaginaires…

Cela leur permet d'avancer à leur manière et surtout à leur rythme.

Pour d'autres cette méthode n'est malheureusement pas suffisante pour leur permettre de parler, de dévoiler des éléments de leur histoire qui sont trop douloureux. Certains abandonnent tout simplement ce type de thérapie. D'autres préfèrent rester repliés sur eux-mêmes. Certains restent dans une sorte de bouderie vocale, ce qui ne leur permet pas d'avancer et rendent les séances désagréables pour eux comme pour les thérapeutes.

Dans ces cas, on peut se demander ce qui cause cette rupture : est-ce le psychodrame en lui-même qui ne leur correspond pas ? Un manque de confiance en eux ou envers les personnes présentes dans la pièce ? La gêne face à cette pluralité de thérapeutes ? Un thérapeute en particulier qui les dérange ? Seraient-ils capables de créer une scène dans d'autres conditions ?

Beaucoup de questions qui restent donc en suspens.

J'ai ressenti dans ces scènes les liens que le jeu peut créer avec ces adolescents. Ils peuvent faire passer des informations seulement par leur regard, ou leur façon de bouger et, bien sûr, par la parole ou le silence.

J'ai appris également qu'il y avait certaines règles à respecter : le fait de ne pas donner son prénom, que tout personnage pendant le jeu était doué de parole même si c'est une chaise...

J'aurais voulu avoir plus d'informations sur les différents adolescents que j'ai rencontrés. Je suis arrivé en milieu d'année, au milieu de séances déjà commencées pour la plupart de ces adolescents. J'ai parfois ressenti un manque à ce sujet. Au début du stage, je faisais attention à chacun de mes mots, de mes gestes, de peur de bloquer un adolescent. J'ai peu à peu pris confiance en moi et je sais aujourd'hui que parler de choses qui peuvent être sensibles pour un adolescent est parfois le meilleur moyen de lui venir en aide. J'aurais également aimé suivre chaque adolescent plus longtemps, voir leur évolution. Malheureusement avec le contexte actuel les séances ont été suspendues...

Et pour conclure :

« Le psychodrame s'offre comme une voix/voie de résistance : celle du jeu, du plaisir du jeu, de l'empathie, de la mise en contact avec des vécus douloureux, des problèmes complexes ou encore des deuils difficiles. »

***

Bibliographie[314]

AVRON, O., « Le jeu et ses fonctions scéniques », *Jean-Bernard Chapelier éd., Excitation, jeu et groupe, 2005,* pp. 71-82.

AVRON, O., « Psychodrame : la technique du double », *Dialogue*, 2010, N° 189(3), pp. 95-108.

BAYLE, G., « Le psychodrame analytique », *La psychanalyse*, 2014.

BAYLE, G., « Le psychodrame », *Faire une psychanalyse.*

COUSI, A. B., « Le psychodrame analytique individuel : un jeu d'enfant ? », *Les enfants de la psychanalyse*, 2014.

DE LANLAY, F., « Du double-tu au double-je. Processus de subjectivation au décours d'un psychodrame d'adolescent », *La psychiatrie de l'enfant*, 2013, N° 56(2), pp. 351-375.

DELAROCHE, P., « Le psychodrame psychanalytique : Historique », *Carnet/Psy*, N° 102.

DELAROCHE, P., « Le psychodrame psychanalytique individuel », *Enfances & Psy*, 2000, N° 12(4), pp. 89-95.

DUPEU, J., « IX. Processus d'introjection et théorie traductive de la constitution de l'appareil psychique », *J. Dupeu, L'intérêt du psychodrame analytique : Contribution à une métapsychologie de la technique analytique*, 2005, pp. 253-285.

GIBEAULT, A., « René Diatkine et le psychodrame. Réflexions sur l'approche psychanalytique de la psychose : (suivi d'un inédit de René Diatkine : « Dépression et culpabilité, au sujet du psychodrame ») », *Florence Quartier éd., L'héritage vivant de René Diatkine*, 2015, pp. 103-127.

GIDDEY, C., & LOPEZ, S., « Se prendre au jeu, se prendre au corps », *Adolescence*, 2005, N° 52(2), pp. 427-434.

GILLIERON, E., « Fondements groupaux du psychodrame », *Revue de psychothérapie psychanalytique de groupe*, 2001, N° 37(2), pp. 45-57.

JEAMMET, P., « Le psychodrame psychanalytique à l'adolescence », *Le Carnet PSY*, 2005, N° 102(7), pp. 29-31.

MARC, C. & DUBOIS, A., « Groupes de psychodrame avec de jeunes adolescents », *Revue de psychothérapie psychanalytique de groupe*, 2009, N° 53(2), pp. 67-77.

RABAIN, J., « Psychodrame psychanalytique et empathie métaphorisante », *Champ psychosomatique*, 2001, N° 23(3), pp. 69-84.

TORRE, S., « Le psychodrame analytique », *Psychologies*, 2018.

ZIMMERMAN, C., GUZMAN, G., RIZZI, A., CAMARA, H., RUSHA, M. & MORO, M., « À propos du psychodrame psychanalytique individuel », *Adolescence*, 2012, N° 80(2), pp. 391-399.

314. On trouvera à la fin de l'ouvrage une bibliographie générale pour cet ouvrage. Ici, l'auteur pour laisser la place à la parole des patients, a préféré reporter en fin d'article la bibliographie support à sa réflexion.

Une chambre ;
Aux couleurs de rêves de petites filles, des peluches, des livres ;
Çà et là des tableaux, créativité en marche ;
Aux mobiliers habituels, un lit, un bureau, une chaise, une bibliothèque, une armoire ;
Aux secrets tapis dans les nombreux journaux intimes ;
Des fleurs décrépites mises en décoration, miroir d'un amour ancien ;
Une rose éternelle, miroir de cet amour maintenu.

Manon Trichard

Texte écrit en Atelier d'écriture de Valéry Meynadier

Il y a la gaieté du mot, l'activité du sens.

La gaieté de son sourire… Ou plutôt non, celle de ses yeux qui sourient.

La gaieté de son regard, de ce regard qui se perd dans l'infini. L'infiniment grand, ou celui du petit, du tout petit. Qui sommeille en soi, en nous, en chacun d'entre nous. Antre nous.

Et toutes les associations qui s'enchaînent. S'égrainent à en faire perdre haleine. L'haleine de ce corps au petit jour. Qui s'éveille. Sommeil au petit jour. De ce corps endormi. De ce corps au matin. Comme une naissance. Naissance à la lumière du soleil ; un petit jour qui grandit.

Il y a l'espièglerie. Celle du mot, toujours et puis celle du regard encore. Qui se dématérialise sous les doigts du corps amolli. Devenir canaille. Qu'il y aille. À courir, s'en perdre haleine. Cette haleine du corps au petit matin.

Une pause. Non pas qui s'impose. Une pause qui se propose. Comme une possibilité de s'offrir l'arrivée. L'arrivée d'une gaie fin de journée

Eva Arnaud

Texte écrit en Atelier d'écriture de Valéry Meynadier

MITIA (Dimitri Repérant). *Just An Illusion*. Barcelone, Espagne. 2015.

Avec leur(s) voix d'avant. Voix, langue(s) et lieux

Estelle FIGON

Avec leur(s) voix d'avant : cette formule, venue spontanément accompagner cette réflexion sur les voix des exilés, comporte en elle-même différents éléments caractéristiques de la rupture induite par le départ du lieu de son enfance. Nous devons tous vivre avec une pluralité de voix, qui appartiennent à un passé plus ou moins révolu. J'ai appelé dans un premier temps cette rupture « exil », mais le terme, qui renvoie[315] au bannissement de sa terre d'origine, est trop restreint. Vaudrait-il mieux parler d'expatriation ? Ou même oser, dans certains cas, *exmatriation* ?

Dans son sens le plus restreint, qui implique un départ vers un autre pays avec l'impossibilité de revenir, l'exil subi serait la forme la plus brutale, et la venue volontaire d'un provincial à la « capitale » la forme la plus indolore. Ce que je désigne ici par ce mot recouvre aussi bien la séparation de parents d'origines diverses, avec la perte pour l'enfant de sa première langue (ou son affaiblissement), ou le changement de pays pour des raisons sentimentales ou professionnelles, ou encore le passage au cours de la vie d'une classe sociale à une autre, d'une région à une autre, voire l'apprentissage d'une langue vivante.

315. En effet, à *exil*, on trouve dans le *Trésor de la Langue Française informatisé* :

A. – 1. Peine qui condamne quelqu'un à quitter son pays, avec interdiction d'y revenir, soit définitivement, soit pour un certain temps.

2. *Au fig.*

a) Tout changement de résidence, volontaire ou non, qui provoque un sentiment ou une impression de dépaysement.

b) Éloignement affectif ou moral ; séparation qui fait qu'un être est privé de ce à quoi ou de ce à qui il est attaché.

B. – État de celui qui est contraint de vivre hors de son pays ou loin de sa résidence ordinaire.

Parler de la voix dans l'exil conduit à envisager le problème de la langue maternelle et du changement de langue, ou de l'ajout d'une ou de plusieurs autres langues. Comment vivre dans le mélange des voix et des langues ? La cohabitation est-elle possible, et si oui, quelle(s) forme(s) peut-elle prendre ?

Ce travail n'est pas une étude sociologique, il est le fruit d'une intuition, d'une expérience familiale et professionnelle et de rencontres. J'ai décidé de choisir un panel d'« exilés », restreint par la force des circonstances, et de m'entretenir avec eux. Il ne s'agissait pas de les interroger directement sur la voix, mais de *permettre à une parole sur la voix d'émerger*, en les questionnant sur leur famille, sur leur(s) langue(s) d'origine ou acquise(s), sur leur accent… M'entretenir avec des personnes et non pas avec des textes : la méthode était nouvelle pour la littéraire que je suis. Et grande la tentation de proposer des interprétations déplacées, ou d'imaginer les hors-champ.

Ces entretiens enregistrés, et sur lesquels j'ai aussi pris des notes, j'ai décidé de les traiter comme des *performances*, sans leur prêter d'autre intention que ce que les interviewés faisaient advenir à ce moment-là, avec leur voix *sur le vif*, mais en tâchant de bien entendre non seulement tous les mots qui m'étaient donnés, mais aussi les silences et les respirations, les différentes inflexions vocales.

J'ai conduit les entretiens suivant une trame assez lâche, mais à peu près identique pour tous. Je leur ai demandé de me dire qui ils étaient, en français et dans leur langue. Puis je leur ai posé des questions sur le contexte linguistique de leur enfance : quelle(s) langue(s) on leur a parlée(s), si on leur a chanté des chansons, raconté des histoires, quel était le milieu social de leurs parents, s'il y avait eu un changement quand ils étaient entrés à l'école… Je leur ai également demandé si cela avait changé à l'adolescence. Ensuite j'ai souhaité savoir dans quelle mesure leur venue en France avait changé ou pas leur situation linguistique, avec leur conjoint et leurs enfants éventuels, ou encore dans leur monde professionnel ou amical.

J'ai interrogé sept personnes. Certains sont des amis, d'autres des relations professionnelles et d'autres de parfaits inconnus. Leur manière de me parler et mon écoute ont été conditionnées par notre type de relation, ainsi que par le moyen de communication : j'ai échangé avec les inconnus uniquement par téléphone et je ne connais de leur personne physique que leur voix. Ces personnes ne sont pas arrivées avec le même bagage. Certaines ont un discours à leur propre sujet, surtout si elles sont en thérapie. D'autres étaient plus spontanées. Pourtant, amis, connaissances ou inconnus, tous ont été à des degrés divers surpris par les entretiens, et cela leur a donné, autant qu'à moi-même, matière à penser, une fois le micro coupé.

Les noms ont tous été modifiés. Il ne s'agissait pas uniquement de respecter l'anonymat de ces personnes. Je ne pouvais pas, au travers de quelques heures d'entretien, tenir un discours objectivant sur elles et laisser entendre que j'avais saisi d'elles une vérité. Cela m'a paru à la fois violent et présomptueux. J'ai donc décidé d'assumer ma subjectivité en les traitant comme des personnages de fiction, tels qu'ils sont apparus dans ces moments choisis, dans le cadre de ces entretiens, et les nouveaux noms que je leur ai donnés témoignent de cette volonté.

J'ai également souhaité de faire résonner les voix des exilés que j'ai rencontrés avec celles d'auteurs célèbres, dont les ouvrages ont pour beaucoup également amorcé et nourri ce travail. Tous témoignent à des degrés divers de l'exil, choisi ou subi, vers une ou plusieurs autres langues, ainsi que de l'importance de ces dernières et de la voix dans leur vie.

Yianis et le réaccord

Une scène racontée par l'une des personnes interviewées présente l'avantage de réunir, dans une condensation rare, à la fois les différents problèmes que peut entraîner l'exil, mais aussi, de façon quasi miraculeuse, leur résolution.

C'est l'histoire de Yianis, un petit Grec, qui, à l'âge de 3 ans, à l'école maternelle en France, refusait de parler et de manger. Il était arrivé à l'école sans connaître un mot de français et ne comprenait littéralement pas ce qu'il lui arrivait, ce qu'il fallait faire. Il garde le souvenir d'une grande attente et une grande prévenance de la part des adultes et de l'énorme cruauté des autres enfants. Il « déambulait » sans but, ne mangeait pas et ne parlait pas.

Un jour, il a vu arriver sa mère à la cantine. Il était littéralement médusé par le fait que sa mère pût se trouver là, dans un lieu où *a priori* il n'aurait jamais cru la voir, elle qui travaillait tant depuis la séparation d'avec le père et l'arrivée en France. Elle était venue non seulement dans l'école même, mais qui plus est, à l'endroit où l'on mange, à la *cantine*. Elle lui a parlé en grec, et elle a également parlé en français avec le personnel. À partir de ce moment, il a mangé à l'école, est sorti de son mutisme l'après-midi même pour parler en français et il s'est rapidement intégré.

Yianis est né à Bruxelles en 1980 de deux parents grecs venus en Belgique pour leur travail. Issus de milieux modestes, tous deux ont fait des études qui leur ont permis d'avoir des métiers intellectuels. Lorsqu'il a deux ans et demi, ses parents se séparent et il vient vivre en France avec sa mère, son frère et sa sœur aînés. Ils habitent en banlieue parisienne dans un quartier populaire. Il rentre cependant en Grèce au moins un mois tous les étés, mais il voit peu son père. Sur les conseils de son beau-père qui connaît bien le système éducatif français, Yianis a fait de brillantes études, d'abord dans un prestigieux lycée parisien puis dans une grande école, ainsi que du basket à un bon niveau de compétition, et de la musique. Il est aujourd'hui cinéaste.

Le grec est la langue maternelle de Yianis, et il a appris le français en France quand il est arrivé en maternelle. Jusqu'à 3 ans, il n'a pas parlé un mot de français, car il était gardé en alternance par sa mère et son père, et même par sa grand-mère. À la maison, on parlait grec, mais peu à peu le français a pris sa place, d'abord entre les frères et sœurs, puis avec l'arrivée d'un nouveau mari français de la mère, un universitaire très cultivé.

La problématique de la voix chez Yianis est d'abord liée à la langue. Il parle d'une voix posée, bien résonante, mais avec des aigus enfantins lorsqu'il éclate de rire. Il a une conscience assez nette de sa voix, et il dit que sa voix serait plus grave et plus contrôlée en français qu'en grec où sa voix serait plus douce et plus aiguë. Il mentionne une sorte de « tension[316] » lorsqu'il parle français et cela l'étonne parce que sa maîtrise du français aujourd'hui est bien plus grande que celle du grec. Je ne suis pas frappée par le caractère plus aigu de sa voix en grec, mais plutôt par ce qui m'apparaît comme une plus grande sensualité dont Yianis ne semble pas avoir conscience. Il insiste en revanche beaucoup sur le risque de rupture de sa voix en français. Elle peut *dérailler.*

Si l'on relit la scène exemplaire de la mère à l'école à l'aune de ces différentes informations, que voit-on ?

Un lieu nouveau et angoissant pour l'enfant : il est possible qu'on l'y abandonne.

Une langue nouvelle, à laquelle il ne comprend rien.

De la nourriture nouvelle.

Des usages nouveaux.

Yianis est donc séparé, *désuni*, de tout ce qu'il connaît. Sa réaction de défense est l'aphasie et son corollaire, ne pas manger : ne rien faire sortir de lui, ne rien faire entrer en lui de cet extérieur angoissant.

En voyant sa mère dans cette cantine, il a compris, dit-il, qu'elle « était bien là pour lui. » Or elle a parlé, dans la cantine, dans la langue grecque, la langue de la *maison*. Et au même moment, il l'a vue/entendue, pour la première fois, parler français. Ce travail, qui donnait l'impression à l'enfant qu'il *engloutissait* sa mère et que lui n'avait plus de place, n'avait donc pas tout envahi. Il était possible que sa mère soit dans ce lieu, que donc les lieux soient réunis et que des voix, des langues différentes, soient possibles dans ce lieu autre. Du coup, il n'y avait plus de risque de dépossession, puisqu'au contraire la *circulation* de ce qui lui apparaissait jusque-là comme inconciliable était possible. Et il pouvait sortir de son mutisme sans danger. Se condensaient en une même scène les lieux, les instances (le privé et le public), les langues, et, avec elles, les voix avec leurs accents, sans discordance.

Cette problématique spatiale rencontre un autre écho dans le récit de Yianis. Lorsqu'il allait en Grèce tous les étés chez son père, celui-ci le confiait à d'autres parents, ou bien l'envoyait en camp de vacances. Jamais il n'a évoqué la maison du père, ou un lieu précis auquel il aurait pu l'associer. Le père n'a pas de lieu, et la formule *le père n'a pas lieu d'être* serait tentante. Il faut pourtant la nuancer.

Yianis se rappelle en effet que son père, qui s'occupait de lui en Belgique, était un homme taiseux mais tactile, qui pouvait, presque comme un magnétiseur, faire des « impositions de mains » aux enfants pour les soigner. Avec la séparation et le retour immédiat du père en Grèce, le mode de communication privilégié de cet homme avec ses enfants, le toucher, est devenu impossible. Il est devenu une « voix au téléphone ».

---

316. Les formules entre guillemets sont des citations des propos tenus par les interviewés. Les mots en italique sont soulignés par moi.

Le père est donc présenté dans un premier temps comme silencieux, mais son silence n'est pas une valeur négative, car il est le lieu où peut s'épanouir le toucher. En revanche, en perdant ce contact, il devient une coquille vide.

À l'inverse, le nouveau mari de la mère, « père de cœur » de Yianis, appartient bien à une région française qui deviendra en quelque sorte le *terroir* de l'enfant, en même temps que la relation à cet homme constituera pour lui un véritable creuset intellectuel. Cet homme, dont la voix est empreinte d'une autorité naturelle, sait en user et il sait également très bien chanter. Yianis semble séduit par ce beau-père. Il a obtenu la nationalité française et a même souhaité être adopté par ce nouveau mari. Ce désir ne pouvait s'inscrire que dans une place laissée vacante par le père, ou fantasmée comme telle, en lieu et place de son silence.

Cette scène splendide, élément déclencheur de la réconciliation de Yianis avec le monde, est révélatrice d'un autre fantasme : celui d'une unité parfaite avec la mère, ou du monde à travers la mère, voire d'une fusion avec elle, dont la voix serait un des éléments *naturels*, comme allant de soi.

L'histoire de Yianis finit bien, mais l'on voit nettement comment elle aurait pu déraper. Il en a d'ailleurs gardé comme une ombre. Léonard n'aura pas la même chance que Yianis et son histoire, très violente, en est un triste exemple.

Léonard : l'ambivalence et la perte

Léonard est né en 1964 en Allemagne. Il est le fils d'une musicienne allemande et d'un militaire français. Ses parents se sont séparés lorsqu'il avait 18 mois et il a été enlevé à sa mère lorsqu'il avait 5 ans, à la suite d'une procédure intentée par le père.

Léonard n'a plus jamais revu sa mère.

La toute petite enfance de Léonard, jusqu'à son arrachement définitif à sa mère et à l'Allemagne, est marquée par des allers et retours entre les deux pays et les deux langues. Une fois définitivement confié par la justice à son père, Léonard a été élevé par ce père, alcoolique et violent, sa belle-mère, française mais « fille de Boche », et son arrière-grand-mère, française, pieuse, qui aurait été la seule personne compréhensive avec lui dans l'univers de malheur qu'il décrit. Quand la belle-mère de Léonard quitte également le père en laissant ses deux filles, jeunes demi-sœurs de Léonard, celui-ci est violé à de multiples reprises par un ami du père. Il a 11 ans. L'arrière-grand-mère meurt un an plus tard. Léonard sera violé par un deuxième ami du père, qui voudra s'en prendre également à ses petites sœurs. À ce moment-là, Léonard décide de dénoncer cet homme à une amie de la maison, qui en informe le père. Celui-ci met alors dehors l'agresseur.

Léonard a fait divers petits métiers avant de devenir professeur de japonais dans un lycée. Il a également étudié aux Beaux-Arts et a été animateur sur une petite chaîne de radio libre.

Lors de l'apprentissage de la conduite automobile autour de sa quarantième année, Léonard est assailli par de violentes douleurs, de toutes sortes. On détecte chez lui des traumatismes multiples. Il est aujourd'hui en arrêt maladie depuis plusieurs années et souffre de maux aussi variés que violents (migraines, maux de dos, vertiges, phobies, cauchemars, insomnie, dissociation...), liés à un état de stress post-traumatique (ESPT). Il est suivi par différents thérapeutes et, s'il n'est pas dans un processus psychanalytique à proprement parler, il suit tout de même une thérapie psychodynamique.

Lors du diagnostic de l'ESPT, Léonard décide d'entreprendre des démarches pour retrouver sa mère et réapprendre l'allemand. Sa mère est déjà morte, mais il renoue avec sa famille allemande et demande la nationalité allemande, qui aujourd'hui lui est toujours refusée.

Il est par ailleurs en couple depuis 25 ans avec un Japonais, musicien.

La situation linguistique de Léonard aux différentes étapes de sa vie est complexe. Après avoir vécu en français et en allemand selon des fortunes diverses jusqu'à sa séparation définitive d'avec sa mère, il se retrouve privé d'allemand toute son enfance et son adolescence. Il lui sera impossible de le « réapprendre » à l'école. Le père manifeste un comportement pervers, tout spécialement concernant la langue allemande. Il prétend qu'il veut que son fils l'étudie, mais il fait tout pour lui mettre des bâtons dans les roues. Bien qu'il ait oublié sa langue maternelle, on présente Léonard comme bilingue dans sa famille et on lui rappelle en boucle, lors des repas, des phrases en allemand qu'il disait tout petit, lorsqu'il est arrivé. Léonard apprendra l'anglais comme première langue vivante au collège. Il se rappelle en français les souvenirs les plus traumatisants concernant la séparation d'avec sa mère, alors même que les propos se sont tenus en allemand. Il se souvient notamment (en français) que sa mère lui a demandé un soir (en allemand) s'il voulait connaître son père et il aurait répondu « oui », ce qu'il se reproche amèrement aujourd'hui.

En français, Léonard parle de manière égale, avec une voix moyenne, aux intonations douces, un débit plutôt lent, et ses phrases tombent un peu sur la fin. On a parfois du mal à l'entendre.

En allemand, comme en japonais, sa voix me semble plus aiguë et plus modulée, alors que lui, en allemand, la ressent et la décrit comme plus grave. Il dit également qu'il n'a pas fait le choix dans sa vie de parler de manière féminine.

Une chose qui me donne beaucoup de fil à retordre dans le cas de Léonard, c'est la profusion d'informations et le fait que ces informations soient données comme avérées, alors même qu'elles concernent la toute petite enfance du protagoniste. Je comprends que, en plus de ses propres souvenirs, son histoire lui a été rapportée en deux temps, d'abord par son arrière-grand-mère, ensuite, bien plus tard, par ses cousins allemands, mais ces derniers auraient confirmé ce qu'il se rappelait lui-même. En outre, ces informations sont déjà passées mille fois au crible de différentes thérapies.

Son récit témoigne d'un sentiment d'emprisonnement dans plusieurs situations ambivalentes liées aux langues et à la voix.

La langue française est à la fois la langue de l'arrière-grand-mère, qui était une personne douce avec lui, la seule personne à lui parler de sa mère, et celle du père, son premier bourreau. Il manifeste un rapport d'amour/haine avec la langue française. D'ailleurs, il est conscient d'avoir des clichés « inversés » de ses deux langues.

Pour ce qui est de la voix, si la mère allemande comme l'arrière-grand-mère ont une voix consolatrice, le père a, lui, une voix très grave, qui résonne beaucoup, et, sous l'emprise de l'alcool, il crie. Léonard s'est donc efforcé de prendre la voix douce de ces femmes et de ne jamais hausser le ton, car il « ne veut pas entendre la voix de son père. » Il dit « entrer en sidération » quand il entend des personnes crier avec une voix grave, même si ces cris ne lui sont pas du tout adressés. Il y a pourtant également de l'ambivalence dans les voix douces. En effet, il fait lui-même la comparaison avec la voix de ses agresseurs, qui prennent ce genre de voix pour mieux endormir les craintes des enfants. Il a conscience que lui aussi, pour faire de la radio, a essayé de trouver comment « caler » sa voix.

La parole est également bivalente. Par deux fois au moment de la séparation d'avec sa mère, elle a été trompeuse. La première, on l'a vu, quand il a dit souhaiter connaître son père. La deuxième, quand on lui a dit, après son placement en foyer, que son papa et sa maman allaient venir le chercher. En fait, c'est son père et sa belle-mère qui sont arrivés et un enfant de 5 ans placé en foyer seulement quelques mois plus tôt sait pertinemment que la personne qu'on lui présente comme sa « maman » est un imposteur. Pourtant, il a aussi compris l'importance de la parole lorsqu'il a parlé pour défendre ses petites sœurs.

Par ailleurs il a conscience que les choses ne sont sans doute pas si manichéennes. Il refoule des choses négatives au sujet de sa mère, comme le fait qu'elle le laissait seul le soir pour aller jouer de l'accordéon dans les bars pour gagner sa vie, et des choses positives à l'égard de son père, comme le fait qu'il y « avait de la joie aussi ; on pouvait danser. »

Parallèlement à cette problématique de l'ambivalence, il y a toute une dialectique de la perte qui émerge de sa parole : celle de la conscience d'un paradis perdu, mais aussi la déperdition de soi dans la voix de l'autre, de la perte de la mère. En effet, si Léonard ne parle pas de sa mère dans sa famille française, c'est parce qu'il ne veut pas qu'on lui vole ses souvenirs, mais également parce qu'il a peur que le père n'utilise ces informations pour faire du mal à sa mère. Par son mutisme, Léonard protège le souvenir de sa mère en lui, prévient sa perte, et protège également concrètement sa mère elle-même.

Léonard a été très mutique tout le temps passé dans la famille de son père, après la séparation d'avec la mère. Il était qualifié de « pseudo-autiste ». Cependant il parlait avec ses petites sœurs et il a également beaucoup pleuré. Aujourd'hui, depuis le diagnostic d'ESPT, il parle énormément et se raconte beaucoup.

Ce qui me frappe également dans les propos de Léonard, c'est que, s'il me raconte de sa voix égale presque uniquement des choses violentes, force est de constater que bon an mal an, il a, comme on dit, *fait sa vie* et qu'il ne s'est pas résigné. Il souffre, sans nul doute, et beaucoup. Mais il n'est pas devenu fou, il a un métier qu'il a longtemps et bien exercé, il a une vie sentimentale très stable, il a cherché, et continue de chercher, à se soigner, il est très militant dans la lutte contre les crimes sexuels et a d'ailleurs récemment décidé de porter plainte contre ses agresseurs.

Il a donc dû y avoir, malgré tout, un moment de grâce, où tout ce qui lui est apparu plus tard comme irréconciliable a pu, pour un temps, entrer justement en circulation, en coexistence, comme nous l'avons vu dans le cas de Yianis.

Or Léonard me raconte qu'il se rappelle tous les soirs de sa vie la chanson *Pirouette cacahuète*. En effet, il l'a chantée lors d'une fête à l'école, et pendant des décennies, comme il se rappelait cette scène en français, il a cru l'avoir chantée devant sa belle-mère, après son arrachement à sa mère. Mais en reconstituant ses souvenirs avec son thérapeute, il a compris que ce spectacle scolaire était antérieur et qu'il datait en fait de l'école maternelle, quand, à un moment de la séparation des parents, son père avait confié sa femme et son fils à sa propre grand-mère. Léonard avait donc certes chanté en français, mais devant sa mère allemande, lors d'un séjour en France chez son arrière-grand-mère. Ainsi cette chanson, chantée à ce moment-là en ce lieu-là, serait le témoin d'un monde heureux, un temps unique de sa vie où les langues étaient en circulation et dont les hommes étaient absents. Elle réunit les deux femmes de sa vie, son arrière-grand-mère et sa mère, dans un français de rêve, celui qui n'a pas encore été souillé par le père.

La chanson *Pirouette* a plusieurs versions et, vu l'âge de Léonard, il est vraisemblable qu'il ait chanté la toute première, écrite par Gabrielle Grandière en1953 :

Il était un petit homme
Pirouette cacahuète
Il était un petit homme
Qui avait une drôle de maison (bis)

Sa maison est en carton
Pirouette cacahuète
Sa maison est en carton
Les escaliers sont en papier (bis)

Le facteur y est monté
Pirouette cacahuète
Le facteur y est monté
Il s'est cassé le bout du nez (bis)

On lui a raccommodé
Pirouette cacahuète
On lui a raccommodé
Avec un joli fil doré (bis)
[...]

Mais maintenant il se la chante avec les couplets ajoutés plus tard par un auteur non identifié, qui y adjoint l'anecdote de l'avion :

Le beau fil, il s'est cassé
Pirouette, cacahuète
Le beau fil, il s'est cassé
Le bout du nez s'est envolé (bis)

Un avion à réaction
Pirouette, cacahuète
Un avion à réaction
À rattrapé le bout du nez (bis)
[...]

Or, dans la vie de Léonard, l'avion a une place capitale, mais il est facteur de séparation et pas de réparation : c'est dans un aéroport qu'il a été enlevé à sa mère et lorsqu'il a voulu la suivre, le magistrat présent, qui parlait allemand, lui aurait dit : « *der Flugzeug ist kaputt* », *l'avion est cassé*. Léonard ne précise pas les implications de cette phrase qu'il a mémorisée. Les nouveaux couplets de la chanson semblent être venus, partiellement du moins, corriger le souvenir.

Les ambivalences de Léonard me remettent irrésistiblement en mémoire des propos d'Aharon Appelfeld[317] :

Avec l'allemand, j'ai toujours eu une relation ambivalente. C'était ma langue maternelle, mais c'était aussi la langue des assassins. Un homme qui perd sa langue maternelle est infirme pour la vie. La langue maternelle, tu ne la parles pas, elle coule. La langue acquise, tu dois sans cesse veiller à ce que rien d'étranger n'y pénètre.

Il y a là, dans cette comparaison de la langue maternelle à un liquide qui émane sans effort du corps comme une humeur, quelque chose qui la rapproche également du lait maternel, qui est à disposition.

La poète Agi Mishol, parlant de la langue de ses parents, le dit explicitement :

C'est très doux, la langue hongroise. Pour moi, le hongrois est comme le lait maternel. Un jour je suis allée au supermarché. Sont entrées deux femmes âgées, comme ma mère. J'ai perçu en mon ventre le son de la langue. Je me suis trouvée à les suivre[318].

Elle dit bien le *son* de la langue. C'est donc dans sa réalisation *orale* avant tout que la langue est vécue comme nourricière. Lorsqu'il était enfant, Léonard, à de nombreuses reprises, *vidait* le réfrigérateur. Il en sortait littéralement toute la nourriture qu'il renversait par terre. Il dit notamment qu'il « vidait » le lait... Il était accompagné de sa toute petite sœur de 2 ans et demi à l'époque, qui vivait cela dans la jubilation, alors que lui accomplissait ces actes dans une grande douleur. C'était l'époque où Léonard était très mutique. Il ne mangeait que très peu.

---

317. AVIV, N., *D'une langue à l'autre*, Swan Productions-ZDF-Transfax Films-Noga Channel 8-Dérives, 2004
318. *Ibid.*

Avec son thérapeute, il a rapproché le fait de vider le réfrigérateur du fait de refuser d'être nourri. On constate ici une dialectique du dedans et du dehors, entre le refuser d'être rempli par la nourriture (et par la voix du père) et le refuser de faire sortir sa voix (d'être vidé des souvenirs de sa mère).

Par ailleurs, concernant les viols subis, Léonard mentionne essentiellement des fellations, souvenirs traumatiques qui s'intègrent de manière évidente dans cette dialectique. Il aurait vécu ces agressions comme si on lui renfonçait sa voix dans la gorge, pour l'empêcher de parler. Ce traumatisme a engendré des douleurs au niveau des vertèbres cervicales et des angoisses face à certains gestes, mais également l'impossibilité d'user librement de sa gorge aujourd'hui, et notamment de chanter.

Je me demande pourtant si cette ambivalence des sentiments, des actions, qui est au cœur du discours de Léonard, n'aurait pas aussi favorisé sa survie. En effet, loin de l'univers finalement bienveillant qui a entouré Yianis, et lui a sans doute permis de ne pas subir un traumatisme définitif dans sa toute petite enfance, Léonard était dans un univers d'adultes quasi exclusivement hostiles, voire franchement pervers, à l'exception de son arrière-grand-mère.

Or taire la mère dans sa parole, tout en la faisant vivre au creux de la voix, en parlant secrètement comme elle, créait un équilibre fragile, mais réel, où vivre était possible. Est-ce la peur de la perte de cet équilibre qui a empêché si longtemps Léonard de rechercher sa mère une fois adulte ?

Et dans le cas des petites sœurs, parler permettait au contraire de les défendre des agresseurs. Donner de la voix contre la violence sexuelle, ce qu'il n'avait pas réussi à faire pour se sauver lui-même, lui a sans doute également permis de retrouver sa dignité, de recouvrer une forme d'intégrité physique, de ne pas courir à sa *propre* perte.

Même si le climat dans lequel ont été élevés Yianis et Léonard est très différent, on voit bien que ce sont les mêmes questions qui travaillent leurs récits. La langue maternelle est vécue comme allant de soi, coulant de source. Elle est tellement *naturelle* qu'en la parlant, on n'a pas l'impression de parler « une langue ». On parle. Simplement. Dans un sens, on pourrait dire que cette langue maternelle fusionne avec la voix, ne fait plus qu'un avec elle. Mais que se passe-t-il si les rouages se grippent, si un *désaccord* s'installe entre soi et la langue ?

Akira Mizubayashi et l'anti-naturel

Akira Mizubayashi est un écrivain japonais aujourd'hui bien connu des Français. Après quelques essais académiques écrits en japonais, il a en effet commencé à publier des ouvrages directement écrits en français. J'ai eu envie de lire *Une langue venue d'ailleurs* (Gallimard, 2011) parce qu'enseignant et aimant la langue japonaise j'étais curieuse de savoir comment cet écrivain japonais était en quelque sorte « tombé » à ce point dans le français. Sans doute pensais-je y trouver une forme de symétrie. Mizubayashi relate dans cet ouvrage comment il en est arrivé à apprendre la langue française alors qu'il était en dernière année de lycée en 1968, à cause du sentiment de honte que lui inspirait sa propre langue, qu'il jugeait dévoyée dans la bouche des étudiants contestataires. Il raconte comment son père, véritable homme des Lumières dans l'obscurantisme du militarisme japonais, a été son fidèle soutien dans cet opiniâtre apprentissage. C'est la raison pour laquelle, jouant sur les mots, il qualifie le français de « langue paternelle ». Curieuse de la voix que pouvait avoir Mizubayashi, je suis allée écouter sur le Net une de ses conférences intitulée *Vivre en exilé linguistique*. Plusieurs choses me frappent à l'écoute de sa voix et de son phrasé. D'abord il y a bien sûr cette remarquable prononciation du français. Puis la lenteur de son débit. Et puis il y a son accent du Midi (souvent erroné toutefois). Cela donne à l'ensemble de sa prestation quelque chose d'artificiel, de théâtral. Quand je l'écoute parler en japonais, sa voix et sa manière de s'exprimer sont beaucoup plus banales : Mizubayashi parle comme nombre d'intellectuels de sa génération, ni plus ni moins.

En français, il cherche de toute évidence le *naturel*, ou du moins *un* naturel : il semble jouer à l'intellectuel débonnaire originaire du Midi, dont il a adopté également les résonateurs. Toute personne désireuse de bien parler une langue recourt à l'imitation. Elle est nécessaire. Mais ici j'entends un peu plus que cela. Mizubayashi paraît avoir une jouissance à parler le français qu'il n'a pas lorsqu'il parle sa langue maternelle. Celle-ci apparaît particulièrement dans l'usage qu'il fait des expressions idiomatiques. On est toujours heureux lorsqu'on, apprend une langue, de savoir les utiliser à bon escient. Et à son goût pour ce type d'expression s'ajoute sa prédilection pour une figure de rhétorique bien précise : la périphrase.

Pourtant j'éprouve une forme de malaise devant cette impressionnante habileté. Mizubayashi, tel qu'il apparait en public et dans ses livres, a réussi à créer un personnage de Japonais atypique, qui a su séduire les Français. Mais si l'on ne se laisse pas abuser par les charmes de l'exotisme, on y reconnaîtra aisément une forme de haine de soi. Sa prestation orale reste un faux-semblant. En effet, son image d'Épinal d'un français républicain induit en creux non seulement la mort de sa langue maternelle, mais également la mort tout court. C'est un français momifié, celui du beau style et des « compositions françaises », que l'on retrouve dans ses ouvrages. Mizubayashi ne semble pas connaître les zones grises, les allers et retours, typiques des personnes qui naviguent entre plusieurs langues.

Si Edward Saïd revendique la position de l'entre-deux mondes, ce dont témoignent la prose et le style de Mizubayashi en français est exactement l'inverse : il s'agit d'une substitution. Mizubayashi remplace le japonais par le français, et le Japon par la France. Il ne les associe pas. Ce que crie son discours, c'est son refus de reconnaître sa double appartenance, la circulation positive que nous évoquions dans le cas de Yianis. Il se représente d'ailleurs le plus souvent comme original dans son pays, isolé, comme s'il s'était *fait* lui-même. Il n'a d'ailleurs que peu traduit, il ne cherche pas à être un passeur. Tel un néo-Narcisse, il se contemple dans le miroir de *son* français.

Du coup, cette langue qu'il qualifie de « paternelle » se définit par un déni, celui de son appartenance à la mère, mère dont Mizubayashi ne parle pratiquement pas. Depuis ce mouvement de défiance à l'égard de sa propre langue qu'il a éprouvée lorsqu'il était tout jeune homme, il manifeste un refus de cette fameuse langue *naturelle* que nous évoquions plus haut et, en ce sens, sa recherche du *naturel* lorsqu'il parle français est hautement symbolique.

À l'opposé, le récit de Driss témoigne au contraire d'un ancrage dans l'espace, revendiqué et fertile.

Driss ou la continuité

La première chose qui me frappe à l'écoute du récit de Driss, c'est l'extraordinaire cohérence de sa vie. De toutes les personnes que j'ai interviewées, Driss est celui qui s'inscrit le plus dans une *lignée*, à différents titres, et son récit pourrait presque s'intituler « l'anti-trauma ».

Il est né en 1983 au Liban de deux parents libanais. Il est arrivé en France en 2003 pour poursuivre ses études de philosophie et il est actuellement chargé de recherche au CNRS.

Ses deux parents, de familles chrétiennes, viennent de villages du nord du Liban, mais sont issus de milieux distincts : paysan pour le père, et petit commerçant pour la mère. Les deux ont néanmoins fait des études et se sont connus sur les bancs de l'université, dans le cadre des Jeunesses communistes. Driss est le cadet de trois frères et il a le sentiment d'avoir été choyé. Lors de sa naissance, en pleine guerre, sa grand-mère et son oncle maternels vivaient également avec eux à Beyrouth. Comme ses deux parents travaillaient, Driss a fréquenté une garderie, puis la même école religieuse depuis la maternelle jusqu'à la terminale.

La famille de Driss est très politisée. En effet, le père a tôt arrêté ses études de mathématiques pour devenir cadre du Parti et toute la famille est passionnée par la politique. Cet engagement politique familial aurait permis à Driss de traverser la guerre sans aucune crainte. Il n'a jamais vu ses parents avoir réellement peur. Ils lui donnaient l'impression de comprendre et de gérer avec sang-froid les situations délicates.

Driss a fait sa thèse en France et y a vite trouvé du travail. Il effectue des allers et retours fréquents au Liban. Il estime que la vie quotidienne dans son pays natal lui manque de moins en moins et que ses voyages annuels lui suffisent.

La situation linguistique de Driss est quasiment inchangée depuis sa petite enfance. En effet, si l'arabe était bien sa langue maternelle, parlée à la maison, il a toujours été mâtiné de français, car ses deux parents ont été élevés de la même manière que lui, en fréquentant des écoles religieuses francophones. Si le français n'était pas la langue maternelle, c'était donc tout de même une langue extrêmement familière. Toutefois sa grand-mère lui racontait des histoires en arabe libanais et son oncle lui récitait des poèmes en arabe classique. À l'école, il pratiquait à la fois le français et l'arabe, dans un environnement serein, car il était conscient dès le début que, non seulement tous les élèves étaient dans le même cas que lui, mais les professeurs aussi. En revanche, si l'arabe littéral est la langue de ses sources, son travail académique se fait soit en français, soit en anglais. Enfin, sa vie affective se passe en français.

On peut donc dire que la famille de Driss pratique un plurilinguisme heureux, comme c'est le cas dans de nombreux pays du monde. On pourrait même parler de tétraglossie[319], car, en fin de compte, on pratique dans la famille les quatre types de langage : si l'on se permet une exagération, on peut en effet esquisser que l'arabe libanais est le vernaculaire, l'arabe standard le véhiculaire, le français le référentiaire et l'araméen le mythique !

Mais à ces différentes langues se superposent différents usages familiaux de la voix qu'il faudrait peut-être qualifier, par extrapolation, de *tétraphonie*. En effet, Driss qualifie la voix de sa grand-mère de rauque, avant de préciser qu'il veut dire, en fait, « éraillée ». Concernant sa mère, il dit qu'elle est plutôt taiseuse, assez timide, et parle d'une voix calme, au débit régulier. Elle est cependant susceptible de s'enflammer dans les débats familiaux. Le père, cadre politique, manifeste une grande maîtrise de l'art oratoire. Il est habitué à prendre la parole en public et sa voix, bien posée, a une autorité naturelle. Se dessine en creux une sorte de quartet, où chaque membre de la famille a une voix au rôle défini dans l'économie familiale : la grand-mère pour l'intime, la mère pour le pratique, le père pour le savoir, l'oncle pour l'art…

Driss lui-même parle d'une voix chaude, assez grave, posée et sans beaucoup d'inflexions. Il aime chanter et chantait souvent lorsqu'il était adolescent dans les camps de scouts, en s'accompagnant de l'oud. Il chante toujours, plutôt quand il est seul, des chansons de Fairouz ou encore des chansons françaises comme celles de Brassens que les parents écoutent eux-mêmes et qui ont bercé son enfance et sa jeunesse.

Une formidable continuité *naturelle* se dégage de son récit. Études et métiers équivalents, mêmes opinions et manières de s'exprimer : peu de personnes donnent autant l'impression d'adhérer à ce point au schéma parental. Driss n'a pas eu, en apparence, grand-chose à faire pour s'inscrire dans ce parcours de vie.

Le village est central dans sa vie, dans celle de son père et plus largement de sa famille. C'est celui dont son père est originaire. La géographie du Liban permet à la famille d'y retourner très souvent. Son sentiment d'y appartenir est très fort, même s'il a conscience d'être aujourd'hui en décalage avec ses habitants. Driss raconte que ces villageois se comportent toujours comme s'il n'était jamais parti. Quand il y revient, ils ne lui demandent jamais comment il va ou ce qu'il peut bien faire, mais lui proposent juste de passer le soir à la maison, comme si de rien n'était. Il a toujours sa place au village et parmi eux, si longtemps que dure son absence.

319. GOBARD Henri, *L'aliénation linguistique (analyse tétraglossique)*, Paris, Flammarion, 1976.

Les rapports au lieu d'origine, quand il s'agit d'un village et pas d'une grande ville, sont rarement simples, or dans le discours de Driss tout a l'air formidablement harmonieux... Cela me semble du coup suspect. En outre, la continuité spatiale du village vient en écho à une autre : Driss est allé à l'école dans l'établissement où sa mère travaillait. Cette concaténation et cette porosité, de tous les lieux de sa vie, semblent venir former une sorte de cocon. On pourrait dire en somme que les lieux qui, pour Yianis, étaient fondamentalement opposés, jusqu'à ce qu'il puisse établir un lien entre eux lors de la visite de la mère, sont intrinsèquement unis pour Driss et n'ont jamais été divisés. Pourtant je sens dans sa voix si uniforme, si toujours semblable, quelle que soit la langue ou la situation, une carapace, qui m'incite à chercher une faille. De quoi se protège-t-il ? Tout cela n'est-il pas un peu *consanguin* ? Cette circulation qui m'a parue, dans un premier temps, exemplaire ne serait-elle pas en fin de compte labyrinthique ?

Driss a gardé son accent libanais, et notamment son trait le plus saillant, le « r » roulé, alors qu'il sait très bien prononcer le « r » français. Il parle de la même manière en arabe, en français et en anglais et c'est justement un choix qu'il a fait. Il le dit d'ailleurs. Où qu'il aille, quoi qu'il fasse, il manifeste publiquement qu'il est ce même Driss.

Driss est homosexuel. Il sait qu'il n'aurait pas pu vivre sa sexualité de manière aussi simple au Liban qu'en France. Ses parents sont ouverts. Ils l'acceptent et le reçoivent avec son compagnon, mais cela ne se dit pas facilement en public. Vivre en France est une solution qui protège un peu tout le monde. Et Driss peut parler librement de sa sexualité ici avec sa voix de *là-bas*. Il suffisait de déplacer ailleurs ce qui, littéralement, détonnait dans cette belle symphonie familiale. Mais en le déplaçant et en *se* déplaçant, ne vient-il pas cloisonner ce parcours apparemment linéaire, en d'autres termes, ne sort-il pas de sa lignée ?

Le sentiment d'une circulation fluide entre les lieux, les instances, les voix, les langues peut seul atténuer les traumatismes éventuels de la désunion d'avec le monde de l'enfance heureuse ou fantasmée comme telle. C'est cette circulation qui a permis la guérison de Yianis, c'est son absence qui a presque tué Léonard, c'est à elle encore que s'oppose Mizubayashi, c'est avec elle que s'est construit Driss pour finalement peut-être s'en extraire.

Construire son identité vocale

Quel que soit le rapport que l'on entretient avec son lieu d'origine, quelle que soit la qualité des relations qui nous lient à nos parents, on porte en soi la trace de la voix des autres. L'exil, bien que venant ajouter une strate vocale supplémentaire par le biais de la langue nouvelle, ne masque jamais complètement le substrat originel. Celui-ci peut être d'ailleurs revendiqué, mais même lorsqu'il est honni, il reste potentiellement actif.

On se constitue au fil du temps une identité vocale. Dès l'enfance, mais souvent de manière plus consciente à partir de l'adolescence, on choisit d'adhérer à, ou au contraire de bannir, certains modèles vocaux. Mais y parvient-on ? Et que fait-on de son accent, cet élément qui s'invite dans la voix sans qu'on l'ait forcément souhaité ?

Le territoire de l'exil, qui n'est ni le territoire spatial que l'on a quitté ni le nouveau lieu dans lequel on vit, est un territoire qui naît de leur confrontation, et sans doute de leurs deux fantasmes, un territoire *entre*, fictif, impalpable, dont l'accent est la manifestation.

Si l'on convient avec Deleuze que l'on est tous multilingues dans sa propre langue, *tétraphones*, on comprendra que le jeu des accents est le fait de tous. Loin d'être un phénomène sociolinguistique banal, *l'accent* serait à considérer également d'un point de vue psycholinguistique : le sujet s'approprierait de manière plus ou moins habile et délibérée cette manifestation vocale de l'espace imaginaire pour l'intégrer à son identité

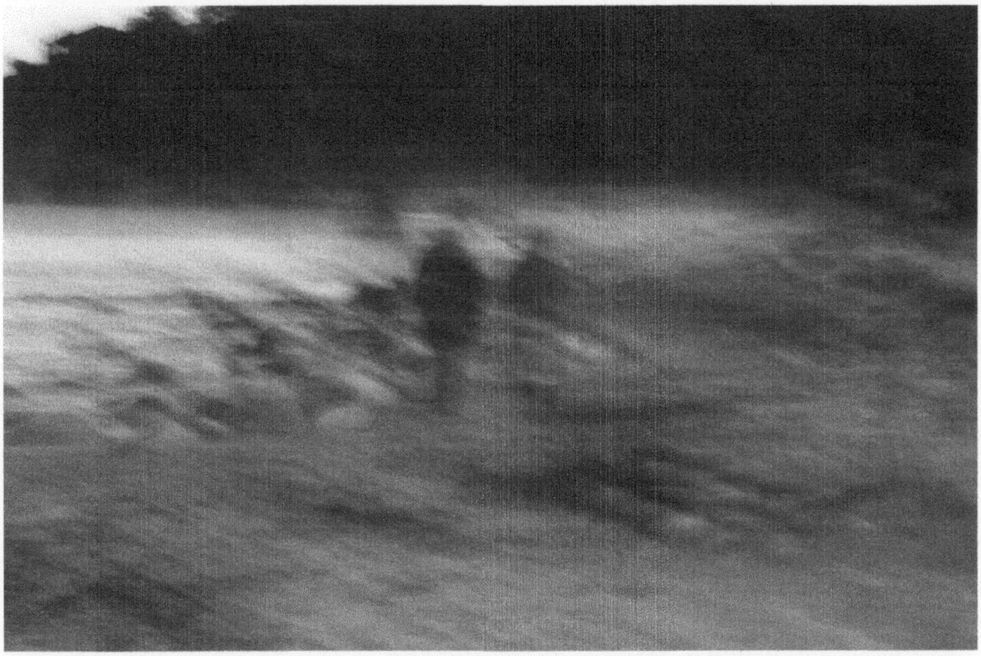

MITIA (Dimitri Repérant). *Walking on the Moon*. Corse, France. 2018.

Cette grande pièce à vivre
Pleinement inondée de soleil métissé des verres de ma grand-mère
Plein sud sur l'éclat du cristal universel !
Et ce Bouddha au centre qui regarde au loin, protège et salue les larmes.
À l'autre bout de la pièce, les assises accueillantes et molletonnées lui tournent le dos mais… se blotissant contre elles : la bibliothèque
Séparant cette pièce en deux
Moment de vie, d'union, de partage : à table !

Béatrice Foucault

Texte écrit en Atelier d'écriture de Valéry Meynadier

Portière fermée. Clefs dans la serrure. Musique enclenchée. Se confiner. Comme bien avant l'heure. Couper de toutes les stimulations extérieures. Revenir à soi.
Poussières. De la terre, du ciel. Partout. Déposée. Un coup de doigt. Marquer sa présence.
C'était comme un besoin d'air, pris dans un lieu clôt.
Une pause, un instant d'éternité dans un tumulte.
Soleil, chaleur. Derrière les vitres on se serait cru en plein été. Mois de mars entamé.
L'odeur imprégnée. Les cafés versés, les chiens en retour de promenade, le bébé nouveau né, la transpiration dans les bouchons.
Entre Terre et Ciels. Suspendue.
Les larmes coulaient – elles coulent toujours en ce lieu.
Vidanger le trop plein. Ressourcer le cœur.
Il a fallu reprendre son souffle pour ne pas se noyer.
Petite Alice se laisse porter.

Eva Arnaud

Texte écrit en Atelier d'écriture de Valéry Meynadier

Déborah CHOCK. *Le Carnaval des mots 2, « ils vont… »*. Huile sur chiffon. 50 x 50 cm. 2019.

La thérapie, une terre d'accueil pour Andréas

Béatrice FOUCAULT

Introduction

La voix est un outil de communication, donc un vecteur de lien social. Depuis mon plus jeune âge, la voix et le chant représentent pour moi un moyen d'entrer en relation avec le monde, d'exprimer mes sentiments. Devenue chanteuse professionnelle, j'ai partagé mon vécu émotionnel sur scène. Mais, au fil du temps, le caractère aléatoire du statut d'intermittent du spectacle m'a éloigné de la scène musicale.

Ma rencontre avec une psychothérapeute m'a alors donné une idée de réorientation professionnelle : Gestalt-thérapeute du lien. Cette activité a un point commun avec le chant, la voix, les mots. Le timbre de voix d'une personne est révélateur de son état psychique.

Le présent article est issu du mémoire réalisé pour l'obtention d'un diplôme universitaire « Voix et symptômes-Psychopathologie et clinique de la voix » à Paris 7. J'ai choisi de décrire un cas clinique rencontré dans l'exercice de mon activité, celui d'Andréas (prénom anonymisé).

De manière répétitive, les relations qui croisent sa route sont trop souvent toxiques et emmêlées dans ses conflits psychiques. Dans une recherche effrénée de terre d'accueil protectrice, Andréas s'exile, change de pays, tentant de fuir sa langue maternelle. La psychothérapie est une rencontre décisive où le transfert peut enfin s'accomplir et où l'espace des maux prend sa place dans une thérapie par la voix et la parole.

L'objet de cet article est de présenter le parcours de soins mis en place pour Andréas afin de réduire une souffrance provoquée par l'illusion inopérante de la fuite à l'extérieur, alors que le conflit est ancré à l'intérieur.

La double méthode employée, entre pulsion invocante et pulsion scopique, va permettre d'obtenir un résultat de mieux-être pour Andréas, où Gestalt et travail par la voix constituent un chemin interne par soi et vers soi.

Au fur et à mesure des séances, tant en individuel qu'en groupe, les conflits internes d'Andréas vont se dissiper progressivement. Allégé d'un poids éprouvant et coûteux sur le plan de la santé psychique, il recouvre une capacité de choix plus libre et renoue avec sa langue maternelle de manière pacifiée.

Les conditions de la rencontre

La rencontre

En septembre 2014, je rencontre Andréas, 27 ans, né en Allemagne. Son médecin traitant lui a conseillé d'entamer un travail psychothérapeutique et lui a donné mes coordonnées.

Lorsqu'il me contacte pour une prise de rendez-vous, je distingue une voix presque sans timbre. Andréas semble cependant impatient de me rencontrer.

C'est un jeune homme élancé, un peu bohème ; il a les yeux bleus et un teint clair encadré de cheveux courts châtain clair.

Je perçois chez lui à la fois de la lassitude et de l'agitation ; il parle quelquefois la mâchoire serrée, ce qui contraste avec le large sourire qu'il affiche par ailleurs. Son débit de parole s'accélère parfois dans des phrases courtes ponctuées soit de silence, soit de tension corporelle.

Il se dit fragilisé mais refuse cependant les antidépresseurs que son médecin traitant lui prescrit pour soulager des manifestations dépressives légères et transitoires.

Il est attiré par l'humanisme et la pratique de la méditation. Il a commencé une formation de naturothérapeute, qu'il a abandonnée pour s'engager dans une autre formation, celle d'assistant de direction trilingue.

J'ai le sentiment qu'il attend beaucoup de moi. Dès la première entrevue, deux questions se posent : où est-il et quel est son désir ?

Le dispositif

Je reçois Andréas à mon cabinet en tant que Gestalt-thérapeute et professeure de voix. Un rendez-vous est fixé à raison d'une fois par semaine en thérapie individuelle. Les entretiens sont de type psychodynamique, en face à face, d'une durée d'une heure. Par la suite, Andréas pourra intégrer, s'il le souhaite, un groupe d'expression par la voix chantée.

La demande

Plusieurs rencontres sont nécessaires pour qu'Andréas énonce ses demandes principales : se reconstruire, pouvoir finir ce qu'il entreprend, se libérer des blocages qui limitent son expression artistique, trouver sa place dans la société, pouvoir dire ce qu'il ressent sans crainte, avoir davantage confiance en lui, être moins stressé pour mieux diriger ses choix, comprendre son angoisse.

Le cas d'Andréas

L'anamnèse

Andréas a quitté son ancien emploi car il était victime de harcèlement. Cette situation a entraîné une dépression qui a justifié une hospitalisation en milieu psychiatrique pendant vingt jours. N'ayant plus de travail, il n'a pas pu réintégrer son domicile et a été pris en charge temporairement par un centre d'hébergement et de réinsertion sociale. Celui-ci lui a permis d'obtenir un appartement. Il a peur de retourner dans le monde du travail à cause de sa mauvaise expérience passée.

Titulaire du RSA, Andréas est en grande précarité, et il vit dans une solitude sociale. Toute sa famille réside en Allemagne et il n'est plus en contact avec ses ex-collègues de travail. Sa qualité de sommeil est fortement altérée par des cauchemars récurrents. Il se sent perdu, vulnérable, désorienté. Il est inhibé, bloqué dans ses questionnements et très angoissé.

Une histoire familiale chargée

Andréas est né en Allemagne en 1988. C'est un enfant désiré. L'accouchement nécessite une césarienne, mais il avale du liquide amniotique. Il est tout de suite séparé de sa mère et placé en couveuse.

Dès l'âge d'un an, il développe une dermatite sur tout le corps. À 11 ans, il rechute. Son cou est rouge, sa peau est atopique et entièrement couverte d'eczéma, ce qui entraîne des moqueries de la part de ses camarades de classe, dont il reste en retrait.

Lorsque Andréas est âgé 2 ans, sa mère est nourrice à domicile. Elle garde cinq enfants en bas âge. Il est amené très tôt à se passer d'elle.

Il a deux frères dont il est l'aîné. Sa mère accouche de son premier frère le jour de ses 5 ans. Ils ont donc la même date d'anniversaire.

Il reste en Allemagne jusqu'à ses 20 ans. Il est titulaire d'un baccalauréat et réside en France depuis 2008.

– ***Les parents***

- *La mère d'Andréas*

Andréas décrit sa mère comme une femme impulsive et intransigeante, colérique et explosive. Il qualifie sa relation avec elle de « fusionnelle. »

Elle prétend être sa meilleure amie. Elle lui fait régulièrement des confidences intimes, lui délivrant, à 11 ans, des secrets de famille et lui parlant de ses frustrations conjugales. Ces confidences sont accompagnées de reproches : pour elle, c'est la naissance d'Andréas qui l'a empêchée de suivre des études.

- *Le père d'Andréas*

Le père est décrit comme beau, ambitieux et très intelligent, avec un QI de 140. D'abord salarié d'une entreprise où il a débuté en tant que dessinateur, il s'occupe ensuite du développement des machines. Puis, il est nommé chef de l'équipe des dessinateurs industriels.

Andréas dit de son père qu'il est relativement absent, effacé, manquant d'autorité. À l'adolescence puis jeune adulte, il réussit néanmoins à construire avec lui *« une belle relation complice. »*

En 2006, il fait une tentative de suicide en avalant des médicaments, consécutivement à un épisode dépressif caractérisé ce qui entraîne son hospitalisation.

– *L'ambiance familiale*

Andréas grandit dans un climat d'angoisse constante provoquée par les disputes quotidiennes de ses parents. Il a peur d'être responsable de leur mésentente. Ce sentiment est renforcé par l'attitude de sa mère qui lui reproche d'être à l'origine de ces tensions. Elle lui demande de transmettre des messages à son père quand elle refuse de lui parler.

En qualité d'aîné, il est très tôt responsabilisé, subissant régulièrement l'injonction maternelle de montrer l'exemple à ses frères.

Dépositaire de l'histoire de vie sexuelle de sa mère, notamment victime d'attouchements dans sa jeunesse, Andréas apprend par celle-ci que son père est le fruit d'une relation incestueuse entre sa grand-mère paternelle et le frère de cette dernière. Cette position de savoir est très inconfortable et anxiogène pour lui.

Fuyant cet environnement qui a installé un mal-être permanent, Andréas quitte la maison familiale peu avant ses 18 ans pour s'installer seul dans un appartement qu'il finance en travaillant dans un bar, tout en préparant son baccalauréat.

Les départs... à la recherche de la terre d'accueil

Après l'obtention de son bac, Andréas part pour la France. C'est à La Rochelle qu'il effectue un stage de quatre mois en tant que standardiste et assistant de secrétariat. Cette expérience lui permet d'améliorer rapidement son niveau de français.

À l'issue de ce stage, il rentre chez lui. Puis, il obtient un autre contrat saisonnier comme serveur dans un restaurant pour l'été suivant, occasion pour lui de quitter à nouveau l'Allemagne, de faire le point et de *« recommencer sa vie »* en France.

Au printemps suivant, il décide d'entamer, à pied, le pèlerinage de Saint-Jacques-de-Compostelle. Chemin faisant, il perfectionne son espagnol, fait de nombreuses rencontres avec des personnes de tous les pays, aux croyances diverses et de professions différentes. Il rencontre une jeune femme qu'il suit à Alicante, où il reste trois mois.

Cette expérience lui permet de se découvrir des facilités de contact grâce à ses connaissances en langues étrangères (anglais, français, allemand et espagnol), et une ouverture aux autres qu'il ignorait. Il part en Inde pendant cinq mois, où il découvre la culture du pays.

De retour en France, enrichi de ses expériences, il ressent le besoin de trouver une voie professionnelle en lien avec ses intérêts. Une question fondamentale perdure en lui : « Pas de place pour mon désir ? » Lors d'une séance, il avouera : « *Il n'y a pas de place pour des gens, artistes comme moi, dans cette vie.* »

L'analyse

L'échec et le manque

Les multiples tentatives d'Andréas sont des demandes de vie qui expriment un besoin, celui d'une réussite sociale. Peut-il être socialement reconnu et s'épanouir comme artiste ? Toutes ses tentatives échouent, ce qui le confronte au manque, provoquant une réaction d'angoisse, *« signal du réel*[320]. »

Ce manque, par lien signifiant, peut renvoyer ici à la naissance d'Andréas. Face à une demande actuelle à effet de manque, donc sans réponse, un déplacement rétrograde va s'opérer sur la chaîne signifiante et rendre présente la demande primaire du nourrisson mis dans l'impuissance de satisfaire seul ses besoins élémentaires et primordiaux.

Cette impuissance constitue une impression inaltérable. Dès sa naissance, Andréas est confronté, par sa mise en couveuse, au manque fondamental : la non-réponse de sa mère. Cette non-réponse initiale ne permettra pas l'édification du trait unaire par la mère, *« signifiant premier*[321]. »

La mise à mal de la voix et de la parole

Très jeune, Andréas intègre l'injonction à la fois de se taire face à sa mère et de transporter la voix supposée de sa mère à son père par le biais de messages : « Tu diras à ton père que... va dire à ton père que... » Son désir enfantin d'être aimé d'elle est très présent et, par conséquent, il s'exécute. Pour autant, sa mère, une fois le père revenu vers elle, rejette à nouveau Andréas.

Face à ce double message de la part de sa mère, Andréas ne peut donner une place à ses propres désirs. Il en gardera une peur de décevoir l'autre en permanence.

L'enjeu du symptôme : un bénéfice ?

L'enjeu du symptôme serait de lutter contre « *la tyrannie de la mémoire*[322]. » Pour ce faire, l'angoisse est un signal apporté par le préconscient qui prévient le

---

320. LACAN, J., *Le séminaire*, Livre X, *L'angoisse*, Paris, Seuil, 2004, p. 185.
321. LACAN, J., *Le séminaire*, Livre XI, *Les 4 concepts fondamentaux de la psychanalyse*, Paris, Seuil, 1973, p. 231.
322. LACAN, J., *Le séminaire*, Livre VII, *L'éthique de la psychanalyse*, Paris, Seuil, 1986, p. 263.

sujet que le réel s'approche de son Moi. Mais ce Moi ne veut pas l'affronter, car il sera face à une reconnaissance qui peut être insupportable. C'est *« un signal qui se produit à la limite du moi quand celui-ci est menacé par quelque chose qui ne doit pas apparaître*[323]. » L'inhibition d'Andréas serait alors la solution défensive pour s'éloigner du danger.

Tout l'enjeu thérapeutique sera d'utiliser la force du symptôme dans cette possibilité de modifier le Moi d'Andréas et de lui donner une autre voie, déchargée de souffrance. D'ailleurs, il dit : *« C'est l'incompétence de l'autre qui me sert à être responsable, valorisé, et en même temps, c'est cher payé. »*

Le transfert du père

Andréas va rapidement opérer un transfert sur moi. Dans cet espace, son père est omniprésent. En effet, avec lui, il peut avoir des discussions fécondes et une place où sa parole peut circuler et où il est écouté.

Dans cette position de transfert, je deviens quelqu'un à qui il peut parler. Andréas me place, ici, en position parentale, dans un ***« automatisme de répétition***[324]***. »***

J'apprendrai plus tard que les discussions père/fils sont focalisées sur le travail paternel. Ainsi, Andréas échoue à faire part du message de la mère. La discussion demeure stérile, bien qu'agréable.

Le côté agréable est ce qu'il détient en lui, en s'identifiant à son père, artiste-peintre amateur, plus ou moins dépressif, qui dit très souvent qu'il n'y a pas de place pour des gens comme lui dans cette vie. Cette identification aux symptômes du père rappelle cette phrase qu'il a prononcée à son propre sujet en début de thérapie.

La prise de conscience que ces mots sont les maux de son père lui permettra de libérer ses émotions de tristesse et d'entamer une « séparation » de la voix incorporée du père.

Le transfert de la mère

Andréas me choisie en tant que thérapeute femme, pour faire « un transfert mère » et reprendre quelque chose qui se serait joué à un certain moment de sa vie avec elle. Mais, c'est un jeu empêchant et perturbant une maturation psychique et le maintenant sous son emprise en l'humiliant, en projetant sur lui ses propres peurs, ses incapacités à s'occuper de lui.

Andréas peut être conscient alternativement de ses désirs et de ses peurs, mais il peut aussi avoir de la difficulté à les considérer simultanément et à sentir le tiraillement dans lequel il est pris. Il me semble important de devenir, au fur et à mesure de son parcours thérapeutique, une mère idéalisée qui est supposée savoir, qui entend et vérifie, puis qui ne sait pas et se désaccorde, se réaccorde et revérifie ses hypothèses.

---

323. LACAN, J., *Le séminaire*, Livre X, *L'angoisse*, *op. cit.*, p. 140-141.
324. LACAN, J., *Le séminaire*, Livre VIII, *Le transfert*, Paris, Seuil, 2001, p. 208.

Andréas n'a jamais pu aller vers son propre désir. Quelque chose d'incestueux s'est produit avec sa mère, l'investissant de sa parole et l'envoyant à sa place vers le père. Adolescent et même préadolescent, il n'a pas eu l'occasion de se désaccorder.

Résonance et contre-transfert

Déborah CHOCK. *Le Carnaval des mots 3*, « *Nous nous Approch'Âmes* ». Technique mixte sur chiffon. 25 x 32 cm. 2019.

Mes parents sont des expatriés d'Haïti, ancienne dictature. Ma mère a fait l'épreuve de la peur panique pour ses enfants. Cette peur est ce qui a poussé mes parents à fuir leur pays.

Je suis née en France, mais une partie de cette panique maternelle m'est transmise de manière inconsciente.

C'est au fur et à mesure des rencontres et de la parole posée dans l'espace de thérapie avec Andréas que je découvre l'importance de mon contre-transfert : mes parents fuyant une terre hostile.

Andréas a quitté son pays, sa « matrie », et a choisi la France et la langue française pour se séparer de sa mère. Ce faisant, il place sa mère en échec de le comprendre.

Je suis arrivée de Marseille en Alsace, étrangère à mon tour.

Andréas vient chercher une terre d'accueil dans l'écoute que je lui propose en tant que gestalt-thérapeute du lien, où le mot *Gestalt*, terme allemand, est d'abord la seule attache à sa langue maternelle.

Quant à moi, ma langue maternelle, le créole, m'a été interdite, mes parents ayant peur qu'à l'école, leurs enfants connaissent des difficultés d'intégration, notamment sur le plan de l'expression écrite et orale de la langue française.

Ma réflexion sur mon contre-transfert m'amène alors à me documenter sur cet aspect culturel. L'Alsace est divisée, par son histoire, entre la France et l'Allemagne. Il est dit, en Alsace : « Il y a l'Alsace et à côté… la France de l'intérieur. » Le dialecte alsacien est proche de la langue allemande.

En quête d'une écoute d'accueil, Andréas serait-il venu chercher, dans cet espace alsacien, la possibilité de renouer avec sa terre natale, *« un trait unaire*[325] *»* de langue maternelle pour trouver sa voie, son épanouissement ?

Le diagnostic : l'angoisse, l'accusée principale ?

Une inhibition angoissante

Andréas semble inhibé, empêché, ce qui indique une possible implication dans un registre pathologique angoissant. Freud rappelle d'ailleurs que l'inhibition est liée à l'angoisse[326].

Andréas est immobilisé dans plusieurs domaines artistiques et ne peut finir ce qu'il commence. Le conflit se profile entre son Surmoi, qui sait pourquoi il ne finit pas ce qu'il entreprend, et son Ça, qui le pousse à finir son œuvre, à réussir et à jouir de sa création.

Le Moi d'Andréas reste prisonnier du conflit entre ces deux instances. Son Moi semble chercher à éviter un conflit surmoïque et, par conséquent, se positionne dans une inhibition de compromis défensif. Cet évitement fait symptôme, qui

---

325. LACAN, J., *Le séminaire*, Livre XI, *Les 4 concepts fondamentaux de la psychanalyse*, *op. cit.*, p. 231.
326. FREUD, S., *Inhibition, symptôme, angoisse*, Paris, PUF, coll. « Quadrige », 2002, p. 1.

serait donc le signe d'un refoulement. Chez lui, le plaisir se transforme en déplaisir, ce qui est le propre du signal de l'angoisse. Cette angoisse n'est pas sans objet, même s'il est non apparent. Cet état non apparent dans son objet et son signifiant est le signe du contrôle du Moi qui interdit un accès à la conscience.

L'angoisse est fortement suspectée d'être impliquée dans le mal-être d'Andréas. Pour la débusquer et en nommer les éléments constitutifs, il faut oser affronter le réel.

Le réel clinique

Pour Lacan, « *le réel, c'est ce qui ne peut pas se dire*[327] » ; mais il s'exprime autrement. Par le cheminement intemporel et instantané qui s'opère sur les maillons de la chaîne signifiante, le réel du présent actualise douloureusement le réel du passé. Cette collision fait une mise à jour et au jour et, par conséquent, un symptôme dû à la « duplicité » et à une demande à effet de manque.

Quelle duplicité du symptôme ?

La duplicité, c'est la rencontre du présent et du passé. C'est cette rencontre qui est douloureuse pour le Moi, car elle fait vivre le présent au passé conservé.

Le conflit actuel

Andréas ne termine pas ce qu'il commence et il voudrait être reconnu comme un artiste accompli. Cette situation d'incapacité provoque chez lui beaucoup de tristesse et un état dépressif. Il ne trouve pas de travail stable qui pourrait lui correspondre.

Son Moi subit alors une attaque injuste car son errance professionnelle engendre de la frustration et de la rage. Cette colère, cette rage, apparaît parfois en séance, notamment à travers le son de sa voix. Mais, en réalisant des associations avec son passé, il va commencer à prendre conscience qu'il aurait aimé pouvoir adresser cette rage à sa mère.

Cette prise de conscience est intéressante car elle va permettre d'engager l'amorce d'un travail thérapeutique capable de faire émerger les conflits. Cette émergence est nécessaire pour aborder et comprendre le symptôme dans sa « duplicité. »

Le conflit ancien

Le placement en couveuse après la naissance d'Andréas l'a séparé de sa mère. Le détachement naturel d'avec la mère fait mal. C'est là un premier « *point d'angoisse*[328]. » Ici prend source *« le trait unaire »*[329] qui, comme un trait d'affect installé

327. LACAN, J., *Le séminaire*, Livre X, *L'angoisse, op. cit.*, p. 90.
328. *Ibid.*, p. 266.
329. LACAN, J., *Le séminaire*, Livre XI, *Les quatre concepts fondamentaux de la psychanalyse, op. cit.*

très tôt, va laisser un impact qui ne demande qu'à se réactiver au gré d'évènements de vie. Mais, ce « trait unaire » sera installé sur une base instable non sécurisante.

Andréas est devenu le confident de sa mère. Il fait le lien entre ses parents quand ils se disputent. Cependant, lorsqu'ils se réconcilient, il est dépossédé de cette réussite et au lieu de remerciements, il reçoit des reproches.

Aîné de la fratrie, préféré du père (il peint comme lui), il a de longues conversations philosophiques avec lui. Ces moments d'intimité déplaisent fortement à sa mère et sont l'objet de disputes. Il devient le rival à écarter.

Ses deux frères pratiquent la même activité sportive, le canoë-kayak. Andréas est le meilleur et obtient une médaille lors d'une compétition. Cependant, ses deux frères sont jaloux de lui. Devant cette situation, Andréas arrête la compétition pour devenir assistant de son entraîneur. Il s'interdit de réussir et demeure dans un rôle d'assistant.

Les liens signifiants

L'histoire de vie d'Andréas et les matériaux cliniques obtenus en séance permettent de comprendre quels sont les liens signifiants qui actualisent un réel passé dans le réel présent. L'inconscient autorise une traduction, qui est « *le signifiant*[330]. » Pénétrer le signifiant, c'est commencer à pénétrer l'inconscient et son mystère, car « *le symptôme ne s'interprète que dans l'ordre du signifiant*[331]. »

Andréas s'empêche de réussir, de finir ce qu'il entreprend, alors qu'il en a les capacités intellectuelles. En séance, les mots de sa mère lui reviennent : « *Si tu n'étais pas né, j'aurais pu faire des études !* » Sa naissance vient s'opposer au projet maternel, ce qui le culpabilise.

Son Surmoi a conservé les mots maternels de reproche, ce qui l'inhibe dans ses projets. Ce passé s'actualise dès qu'il entreprend une action qu'il peut réussir. Cela montre parfaitement que « *l'inconscient, c'est le discours de l'autre*[332]. »

Réussir, c'est pour lui la confrontation avec un Surmoi sévère, juge de castration, qui surveille, lui renvoie une charge culpabilisante et le condamne à une terrible sanction : ne pas réussir. Ne pas réussir, c'est protéger la mère. Tous les projets d'Andréas seront placés devant ce dilemme : réussir ou pas. Dans les deux cas, c'est un sacrifice douloureux qui s'opère.

Le travail thérapeutique

L'alliance de deux formes de thérapie

Le travail de psychothérapie que je propose à Andréas prend deux formes parallèles : la Gestalt-thérapie et le travail par la voix.

Quand il n'est pas en capacité de dire les mots directement, ils arrivent plus tard, petit à petit, à leur rythme, puis ils s'élaborent avec l'aide des associations libres,

330. LACAN, J., *Le triomphe de la religion*, Paris, Seuil, 2005, p. 22.
331. LACAN, J., *Écrits*, Paris, Seuil, 1966, p. 234.
332. *Ibid.*, p. 16.

alors disponibles. Quant à ses émotions, s'il ne peut les exprimer et les vivre dans l'instantanéité, elles trouvent une voie d'acheminement vers la conscience par le travail de la voix chantée.

La Gestalt-thérapie : définition

« Gestalt » vient du verbe allemand *gestalten,* signifiant « mettre en forme, donner une structure. » Cette psychothérapie a été inventée dans les années 1950 aux États-Unis, par le docteur Friedrich Perls. Elle est arrivée en Europe dans les années 1970.

La Gestalt-thérapie s'inscrit dans le courant de la psychologie humaniste, existentielle et relationnelle. Elle vise à développer l'autonomie, la responsabilité, la créativité et l'épanouissement du patient.

Le courant spécifique auquel je me suis formée est la PGRO (psychothérapie gestaltiste des relations d'objets), appelée également la « psychothérapie du lien ».

Dans le travail entrepris avec Andréas, l'attention porte sur son expérience de vie et sa traduction en affect, l'expression de ses émotions, c'est-à-dire le pulsionnel. En effet, *« une pulsion se compose d'un affect qui donne la forme à la pulsion, et d'une représentation qui en donne le contenu*[333]. »

Le travail par la voix

La voix en tant que médiateur complète la Gestalt-thérapie, car après le son vient l'espace des mots, de la recherche du sens, l'herméneutique. Ce qui est intéressant dans cette forme de thérapie, c'est l'aspect duel dans le contact à l'autre, visant la subjectivation du patient.

En séance, j'observe la manière dont l'angoisse d'Andréas s'est installée, jusqu'à l'empêcher de s'épanouir. Puis, je l'aide à comprendre les mécanismes de défense qu'il met en place de manière inconsciente et répétitive pour s'en sortir. La prise de conscience lui permettra, progressivement, de poser sa voix, d'assumer sa parole, grâce au travail par la voix et aux libres associations de pensée.

Ce travail par la voix porte sur les tensions enracinées dans le corps. Le patient fait des exercices inspirés des arts martiaux afin de se libérer des tensions d'origine affective qui empêchent l'énergie de circuler librement. Le but est que sa respiration s'adapte au son qu'il veut émettre, pour que chaque émotion résonne justement.

Le travail par la voix aide la personne à se centrer, pour développer une plus grande estime de soi, restaurer sa confiance en soi, mieux gérer son stress et entrer en relation avec les autres d'une façon plus libre. Progressivement, elle apprend à sentir le bien-être que procure le nouveau souffle qui s'installe en même temps qu'un nouvel équilibre physique et psychique : la voix se révèle.

333 TOUSSEUL, S., « L'affect et la raison », *Recherches en psychanalyse,* N° 7, 2009/1, p. 109-119.

Elle s'affirme par le son plutôt que par le langage. La boucle audio-phonatoire, jusqu'alors réprimée ou désavouée, peut être acceptée, entendue par soi et par un autre qui devient ainsi tiers.

Par la suite, un travail de voix chantée en groupe une fois par mois et des séances en individuel vont permettre à Andréas d'avancer vers la voie de la résolution de ses symptômes. Son corps, au début de sa thérapie, est bouillonnant, très animé en séance alors que sa parole s'exprime de manière inadaptée, teintée de revendication non entendue, mal interprétée par l'autre (comme avec sa mère). À présent, il trouve dans ce travail par la voix un moyen de se poser à l'interne, d'écouter son émotion et de l'exprimer ensuite de manière ajustée.

Pour chanter, il faut respirer profondément, ce qui entraîne une forme de détente interne qui permet l'expression de sentiments restés jusqu'alors enfouis au plus profond de soi.

Dans un lâcher-prise libérateur, puis par l'écoute intérieure et dans sa relation à l'autre, le chant permet à Andréas de retrouver le chemin de la connaissance du Moi. Grâce à cette expérience du travail par la voix, il peut chanter l'intime, l'indicible qu'est le réel, et faire sonner le corps en relation avec son monde interne, afin d'accueillir ses émotions.

Pour Andréas, il a pu y avoir, au fil des séances, une prise de conscience particulière sur son corps comme territoire privé et, par extension, la terre d'adoption choisie (la France) et la langue choisie (le français).

Ainsi, il se rend compte que la fuite dans d'autres langues que sa langue maternelle est une illusion sur laquelle il a construit une séparation d'avec sa mère, qui n'a jamais compris ce qu'il a vécu. Les autres langues prennent la forme d'un territoire personnel.

Le travail de groupe l'a donc aidé à se réapproprier son être parmi les autres, son droit d'exister.

Une séance particulière pour Andréas

Une séance de groupe de thérapie (six personnes) se déroule une fois par mois. Parfois, il y a un thème choisi qui permet d'avancer sur une problématique personnelle. Il m'arrive de leur proposer le chant comme espace d'expression d'émotions ou de maux non encore conscientisés.

Ce jour-là, Andréas est maladroit dans ses mots, et sa voix laisse entendre son état interne. Alors qu'il veut soutenir un des participants, il lui coupe la parole et se met à parler de lui, se plaignant à son tour avec un timbre de voix relativement agressif.

Il prend conscience de ce qui revient sans cesse dans sa relation interpersonnelle, et fait le lien avec des séquences de son passé où, face à sa mère, il n'a pas droit et voix au chapitre. Puis, il reconnaît que sa façon de s'exprimer, de poser sa voix, n'est pas normale. Ses maladresses sont peut-être le moyen de savoir si l'autre est capable de l'accepter, de l'aimer.

Hypothèse de développement psychique

Andréas se sent abandonné et insécurisé. À chaque fois qu'il a besoin de sa mère, elle le repousse. Elle lui dit : « Va dans le monde, sois autonome ! » Mais, en double message implicite, elle le garde près d'elle en lui faisant comprendre qu'elle a besoin de lui. Lorsqu'il se sent désespéré, sa mère ne vient pas le consoler.

Avec cette mère stricte et autoritaire, Andréas semble avoir manqué de ce regard winnicottien nécessaire à la construction narcissique[334]. En effet, Winnicott dit que le nourrisson est capable de conserver l'objet en lui pendant l'absence de sa mère. Lorsque celle-ci se prolonge, il existe un risque d'effondrement psychique.

Il est possible qu'Andréas soit parvenu à ce point de rupture dans le lien avec sa mère, à force d'attendre une réponse à son besoin. Depuis, il est en opposition systématique et subit des représailles, telles que les maladies cutanées qu'il a présentées dans son enfance, et aujourd'hui, l'impasse professionnelle dans laquelle il s'est placé.

Il n'aime ni sa voix parlée, ni sa voix chantée. Il n'a pas conscience de sa portée ; sa boucle audio-phonatoire est discordante. Se sentant incompris par les autres, il finit souvent par se taire et même, parfois, par accepter l'inacceptable.

Il lui est souvent reproché d'être « trop allemand », c'est-à-dire strict, froid, rigide, hautain, distant... En séance, il parle trop vite, passant du coq à l'âne, comme si l'autre pouvait deviner ce qui n'est pas explicite.

Au cours d'une séance significative, il explique : « *Je me suis toujours montré à ma mère comme elle veut... finalement, oui, je peux lui en vouloir (émotion, il s'effondre). Elle aurait pu faire autrement... ! [...] Je voudrais me mettre en colère, mais cela ne sort pas, ça reste en travers de la gorge ! [...] Je n'arrive pas à choisir vraiment ce que je veux. J'ai une facilité à m'engager et à ne pas aller jusqu'au bout. Je commence quelque chose. Puis non, j'arrête... ou je pars... ailleurs... !* » Un son de colère sort de sa bouche, et il avoue : « *J'ai ressenti que je prenais de la place à l'intérieur avec ma voix ! [...]. C'est comme si moi, j'avais pas le droit d'être heureux !* »

N'ayant pas réussi à puiser en lui-même la force, il commence à somatiser : « *J'ai mal, je suis malheureux, je manque de confiance en moi, j'ai des peurs irrationnelles parfois, et cela est accentué par le harcèlement que je viens de vivre ! [...] J'ai honte de moi, j'ai l'impression que je ne sais pas tisser des liens !* »

L'hypothèse d'une identification inconsciente à son père semble se profiler. Je lui suggère d'être attentif à ce qu'il ressent en décrivant son père, et à la représentation qu'il s'en fait.

---

334. WINNICOTT, D. W., « Le rôle de miroir de la mère et de la famille dans le développement de l'enfant », *Jeu et réalité*, Paris, Gallimard, 1975, p. 205.

Déborah CHOCK. *Le Carnaval des mots 2, « Nos corps mis à mots »*. Huile sur chiffon. 25 x 32 cm. 2015.

Le concept d'identification projective et introjective (IPI) permet de conscientiser l'importance de la relation entre le patient et le thérapeute, grâce à une alliance thérapeutique fortement installée.

L'identification projective

L'identification projective (IP) est un concept introduit par Melanie Klein en 1946. Il est relié à la position « schizo-paranoïde » éprouvée lors des premiers mois de vie du nourrisson. L'éprouvé est formé d'une constellation d'angoisses, de mécanismes de défense et de relations d'objets tant internes qu'externes.

Selon Melanie Klein, la position est une attitude, une façon d'être qui, contrairement aux stades de développement de l'enfant, n'est pas déterminée dans le temps. Elle peut resurgir à tout moment et ainsi perdurer au rythme des évènements de la vie.

Indispensable au développement de l'enfant, cette position lui permet de lutter contre ses angoisses de mort et de persécutions internes et externes ; elle « *se caractérise par un clivage entre les bons et les mauvais objets, clivage dans lequel les bonnes expériences supplantent les mauvaises*[335]. »

Or, dans le cas d'Andréas, l'environnement est trop souvent mauvais. Il se dit en errance, à la recherche d'une terre d'accueil. Il rencontre de mauvaises personnes et de mauvais employeurs.

Si le thérapeute et son patient sont en résonance émotionnelle et que ce dernier se sent suffisamment en confiance pour abaisser sa garde, alors la modification intrapsychique est envisageable[336]. Le contre-transfert peut donc se définir comme une forme de dialogue entre les sentiments, les ressentis, que le patient projette sur son thérapeute et les bases que celui-ci a déjà érigées dans son propre monde intrapsychique.

Andréas et moi avons connu de manière inconsciente, dans un premier temps, l'expatriation. Ce point commun inconscient mais fort marque le lieu de l'alliance thérapeutique. Ensuite, puisque sa mère n'a pas représenté un modèle lui permettant de réguler ses émotions, ce rôle va incomber désormais à la thérapeute que je suis.

Pour Winnicott, lorsque la mère s'occupe de son bébé, le tient ou le manipule, le baigne, l'habille, le berce, lui parle, cite son prénom, etc., elle s'adapte et se réadapte sans cesse à ses besoins. De cette manière, elle va permettre à l'enfant de développer un sentiment d'existence, au travers duquel va se former « *le self*[337]. »

Dans le cas d'Andréas, lorsqu'il a 2 ans, sa mère le désinvestit car elle s'occupe de cinq autres enfants en bas âge. Il est donc confronté au manque d'objet par la perte d'une exclusivité. Le jour même de ses 5 ans, il voit sa mère crier de douleur et s'en aller pour donner naissance à son petit frère.

Depuis lors, Andréas ressent de l'angoisse à chaque anniversaire. À l'âge adulte, il connaît des rhinites à répétition, le faisant souffrir de la gorge et cassant sa voix.

---

335. SEGAL, H., *Introduction à l'œuvre de Melanie Klein*, Paris, PUF, 1978, p. 66.
336. SCHORE, A., *La régulation affective et la réparation du soi,* chap. 3, Montréal, CIG, 2008 (parution 2003), citant Heinz Kohut, 1984, p. 69.
337. GRAVOUIL, J.-F., cours de pathologie de l'attachement 2009, citant *De la pédiatrie à la psychanalyse*, Paris, Payot, 1969, p. 38.

En tant que thérapeute, je dois donc accepter d'être le contenant corporel provisoire, au sens winnicottien du terme.

Une autre fois, ma sensation somatique et contre-transférentielle à ses prises de parole en groupe et en individuel me fait toucher un sentiment d'urgence ; sa voix est comme sous pression, et il vit une sensation d'essoufflement. Je lui propose de ralentir son débit de parole, de respirer. Le fait de prendre son temps pour s'exprimer provoque chez lui une grande émotion de tristesse : « *C'est comme si mon angoisse pouvait enfin se poser ici.* »

Par ce véhicule d'identification projective, Andréas m'ouvre les portes de son monde interne, afin que je le comprenne, le vive, le régule et enfin le lui rende, dans la mesure du possible et de manière « micrograduée », adaptée et assimilable par ce dernier, devenant « détoxifié » de sa charge affective insupportable.

C'est là que réside tout l'intérêt thérapeutique du corps du thérapeute en tant que réceptacle temporaire de l'impensable, de l'indicible, de l'insupportable. Cela peut, peut-être, permettre au patient de trouver sa voix-voie, de prendre forme au champ de l'autre. Il pourra alors faire des liens avec son scénario de vie, saisir en conscience l'impact de la reproduction dans son existence quotidienne, apprendre à la reconnaître et s'apercevoir qu'il vit son présent au passé conservé.

Lorsque se présentera à nouveau, des impasses et des difficultés relationnelles, par exemple, Andréas pourra en découvrir le sens, l'accepter et choisir une issue différente de ce qui a toujours été. Ainsi, il va pouvoir se réapproprier les parties clivées de son expérience, et par là, reprendre sa responsabilité dans un processus qu'il mettait inconsciemment en fonction alors même que ce dernier le faisait souffrir.

Le thérapeute reçoit l'identification projective sous forme de processus somato-affectifs, de sensations et d'affects qui s'activent en lui, mais qui sont au départ peu définis.

L'identification introjective

L'identification introjective est en partie constituée de situations inachevées, non conscientes, complémentaires ou concordantes. C'est une stratégie le plus souvent préverbale, enracinée dans le corps et cherchant la régulation d'affects intenses.

Le thérapeute doit être en capacité de la garder précieusement. Pour lui, il s'agit là de goûter l'identification projective de son patient, mais sans l'introjecter complètement ni la refuser. En effet, si le thérapeute introjecte l'identification projective en totalité, il n'est plus apte à la travailler avec son patient, car cela devient inconscient.

Il m'a donc semblé essentiel de me prêter aux jeux défensifs et/ou adaptatifs des identifications projectives d'Andréas. Cela est d'autant plus important que très souvent, pour lui, sa mère n'a pas pu s'adapter à ce processus de régulation de manière répétitive.

Conclusion – l'angoisse accusée principale et condamnée à l'élimination

Les éléments recueillis dans l'histoire de vie d'Andréas ont permis de mettre en évidence un tableau d'angoisse.

L'inhibition entreprise inconsciemment fait suspecter un Moi prisonnier d'un carcan consécutif à un conflit entre le Ça et le Surmoi.

Le réel est ici, dans cette mise à l'écart et distanciation du Surmoi, celui-ci étant empli d'une parole maternelle invocante. Andréas fait preuve de coopération avec son Surmoi où cette parole le poursuit.

Le dilemme est ravageur et fait ainsi symptôme : ne pas écouter le Ça qui le pousse à s'investir et à réussir. Mais réussir, c'est un acte attentatoire à la vie de sa mère et donc producteur de charge culpabilisante, coûteuse en énergie. Le reproche et le regret de la mère sont ainsi mortifères.

Tout le travail thérapeutique a consisté à déposséder le Surmoi d'Andréas de la force de la parole maternelle invalidante, ce qu'il est arrivé à faire au fur et à mesure de ses prises de conscience. Il a renoué avec la voix de sa mère, déchargé de son emprise négative. C'est dans cette pacification qu'Andréas, apaisé et libre de toute entrave, a trouvé sa voie professionnelle.

Andréas m'a permis de comprendre qu'en s'exilant dans d'autres langues, il a réussi à reprendre la main sur son désir et à trouver sa voix et sa voie. Au fil des séances, sa parole se faisant de plus en plus tranquille, il a osé dire… Puis, il y a eu le confinement…

Nous avons mis en place la continuité des séances *via* le téléphone puis Zoom. Cette expérience, où l'on voit l'importance du regard, de l'image et de la voix par l'intermédiaire du téléphone ou de l'écran, a été particulière.

Ce confinement lui a fait prendre conscience de son mode de fonctionnement, qu'il décrit comme suit : *« Je me rends compte que je me suis confiné depuis longtemps, seul au milieu de la foule… Au début, je me sentais bien dans ce confinement et j'ai réalisé combien j'ai besoin du contact… en fait, j'ai tout ce temps cherché à mettre des frontières… Ma mère est trop rentrée en moi, dans le non-respect de mes besoins quand j'étais petit et même adulte… comme si j'étais un objet, une poupée ; j'étais beau, ma mère me traitait d'égal à égal, j'en étais heureux et fier mais, c'était comme un cadeau empoisonné : l'illusion d'avoir un rôle à jouer, la soutenir ; je croyais en effet que c'était moi qui voulais être grand, en fait, elle attendait que je réponde à ses demandes, que je sois à la hauteur de ses attentes, puis me reprochait de ne pas faire assez bien…*

En primaire, au collège et au lycée, j'étais réservé, mes contacts avec les autres étaient virtuels pour moi, ça parle de ce non-lien avec ma mère que j'essayais de garder à distance… je ne supportais pas ma famille en fait… je n'avais pas vu cela comme ça… je naviguais entre la culpabilité et le manque de ma maman. Bébé, je somatisais.

Plus je rejetais ma mère, plus je culpabilisais, et plus on était fusionnels ! Plus cela m'était insupportable et plus j'avais besoin de marquer ma frontière.

Finalement, ce confinement, c'est mon enveloppe. J'éprouve de la reconnaissance à cela aujourd'hui car en fait, je me suis toujours senti confiné en moi ! Heureusement, j'écrivais, j'aimais l'art et je peignais. Et en silence, je rêvais que quelqu'un m'arrache un bout de mur que j'avais alors érigé pour en sortir.

J'ai cherché cela dans des relations amoureuses, dans l'espoir qu'une princesse me sorte de ma prison. J'ai eu plusieurs relations désastreuses, plus ou moins calées sur mon modèle parental… Des processus se sont répétés, j'ai fui l'Allemagne, ma famille, ma mère, dans les boulots que j'ai quittés pour me préserver…

Aujourd'hui, grâce au confinement, je renoue avec mon être profond, mon identité d'Allemand, j'ai un programme de travail par jour et de sport, je me sens bien discipliné… je me sens responsable.

Je peux aussi renouer avec des souvenirs plus doux : en faisant mes exercices de respiration, le souvenir du son de la voix de ma mère qui chantait des chansons pour se relaxer me revient ; je trouve le bon en elle et cela me répare enfin… je peux l'appeler sans appréhension et j'entends à sa voix qu'elle n'est pas en panique et qu'elle a confiance en moi… »

Aujourd'hui, la fin de la thérapie d'Andréas se rapproche. Il a repris ses études ; il prépare un master en ressources humaines trilingue et souhaite devenir Directeur de ressources humaines (DRH) dans une entreprise internationale.

Il a renoué avec sa langue maternelle et ne ressent plus d'angoisse ; il se sent en capacité de pouvoir la gérer si elle réapparaît.

Petite pièce, vaste ciel

Porte en bois épais et sombre, lourde, silencieuse,
d'où s'échappe un subtil parfum d'épices
Elle interpelle
Simplicité liée à un brin de mystère, plus malicieux qu'inquiétant
Multiples vies que l'on franchit…
Surprise !
Quatre murs blancs lin, nus, pleins et lumineux
Seule une toile
La croisée des chemins…
Le regard s'élève, Le spectacle vient d'en haut
Vaste ouverture vers le ciel !
Puis… Le sol… Terre brune et chaleureuse
Petite pièce ourlée de tumultes passés désormais tus

Dominique Vallanet-Delage

Texte écrit en Atelier d'écriture de Valéry Meynadier

Claire GILLIE. *Voix recluses.* À proximité du pont Saint-Charles, Prague. 2010.

CHAPITRE 4

ENTRE DISCORDANCES HONTEUSES ET RÉACCORDANCES ;

LES VOIES THÉRAPEUTIQUES DE LA VOIX RETROUVÉE

Entendre autrement le chant d'une autre voix
Ou l'art de lever le voile

Dominique VALLANET-DELAGE

Il n'y a jamais eu d'autre énigme que celle du surgissement d'un Humain
Dans sa voix,
Dans ses mots,
Dans l'incendie d'un silence
Christian Bobin – L'homme-Joie – 2012

Parfois au cœur de ma nuit la plus sombre,
Lorsque la mort frôle ma peau,
Lorsque tout me semble perdu,
J'entends le chant du vent caressant les feuilles des arbres,
Le cristal joyeux de la jeune cascade
Dévalant les pentes abruptes avec allégresse,
Le rire stimulant d'un enfant.
Alors un voile se soulève, libérant mon âme meurtrie,
La vie reprend son souffle émergeant des ténèbres, dotée d'une force nouvelle et généreuse
Dominique Vallanet-Delage – 20 Février 2020

La voix, l'instrument au cœur de mon écrit

Il n'y a jamais eu d'autre énigme que celle du surgissement d'un humain dans sa voix…

Je suis partie des deux poèmes précités pour étoffer et étayer mon écrit. L'un a été écrit par Christian Bobin, je suis l'auteure du second.

Pourquoi ce D.U. *Voix et symptômes* ? Quelle était ma problématique en l'abordant ? Lorsque je reçois un patient, outre l'aspect médical que sont la dysphonie et la lésion, la démarche thérapeutique porte également sur la façon dont la personne se vit au quotidien. En effet, un trouble de la voix est souvent corrélé à un trouble plus global de la communication ; il est donc primordial d'envisager la personne dans sa dimension totale et pas seulement porteuse du symptôme pour lequel elle vient consulter. Le récit du patient face à sa plainte ébauche la tonalité de son mode de fonctionnement et permet de dessiner une approche que nous tentons de faire correspondre avec le plus de justesse possible à sa personnalité. L'ajustement est partie prenante dans la rééducation.

Comment le sujet se réapproprie-t-il sa voix après un traumatisme ?

Le symptôme où le traumatisme touche la voix est un peu l'instrument dont le « propriétaire patient » aurait perdu le mode d'emploi ou ne l'aurait jamais eu. Commence alors le parcours « patient/thérapeute ». Je vous entraîne dans ce voyage parfois périlleux. Mon poème cité précédemment en constitue les 3 étapes. Nous allons nous diriger ensemble au cœur de la voix du sujet plongé dans la nuit, entendre autrement le chant d'un autre souffle et, une fois le voile soulevé, analyser le chemin parcouru.

De quelle façon vais-je transmettre les outils dont je dispose pour que le résultat soit satisfaisant pour mon patient ?

Comment l'amener à appréhender ce que je lui propose pour avoir l'audace d'aller de la discordance à Sa voix vivante ?

Dans quelle mesure la thérapeute que je suis, éclairée par l'hypothèse de l'inconscient, peut-elle s'autoriser à le conduire de sa discordance vocale à l'émergence d'une autre voix, la sienne ?

À la fin du périple du patient arrivé à sa Voix Source, il me semble important d'analyser mon travail d'accompagnement enrichi de la valeur ajoutée de la formation D.U. *Voix et symptômes* qui a fortifié l'ensemble et de considérer les nouvelles perspectives.

La parole est d'argent, mais le silence est d'or, nous dit le Talmud. En effet, nous ne pouvons parler de la voix sans convoquer le silence… Il est l'entre-deux sons, l'entre-deux gestes… C'est souvent grâce à lui que le geste peut s'exprimer. La réflexion n'est-elle pas elle-même geste silencieux ? Pour l'instant, je vous propose de m'accompagner dans les préparatifs du voyage en découvrant l'organe central, la VOIX.

Anatomie de la voix

La voix est l'ensemble de sons produits par les vibrations des cordes vocales chez l'être humain. Si on regarde à l'intérieur de la gorge avec un stroboscope, appareil permettant d'observer le mouvement des cordes, on aperçoit deux bandelettes horizontales, nacrées lorsqu'elles sont saines, au-dessus de la trachée, qui s'écartent et se referment sous l'impact des sons.

Elle permet normalement de déterminer notre genre, notre âge, notre état général, notre lieu d'origine, c'est donc un élément identitaire puissant.

Très corrélée à la respiration, son émission met en jeu la durée constituée de rupture, de rythme, de vocalise, d'intensité, de hauteur. La voix est porteuse de matière sonore, propulsée vers l'extérieur par la bouche sur l'expiration. Elle fonctionne donc sur le souffle vital.

Ses vibrations tonales peuvent prendre plusieurs colorations alliant la puissance, la violence, la discordance, la douceur, la caresse, le rire…

Que met-elle encore en jeu ?

L'oreille participe activement, car si la voix arrive de l'intérieur du corps, nous l'entendons au moins partiellement lorsqu'elle arrive à l'extérieur, pour rejoindre ensuite sa propre oreille, une autre oreille ou d'autres oreilles.

Les 3 retours de la voix

Le cycle de la voix se déroule ainsi :

Le geste vocal → démarche neuromusculaire

La voix → le vibrateur génère le son

L'oreille → le son est reçu par autrui

À chaque stade, le locuteur a un retour sur lui-même : kinesthésique, vibratoire, auditif.

Le larynx

Situé à la hauteur de la sixième vertèbre cervicale chez l'adulte, il constitue l'extrémité supérieure de la trachée. C'est un assemblage de cartilages articulés, reliés entre eux par des muscles et des ligaments, dont les cordes vocales. L'ensemble est tapissé d'une muqueuse.

Le larynx se compose de cinq cartilages principaux :

Le cartilage cricoïde

Les deux petits cartilages aryténoïdes

Le cartilage thyroïde

L'épiglotte qui s'articule sur le cartilage thyroïde et obture le larynx lors de la déglutition.

Les muscles du larynx sont généralement classés en deux catégories :

Les muscles intrinsèques appartenant totalement au larynx et au service de l'émission primaire.

Ils relient les cartilages entre eux et assurent leur mobilité.

Les muscles extrinsèques au service de la résonance se divisant en trois étages :

sous-glottique, dont la fonction des muscles est d'abaisser le larynx

glottique dont les muscles reliés à la paroi du pharynx et à la luette abaissent le voile du palais

sus-glottique dont l'action des muscles est l'élévation du larynx.

Par leur action et les mouvements qu'ils imposent aux cartilages, les muscles du larynx permettent de régler le processus phonatoire.

La voix, outil relationnel

La voix se situe au carrefour de l'état physique, psychique et spirituel : physique car produite par le corps, psychique car reflétant les émotions et spirituelle car exprimant le mystère de la vie en nous.

Vecteur de notre ouverture sur le monde, elle ne cesse de se transformer tout au long de notre existence, du premier cri jusqu'au dernier souffle. Omniprésente, elle participe à notre « intronisation » !

Support de la parole, la voix se modifie au fil des événements de la vie pour tenter de correspondre au monde qui nous entoure, pour y trouver une forme reléguant ce qui a constitué notre voix d'enfant, peut-être plus pulsionnelle, plus axée sur nos besoins vitaux. Ainsi notre voix initiale se transforme en une voix sociale, reflet de ce que nous croyons être, de ce que nous voudrions être, une voix peut-être plus ou moins formatée.

Les intonations de la voix révèlent ce qui se joue en nous, en profondeur, souvent à notre insu.

Quelles émotions nous animent au détour d'une parole, d'un regard, d'un geste, faisant brusquement trébucher notre voix écho d'un passé pas si lointain et qui agit toujours en filigrane ?

Pathologies de la voix

La dysfonction apparaît lorsque les éléments structurels commencent à se mouvoir de façon légèrement anormale, c'est-à-dire dès que l'information est déficiente.

Cette définition pourrait aussi bien convenir à tout fonctionnement qui présente une déviance.

Les pathologies vocales bénignes sont fréquentes et représentent la majeure partie des patients qui viennent consulter l'orthophoniste.

Les troubles de la mobilité laryngée que sont les paralysies récurrentielles sont d'origine multiple, allant des pathologies néoplasiques, aux pathologies traumatiques et médicales.

Les pathologies sont diversifiées. Chaque patient les vit à sa manière mais elles génèrent toutes soit de la gêne soit de la souffrance chez le sujet qui en est atteint.

C'est cette gêne ou/et cette souffrance qui amènent le patient en consultation. Comment l'accompagner à dépasser sa souffrance et à abandonner la voix discordante, pour oser le surgissement de *sa* voix, oser le retour à sa source ?

La discordance

Parfois au cœur de ma nuit la plus sombre
Lorsque la mort frôle ma peau
Lorsque tout me semble perdu…

Au cœur de la voix du sujet plongé dans la nuit

Lorsque je reçois un patient présentant un symptôme vocal, ma première intention consiste à l'écouter m'exposer ce qui lui arrive, l'écouter au-delà même de ses dires, l'accompagner pour sortir de sa nuit.

Pour le patient qui est dans une sorte de nuit sombre, le changement est inévitable. Et pourtant il ne doit pas s'attendre à retrouver sa voix à l'identique comme je peux l'entendre parfois : « Redonnez-moi ma voix. » Cette expression est importante à considérer, elle a presque une ressemblance avec l'injonction psychotique. Elle peut être interprétée comme une réappropriation de la voix à l'identique mais aussi comme la voix qui anime le sujet à la source dont il n'a pas encore conscience. Peut-être seulement la pressent-il comme une possibilité, une démarche à la fois attractive et périlleuse. Toute l'ambivalence est là, donc aussi toute la résistance.

Il a à la fois envie et peur de tenter l'expérience, ne sachant ce qui va en résulter, où cela va le mener. Se reconnaîtra-t-il ? Le reconnaîtra-t-on ? Il est effectivement très important de montrer comment le sujet est pris entre désir et angoisse dès qu'émerge en lui une possibilité d'aller vers l'autre de lui-même.

Le risque de se perdre étant grand, l'accompagnement est primordial. La confiance entre patient et thérapeute est la clé de voûte de la réussite. Le thérapeute va rentrer dans ce rôle de souffleur, insuffler l'envie de suivre, sentir, modéliser, utiliser tous les outils qu'il va déployer pour l'accompagner à la source du son d'où jaillira sa voix.

La source du son, le souffle vital

Le souffle, c'est la vie, son symbole et sa source tout au long de la vie. L'ensemble de nos états d'être sont liés à la respiration. Le mouvement de la respiration est permanent et nous maintient en vie, que nous en soyons conscients ou non. Chaque état humain est reflété par la respiration, cette dernière étant le lien premier entre l'espace vocal et l'espace physique. L'expression vocale surfe sur la vague du souffle. L'ouverture du passage respiratoire est une étape importante pour libérer la voix, on peut aller jusqu'à dire que la voix est respiration et la respiration mouvement.

Dans toutes les traditions et les cultures : le *Pneuma* des Grecs renvoyait déjà, comme la *Rûah* des Hébreux, aux deux dimensions du déplacement d'air et de présence divine. Le *Prana* hindouiste décrit plus largement encore la circulation de toutes les énergies dans l'être humain, dont celle du souffle. Dans la Genèse, Dieu crée l'humain en façonnant un bloc d'argile et en insufflant la vie dans ses narines…

Certains patients ont besoin d'explications, voire d'images pour mieux s'imprégner de ce qu'ils vont « ingérer ». Pour d'autres, expliquer est inutile, ils appliquent d'emblée l'expérimentation. Mais quoi qu'il en soit, le ressenti de ce qui se passe dans le corps, lors d'un exercice, est primordial pour accéder à la conscience et ajuster, voire complètement modifier, un comportement. Comment le sujet respire-t-il ? Comment se situe-t-il dans son corps ?

Il est intéressant de coupler le binôme souffle/voix et d'ajuster en fonction de ce qui se passe lorsque la coordination n'a pas la qualité requise.

Souvent le patient n'a jamais observé ce mécanisme tellement automatisé. Nous apprenons donc ensemble à écouter le corps, ce qui s'y passe, quelle dynamique se joue. Ce n'est pas seulement une démarche physique dans laquelle muscles et poumons interviennent. Je propose plusieurs exercices afin que le patient puisse percevoir ce qui se déroule en lui.

Posons-nous un instant sur l'entre-deux respiratoire inspir/expir que je développe plus loin, cet espace où tout semble à la fois suspendu, non figé, état de revisite permanente, un peu comme une fin de journée estivale lorsqu'en apparence la vie paraît ralentie alors qu'en profondeur il y a une activité intense : mouvement perpétuel au quotidien réformant l'ordre établi pour en dessiner un nouveau.

La main du thérapeute – Lors de ma formation *Ostéovox* dispensée par Alain Piron[338], outre le travail vocal, j'ai appris à pratiquer le geste manuel permettant, à partir d'un diagnostic, de lever les entraves mécaniques et structurelles des voies de communication liquidiennes et nerveuses de l'organisme, afin de lui restituer le plus de mobilité possible. Ceci dans le cadre d'une démarche orthophonique, l'ostéopathe interviendra en cas de troubles plus globaux.

Petit à petit ou en simultanéité, la dysfonction s'estompe, amenant le patient à se départir de ses anciens schémas. Il s'en dépouille et se trouve alors dans un entre-deux, d'où émergent de nouvelles possibilités. Cette période est parfois perturbante dans la mesure où les futures potentialités sont encore en gestation, créant une situation pouvant s'assimiler à un chaos interne. Le sujet tente alors de se raccrocher à ce qu'il connaît jusqu'au moment où il amorce la jouissance de l'acte mesuré et maîtrisé. Différents niveaux d'intégration sont mis en jeu comme le développe Kazimierz Dabrowski en 1964 dans son livre sur la théorie de la désintégration positive.

Quand la voix manque dans le lien à l'autre, tout semble perdu

Le chaos est un temps de perte, un temps de deuil, un temps de peur où le sujet s'interroge, remet en question ses fonctionnements : abandonner ses souffrances

338. Ostéopathe consultant au CHU de Liège dans le service ORL de chirurgie cervico-faciale et d'audiophonologie.

ou bien trouver un équilibre entre ce qu'il connaît et ce vers quoi il tend, pour peu à peu ajuster, affiner.

Peter Handke dit : *« Je ne sais rien de moi à l'avance, les aventures m'arrivent quand je les raconte. »* Je pense cependant qu'un travail de préparation intérieure s'est déjà constitué pour préparer le passage de l'émergence et c'est ce que nous tentons de mettre en scène avec le patient en rééducation vocale. Chaque personne s'exprime à sa façon, avec sa symptomatologie.

Qu'y a-t-il derrière ces symptômes ? Une problématique ? Un manque inacceptable de la part de chacun concernant un domaine précis ? Une imperfection correspondant à une perfection désirée ?

Ce qui se passe à chaque rencontre est différent, chaque retour est constamment revisité, modifié, précisé. Et finalement les choses tiennent, dans le sens où il y a un mouvement qui se crée. L'humain s'est mis en marche, sa colonne se redresse, sa respiration est plus ample, sa voix trouve son espace d'expression, ça circule !

C'est sur ce même registre que ce que nous pratiquons avec le geste manuel en 0stéovox pour restaurer la fluidité. Le fait de s'exprimer sur ce qui pose problème permet de se positionner différemment par le filtre de la parole.

Ce n'est que le début d'un cheminement, d'une démarche peut-être plus approfondie si le sujet a envie de tenter l'aventure. Aller à la rencontre de soi peut être qualifié d'aventure et nous ne savons pas ce que nous découvrirons, l'inconnu est là !

À un moment, cesser de s'activer et laisser faire devient nécessaire, rectifier sa posture pour laisser la place à ce qui vient.

Une voix, ce n'est pas que le souffle, les silences, les paroles. Christian Bobin nous dit : *« Une voix, c'est le monde entier repeint par la personne. Comment, depuis le berceau, elle voit ce monde. »*

Par quelle *voie* retrouver sa *voix* ?

J'ai développé plus en profondeur les outils acquis lors de la formation du D.U. Voix avec ceux couramment utilisés en pratique orthophonique, ils ont complété mon champ de pratique professionnelle, se sont mis en réseau et en résonance avec moi.

Le psychisme participe largement et le patient découvre l'intrication de ces différents aspects tout au long de la rééducation. Si l'assimilation de cette transformation se fait naturellement pour la respiration sur un plan biologique, elle implique sur un plan cognitif une conscience, un choix, une démarche créative. Nous avons l'habitude de vouloir maîtriser notre existence. Dans notre monde, si nous voulons quelque chose, il est nécessaire d'avoir un projet et d'élaborer une stratégie. La vie est toujours une invention. Pour inventer, il est nécessaire de se laisser inspirer. C'est l'histoire de tous les poètes, de tous les peintres, de tous les créateurs, et c'est aussi celle du patient qui veut guérir. Inventer demande d'accepter l'aventure, l'inconnu. On ne sait pas à l'avance ce qui va se passer. Il s'agit pour le sujet de se risquer avec audace, au-delà de ce qu'il croyait savoir et maîtriser, vers l'insu de son souffle…

Mon rôle est d'accompagner le patient pour s'engager, pour oser s'aventurer sur la voie de sa voix avec, pour première étape du voyage générer une symbiose entre corps et voix.

Entendre autrement le chant d'un autre souffle

J'entends le chant du vent caressant les feuilles des arbres,
Le cristal joyeux de la jeune cascade
Dévalant les pentes abruptes avec allégresse,
Le rire stimulant d'un enfant.

Entendre autrement le chant d'un autre souffle

Le cas de Maria. Elle se décrit ainsi : « Je suis amputée de ma parole, empêtrée pour dire les choses, je ne sais plus comment faire pour exprimer ma pensée. Mon mari ne comprend plus ce que je lui dis. Il me dit que je m'exprime mal. Mes collègues me regardent comme si j'étais une incapable. Alors que j'animais des réunions, je laisse la place à mon assistant, ma voix est faible et j'ai peur de me tromper. »

Dans son parcours professionnel, il y a eu un changement de chef de service, la nouvelle arrivante a remis systématiquement en question les interventions de Maria, ce qui a conduit cette dernière à une dépression. Maria. a perdu son identité verbale. Elle a été suivie par un psychiatre, mais « sa voix n'est pas revenue » comme elle le souhaite.

Avant sa dépression, lors des réunions, elle se positionnait auprès de ses supérieurs, en s'affirmant ou bien en intervenant pour autrui. Elle fait toujours partie du syndicat de son entreprise, mais elle laisse la parole à ses collègues. Elle n'ose plus faire entendre sa voix, émettre son point de vue, croyant qu'elle ne peut plus se faire comprendre.

Elle ne reconnaît plus sa voix, ce qui lui est renvoyé. Son mari lui a également fait des remarques sur son geste vocal. Elle est bloquée dans son expression orale.

Le geste vocal qui entraîne le corps dans un mouvement symphonique, donnant le « LA », dynamique à l'intronisation de la voix puis de la parole, n'est pas incorporé. Elle n'a aucun retour sur ce qui se passe dans son corps et ne s'est jamais intéressée à la sensibilité proprioceptive. Elle n'habite pas son corps.

Elle ne s'entend plus ! S'est-elle déjà écoutée ? Sa voix est terne, atone, avec, par moments, une tonalité de petite fille, le rythme est absent, de même que la jouissance de s'entendre. Mon objectif consiste à l'amener à entendre sa voix résonner dans son corps.

Entendre la voix résonner dans le corps

Dans un premier temps, je lui propose de porter attention à sa posture avec les ressentis associés. Je l'invite à écouter son corps, à sentir le trajet de l'air à l'intérieur du corps, le temps du trajet. Si ce temps est trop court, elle est en respiration thoracique supérieure, le débit d'air est restreint. L'urgence vocale engendre un forçage ainsi qu'une fatigue physique et vocale. Ce phénomène n'est en général pas conscientisé par le patient.

En simultané le geste manuel que je pratique fait prendre conscience au patient de sa retenue engendrant ses résistances à la fois physiques et vocales.

Les résistances peuvent être multiples selon les patients…

Nous rajoutons des sons sur le souffle en les coordonnant pour provoquer une synergie entre les deux et accéder à la coordination pneumo-phonique. Outre la variété des outils utilisés, les vocalises vont permettre d'explorer l'étendue des différentes tessitures.

En définitive, la hauteur tonale associée à la juste position labiale et mandibulaire crée l'équilibre vocal spécifique à chaque sujet. L'enjeu de tout ce processus consiste à trouver puis à retrouver sa propre hauteur vocale de manière à être à l'aise sans effort, sans résistance face aux autres, face à l'Autre. Je joue aussi sur diverses émotions avec des jeux de mots, des jeux de rôles, des mises en scène, lire un texte debout devant un public imaginaire, s'impliquer totalement dans une action. Oser prendre la parole, que cette parole ait du poids lorsqu'elle l'exprime pour qu'elle puisse se faire entendre.

La dynamique du geste vocal, par les vocalises, les mots, les histoires, conduit le patient à l'essentialisation, comme l'écrit Jacques Lecoq dans *Le corps poétique*[339]. Il parle aussi de *rejeu* : qui selon lui est la manière la plus simple de restituer la vie. Il dit aussi que c'est par le silence que le travail sur la nature humaine permet de retrouver les moments où la parole n'existe pas encore.

C'est quelque chose que j'incorpore dans ma pratique depuis toujours et j'en comprends à présent d'autant mieux l'importance.

Lors d'une séance, Maria évoque un sentiment d'imposture chaque fois qu'elle tente de se placer sur le devant de la scène, chaque fois qu'elle a envie de partager sa parole. Peut-être n'est-ce pas nouveau ? Ce sentiment semble prégnant depuis sa dépression mais elle dit l'avoir déjà ressenti, lors d'un temps si lointain où « *je me suis empêchée d'exprimer cette source qui anime ma vie en profondeur, je ne me suis pas sentie légitime.* »

En l'écoutant, je comprends qu'il y a un traumatisme lointain réveillé par les événements professionnels récents et je constate qu'elle reprend des termes que nous avions évoqués ensemble.

Personnellement, je trouve que sa diction est précise, l'élaboration de sa pensée cohérente. La voix, en revanche, est fuyante. Paul-Laurent Assoun dit que la voix *est* « *le panneau indicateur de ce qui se passe. Cela dit quelque chose de l'altérité.* »

Claire Gillie questionne sur ce cri qui résonne en nous et qui n'articule pas. Est-ce que perdre sa voix, c'est refuser de l'exhiber ?

---

339. LECOQ, J. *Le corps poétique*, Arles, Actes Sud, 1999, p.28.

Est-ce que perdre sa voix, c'est l'avoir laissée se fragmenter entre les différentes scènes sociales où elle ne porterait jamais le même costume de scène sonore ?

Elle évoque l'hypothèse d'une ambivalence entre ce que serait une dysphonie vocale strictement liée au corps, et une dysphonie sociale engendrant un forçage du corps pour le mouler aux normes sociales et répondre aux attentes de l'autre, se répercutant ainsi sous forme d'un malaise personnel et ricochant sur la dimension sociale et le plan professionnel.

Maria est animée du désir de vivre ce qu'elle a si longtemps bâillonné. Lacan parle de « *pulsion invocante* ». L'humain bénéficie de cette dynamique, il lui faut un certain courage pour aller à la rencontre de ce qui le constitue avec, pour tout bagage, l'inconnu, l'insécurité, la solitude. C'est un voyage que certains choisissent alors que d'autres n'osent s'y aventurer et n'entendent même pas cet appel.

L'appel comme adresse a l'autre

Freud a nommé *pulsion* la force constante qui depuis toujours pousse l'être à devenir parlant. Terme redéfini par Lacan en « *pulsion invocante* », la plus proche de l'inconscient selon lui, et dont l'objet – la voix – se définit comme « l'objet du désir de l'Autre » et sa marque essentielle c'est l'adresse.

Lacan définit la pulsion invocante en trois temps[340] :
Le temps de voir
Le temps de comprendre
Le temps de la hâte.

Armando Cote[341] parle de voir, comprendre, conclure, modes différents de l'instance du temps. Selon lui, la question qui taraude Lacan est celle du troisième temps « le moment de conclure ».

Cette hâte signe une discontinuité temporelle indispensable pour les autres temps, une nécessité d'expression, une urgence à se manifester…

Claire Gillie l'exprime ainsi : « *il y a un premier temps de tâtonnement, un deuxième temps à s'acharner avec son objet lui faire "cracher" son savoir et sa vérité, et un troisième temps semblable à ce qu'on appelle en musique la strette à la fin d'une fugue [...] où tout ce qui était dit se précipite, se compose, se tisse et se recompose autrement.* »

Le voile se lève, la vie reprend son souffle

Alors un voile se soulève libérant mon âme meurtrie,
La vie reprend son souffle émergeant des ténèbres dotée d'une force nouvelle et généreuse.

340. VIVÈS, J.-M. *Les trois temps de la voix*, Formation du D.U. Voix et symptômes, Paris 7, 2019/2020.
341. COTE, A., « Le temps logique et la certitude anticipée » – séminaire champ lacanien – EPFCL, mai 2017 , *Mensuel*, 115, 2017, p. 24-33.

Aller vers l'insu de soi-même

Arrivé à ce stade, lorsque le voile se lève, le patient adulte découvre *sa* voix par *cette autre voie* qu'est la thérapie orthophonique. Nous sommes dans le *vois-le* !

Pour Lacan, la voix ne se limite pas à sa matérialité sonore. Il y ajoute une matérialité incorporelle comme nous pouvons également le retrouver dans la Bible, verset Ex20,15 – « *et tout le peuple voi(ent) les voix...* » Quand les Hébreux voient les voix, ce qu'ils voient est la chair de la lettre, le corps du texte, l'écriture sans image ni idole.

André Chouraqui le traduit ainsi : « *Tout le peuple voit les voix, les torches, la voix du shofar, la montagne fumante. Le peuple voit.* » Il ne traduit pas *La* voix divine, mais *les* voix multiples, auxquelles s'ajoute celle du shofar dont Reik décrit ainsi les sonneries : *La première, longue et sans coupure, la* Tekîa, *pourrait se traduire* être fixé. *Après cette première sonnerie, sont produits trois sons d'une durée égale, pour chacune au tiers de la* Tekîa *cette série est le* Schebarim *dont la traduction est* brisures. *La troisième, constituée de neuf sons courts d'un temps égal à un neuvième de la* Tekîa *ou à un tiers de chacun des* Schebarim, *la* Térûa *peut se traduire par* ébranlement, mise en mouvement. *Enfin, une nouvelle* Tekîa *conclut le cycle.*

L'audace retrouvée

Comment accueillir une parole, non pas en tant que parole de l'autre, mais en tant que voix qui vient dire bien au-delà de la parole ?

En psychanalyse, il est question du Dire... Lacan a inventé la formule du *mi-Dire.*[342]

C'est ce qui se passe lorsqu'une personne vient consulter pour un trouble de la voix. De prime abord, elle ne me parle que de sa problématique de voix, la dimension psychanalytique lui échappe.

Le travail thérapeutique consiste à amener le sujet à cette expérience de dépouillement, d'abandon, à lui permettre de constater qu'il peut sortir de la spirale de la pensée du *pourquoi je souffre ?*

Par le mouvement et l'action, même si le départ est jalonné de balbutiements et d'hésitations, le sujet accède au changement, il se met en marche.

Faut-il passer par l'enfermement pour trouver sa place, pour accéder à une plus grande liberté ? Ce chaos que l'étymologie grecque renvoie à la béance et que Dominique Bertrand érige en art se proposant de faire de cette béance, une source... Le chaos n'est alors plus à combattre mais constitue la matière vive de la créativité.

Il se révèle rapidement comme art de vie, un ordonnancement créatif du foisonnement des possibles, une traversée des dualités, qui passe par la quête de l'in-

342. IZCOVICH, L., « L'impossible dans l'expérience analytique », *L'en-je lacanien*, N°7, 2006/2

tervalle, il évoque « *une faille au sein même de la logique, donnant sur ce qui lui échappe.* »

Il y a une notion d'abandon, de lâcher-prise qui est fondamentale, et qui n'est possible qu'à partir d'une posture, faute de quoi le laisser-faire devient du laisser-aller.

Alors comment expérimenter son propre déploiement ?

Claire Gillie nous dit : « *c'est de la béance du trou du souffleur qu'une parole va faire retour, redonnant ses assises à la parole balbutiante de celui qui hésite sur le texte à dire…* »

Qui peut-être ce souffleur ? Quelle part de soi va jouer ce rôle ?

La réponse est à l'intérieur de chacun. C'est une exploration accompagnée, un aller vers quelque chose qui est resté bloqué, parfois « *en travers de la gorge* » et ne peut plus s'exprimer. Un voyage est nécessaire pour amorcer le retour. Le retour est important. Revenir avec un regard neuf, revenir avec des possibilités encore inexplorées mais présentes, revenir après avoir été réveiller ce qui sommeillait ou qui était obstrué pour dessiner d'autres textures…

Selon Dov Baer de Mezeritch, maître hassidique galicien du XVIIIe siècle : « *Nulle chose au monde ne peut quitter une réalité pour entrer dans une autre réalité, un état dans un autre état, sans passer entre l'un et l'autre par le néant, qui est la réalité intermédiaire, l'état entre les deux états. Elle est alors néant, et nul au monde n'est plus capable de la comprendre, car elle passe alors par le même état de vacance auquel elle se trouvait avant la création.* »

Je pense que chacun trouve sa posture sans y chercher une exigence particulière. Ce n'est pas se dire ce qu'il y a à faire, c'est le faire ! Rectifier la posture, l'ajuster de manière qu'elle corresponde au plus près à ce que le sujet souhaite à un certain moment est nécessaire. C'est ce que nous tentons d'apprivoiser.

La rectification de la posture montre bien qu'on ne peut pas s'y installer, que ce n'est pas un monde défini d'avance. C'est un équilibre instable. C'est difficile pour le patient qui a besoin de certitude, de se sentir sécurisé. Cette sécurité viendra de la compréhension que ce mouvement changeant constitue le monde vivant. Se sentant en sécurité, il pourra ainsi plus facilement aller vers l'autre.

Le lien à l'autre reprend vie

Aller vers l'autre, pour le patient, c'est aller vers l'Autre de lui-même, retourner à la source primordiale dont parle Freud, ce lieu d'où émerge la pulsion. Cette pulsion de vie définie par le cri est issue de l'intérieur de l'organisme, ce qui va permettre au bébé d'avoir un premier point d'appui pour séparer *un à l'extérieur, d'un à l'intérieur.*

Le regardé devient le regardant, le percevant fusionne avec le perçu, la personnalité provisoire se dissout, l'être profond entre en communication non verbale avec le grand Autre. Cette expérience de coappartenance, où l'être prend conscience que le monde et lui sont faits de la même chair, génère un mélange de vertige et de plénitude sereine.

Pour dépasser ce vertige et atteindre la plénitude, il est nécessaire de développer l'attention. Nous devons commencer par établir le silence en nous. Pas un silence imposé de l'extérieur, mais un silence émergeant de nos profondeurs. Ce silence ouvre un espace propice à l'éveil de nos sens intérieurs de manière à pouvoir entendre, voir, toucher, sentir et goûter intérieurement.

La méditation, entraînement attentionnel, va permettre d'atteindre cet espace de plénitude sereine. Dès les années 1980, le Professeur Jon Kabat-Zinn fait connaître au monde la méditation de pleine conscience ou *Mindfulness*, validée par la science.

Comment faire pour que la méditation garde ses qualités sans basculer dans la déviance ?

Dans notre culture, la méditation s'est développée dans les domaines de la psychologie et de la santé ainsi que de l'éducation. Un D.U. a même été créé et c'est peut-être par ce biais que la méditation a pu trouver sa place dans notre société.

Avec mes patients, je m'inspire souvent comme support de la *Mindfulness* occidentalisée, reconnue en Suisse comme psychothérapie par les services de santé et prise en charge financièrement. La méditation ne guérit pas, le cheminement qui peut amener vers la guérison, le dépassement peut être long et ne passe pas forcément par ce biais. Les techniques méditatives rendent vulnérable, cela donne l'occasion de se confronter à des choses qu'on laisse un peu de côté.

Dans la méditation pleine conscience, le but recherché est en général une demande de soin, ça tourne autour du thérapeutique (stress, déprime...). Le sujet apprend à ne pas se laisser distraire, à se concentrer et à devenir de plus en plus autonome affectivement et cognitivement, il améliore sa souplesse relationnelle et existentielle. Dans les neurosciences, la méditation est intéressante, car les personnes qui approfondissent l'expérience vont s'ouvrir au monde, à autrui.

Cela va poser le cadre facilitant pour la démarche orthophonique associée, tout comme pour la cure psychanalytique qui peut être, selon moi, facilitée si le sujet devient plus réceptif.

Conclusion

Quelle voie m'a conduite au D.U. Voix et symptômes ?
En quoi m'a-t-il bousculée ? agacée ? enrichie ?

Ce qui est important c'est la disponibilité à ce qui est entrepris et non la mise à distance. De nouvelles gammes à jouer à quatre mains avec mes patients, des symphonies à inventer avec eux, avec de nouveaux tempos... Joue, joue encore, rejoue, répète le jeu à chaque rencontre...

Ever tried. Ever failed. No Matter. Try again. Fail again. Fail better.
Samuel Beckett

Faut-il passer par l'enfermement pour trouver sa juste place ? Je me pose à nouveau la question. Sachant qu'il n'y a pas de position stable dans la vie, pas de point fixe, que le mouvement est permanent, que l'équilibre se manifeste dans le déséquilibre, l'ordre dans le chaos, et que c'est le tissage de ces oppositions qui fait que le mouvement continue sans fin…

Alors, tout compte fait, n'ai-je pas la réponse à ma question ?

Au vu de ce postulat, il n'y a enfermement que si nous décidons de le vivre comme tel…

Le terme « cheminement » peut tout aussi bien convenir ; nous avançons, nouons, dénouons, cheminons, continuons …

On ne sort pas indemne d'une aventure comme celle-ci ! La pensée sur le qui-vive, les hésitations, les reprises, les recherches des derniers instants… Il y a de la fébrilité dans l'air ! Et puis la mise en forme des écrits… oui cette dernière partie est vraiment un dépassement, un dépaysement pour moi !

Sur quelle VOIE ce D.U. m'a-t-il confortée ?

La part psychanalytique déjà présente dans ma pratique orthophoniste s'enrichit de l'enseignement et de toutes les lectures dans lesquelles je me suis plongée. Elle n'en est que plus affinée. Il m'a toujours paru important d'envisager une personne dans sa globalité, pas seulement dans son symptôme, celui-ci étant le révélateur d'un malaise plus profond. Chaque individu possède des ressources dont certaines parfois insoupçonnées qu'il est intéressant de faire fructifier, de laisser s'exprimer, de soutenir. Il est bien évident que je prends dans le D.U. ce qui consolide ma pratique orthophonique. Cela m'initie à une écoute différente qui me permet d'orienter un patient vers un psychanalyste, lorsque je l'estime nécessaire.

Ces avancées se manifestent sur le plan professionnel et aussi dans ma vie ! Ce ne sont encore que des ébauches, des tracés d'essais à remodeler autant de fois que c'est nécessaire. Cela se traduit également par des prises de conscience d'une telle intensité que la remise en cause ne peut plus être différée, reléguée dans les abysses de l'inconscient. Cela devient une évidence, avec une urgence, une hâte, dit Lacan,… à faire vivre, à mettre en lumière ce qui se manifeste. À mettre en lumière le Manifesté ?

Au début, il y a du désordre, de la désorganisation, dans cette manifestation. Tout arrive à la fois, ce qui est comprimé jaillit, les idées fusent, réclamant l'écoute après tant d'abstinence ! Je laisse surgir ce flot, surtout ne pas l'empêcher malgré le désir de m'accrocher à ce qui me dérange. Ce qui doit rester s'installe, c'est-à-dire l'essentiel.

En quoi ma pratique s'est-elle enrichie ?

J'ai affûté mon écoute et mon entendement déjà présents dans ma pratique.

Par le biais des lectures que m'a suggérées le D.U. j'ai découvert ce poème de Dominique Bertrand « L'art de l'ouïr », il contient l'essentiel pour moi, le passage entre la *voix* et *soi*.

« Sur la plage, l'enfant portant le coquillage à l'oreille ne sait ce qu'il sait. Mais son sourire, alors, vient de plus loin que lui…

Bruire : il s'agirait d'une langue sans mots – ne disant que le pur mouvement des choses, du souffle aux vagues, de la pierre vive aux abîmes – constellée de fins silences…

Une simple conque approchée de l'oreille où, soudain, l'origine prend voix. L'oreille est à l'orée.

Dehors, le monde. Dedans, soi.
Entre les deux, le Tympan, fine peau d'un tambour de chair diaphane.
Quand l'air est l'onde, la chair frémit jusqu'en ses sources.
C'est au seuil qu'elle se tient : l'écoute. L'écho dans la conque de l'os, profonde.
Son ombre scelle un secret nu.
Là, où tout ce qui pulse devient la voix du monde : un lieu nu.
Le corps est ce présent où le passé vient s'offrir
S'œuvrer, offrande aux vents qui viennent.
L'écoute est le ressac du monde au-dedans de nos os. »

Est-ce que mon écrit et moi parlons d'une même voix ?

Je tente d'être au plus juste de ma pensée, par le choix des mots notamment, qui doivent être en résonance, en accordage, avec ce que je ressens. Lorsque ce n'est pas le cas, il y a un déséquilibre, alors je cherche l'ajustement le mieux adapté à ce qui se manifeste au moment où ça se passe. Le moment est important car tout bouge, tout se déplace. Ce qui est valable un temps ne le sera plus le lendemain.

La thérapie orthophonique n'est pas une panacée. Plutôt que d'être dans le *soi-nier*, je propose à mes patients de les guider vers une autre *voie* pour *prendre soin* de leur voix souffrante et *se voir* par le « *recevoir* » de mon accompagnement.

Le patient veut guérir ! Il consulte pour cela…

J'exerce mon métier avec passion. Mon activité s'oriente également vers un accompagnement de personnes dont la voix n'est pas forcément en souffrance, il s'agit de femmes et d' hommes ayant la demande d'être plus performants dans leur vie professionnelle, dans leur milieu social. Qu'ils soient commerciaux, professeurs, conférenciers, acteurs, chanteurs, en rapport avec un public, ils ont simplement envie d'étendre leur capacité vocale, d'améliorer leur diction, de la rendre efficiente, d'en tirer le meilleur pour eux et leur auditoire.

Quelles autres voies m'a-t-il montrées, m'a-t-il donné envie d'approfondir ?

Chez les patients souffrants, peut-on parler de résurgence lointaine ou d'un traumatisme ? Ils hésitent, ils bégaient, leur parole est entrecoupée de longues pauses, que gardent-ils en travers de la gorge ? Par le langage, par le jeu, nous pouvons y accéder. Le mouvement et la communication sont liés. Ils sont un trait d'union entre les êtres. Je crois à la fiction, au pouvoir des histoires parce qu'elles nous donnent accès à un nouveau langage, au choix du silence plutôt que d'y être réduit, au choix des mots pour dire ce que nous sommes, qui nous sommes. C'est à cette conclusion pressentie que me donne accès le D.U. et j'ai l'intuition qu'il y a là quelque chose à creuser : les contes et leur symbolique ? Approfondir les techniques déjà abordées comme le théâtre et l'improvisation avec Jacques Lecoq, compléter le laboratoire d'exploration sur la voix et le corps avec le Roy-hart ?

Nous pouvons toujours aller plus loin en nous-mêmes, nous ne sommes pas réduits à ce que nous croyons être. Là est l'art de lever le voile, de se relier à soi-même en étant un peu plus auteur et un peu moins acteur de sa vie. Se rendre disponible à l'existence, c'est quasiment épouser ce qui arrive, sans pour autant se laisser happer et ballotter tel un fétu de paille, mais plutôt être fondu dans une qualité d'attention. Chaque instant de vie est une aventure à vivre, à intégrer sans pour autant le figer.

Le mouvement est un acte permanent et immanent à la nature humaine. Jacques Lecoq le décrit ainsi :

Tout bouge.
Tout évolue, progresse.
Tout se ricochette et se réverbère.
D'un point à un autre, pas de ligne droite. D'un port à un port, un voyage.
Tout bouge, moi aussi !
Un point indécis, flou, confus, se dessine, Point de convergences,
Le bonheur et le malheur, mais le heurt aussi.
Tentation d'un point fixe,
Dans un calme de toutes les passions.
Point d'appui et point d'arrivée,
Dans ce qui n'a ni commencement ni fin
Le nommer,
Le rendre vivant,
Lui donner autorité
Pour mieux comprendre ce qui bouge,
Pour mieux comprendre le Mouvement.

MITIA (Dimitri Repérant). *No Face, No Name, No Number*. Hô Chi Minh-Ville, Vietnam. 2016.

Sourde, muette, toi si vibrante de sons. Ton corps rond et plein des voix chantantes et dévorantes de curiosité. Triste douleur d'un parfum de rose rance ; le balafon endormi dans son nid, le piano les flûtes et tambours sommeillent, les pages de musiques aux émotions qui nourrissaient tes êtres sont froides et rigides. La porte verte couleur du cœur ne s'ouvre plus même si hier encore on cognait sur son bois, le mur ne chante plus le sol, la clef de fa, la clé d'ut, majestueuse voûte ; les vocalises se sont taries… Même Norma ne retrouve plus ses disciples. Dans la nuit froide et sans lumière, ton ventre de baleine a fait taire Pinocchio, ce bout de bois qui avait trouvé sa voix.

Deborah Bellevy

Texte écrit en Atelier d'écriture de Valéry Meynadier

La honte cuisante dans la voix
Du rougissement au rugissement

Déborah BELLEVY

« Couvrez ce sein que je ne saurais voir,
par de pareils objets les âmes sont blessées,
et cela fait venir de coupables pensées.[343] »

Tartuffe énonce ici son désir masqué par une formule dite de « négation subjective ». Ainsi, il manipule la charmante Dorine, rougissante à ces mots. Le pourpre colore la honte dans la voix qui nous parle de l'intime. Oser enfin ouvrir la voix à sa dimension de jouissance invite à retrouver une spontanéité.

La honte – La voix

Pour Freud, la honte – « *Scham* » – est du côté de l'affect. Le verbe « *schämen* » se traduit par « avoir honte », « rougir ». Pour lui, la honte est un état qui touche au déshonneur, à l'infamie ou l'ignominie[344]. Affect complexe qui se vit face à une situation déstabilisante, elle évoque le dedans dans lequel le dehors vient réveiller une angoisse ou une souillure. Elle transpire dans la voix et se manifeste par divers symptômes, fragilisant encore plus le sujet. La voix, quant à elle, est l'ensemble de sons produits par le frottement de l'air des poumons sur le larynx (cri, parole, chant). Reflet des émotions, elle traverse le corps par le passage du

343. MOLIÈRE, J. B. (2011). *Tartuffe*, acte III, Scène 2, Paris, Larousse.
344. BALCELLS, S. (2013). « Freud et la honte », *Séminaire de psychanalyse*. ALI Alpes-Maritimes-AEFL.

souffle, du nez aux poumons et la bouche. C'est une pulsion qui dévoile un intime que le sujet lui-même n'aurait pas perçu ou identifié.

Concernant le langage, la voix s'articule avec une fonction particulière du cerveau (aire de Broca). Pourtant, elle part d'un premier jaillissement spontané : le cri à la naissance ; cette pulsion de vie, expression de la voix naturelle sur laquelle aucun contrôle n'est exercé. Dans cet acte de jouissance à naître, le bébé est poussé et c'est le cri d'un petit corps-voix qui jaillit dans un espace nouveau et angoissant où ses limites se noient : l'extérieur du ventre de la mère. Poser l'enfant sur la poitrine de la mère facilite cette séparation et cette transition du dedans vers le dehors. Un intime est expulsé sans pudeur et porté vers le sein de la mère – qui pour le nourrisson est investi de ce grand Autre rassurant et nourrissant. Au moment de l'expulsion, avec le sentiment de souillure, honte et pudeur souvent confondues s'entremêlent.

En psychanalyse, ces deux concepts ont une fonction différente : la honte, sentiment vécu face à l'opprobre, est en rapport avec une situation provoquée par un extérieur, et la pudeur avec un état d'être et de se sentir mis à nu.

Souvent le chanteur écoute sa voix et cherche à la contrôler. Or la voix naturelle et libérée se vit dans son élan pulsionnel : lâcher-prise vocal qui permet au timbre d'exister dans toute son émotion. L'art du chant lyrique offre des connaissances techniques et des ancrages corporels pour unifier ce savoir dans la voix naturelle – accord parfait entre corps physique, émotionnel, et fluidité de son expression parlée ou chantée. L'obtention de cet état naturel est complexe dans l'expression de cet art.

De nombreux sujets sont en demande « d'oser la voix » pour réparer une blessure (d'enfance, souvent) de honte de se dire ou de chanter ; cette blessure ayant généré des angoisses récurrentes et des comportements de timidité paralysante. Ils évoquent des symptômes physiques : « Je m'étouffe quand je parle ou veux parler plus fort. On ne m'entend pas, je suis transparent. » Blessures identitaires de rejet, d'abandon, d'humiliation : en étant devenue déloyale à son être, la personne blessée se coupe du désir de vivre et de s'exprimer vraiment. La voix est la signature de l'identité, cette encre du moi qui s'inscrit dans la boucle socio-phonatoire. Si elle est manquante, muette, le sujet est séparé de lui-même et des autres. Le sujet se réfugiera alors derrière un masque, une attitude pour plaire à cet autre (société, parent, conjoint, enfants) en se construisant dans le mensonge de son être.

En séance thérapeutique avec la voix, après une écoute attentive de la problématique du sujet, des vocalises sont proposées selon ses besoins particuliers, ainsi que divers jeux vocaux par des articulations de syllabes ou de mots, des écarts de notes, voire de registres, et des improvisations. Alors, on peut observer si la voix voyage aisément sur les gammes du piano ou si elle peine à s'exprimer, devient muette, se casse ou s'engorge. Ces observations permettent de repérer les signifiants et les symptômes vécus par le sujet. Puis, le souffle va nettoyer l'espace entravé par les émotions et les tensions qui provoquent, parmi d'autre une sensation de grain de sable dans la gorge. La voix va créer un sillon où le prendra place et résonnera dans une parole plus confiante où le besoin de dire à l'autre sera entendu. Le chant va créer un lien entre la voix et le verbe, s'unifiant dans la joie de dire.

Des voix pudiques aux voix éhontées, de sujets névrosés ou psychotiques, la voix de la honte transparaît bien souvent dans l'exercice du chant. Dès que la voix cogne à l'oreille de l'autre, elle se vit en l'autre. Dans quelle mesure le travail thérapeutique sur la voix peut-il éclairer et soulager le sujet de la sidération provoquée par l'angoisse et la honte et permettre à l'éhonté de se sentir bordé dans un corps social ?

Le corps-cathédrale, bâtisse de la voix

« Honte de voir Notre-Dame de Paris s'enflammer ; elle qui fut tant parlée, tant chantée ! Sa voix douloureuse a foudroyé les cœurs qui l'aiment profondément, se sentant démunis et sans mots face à cet effondrement. Le son douloureux émanant de cette forêt mystérieuse en crépitements de souffrance, témoigne par sa voix bruyante de son cri de douleur, rouge de honte brûlant devant la culpabilité des spectateurs sidérés face à la noirceur de ses cendres[345] »

L'architecture de la Cathédrale est pensée de façon à faire résonner les voix du Seigneur et de ses fervents. De la même manière, notre corps est construit de façon à faire résonner notre voix par le cheminement du souffle faisant vibrer les plis vocaux, les lèvres, les résonateurs.

La puissance de la voix – L'adresse à l'autre

Par le sentier qui relie le cœur à la pulsion de vie, le corps devient cathédrale émergeant dans la relation corps-voix. La physionomie d'une personne renseigne sur un visible, sa voix déclare un invisible. Par son volume sonore, la puissance de la voix dans son émission peut renseigner sur le tempérament d'une personne. Et une voix forte qui envahit un espace, sans honte ni pudeur, avale l'autre jusqu'à l'étouffer.

Chez Lacan, la voix apparaît explicitement comme objet *a* de la « pulsion invocante[346]. » Elle s'adresse à l'autre dans une plainte, une prière au regard de l'autre, « l'objet scopique[347]. » Telle celle de Flora dans *Tosca* (opéra de Puccini), dont la voix se déploie, majestueuse et grandiloquente, dans une fervente prière, à genoux devant l'autel de la Vierge Marie, en chantant « *Vissi d'Arte* » (*Tosca*, Acte II). Par sa voix, elle exprime sa révolte et sa honte face à son impuissance à sauver Mario, son amant déserteur. Ainsi, Flora s'en remet au grand Autre – comme l'artiste dans l'épreuve face au public.

---

345. BELLEVY, D. Texte personnel écrit dans l'effroi ressenti lors de l'incendie de la cathédrale Notre-Dame de Paris (avril 2019).
346. LACAN, J. (1966). *Le Séminaire,* Livre XIV., *La logique du fantasme.*
347. ASSOUN, P.-L., (2014). *Le regard et la voix : Leçons de psychanalyse* (4e éd.). Paris, Anthropos-Economica.

La voix, telle la jouissance, est une pulsion non contrôlable qui jaillit sous la pression du souffle. Cependant, dans le chant, elle s'éduque par un masque invisible qui joue avec les limites du corps-voix pour offrir la représentation d'un rôle (au quotidien ou sur scène). Parler ou chanter haut et fort demande un dépassement de soi. La voix est prise dans le miroir de l'autre. Le sujet en attente de la réaction ou de l'approbation de l'autre peut vivre un affect de honte et subir un effondrement intérieur et corporel allant jusqu'au mutisme. Une personne inhibée – en résonance à une interdiction de prendre la parole, une humiliation ou une dévalorisation – peut chercher à se cacher dans la voix de l'autre et prendre un masque inconscient au bénéfice primaire de se rassurer.

Le masque : entre camouflage et identification

Les fonctions du masque

Présent dans toute civilisation, le masque est souvent utilisé pour camoufler (à Venise pendant le Carnaval, à l'époque baroque pour dissimuler ses sentiments, etc.).

Or, en lecture psychanalytique, « le symptôme est le masque du désir[348]. » Lors d'improvisations sur des thèmes choisis, le port d'un masque neutre éveille dans le sujet le désir de vivre et de se libérer de l'angoisse d'un symptôme gênant (tel le rougissement qui peut générer en lui l'éreutophobie[349]). Les ondulations de son corps ou ses à-coups rigides arythmiques permettent au sujet de revivre une situation étouffée dans le corps et la voix ou de se servir de ses sensations pour les représenter.

Le masque, le Moi-peau[350], se situe à l'interface entre l'intériorité et l'extériorité d'un sujet. Il consiste à contenir, donner forme et donner sens à certains éléments psychiques tels que émotions, angoisses, conflits. Ainsi, après un viol, la victime porte souvent le masque de vêtements larges, cachant la forme du corps : elle porte la honte et l'angoisse d'être vue dans une apparence agréable à regarder.

Le masque peut éveiller d'autres sentiments lorsqu'il n'est plus neutre mais empreint d'une notion de magie et de pouvoir. Par exemple, celui qui habille un chaman pour représenter un dieu ou un ancêtre l'investit d'un pouvoir surnaturel en prenant, en transe, le corps du « magicien sorcier ». Le mythe de Zorro, ce justicier des pauvres, aurait par le fait de se cacher une fonction de grand Autre. L'enfant déguisé en Zorro crée en lui ce fantasme de toute-puissance qui pourra l'animer de confiance ou de honte profonde si son adulte ne répond pas à son moi idéal.

---

348. LACAN, J. (1957-1958). *Le Séminaire,* Livre V, *Les formations de l'inconscient.*
349. Éreutophobie : Trouble anxieux avec crainte obsédante de rougir en public. D'après www.institut-numerique.org
350. ANZIEU, D. (1985). *Le Moi-peau.* Paris, Dunod.

Le masque dans le rôle de l'identification

Le stade du miroir[351], nécessaire à son évolution et sa confiance, sera ce moment où l'enfant se reconnaît en face de son reflet[352]. Lacan, lors de son *séminaire XXIII : Le sinthome* (1976), évoque le moment de maturation (entre 6 et 18 mois) nécessaire dans le processus de l'identité et de la fonction « je[353] ». L'enfant qui déforme son visage tout en jouant avec les sons s'étonne de faire vibrer ses lèvres sur les consonnes toniques qui font du bruit. Il va masquer sa voix pour jouer à la « grosse voix » du grand papa, ou pour attirer l'attention avec une voix aiguë,... À cet âge-là, la voix est bruyante car elle est placée dans les joues, sous les yeux (en chant : « la voix dans le masque »).

La voix masquée – La clinique : Alice

Alice vient « pour changer sa voix ». C'est une jeune femme d'allure simple et soignée, de corpulence mince, au teint rosé. Elle souhaite que le masque de la voix de sa mère décolle de son timbre pour vivre et respirer sur son propre souffle. Ce « cordon ombilical vocal » encore très présent est devenu inhibant. Durant son cours de chant, pour mieux trouver sa propre voix, elle décrit sa mère. « Ma voix est maquillée, sophistiquée, maniérée comme celle de ma mère. Ma mère est "snob"... » Sa voix parlée est stridente, dans un registre 2, voire 3, très tendue et en désordre dans les aigus, voix de petite fille qui n'ose pas rentrer dans son adulte. Il s'agit de lui faire sentir que sa voix n'est pas limitée, de l'amener à trouver son empreinte vocale, dégagée de l'emprunt familial. Nous allons vocaliser pour laisser apparaître un son naturel et harmonieux, « le noyau » de sa propre voix. Elle semble perdue et terrassée de honte durant ses vocalises en entendant une voix qu'elle ne reconnaît plus. Cette jouissance qui s'empare d'elle dans cette souffrance déchire peu à peu le voile du « masque de la mère ». Les aigus chantés lui provoquent des rires étonnés, puis s'avèrent douloureux et agaçants. Au passage du mi-mi^{b}-fa, elle n'arrive pas à atteindre la note suivante. Or, le mi résonne avec la zone émotionnelle et le fa avec le féminin. Il y a chez elle comme un risque inconscient de trahir la voix de la mère. Au point de ne pas prendre du poids ni de la poitrine pour avoir « du coffre dans la voix » ?

Dans cette quête identitaire, le chant est un bon moyen pour s'affirmer et oser être soi, se libérer de la honte de déplaire au parent, devenir adulte. La voix laisse des traces dans le langage du corps : la mémoire corporelle renferme les secrets du non-verbal. L'analyste en psychanalyse peut donc aussi s'en remettre au souffle, au silence et aux rythmes de la voix de son patient. Le chemin pour s'approprier sa voix passe aussi par le fait d'oser s'entendre et d'aimer être écouté. Si, par honte ou pudeur, la voix se dérobe, ne pas pouvoir être entendu éveille une angoisse supplémentaire et une grande frustration. La relation du dedans vers le dehors se trouve paralysée, et le visage rougissant affiche le masque de la honte.

351. LACAN, J., « Le stade du miroir », *Écrits,* 1966, p. 93-100.
352. DOLTO, F. (1984). *L'image inconsciente du corps,* Paris, Seuil.
353. LACAN, J., *Le Séminaire,* Livre XXIII, Le sinthome (1975-1976), Paris, Seuil, 2005, p. 80

Le jeu infernal des masques, le semblant

Dans *La voix humaine* de Cocteau, une femme est désespérément accrochée au téléphone. Elle ne parvient pas à communiquer avec son amant qui, se cachant derrière une opératrice, coupe et recoupe leurs échanges virtuels. Dans cet intense monologue, elle vit une insupportable rupture amoureuse par téléphone, masque rigide et insensible. Tout d'abord, dans le timbre langoureux, suave et séducteur de sa voix, elle feint de ne pas être affectée. Mais, très vite, perce l'humiliée qui se pleure de douleur, d'angoisse, en contenant une gêne et une honte d'avoir à rappeler sans cesse. L'homme invisible se cache dans un mensonge en créant un vide de mot où la femme flirte avec le combiné du téléphone et agrippe son cordon, seul lien qui lui reste avec cet amoureux qui rompt leur relation. Par tous les moyens, elle cherche à adoucir sa voix dans l'espoir d'une réponse de son amant qui reste froid et hostile, posant des silences cruels. D'une voix humide, elle hurle sa souffrance. Les cris, les silences, les émotions contenues pour faire bonne figure – tous ces masques – installent le jeu du mensonge créant cette boucle altero-phonatoire par laquelle la femme tente de susciter le désir[354]. De l'abandon qui retranche la femme dans un vide, surgit l'éhontée dans sa désorganisation d'affects entremêlés. Les refus répétés de son amant génèrent un sentiment de honte si profond que le suicide devient la seule solution.

Le bouillonnement des affects dans le corps

La voix porteuse de symptômes dans les plis vocaux (étouffée, essoufflée, coupée, voilée, cachée, muette) exprime l'angoisse. La mise à nu de ces voix passe par une douleur, celle de traverser une inhibition. L'inhibition agit dans le corps organique comme une prison intérieure où la voix se ravale au lieu de se projeter. L'écho de ces sons peut provoquer un sentiment de panique, des rires, des larmes, un rougissement, une chaleur cuisante dans la poitrine. La perception de ces émotions fortes et parfois nouvelles peut aller jusqu'à conduire le sujet à refuser de chanter par éreutophobie. Pour Freud, la phobie est un moyen de défense[355] : elle a à voir avec l'angoisse qui est une formation réactionnelle ; tandis que pour Paul-Laurent Assoun, la phobie est « entre l'angoisse et le désir, entre hystérie de conversion et névrose obsessionnelle[356]. »

Chanter jusqu'à « en tomber dans les pommes » – La clinique : Corinne

Corinne, 35 ans, est une femme soignée vêtue simplement, sa voix est pâle, aux intonations plutôt graves et étouffées, les fins de phrases sont avalées. Une

---

354. GILLIE, C., « La voix à fleur de mots ». *Revue française de musicothérapie*, 28(1), 1, 2010.
355. FREUD, S., « Obsessions et phobies : leur mécanisme psychique et leur étiologie. », *Gesammelte Werke. 1 : Werke aus den jahren 1892-1899*, 1991, p. 345-353.
356. ASSOUN, P. L. (2011). *Leçons psychanalytiques sur les phobies*. Paris, Anthropos.

raideur thorax, épaule, dos, et jambes se manifeste. Sa demande est de « sortir » sa voix et de trouver en elle la confiance pour animer des ateliers de cuisine. Elle est depuis peu énergéticienne en Reiki. À l'aise en relation thérapeute-patient, l'idée de transmettre à des groupes déstabilise son état émotionnel. Nous faisons certains exercices de respiration pour prendre conscience du diaphragme costal qui a pour fonction de soutenir le souffle afin d'avoir un débit équilibré permettant aux plis vocaux d'êtres stimulés et d'émettre les sons proposés dans la vocalise. Mais, très vite, elle se sent mal : elle en est désolée, a honte de son attitude. Le signal du malaise vient déclencher un contenu d'angoisse où le sujet étouffe sa voix. Sur le plan organique, où la respiration est souvent en apnée par un contrôle trop présent, la fonction du souffle chanté crée une hyper-ventilation. Le malaise est dû à un sentiment d'impuissance où le corps, par un trop de contrôle, ne peut que fuir dans un semblant de « mort symbolique ». Nous reprenons plus tard une vocalise en associant un jeu de syllabes sur du « I » – pour se sentir ancrée dans son corps et tonifier les plis vocaux – et du « A » – qui, générant plus de perdition d'air, demande un maintien solide. Ces vocalises vont lui permettre de chanter plus fort, d'entendre sa voix de dedans vers le dehors et peut-être de faire émerger une sensation de son intime.

Sur un plan subjectif, elle pourra rejouer la mémoire de l'infans qui s'adresse à la mère, offrant une sensation rassurante. Soudain, elle s'arrête à nouveau et confie un souvenir. À 17 ans, face au jury du baccalauréat, prise de panique, l'angoisse vient lui serrer la gorge, l'étouffe et elle s'évanouit.

Ses camarades étaient derrière la porte ; face à leurs réactions, elle se sentit dévalorisée, humiliée, rouge de honte et de colère. Cette peur de ne pas se sentir à la hauteur dans un lieu social ferait lien avec cette forme de décalage alors vécu, entre son corps et les autres qui attendaient son discours. Sa voix étouffée lors de notre travail est le reflet de ce souvenir « objet *a* » resté inhibé qui la paralyse aujourd'hui dans sa fonction orale.

Ce symptôme d'aphonie se répète lors de la séance suivante. Corinne confie ressentir une peur panique car elle a été choisie comme témoin du mariage de son amie intime. Elle craint d'avoir besoin de sortir rapidement si elle sent un malaise vagal arriver. Nous allons jouer ensemble à la balle et lancer sa voix sur des mots de couleurs. Le langage symbolique de la couleur en accord avec un son donne des signifiants symboliques qui permettent d'évoquer des émotions. Ce jeu fait écho avec le jeu de la bobine, le *fort-da*[357], basé sur l'absence de la mère, et sur la capacité à vivre ce vide. Cette angoisse éprouvée dans le fait d'être au centre d'une situation évoque une insécurité profonde et un besoin d'être rassurée qui pourraient être liés à un manque de présence de la mère durant sa construction. Il y a chez elle une paralysie dans l'agir et une inhibition dans la honte de prendre une place dans un groupe, familial ou professionnel. Dans ce jeu, sur le signifiant « blanc » auquel est répondu le mot « neige », elle s'arrête : « Une situation de mon enfance me revient. J'ai 6 ans et je suis avec mon frère de 4 ans

357. FREUD, S. (2010). *Au-delà du principe de plaisir* (1920), Paris, PUF, p. 39.

dans le jardin de mes grands-parents. Ils nous gardent car maman est souvent fatiguée. En jouant dans la neige, mon frère arrache des stalactites et m'en donne un morceau. Nous voilà tous deux à sucer ces glaçons, et d'un coup, plus rien. On se retrouve à l'hôpital. J'ai le souvenir d'être attachée à une table, impuissante face à ce qui se passe. Mon frère reste dans le coma plus longtemps que moi et on pense qu'il déclare un cancer du ventre car ses douleurs sont très fortes. Nous apprenons finalement que c'était dû à un empoisonnement par la leptospirose, causée par une bactérie dans l'urine de rat. Je revois maman, très affaiblie par la situation. » Un jeu de ballon avec ces mots de couleurs a permis de déverrouiller ces mémoires du corps : c'est le dire du corps qui est venu nous interpeller. La culpabilité ressentie par l'état grave de son frère ajoutée au sentiment de honte d'avoir guéri avant lui est ancrée dans le sujet et se manifeste par un mécanisme de contrôle. Au vu de son état émotionnel actuel, il est permis de penser que suite au trauma de cet événement, une tristesse, une mélancolie qui cachait une honte, une peur paralysante de ne jamais revoir son petit frère et une profonde angoisse se sont installées en elle. Le contrôle du symptôme « malaise » utilisé pour fuir une responsabilité ou une situation se traduit à ce jour par cette voix étouffée, ce corps fermé et cette difficulté d'exister dans un groupe.

La voix « coincée entre deux » – La clinique : Solange

Solange est exténuée par une angoisse profonde qui bloque sa respiration et sa créativité et entraîne la perte de sa joie de vivre. Elle se plaint d'avoir « comme une boule dans la gorge qui l'étrangle et qui l'empêche de chanter confortablement. » Mariée, un enfant, elle est en reconversion professionnelle pour devenir « assistante maternelle agréée » à son domicile. Fascinée par l'intelligence de son mari enseignant, Solange se place dans un rapport d'infériorité face à ses proches, dans la honte de ses capacités. Elle m'expose que sa sœur aînée et son frère cadet sont tous deux extrêmement brillants et que, contrairement à elle, ils ont fait des études supérieures. Dans cette honte de s'exprimer, il y a une difficulté à prendre sa place dans la vie, ce qui a pour conséquence un besoin d'autocontrôle permanent. Lorsqu'elle parle, sa voix est coincée, perchée dans une voix de petite fille qui demande de l'attention, alors même que dans son quotidien elle est en charge de tout et fatiguée de répondre aux besoins de chacun. La voix vient d'une pulsion qu'elle ne peut contrôler, et chanter l'amène à vivre de nouvelles sensations. Dans les aigus, sa voix est tendue et Solange semble prendre du plaisir à son insu. Mais, sa voix dans le registre 2, voix du médium, est faible. Ce registre fait le lien avec la voix parlée qui se vide, se troue d'un espace, comme coupée. Ce son coupé, cet espace qui ne vibre pas, pourrait faire écho à sa relation de couple qui, comme elle me le confie, ne fonctionne pas : « Nous hébergeons une jeune fille de 18 ans brillante et belle ; mon mari adore parler avec elle. En préparant le repas, je les écoute, ébahie de la qualité de leurs échanges. Il est allé jusqu'à me dire qu'il en est amoureux. » Solange voit cela d'un bon œil car « c'est beau, l'amour inconditionnel, et on peut aimer différemment. » Elle est dans le fantasme du bonheur de laisser se vivre le fantasme de son mari en se sacrifiant. Néanmoins, sa voix coince entre sa gorge et sa parole. Cette jeune fille vient réveiller les manques de ce sujet qui a peur de tout perdre. Solange étouffe son vrai besoin et se laisse envahir par la honte de ne pas être à la hauteur de son mari, ravivant la dévalorisation qui la ronge depuis l'enfance. Lors d'un exercice de déclamation, elle évoque le poème « *On n'est pas sérieux quand on a 17 ans*[358] » qui fait écho avec la jeunesse de leur pensionnaire :

« Quand il est proche d'elle, il "refusionne" avec l'adolescence, et moi je me trouve coincée – coincée entre deux, coincée entre eux deux. » À partir de là, elle me confiera qu'elle avait ressenti une attirance sexuelle envers la jeune fille et qu'ils ont eu une relation à trois. Dans cette configuration à trois, le mari et la jeune fille ont fusionné jusqu'à la jouissance de leurs corps, tandis que Solange s'est sentie totalement rejetée et très frustrée – pas d'attirance réciproque de la part de la jeune fille. Cette situation humiliante la fait se sentir de trop et elle ressent de la gêne face à leur idylle. Cette trahison entraîne colère et jalousie qu'elle rejette car elle désire vivre dans l'amour inconditionnel. Ce sentiment de souillure et cet affect de colère nouent sa gorge. Son surmoi prend toute la place par des pensées obsessionnelles. Son moi est en vide de repère, ce qui fait resurgir sa différence vécue dans l'enfance. Elle glisse sur sa douleur pour se cacher de la honte de ne pas être appréciée. On retrouve dans l'attitude de Solange cette honte de vivre dont parle Lacan. En l'écoutant, il transparaît que son mari a un comportement d'adolescent qui a besoin de cette mère qu'elle représente. Dans notre travail, je l'invite alors à révéler sa féminité, son côté séducteur. Chez elle, la honte est masquée par son rôle de faire le bien, d'être efficace et compréhensive pour les autres. Elle est invitée à trouver, dans sa voix, sa place et à se faire respecter de façon équilibrée.

La voix de l'ingénue[359] *– La clinique : Mira*

« Le loup s'en alla de son pas tranquille et Norine eut respiré si elle n'eut entendu la voix qu'elle connaissait bien répondre à une autre voix : – C'est vrai ; c'est affreux d'être rouge comme cela…[360] *»*

Chez les victimes de violences sexuelles, la voix passe souvent du mutisme à des sons écorchés, aux déglutitions ou aux raclements bruyants ; et les premières notes souvent déraillent.

La rencontre avec Mira, 41 ans, a lieu dans un centre d'hébergement pour femmes en danger. Mira est comme une « femme poupée » timide contenue

358. RIMBAUD, A. (2013). *Poésies complètes*. Paris, Le Livre de poche.
359. « Hérode a écrit que les femmes abandonnaient leur honte en même temps qu'elles se défaisaient de leur robe » – QUIGNARD, P. (1997). *La haine de la musique*, Paris, Calmann-Lévy, 1996, p. 130.
360. GREVILLE, H. (1884). *L'ingénue*. Paris, Plon (6ème éd.).

dans une image de séduction et de besoin de l'autre. Cette douceur fragile laisse entendre une voix calme et liquoreuse qui demande à l'autre de tendre l'oreille pour l'écouter. Une voix où l'énergie tombe autant dans un souffle coupé que dans la parole qui s'évanouit dans la honte de se dire. Elle raconte avoir tout quitté pour un homme qu'elle n'avait vu que deux fois. À son arrivée chez lui, elle constate qu'il y a des caméras partout dans l'appartement. Avec une faible voix ravalée, elle dit : « Dans la chambre, je les ai fait enlever. » Espionnée, elle vit un enfer : dès qu'elle sort, veut se maquiller, ce sont des cris. Cet homme extrêmement jaloux et possessif la traite comme sa chose. Sa voix est égarée, étouffée, enfouie par la peur et la culpabilité en me racontant cette situation. Ce sentiment de culpabilité est très exacerbé au moment de notre rencontre car elle a été sanctionnée pour avoir accueilli un homme la nuit. Elle évoque s'être sentie piégée car l'homme n'était pas en mesure de rentrer chez lui, à 400 km de là, après lui avoir rendu visite. Elle explique qu'auparavant elle devait rejoindre et épouser un autre homme, mais que celui-ci publiait simultanément des bans pour une autre femme. Ses propos mettent en lumière le paradoxe entre sa dépendance aux hommes et son envie de construire une relation normée. Ce conflit de loyauté entre son moi et son moi idéal renvoie au sujet un sentiment de culpabilité.

Winnicott a signalé le babillage parmi les phénomènes transitionnels : « Le gazouillis du nouveau-né, la manière dont l'enfant, plus grand, reprend, au moment de s'endormir, son répertoire de chansons et de mélodies, tous ces comportements interviennent dans l'aire intermédiaire en tant que phénomènes transitionnels[361]. » Le sonore introduit, plus tôt que le tactile, les notions d'extérieur et d'intérieur. En effet, le nouveau-né, à l'instar du fœtus, fait la différence entre les bruits et la voix maternelle qu'il reconnaît et privilégie. Le Soi, qui précède le Moi, se forme comme une enveloppe sonore dans l'expérience du bain de sons concomitant à l'allaitement. « Ce bain de sons préfigure le Moi-peau et sa double face tournée vers le dedans et le dehors, puisque le sonore est composé de sons alternativement émis par l'environnement et par le bébé, à travers le babillage et les vocalises[362]. »

En lui faisant écouter un mantra indien en lien avec ses origines, Mira est émue par cette musique ; elle s'humidifie les lèvres et les pince, un peu comme le bébé qui attend la tétée, le câlin de la mère. Quelque chose se rejoue là, de l'ordre de la pulsion orale. Doucement, elle va commencer à murmurer le mantra. Timide, remplie de pudeur, elle soulève un interdit de jouir devant un autre de sa voix et de ce qu'elle exprime. Sa poitrine s'ouvre peu à peu et permet à la voix d'exister au-delà de la honte éprouvée. Sa voix écoutée trouve réponse dans l'autre. Des larmes libératrices coulent abondamment sur ses joues où le masque rouge de la honte fait place à une peau éclairée. En écoutant le mantra, elle dit : « Je n'oserai pas retourner chez mes parents car ils veulent un mariage "avec

361. WINNICOTT, D. W. (1975). *Jeu et réalité*, Paris, Gallimard, p. 8-9.
362. CASTARÈDE, M. F., GREEN, A., & KONOPCZYNSKI, G. (2005). *Au commencement était la voix*. Toulouse, Érès, p. 27-32.

la cérémonie". » Comme elle vit encore non mariée avec un homme, sa honte vient de sa culpabilité de faillir à la tradition familiale, de son impuissance à satisfaire le Père, la Loi. Mira est un sujet menacé dans son intime suite à des maltraitances. Elle porte la honte de son agresseur et verrouille son corps, ce qui provoque un affect d'inhibition où le corps et la voix sont invisibles, dissimulés sous un apparat.

Du corps pulsionnel au corps social

Au XIVe siècle, s'éhonter c'était « éprouver de la honte ». De nos jours, éhonté signifie sans vergogne, indigne, sans honte à commettre des actes répréhensibles, et nous parle d'une difficulté à vivre dans un corps social.

La voix chantée de l'éhonté, cette voix « crue » – La clinique : Benoît

La maman de Benoît prend contact avec moi pour son fils dont elle a la tutelle : il a 48 ans, n'a jamais travaillé et reçoit une allocation d'adulte handicapé. Il devient plus agressif avec elle et refuse de lui ouvrir la porte du studio où il vit seul. L'homme de ménage de Benoît a remarqué qu'il ne se lavait plus et doute qu'il suive son traitement. La famille a souvent déménagé, le père étant militaire et elle femme au foyer. Or, lorsqu'ils habitaient en Belgique, elle le conduisait à des cours de chant qui lui faisaient du bien.

Benoît arrive à l'heure et s'en vante en me tutoyant. Il s'exprime à la façon d'un enfant bien éduqué qui souhaite attirer l'attention sur son respect des règles. De taille moyenne avec un ventre très proéminent, son pantalon sans ceinture tombe un peu, son allure est débraillée, il a des sandales aux pieds en hiver. Sur la tête, il porte un chapeau de paille jaune avec un pin's. Il ne pose pas ses talons au sol, surtout le pied gauche. Il refuse de retirer chapeau et blouson, comme une tenue de représentation donnant contenance et il se compare à Johnny Halliday. Sa voix est rude, le son est bloqué dans sa gorge et sa poitrine, comme une voix retournée à l'intérieur qui lui fait forcer son souffle. En combat avec lui-même, il chante sur l'expire et arrive à produire des sons douloureux et bruyants. Benoît fait de l'asthme et a une maladie respiratoire.

Quelques sessions plus tard, son souffle est plus calme ; il s'est rasé et lavé. Le lien dans la relation professeur-élève semble installé. On voit là « sa demande à l'autre dans le désir. » Il va se découvrir une voix puissante qui fait trembler son corps. Son regard insistant quand il fait durer une note forte et assourdissante évoque une pulsion scopique, un désir de rentrer dans mon corps, dans ma voix. C'est un cri qui semble s'extraire d'une profonde castration. D'ailleurs, il dira que son père est mort il y a trois ans : un soulagement pour lui car il était dur et autoritaire. Avec l'héritage, il a pu s'acheter un studio ; mais, sa mère garde son argent et cette tutelle est mal vécue. La pulsion anale s'évoque par l'argent qu'il veut garder et gérer lui-même. Quand il se sert du micro, il semble avoir avec lui un rapport amoureux. Cet objet lui permet de jouer avec sa bouche et la modulation de sa voix qui laisse entendre un son mélodieux, une voix de crooner. Il en use sans honte, comme une jouissance dont je dois être témoin. La pulsion invocante dans sa faim de chanter et d'avoir un public l'excite et laisse transparaître dans sa voix l'Éros, l'amoureux. Ce sujet éhonté semble pris dans une structure psychotique. La scène du cours de chant est son lieu de décompensation où il décharge symboliquement son désir de « tuer la mère » qui ne lui donne pas ce qu'il attend. Pour son anniversaire, nous organisons un concert privé où il pourra offrir sa voix à sa famille. Il a besoin d'être au centre et d'envahir tout l'espace.

Benoît se risque à chanter un *Ave Maria* sans micro, accompagné par mon piano et, discrètement, ma voix, comme il le souhaitait. Puis, avec son micro, il chantera des airs de Johnny. Sa famille reconnaît des progrès notables dans sa tenue et dans sa voix, moins dure et violente, avec des modulations, du sentiment. Il a dépassé une profonde timidité pudique que son mécanisme de défense, dans sa posture de l'éhonté, lui interdit de dévoiler. Sa voix se trouve dans le désir de l'autre ; il est dans la demande de cet appel à l'autre où la jouissance d'être reconnu le pousse à jouer de sa voix. Son arrogance vient cacher une honte qu'il ne peut contacter mais qui devient un signifiant du langage social.

Le monde de l'opéra et la honte.

La scène de l'opéra unit le langage au son musical ; un voyage où l'inconscient invite le public au jeu des associations fertiles. Captivante, la femme dans l'opéra éveille le sublime par sa magie vocale qui flatte, enrobe le public dans le fantasme en le transportant dans une jouissance enivrante. Dans des costumes fascinants, elle ensorcelle le plateau scénique en peignant des tableaux d'un réel envoûtant l'imaginaire du spectateur. Elle déchaîne des passions sanglantes où siègent l'amour, la douleur, la mort. La voix porte la voie de l'artiste, tout ce qu'elle a vécu. Grâce à « la voix cuite[363] » dans le bain culturel et traditionnel de l'art lyrique, l'artiste doit savoir se servir de son instrument voix à qui il donne toute sa puissance d'exister dans son art.

Néanmoins, l'interprète peut être sujet à un affect de honte se traduisant par un sentiment de trac qui peut devenir paralysant. Sur scène, il a une fonction essentielle dynamisante : « Le trac viendra avec le talent[364]. » L'émoi fait perdre ses moyens à l'artiste, lui nouant la gorge par l'effet de l'autre sur son action scénique : « Un émoi, comme chacun sait, est quelque chose qui s'inscrit dans l'ordre de vos rapports de puissance, et nommément ce qui vous les fait perdre[365]. » Mais ce vide relance une force de créativité[366]. Sur scène, la nature éhontée tient en elle une force pour se désencombrer de préjugés et pour, sans pudeur, se mettre à nu

363. Nous empruntons l'expression à Claire Gillie, en référence à Lévi-Strauss, C. (1964). *Mythologies. Le cru et le cuit,* Paris, Plon.
364. JOUVET, L. (2009). *Le comédien désincarné* (1954), Paris, Flammarion.
365. LACAN, J. 1962-1963. Le Séminaire, Livre X, *L'angoisse*, Paris, Seuil, 2004, p. 292.
366. DELORME, S. (2011). « Le trac (Ou la jouissance de l'Autre) ». *Insistance*, 6(2), Érès, p.105-117.

dans sa fonction d'artiste afin de donner une excellence de son art par un corps libre dans ses gestes. L'artiste chanteur voyage de l'ombre à la lumière, dépouillé de ses affects, pour rendre hommage à ceux de ses personnages. La beauté est dans cette maîtrise de l'instrument voix qui reste comme extérieur au danger que représente l'histoire scénique, comme s'il était désincarné pour mieux laisser s'incarner le rôle du moment.

Une plénitude authentique, où tuer sur scène suscite de l'admiration sans honte dans le public. L'esthétique dans la voix vient en effet sublimer la honte comme un tableau qui fascine et sidère par la représentation d'une image, un réel maquillé par la grâce.

Discriminations dans le monde de l'opéra

Il n'y a pas si longtemps, lorsqu'une cantatrice blanche chantait *Aïda*, la princesse Éthiopienne, on lui peignait le visage en noir. Les chanteuses noires n'étaient ni admises à se présenter sur scène, ni autorisées à candidater dans des écoles de chant lyrique, ni embauchées par l'Opéra. Ce n'est qu'à partir des années 1950 que le monde de l'opéra s'ouvre aux voix magnifiques des « *colored people* ». Barbara Hendricks, comme plusieurs chanteuses afro-américaines[367], a combattu cette ségrégation raciale : « Personne ne m'avait dit que ma vie n'avait pas la même valeur que celle d'une blanche[368]. » La honte est ici regardée comme un affect au service du déplacement de soi, un idéal où le surmoi propulse le sujet dans un objet vivant et porteur de sens. Si la peur et l'angoisse que la honte procure dans le corps compriment souvent la gorge, assèchent la bouche, coupent le son par une a-phonie émotionnelle, la résilience du sujet peut conduire à un véritable dépassement de soi-même[369].

L'âgisme dans le monde de l'opéra – La clinique : Guinka

Dans un chœur d'opéra, les artistes doivent chaque saison contrôler leur voix, leur ouïe, leur santé et leur apparence ; ils doivent garder une voix conforme à l'éthique de leur chœur. Chacun doit trouver, dans sa technique, un rendu qui convienne au chef de chœur. À la longue, leur voix se délave dans le bain du chœur et peut y perdre de son identité vocale.

Guinka est une choriste de l'Opéra qui travaille au sein de la même maison depuis plus de quinze ans lorsqu'elle apprend que, suite à l'usure de sa voix vieillissante, son contrat ne sera pas renouvelé. Cette annonce, qu'elle ressent comme un renvoi, provoque en elle un chaos morbide. Comme l'explique Freud, « Dans le deuil, nous trouvions que l'inhibition et l'absence d'intérêt étaient complètement expliquées par le travail du deuil qui absorbe le moi. La perte inconnue qui se

---

367. Marian ANDERSON (1897-1993) ; Leontyne PRICE (1927) ; Martina ARROYO (1936) ; Jessye NORMAN (1945-2019).
368. HENDRICKS, B. (2010). *Ma voie : mémoires*. Paris, Les Arènes, p. 12.
369. LACAN, J., *Le séminaire, Livre XVII, L'envers de la psychanalyse*, Paris, Seuil, 1991.

produit dans la mélancolie aura pour conséquence un travail intérieur semblable, et sera, de ce fait, responsable de l'inhibition de la mélancolie[370]. » Elle est victime d'aphonie durant une année : coupée de son désir de chanter, elle a perdu sa voix. Son corps est consumé par cette honte où le signal de l'angoisse vient se manifester par un ulcère opéré en urgence. Son ventre devient proéminent : elle est enceinte d'un vide de soi. La honte éprouvée par cette exclusion du chœur, elle la cache dans sa révolte, son indignation viscérale de ne plus pouvoir exercer. Cette honte vient hanter ses nuits de cauchemars et trouble sa vie familiale. « Je ne me supporte plus, j'ai honte d'en être arrivée là », dit-elle. Douleur intense de vivre allant du dégoût à la haine de soi, honte de vivre. L'expression de sa violence autodestructrice est comme un suicide de son « moi » perdu, inhibé.

En bloquant son plaisir de chanter, elle reste dans la pulsion anale et rien ne peut plus sortir d'elle. Le manquant de la voix « objet a » qui n'est plus reconnue évoque le manque de l'objet perdu, renvoyant au manque du phallus. Selon Freud, il manifeste une angoisse de castration car « l'objet a » a été renié par ses pairs. Cette impuissance face au rejet de l'Autre l'envahit d'un sentiment d'inutilité dans sa vie : il n'y a plus de signifiant désir. Elle est honteuse dans ce vide social où sa voix ne trouve plus de réponse dans l'autre. Parler d'elle, chanter pour elle ou pour un autre théâtre lui paraît impossible ; elle ne se sent pas prête à risquer de vivre une défaite supplémentaire. Ne plus vivre dans les honneurs et les applaudissements la renvoie à une médiocrité où son inconscient lui montre un rideau de fer, comme une impossibilité d'accès à autre chose que du gris, du noir. Pour elle qui est d'origine yougoslave, "le rideau de fer" – comme le mur de la honte – serait le symbole des frontières difficiles à franchir dans sa vie (à 18 ans, elle parvient à quitter son pays blessé par la guerre pour suivre des études supérieures de chant en Suisse). Par la suite, le ton de sa voix est plus doux et calme. Elle s'est inscrite aux Beaux-Arts où sa créativité trouve une sublimation : l'art de poser sur la toile son silence vocal avec sa voix(e) d'artiste peintre. Guinka s'accorde le désir de vivre et de créer par l'art figuratif, la peinture.

Comme Freud a développé le concept du « point aveugle » qui permet d'oublier le regard de l'Autre, J.-M. Vivès évoque le « point sourd » « comme un moment inaugural de la naissance du sujet : lors du refoulement originaire, l'infans doit se rendre sourd à la voix primordiale afin de disposer de sa propre voix[371]. » Le sujet qui, hors-jeu de la scène, ne peut plus se faire entendre, part en quête d'un Autre non sourd.

Pour conclure, si la honte – « la honte pudique, la honte crépusculaire dans la souffrance de l'amour, la honte qui précède l'étreinte dans la nuit, la honte qui préfère l'ombre et le remords[372] » – est enfouie, elle n'est pas oubliée. Par l'ou-

370. FREUD, S. (2004). « Deuil et mélancolie ». Sociétés, N° 86 (4), p. 7-19.
371. LIPPI, S. (2014). « La voix sur le divan. Musique sacrée, opéra, techno » de Jean-Michel Vivès, *Cahiers de psychologie clinique*, 43(2), p. 239-242.
372. QUIGNARD, P. *La haine de la musique, op.cit.*, p.98.

verture de la porte de l'inconscient, la psychanalyse invite la conscience pure de l'espace intérieur du sujet à découvrir sa voie dans sa parole et dans sa voix.

Durant une session de chant, la fascination de l'élève pour la voix de son professeur permet un transfert, un lien dans la rencontre, qui le portera à trouver et aimer sa propre voix, son identité vocale. Le sujet investit ses projections de tout ce qu'il aura refoulé, comprimé, sans honte de hurler sa voix sur l'autre. Le contre-transfert réussi permet au sujet de s'affirmer, de trouver un équilibre dans sa voix, ce qui lui sera une ressource pour son expression et pour son positionnement dans sa vie. La fonction de l'enseignant thérapeute permet de rejouer les scènes de l'œdipe ; cela permet une reconstruction des bases du sujet qui peut alors se rencontrer et évoluer.

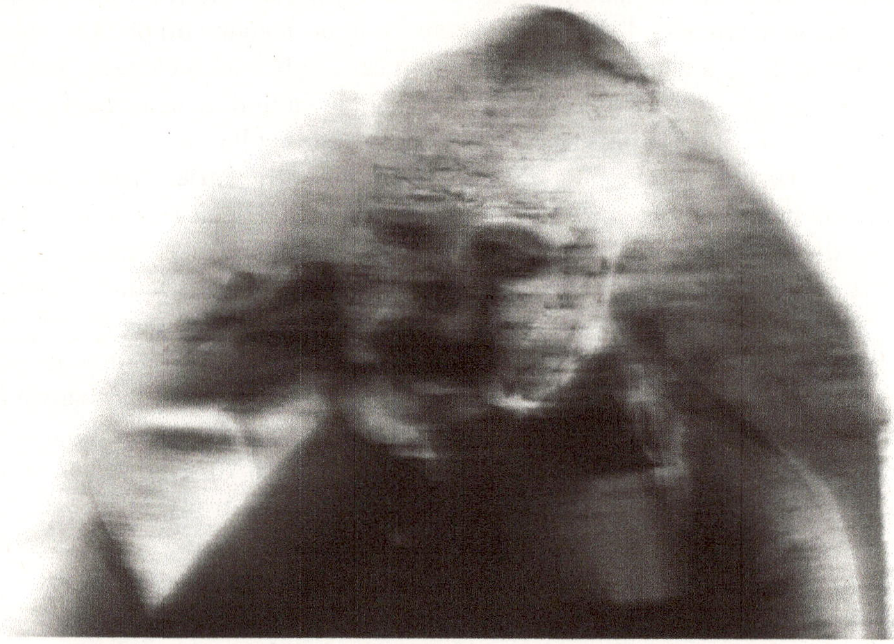

MITIA (Dimitri Repérant). *O Sole Mio.* Palerme, Italie. 2015.

Perdue elle court encore, s'essouffle et jure !
Confisquez ces transmissions factices qui parlent pour ne rien dire !
D'un regard aiguisé, telle une lame d'une nation en guerre,
elle observe un temps…
Ce temps incertain où tout se fige, pendant que son corps s'écrit,
elle crie des silences au souffle coupé,
De larmes en larmes elle court encore et jure !

Béatrice Foucault

Texte écrit en Atelier d'écriture de Valéry Meynadier

La folie hystérique et son rapport à la voix

Yael RAANAN-VANDOR

« Disons donc que lorsque la libido est modifiée par un processus morbide, le moi trouve un monde fou à maîtriser et se comporte donc comme un moi fou. »
Viktor Tausk (*De la genèse de l'appareil à influencer dans la schizophrénie,* 1919)

« L'obligation de se tenir soi-même compagnie est une épreuve à laquelle nombre de cerveaux ne résistent pas. »
Clérambault (*Souvenirs d'un médecin opéré de la cataracte,* publication posthume, 1935)

Nous allons nous intéresser à la folie hystérique et aux hallucinations verbales qui s'y manifestent. Cette réflexion sera une ébauche, un premier pas dans ce champ des hallucinations dans une structure névrotique. Nous allons tenter de comprendre quels sont les mécanismes psychiques qui permettent au délire et aux hallucinations verbales de prendre forme dans l'hystérie. Nous savons combien il est délicat et difficile d'aborder ces questions et les doutes que peut soulever un tel sujet, et dès lors, nous savons combien notre réflexion pourrait être remise en question. Nous ne prétendons pas avancer une réponse définitive, mais plutôt essayer de développer notre réflexion concernant un sujet qui nous questionne et nous savons, dès lors, que nous n'allons pas aborder cette question dans son entièreté.

La folie hystérique semble, en effet, générer dans certains cas, et dans un premier temps, tout du moins, la difficulté pour poser un diagnostic clinique, les symptômes qui s'y manifestent pouvant porter à confusion et rendre difficile la compréhension du fonctionnement du délire et le sens qu'il faut y donner, mettant éventuellement en difficulté le thérapeute lorsqu'il s'agit de définir la structure du malade et la forme que pourrait prendre le déroulement de sa thérapie. L'on tendrait, en effet, à parler d'erreur de diagnostic lorsqu'un hystérique se mettrait à délirer. Ainsi, Jean-Claude Maleval écrit que « tout porte à croire qu'une telle confusion est fréquente. À tel point que, d'après Devereux, "certains psychanalystes modernes s'entêtent à affirmer que les premières hystériques traitées par Freud étaient en réalité des schizophrènes"[373]. »

Il semblerait, en effet, que ce soit Bleuler qui imposa une nouvelle manière d'appréhender le diagnostic face au délire. Ainsi, il écrit que « quand un soi-disant hystérique devient fou ou dégénéré, suivant mon expérience, il n'est justement pas hystérique, mais un schizophrène, en dépit de l'autorité de Charcot et des travaux récents de Rancke et Kaiser. Ce dernier en présence de schizophrènes manifestes voit apparaître des difficultés diagnostiques et, pour certains, les conçoit comme étant hystériques[374]. » Nous voyons là combien il était déjà à l'époque difficile de savoir si l'on se trouvait face à un délire hystérique ou bien face à une psychose. Pour Bleuler, l'hallucination dans la schizophrénie s'établit au niveau de l'inconscient. Les désirs inconscients du malade, résistant au refoulement, pénètrent la conscience de façon transfigurée sous la forme d'hallucination. Il est difficile de ne pas y voir un mécanisme névrotique, et dès lors de ne pas se poser la question du type de malades à partir de l'observation desquels Bleuler se basait pour sa théorie. C'est donc suite à la position de ce denier que les délires, que l'on considérait jusqu'alors comme pouvant faire partie des troubles graves de l'hystérie, auraient cessé d'être considérés comme pouvant appartenir à cette structure, rayant ainsi de la nosographie les folies hystériques.

Supposons que cela puisse avoir été la conséquence de l'incertitude que venait soulever cette question, la réponse ne s'imposant pas d'elle-même. Faut-il alors considérer le délire comme n'appartenant qu'à la catégorie des structures psychotiques ? Et dans le cas des hallucinations auditives, que manifestent-elles du rapport du sujet délirant à ces voix ? Nous allons essayer d'expliquer pour quelles raisons il nous semble néanmoins légitime de continuer à considérer que, dans l'hystérie, un délire peut se manifester, sans pour autant qu'il faille questionner automatiquement le diagnostic structurel, et chercher à comprendre de quelle façon les voix qui s'y manifestent viennent précisément s'appuyer sur le fonctionnement de la structure hystérique dans leur apparition, et ce en procédant à la séparation et à l'analyse de chacun des mécanismes, propres à cette structure, qui se mettent en action afin de créer un terrain propice à l'émergence de ce délire. Ces mécanismes étant tous intrinsèquement reliés entre eux, nous allons tâcher de les distinguer afin de rendre notre propos le plus clair possible, sans pour autant pouvoir les séparer tout à fait. Nous allons, pour ce faire nous baser sur différentes études de cas et tenter de les mettre en relation avec des textes théoriques. Nous n'allons donc pas aborder ici la question des états-limites, nous concentrant essentiellement sur la question de la folie hystérique. Nous choisis-

373. MALEVAL, J.-C., *Folies hystériques et psychoses dissociatives*, Paris, Payot, 1981.
374. BLEULER, E., *Dementia praecox*, Paris, École Lacanienne de psychanalyse, 1993.

sons, pour ce faire, de nous placer du côté de l'approche psychanalytique, qui nous semble être la plus appropriée pour aborder cette question, du fait de la complexité de celle-ci, l'approche psychiatrique ne nous paraissant pas suffisante à apporter une réponse en ce qui concerne à la fois le diagnostic et la thérapie qui y serait adaptée, du fait de la classification moderne qui y est faite.

Enfin, et avant de commencer notre présentation, nous souhaitons préciser que Jean-Claude Maleval considère que le texte de Viktor Tausk « De la genèse de l'appareil à influencer dans la schizophrénie » (1919) traite, en dépit de son titre, d'un délire hystérique. Nous adoptons également cette position dans notre étude, du fait des thèmes œdipiens, de castration, de culpabilité et de satisfaction narcissique qui y sont présents, et c'est la raison pour laquelle nous pourrons nous y référer comme d'un exemple montrant le fonctionnement de cette pathologie.

Freud décrit la névrose ainsi : « Une accumulation de libido qui ne peut trouver à se satisfaire dans la réalité se fraie, à l'aide de la régression, un chemin vers d'anciennes fixations à travers l'inconscient refoulé. Aussi longtemps que le moi tire un bénéfice de la maladie, il permet à la névrose d'exister, bien que le préjudice économique porté par celle-ci ne puisse faire l'objet d'aucun doute »[375].

« Le malade a perdu la conscience d'être une entité psychique, un moi possédant ses propres limites » (Viktor Tausk, 1919)

La régression est, en effet, un des mécanismes de la folie hystérique. Elle consiste en une organisation libidinale du sujet, qui, confronté à des frustrations insupportables, retourne, pour tenter de s'en échapper, à des stades archaïques de sa libido pour y trouver refuge, et s'y fixe sous l'influence de l'inhibition, pour essayer de trouver une satisfaction, une échappatoire à ses fantasmes. Elle permet au sujet de retrouver un état antérieur à l'assomption de son propre corps en tant que sexuel. Il évite ainsi la question libidinale, la problématique œdipienne et la culpabilité qui en est générée. Dans l'hystérie, il s'agit d'une régression quant aux objets sexuels qui passe par le complexe d'Œdipe.

La patiente de Jean-Claude Maleval est une jeune fille délirante qui se nomme Marie-Christine. Elle traverse une crise mystique et est issue d'une famille qui appartient à une secte religieuse très austère. Lors des entretiens, Marie-Christine insiste sur le fait qu'elle doit souvent se soumettre à sa mère, qui ne respecte aucune intimité chez sa fille. Celle-ci intercepte sans pudeur la lettre d'un garçon adressée à sa fille et essaie de l'habiller selon ses goûts. Lors d'une sortie de l'hôpital, la mère de Marie-Christine recrée une relation d'une intense fusion avec sa fille, et trouve un prétexte pour dormir avec elle, en chassant le père de la chambre. Lorsque Marie-Christine revient à l'hôpital, elle régresse à un stade de nourrisson, il faut l'alimenter, elle perd ses urines et ses matières fécales. Elle se

375. FREUD, S., *Névrose démoniaque au XVIIème siècle,* Paris, Gallimard, 1971.

sent persécutée par le messager de Jéhovah, « Il me parle, prend plusieurs voix, m'empêche de parler, me demande de redevenir une petite fille. Il critique le fait que je rie, que je porte une serviette hygiénique, que je sois belle. [...] Il parle même à travers vous. C'est lui le responsable de ma maladie. Je n'arriverai plus à grandir et à travailler[376]. » Marie-Christine réclame des châtiments corporels à son père, se prive de nourriture, et se lave plusieurs fois par jour pour se purifier. La régression est ici mêlée au masochisme dans ce qu'il implique la recherche de la passivité comme condition de la jouissance dans des satisfactions érotiques régressives. De ce fait, le masochisme exprime alors paradoxalement un narcissisme dans ce qu'il génère une position libidinale tournée uniquement sur le moi. Marie-Christine présente un tableau d'anorexie mentale gravissime, et doit dès lors être alimentée par l'équipe soignante. Cette position régressive, qui place Marie-Christine en deçà du conflit œdipien, est sans doute une tentative pour échapper à celui-ci. Viktor Tausk parle de ce mécanisme lorsqu'il se demande si « la stupeur catatonique, qui représente un refus total du monde extérieur, ne serait-elle pas un retour dans le sein maternel ? Ce symptôme catatonique ne serait-il pas le refuge ultime d'un psychisme qui abandonne les fonctions du moi, même les plus primitives et se retire complètement sur une position fœtale ou de nourrisson, parce qu'il ne peut, dans la situation actuelle de sa libido, utiliser même les fonctions les plus simples du moi, celles qui entretiennent une relation avec le monde extérieur [377] ? » C'est-à-dire que le sujet, dont le moi ne s'est pas bien constitué, ne parvient pas à différencier le monde intérieur qui est le sien du monde extérieur, et de cette façon, à soutenir son désir. Tausk poursuit en indiquant que « la projection pathologique provient d'une accumulation de libido narcissique, analogue à la libido primitive, mais intempestive, régressive ou résiduelle, libido dont le caractère est identique au narcissisme inné, c'est-à-dire qu'elle exclut le sujet du monde extérieur. La projection [...] serait alors une défense contre une position libidinale correspondante à celle de la fin du développement fœtal et au début du développement extra-utérin[378]. » Cette position régressive provient du fait que la libido s'est dès lors repliée sur une position qui précède le stade de l'identification. C'est la régression dans ce qu'elle implique le retour à un stade pré-génital, en tant que refus du sexuel, typique de l'hystérie, et non dans le sens archaïque de la psychose, bien qu'il puisse se faire sur un mode psychotique. La projection des désirs censurés offre au sujet la possibilité de se livrer à l'extase de la réalisation de ses désirs interdits, mais génère un repli sur soi, une position auto-érotique, menant ainsi le sujet à s'identifier au phallus pour se faire objet du désir de la mère. Peut-être est-il possible de considérer cette position comme la manifestation de la pulsion de mort, dans ce qu'elle est une quête du niveau minimum d'excitation. Pour Viktor Tausk, si la possibilité

376. MALEVAL, J.-C., « Pour une réhabilitation de la folie hystérique », *Folies hystériques et psychoses dissociatives*, *op. cit.*
377. TAUSK, V, *De la genèse de l'appareil à influencer dans la schizophrénie*, Paris, Petite bibliothèque Payot, 1980.
378. *Ibid.*

psychique à fonctionner à l'aide de représentations de souvenirs régresse aussi, le malade présente des hallucinations. La pensée doit d'abord être intégrée au moi avant de pouvoir servir comme fonction automatique du moi. À ce propos, il dit : « Freud nous a appris que ce stade, lui aussi, est assez tardif, et qu'il est précédé par celui de l'hallucination des images mnésiques, donc par un stade où les représentations surgissent réellement dans le monde extérieur et ne sont pas reconnues comme des processus intérieurs[379]. » C'est parce que la position de la libido est régressive que le sujet doit abandonner ses relations d'objet normales et peut, dès lors, être susceptible de déclencher des hallucinations.

Il semble alors possible de dire que le mécanisme de la projection délirante manifeste de l'état régressif du sujet, mais aussi de son fort sentiment de culpabilité – tel que le constate Otto Rank[380] – dans ce qu'elle implique la présence inconsciente et douloureuse pour le sujet d'être en situation de faute ou de résistance à la guérison. Pour Lacan, « quand le sujet fait de la culpabilité c'est toujours à l'origine, qu'il a cédé sur son désir[381]. » Ainsi, la création d'un double dans le délire hystérique paraît être le signe que le malade a renoncé à un investissement libidinal. Otto Rank affirme que c'est lorsque le moi n'arrive plus à assumer certaines actions ou les désirs du sujet qu'il peut se retrouver à en charger un autre moi, ce même double projeté « hors de lui », dans le but de se débarrasser de ce sentiment de culpabilité devenu insoutenable[382]. La projection de ses désirs lui permet de les identifier, dès lors, comme ne faisant plus partie de lui mais du monde extérieur, cet autre moi étant ainsi chargé d'assumer ce que le sujet refuse de se voir approprié et qui génère sa culpabilité, sur le principe du mécanisme du clivage, en ce qu'il implique des positions contraires et qui s'ignorent face à la réalité, contrariant ainsi une exigence pulsionnelle.

La création d'un double chez le sujet hystérique délirant ne serait-elle alors pas révélatrice de sa position face à la castration – du fait de son rapport trouble au symbolique – en ce qu'elle peut, en étant non admise, générer comme position de soumission à l'Autre ?

« Le problème de la mort dont le moi se sent toute la vie menacé » Otto Rank (*Don Juan et le Double*, 1932)

C'est ce qui est relaté par Freud dans son analyse du cas de l'homme aux loups, ce dernier ne prenant pas position face au danger de la castration, il choisit la solution qui consiste à ne ni la reconnaître, ni la nier : « Le succès a été atteint au prix d'une déchirure du moi, déchirure qui ne guérira jamais plus, mais grandira avec le temps. Les deux réactions au conflit, réactions opposées, se maintiennent comme noyau d'un clivage du moi. L'ensemble du processus ne nous paraît si

379. TAUSK, V., *De la genèse de l'appareil à influencer dans la schizophrénie*, *op. cit.*
380. RANK, O., *Don Juan et le Double*, Paris, Petite bibliothèque Payot, 1973.
381. LACAN, J., *L'éthique de la psychanalyse (1959-1960)*, Paris, Seuil, 1986.
382. RANK, O., *Don Juan et le Double*, Paris, *op. cit.*

étrange que parce que nous considérons la synthèse des processus du moi comme allant de soi. Mais là, nous avons manifestement tort. Cette fonction synthétique du moi, qui est d'une si grande importance, a ses conditions particulières et se trouve soumise à toute une série de perturbations[383]. » Nous savons les questions qui ont été soulevées quant à ce qui est de la structure de l'homme aux loups, Lacan lui-même disant, cependant, que ce patient témoignait de tendances psychotiques sans pour autant dire qu'il l'était. Il nous paraît néanmoins intéressant de confronter cette position face à la castration avec celle de la folie hystérique, puisqu'il semblerait y avoir là un mécanisme identique qui conduit au clivage du moi sans pour autant que l'on se trouve nécessairement face à une structure psychotique.

En effet, la position du sujet face à la castration nous semble être un point essentiel dans ce qui peut favoriser et faire apparaître un délire hystérique, la négation de cette castration pouvant être une réponse du sujet face à la peur du manque symbolique et du sentiment de vide. C'est en cela que le délire hystérique paraît découler d'un refus de la castration symbolique, en ce qu'il positionne le sujet comme refusant sa condition d'être à la fois mortel et désirant, de ne pas accepter qu'il n'y ait pas, dans l'Autre, de garantie à laquelle lui-même puisse se raccrocher. Sans doute est-ce cela que dit Freud lorsqu'il écrit que le moi, afin d'éviter la rupture avec le ça, peut se déformer « lui-même, en acceptant de faire amende de son unité, éventuellement même en se crevassant ou en se morcelant. »[384]

Lacan rapproche l'hystérie de la psychose dans le point où l'identification symbolique au père y est problématique, mais dit que dans l'hystérie le patient comble la fragilité symbolique par la question : « Qu'est-ce qu'une femme ? », « Suis-je un homme ou une femme ? », qui le maintient tout de même dans une position subjectivante, même dans l'angoisse de castration la plus extrême, au contraire du cas de la psychose. D'où la question de l'hystérique : « Être le phallus ou l'avoir ?[385] » Selon Lacan, le désir humain est supporté par le signifiant phallus, et ce particulièrement dans l'hystérie, entre angoisse de castration et déni de celle-ci par identification au phallus imaginaire. Il nous semble possible de faire un rapprochement avec le cas du peintre Christophe Haitzmann décrit par Freud, qui relate ce refus de la castration et que nous pensons similaire à celle de la folie hystérique dans ce qu'elle maintient le sujet dans un non-positionnement entre féminité et virilité, et fantasme d'être fécondé : « Le rejet de l'attitude féminine est ainsi la conséquence de la lutte contre la castration, et il trouve régulièrement sa plus forte expression dans le fantasme contraire : châtrer le père lui-même, faire de lui une femme [...] On peut cependant [...] deviner quel facteur typique conditionne le côté négatif des relations du peintre à son père. Ce contre quoi il se débat est l'attitude féminine par rapport à ce père, attitude qui atteint son point

383. FREUD, S., *L'homme aux loups – d'une histoire d'une névrose infantile*, Paris, Petite bibliothèque Payot, 2010.
384. FREUD, S., *Névrose et psychose*, Paris, Petite bibliothèque Payot classiques, 1974.
385. LACAN, J., *Séminaire III, Les psychoses*, Paris, Points, 1975.

culminant dans le fantasme d'accoucher d'un enfant de celui-ci (neuf ans). [...] Par son deuil du père disparu, par sa nostalgie croissante de celui-ci, voici que chez notre peintre se trouve réactivé le fantasme depuis longtemps refoulé de la grossesse, fantasme contre lequel il doit se défendre par la névrose et le ravalement du père[386]. »

Dans la folie hystérique, le délire du fantasme de fécondation par le père, dans ce qu'il a de transgressif, manifeste sans doute de la présence du conflit œdipien, mais peut également révéler un rapport à une permissivité paternelle excessive qui génère une angoisse dans ce que cette absence d'interdits vient menacer l'identité du sujet. C'est cela qui fait dire à Maleval que, dans les délires hystériques, l'événement traumatique se manifeste de façon beaucoup plus transparente, il est mis, dit-il, « sur le devant de la scène[387]. » C'est pour cela que la faiblesse symbolique qui se retrouve dans la folie hystérique la situe néanmoins du côté de la névrose et non de la psychose, dans ce que la capacité à symboliser, bien qu'elle soit insuffisante, reste néanmoins possible.

Cette faiblesse symbolique mène l'hystérique à surinvestir le registre imaginaire par le mécanisme de l'identification, témoignant ainsi d'une grande fragilité identitaire tout comme de sa capture par le grand Autre. Elle révèle une extrême suggestibilité à la parole et aux désirs des autres. Freud écrit que, lorsque les identifications « prennent le dessus, deviennent trop nombreuses, excessivement fortes et incompatibles les unes avec les autres, il y a tout lieu de songer à une issue pathologique. Il peut s'ensuivre un éclatement du moi, les différentes identifications singulières se fermant les unes aux autres par des résistances et c'est peut-être le secret des cas dits de personnalité multiple que les identifications singulières tirent alternativement à elles la conscience. » Il semble alors possible d'envisager que, dans certaines circonstances, des sujets hystériques puissent emprunter des symptômes d'apparence psychotique et ainsi présenter des hallucinations, celles-ci étant, pour autant, bien rattachées à une structure névrotique, et ce d'autant plus que, tel que le souligne Lacan, il existe une tendance au morcellement et au délire chez tout sujet normal, qui relève de l'infantile prégénital et préverbal, où se rejoignent, à ce stade du développement, psychose et névrose. C'est ainsi que Lacan questionne la structure de Dora, dont il dit qu'elle cherche à résoudre sa difficulté à se vivre comme femme en se précipitant dans une identification à l'homme, « le pénis lui [servant] littéralement d'instrument imaginaire pour appréhender ce qu'elle n'arrive pas à symboliser[388]. » Le sujet hystérique a donc tendance à s'enfoncer dans l'imaginaire parce qu'il a du mal à se confronter au symbolique, et cela fait poser à Maleval l'hypothèse que ce qui rend possible la projection d'un double dans l'hystérie provient d'une perturbation du rapport à l'image spéculaire. L'imaginaire se trouve ainsi investie comme une zone confuse entre l'image spéculaire et la réalité. Or, écrit Maleval, « quand le manque vient à

386. FREUD, S, *Névrose démoniaque au XVIIème siècle*, *op. cit.*
387. MALEVAL, J.-C., *Folies hystériques et psychoses dissociatives*, *op. cit.*
388. LACAN, J., *Séminaire III Les psychoses*, *op. cit.*

manquer [...] le phallus se confond soudain à l'image du double, puisque l'investissement phallique subsiste au niveau du corps propre[389]. » Du fait d'une intégration insuffisante de la fonction symbolique, il y a surinvestissement imaginaire, et il est donc possible de penser que dans la folie hystérique, tout comme dans la psychose, le délire représente ce qui n'a pas été symbolisé. Le fonctionnement du délire reste le même d'un point de vue structurel, c'est-à-dire « la réapparition dans le réel de ce qui est refusé par le sujet[390] », mais dans le cas de l'hystérie, ce qui est déliré, c'est-à-dire ce qui n'a pas été symbolisé, a la possibilité de le devenir. Dans son séminaire X sur l'angoisse, Lacan dit que « l'homme trouve sa maison en un point situé dans l'Autre au-delà de l'image dont nous sommes faits. Cette place représente l'absence où nous sommes. À supposer, ce qui arrive, qu'elle se révèle pour ce qu'elle est – à savoir que se révèle la présence ailleurs qui fait cette place comme absence – alors, elle est la reine du jeu, elle s'empare de l'image qui la supporte, et l'image spéculaire devient l'image du double, avec ce qu'elle apporte d'étrangeté radicale. [...] elle nous fait apparaître comme objet, de nous révéler la non-autonomie du sujet[391]. » C'est lorsqu'à l'endroit de l'absence imaginaire quelque chose vient se présenter, que peut se produire la manifestation d'un double du sujet, et c'est aussi ce qui semble le déposséder de la relation à l'Autre, ce qui crée, au sens structural, le délire. « Je ne peux voir ce que j'y perds, voilà le sens du stade du miroir[392]. » C'est à l'endroit de ce qui ne devrait pas pouvoir être vu que vient se placer le double déliré.

La projection délirante devient ainsi le mécanisme de défense privilégié, manifestant de l'échec du refoulement en ce qu'il est le processus de mise à l'écart des pulsions qui se voient refuser l'accès à la conscience. La projection comme conséquence de l'échec de ce dernier est le rejet à l'extérieur, par le sujet, de pulsions non représentées et qu'il ne peut accepter pour sa propre personne, ce qui lui permet, du même coup, de les méconnaître en lui-même. Maleval spécifie qu'en effet le délire hystérique est constitué par la projection dans la réalité d'éléments refoulés « – et non forclos – », mais que « l'on note que l'événement traumatique, lui, n'est pas refoulé : il est transformé. La censure paraît opérer ici par magnification[393]. » Ainsi le désir de Marie-Christine est magnifié par son aspect divin, « Je vais devenir reine, et épouse de Jésus-Christ[394] » et celui de la patiente de Viktor Tausk prend l'apparence d'une machine – lui attribuant ainsi un caractère de perfection technologique – manipulée par son prétendant, par l'effet de suggestions. Tausk explique, dans son article, les raisons de ces déformations : « Nos connaissances psychanalytiques nous permettent de supposer pourquoi un tel processus de distorsion eut lieu. Comme toute distorsion des formations psychiques, celle-ci est due certainement à une défense s'opposant à l'apparition

389. MALEVAL, J.-C., *Folies hystériques et psychoses dissociatives*, *op. cit.*
390. LACAN, *Séminaire III Les psychoses*, *op. cit.*
391. LACAN, J., *Séminaire X L'angoisse*, Paris, Seuil, 2004.
392. *Ibid.*
393. MALEVAL, J.-C., *Folies hystériques et psychoses dissociatives*, *op. cit.*
394. *Ibid.*

ou à la persistance de représentations non déguisées et destinée à protéger le moi conscient. La malade refuse évidemment de se reconnaître elle-même dans cet "appareil à influencer" et c'est pourquoi elle lui supprime petit à petit tous les attributs de la figure humaine ; car elle se sent d'autant mieux protégée contre cette reconnaissance redoutée que la formation délirante ressemble moins à une figure humaine, et, a fortiori, à la sienne propre[395]. » Tausk explique le fait que l'appareil à influencer représente l'organe génital de la malade, appareil qui a été déformé par celle-ci, de façon à ne pas s'y reconnaître et à attribuer ainsi à la machine la responsabilité de toutes les sensations sexuelles et désirs qu'elle ressent en réalité elle-même. C'est ainsi que le désir, après avoir échoué à être refoulé, est transformé en une machine à influencer, en guise de mise à distance par le moi d'un désir non assumé, frappé d'interdit, et cela sur le principe de la déformation onirique, en ce qu'elle est la production psychique de caractères énigmatiques exprimant un désir inconscient.

Freud écrit en effet que le rêve et le délire émanent tous deux de la même source, à savoir du refoulé, le rêve étant la satisfaction d'un désir, fût-il déformé, fût-il pénible ou angoissant, fût-il un cauchemar, et que derrière ce rêve, il faut chercher ce qui est choquant pour le sujet[396]. Ainsi, il écrit : « Rappelons-nous tout ce que nous avons dit de la nature et de l'origine des fantasmes, ces avant-coureurs du délire. Ce sont les succédanés, les dérivés des souvenirs refoulés, qu'une résistance empêche de se présenter à la conscience sous leurs traits véritables, mais qui y parviennent cependant au prix des modifications et des déformations que leur imprime la résistance de la censure[397]. » Les délires hystériques semblent pouvoir alors être interprétés comme retour du refoulé dans ce qu'ils seraient la tentative d'écarter de la conscience du sujet l'événement traumatique en tant que rencontre avec le fantasme, dans ce que cette rencontre implique de la mort du désir.

La voix de l'Autre dans les hallucinations hystériques

La culpabilité du complexe d'Œdipe, fondatrice du surmoi, reflète le fait que le sujet a dû renoncer à ses premiers désirs, et c'est parce qu'il y a renoncé qu'il se sent coupable. Mais pour Lacan, le surmoi n'est pas la loi. Pour lui, « ce que dit le surmoi c'est : "Jouis !"[398]. » La jouissance concerne le désir, et précisément le désir inconscient, et pose la relation à l'objet qui passe par les signifiants inconscients. Elle met en question le rapport de la satisfaction et de la sexualité, et s'oppose au plaisir qui cherche à abaisser les tensions psychiques. La jouissance serait alors la quête d'un plaisir pur, d'idéal de plénitude absolue et dont la culpabilité serait absente, telle l'extase, quête impossible à atteindre, en ce qu'elle chercherait à

395. TAUSK, V., *De la genèse de l'appareil à influencer dans la schizophrénie*, *op. cit.*
396. FREUD, S., *L'interprétation du rêve*, Paris, Seuil, 2010.
397. FREUD, S., *Délire et rêves dans la Gradiva de Jensen*, Paris, Gallimard, 1949.
398. LACAN, J., *Séminaire XX Encore*, Paris, Seuil, 1975.

nier la castration, dès lors que le sujet est entré dans le réseau du système symbolique. Le sujet, pour entrer dans le langage, devra introjecter les voix de ses parents, leurs signifiants, et abandonner le complexe d'Œdipe. C'est la formation du surmoi, dont le rôle interdicteur a d'abord été joué par une puissance extérieure, l'autorité parentale. Le lieu du langage, Lacan le nomme le grand Autre, et toute la difficulté de ce terme de jouissance vient de son rapport à cet Autre non figurable. La voix de l'Autre qui commande la jouissance est contradictoire, parce qu'elle est écartelée entre ce qui tendrait à satisfaire les deux pulsions, celle de vie et celle de mort, qui pousse le sujet à aller au-delà du principe de plaisir. Ainsi est la jouissance féminine, dans ce qu'elle est divisée entre la jouissance phallique autour de laquelle elle tourne, et son rapport à la jouissance de l'Autre qui la lie au langage, et donc au manque. En cela, elle exprime la problématique de l'hystérique, qui pose la question de la satisfaction ou de l'insatisfaction. Et de là naît le conflit chez le sujet entré dans le champ du symbolique, de ne pouvoir échapper à sa culpabilité, à sa finitude, puisque sa jouissance sera toujours marquée par un manque et par un interdit.

Ce que Freud appelle le surmoi est l'instance qui inhibe les actes du sujet ou produit en lui le remords et la culpabilité, et qui peut traiter le moi avec une extrême cruauté[399]. C'est par le mécanisme identificatoire qu'est intériorisée la menace de l'autorité parentale, et c'est pour ne pas perdre l'amour de celle-ci que le sujet renonce aux satisfactions, et abandonne le complexe d'Œdipe. La voix du surmoi fait donc partie du moi tout en pouvant en être séparée, et c'est en ce que le moi peut se prendre lui-même comme objet qu'il peut se cliver.

La patiente de Maleval souffre d'hallucinations verbales qui la persécutent : « Puis éclatent des hallucinations auditives particulièrement pénibles pour elle, avec des thèmes de culpabilité, d'indignité, d'impureté. Elle entend, dans la rue ou bien à son travail, des gens dire qu'elle sent mauvais, qu'elle pue, qu'elle est méprisable. Ce sont des insultes, des propos dévalorisants. Son corps est tout imprégné de l'odeur des urines. De plus en plus gênée, elle contrôle l'état de ses sous-vêtements qu'elle ne peut s'empêcher de respirer, et qu'elle change plusieurs fois par jour[400]. » La présence du thème de la culpabilité ainsi que la thématique sexuelle sous-jacente oriente son interprétation dans le sens de la manifestation de la voix de l'Autre dans ce qu'elle implique comme position régressive auto-érotique et de soumission. Otto Isakower arrive également à la conclusion que c'est le surmoi qui s'exprime dans les hallucinations auditives, qu'ainsi il se révèle : « De même que le noyau du moi est le moi-corporel, de même la sphère auditive humaine, modifiée dans le sens d'une potentialité pour le langage, doit être considérée comme le noyau du surmoi. [...] Comme preuve exemplaire de cela, nous pouvons nous reporter au phénomène qui suggéra à Freud son concept du surmoi : les délires d'observation dont font partie des expériences inquiétantes dans le domaine de l'audition, à savoir une perception aiguë de la cadence de la

399. FREUD, S., *Le moi et le ça*, Paris, Points, 2015.
400. MALEVAL, J.-C., *Folies hystériques et psychoses dissociatives*, *op. cit.*

parole des autres, l'imputation d'un double sens à ce qui est entendu, une falsification de la perception auditive, et enfin des hallucinations auditives. Les voix hallucinées signalent au malade, entre autres, le danger d'être submergé par le ça. Quand l'intégralité de la personnalité est menacée de l'intérieur, le surmoi révèle et son histoire et sa genèse, c'est-à-dire qu'il ne révèle pas seulement par quelles voies il s'est formé, mais aussi en quoi consiste son noyau[401]. » C'est par la phallicisation de son propre corps en ce qu'elle manifeste d'une prédominance libidinale investie dans le champ de l'imaginaire que le sujet hystérique peut se retrouver en position de soumission à l'appel de l'Autre. C'est pour lutter contre le ça, lorsque la censure s'est trop relâchée, que se manifesteraient les hallucinations. C'est la voix de l'Autre qui s'exprime alors, en ce qu'elle vient révéler ce qui, antérieur et extérieur au sujet, le détermine néanmoins et le maintient en dépendance. Le désir de jouissance phallique et celui de la jouissance de l'Autre, au lieu d'être complémentaires, se mettent en position de conflit, et c'est du fait de l'incertitude sur le désir de l'Autre que naît l'angoisse. C'est en cela que ce conflit rejoint celui de l'hystérique, entre quête excessive de jouissance phallique, fragilité identitaire, et demande de savoir capable de maîtriser la jouissance, exprimant ainsi une capture par l'Autre en tant qu'objet originaire. C'est ainsi que nous pouvons peut-être entendre une autre hallucination de Marie-Christine : « Il y a un conflit entre l'esprit bon et mauvais. Je suis avec Jéhovah contre Satan, c'est une épreuve de fidélité, Jéhovah est plus fort que Satan, il est roi. Le démon tue les enfants. J'ai obéi au démoniaque, le rebelle de Jéhovah. Je suis devenue rebelle depuis la maladie[402]. » Il s'agit d'un conflit à peine voilé entre désirs sexuels et interdits surmoïques. C'est l'ambiguïté de l'hystérique que d'être apparemment prise dans la relation spéculaire de séduction à l'autre alors qu'elle est, plus profondément, captée et altérée par le grand Autre, en ce qu'elle ne parvient pas à définir quel est le désir de cet Autre. C'est en cela que la régression signifie le retour à un amour homosexuel pour la mère, en ce qu'elle implique de servitude à l'Autre. Katan, à propos des hallucinations hystériques, défend l'idée que l'hallucination hystérique, au service de la réalité, est un mécanisme de défense du moi contre le ça[403]. De ce point de vue, elle serait la manifestation du retour du signifiant qui a échoué à être refoulé. Peut-être est-il possible de considérer l'hallucination suscitée sous cet angle, considérant, comme nous l'avons vu, qu'elle est l'expression d'un désir.

Lacan, dans son séminaire sur l'angoisse, en se référant au texte de Theodor Reik « Le rituel. Psychanalyse des rites religieux », rapporte la métaphore faite par celui-ci concernant le son du chofar comme étant le symbole de la voix de Dieu. Lacan le formule ainsi : « [...] c'est le fait originel inscrit dans le mythe du meurtre du père qui donne le départ de ce dont nous avons dès lors à saisir la fonction dans l'économie du désir, à savoir que l'on interdit, comme impos-

401. ISAKOWER, O., « De l'exceptionnelle position de la sphère auditive », 1939.
402. MALEVAL, J.-C., *Folies hystériques et psychoses dissociatives*, *op. cit.*
403. KATAN, M., *Rêve et psychose : leur rapport avec les processus hallucinatoires*, RFP, 1961.

sible à transgresser, ce que constitue, dans sa forme la plus fondamentale, le désir originel[404]. » L'Autre est la loi qui sépare le sujet de ce qui lui sera toujours hors d'atteinte dans ce qu'il est en même temps la jouissance interdite. La fin de l'analyse du cas de Chistophe Haitzmann nous semble pour cela intéressante : « On s'évertua à le ranimer, mais il se roula dans la chambre jusqu'à ce que du sang lui sortît du nez et de la bouche, il se sentait couvert de sueur et d'ordures et il entendait une voix qui disait que cet état lui était envoyé en punition de ses futiles et vaines pensées[405]. » Freud analyse de façon assez détaillée comment le désir inconscient du peintre pour son père constitue la majeure partie de son délire, déclenché par la mort de celui-ci. C'est l'objet *a* dans ce qu'il vient se manifester à lui comme objet réellement perdu, et parce qu'il n'a pas renoncé aux investissements libidinaux qu'il avait placés dans son père, qui vient le mettre en position à être soumis à l'appel de l'Autre, parce que c'est cette voix « en tant qu'impérative, en tant qu'elle réclame obéissance ou conviction[406] » qui s'impose au sujet, en ce qu'elle lui révèle son rapport à l'objet et sa relation aux signifiants inconscients, au fantasme et à la culpabilité. Les hallucinations verbales dans les délires hystériques, en tant qu'elles sont la manifestation de la voix de l'Autre, sont donc un élément majeur, qui vient s'appuyer sur une structure qui appartient à la névrose, et permettre l'éclosion du délire dont la voix de l'Autre est le soutien.

Comment le sujet peut-il alors se débrouiller de sa jouissance ? L'intégration de la castration ne serait-elle pas cela, en ce qu'elle révélerait sa fonction de faire admettre au sujet qu'il n'est pas de jouissance sans culpabilité ? Dire que l'Autre n'existe pas, cela ne veut-il pas dire que c'est le désir de l'Autre qui n'existe pas, en ce que ce désir viendrait dicter le désir du sujet, soulageant ainsi celui-ci de la servitude à laquelle, parfois, il peut aspirer ?

Enfin, peut-être pouvons-nous nous permettre de terminer par une citation de Viktor Tausk : « Cependant nous devons nous souvenir une fois pour toutes que le développement du moi, jusqu'à la mort du sujet, reste soumis à une continuelle variation de la position libidinale narcissique. L'homme dans sa lutte pour l'existence est obligé sans cesse de se redécouvrir et de se reconnaître ; et finalement le processus d'acquisition du narcissisme est un processus immanent à l'âme de l'homme culturel et n'est concevable que sur la base du narcissisme inné demeuré intact, dont il reçoit sa nourriture et sa régénération.[407] »

1. 404 LACAN, J., *Séminaire X L'angoisse*, *op. cit.*
1. 405 FREUD, S., *Névrose démoniaque au XVIIème siècle*, *op. cit.*
1. 406 LACAN, J., *Séminaire X L'angoisse*, *op. cit.*
407. TAUSK, V., *De la genèse de l'appareil à influencer dans la schizophrénie*, *op. cit.*

Jour après jour, la poussière. Sur l'ordinateur, la table basse, les livres, indistinctement : romans, essais, poésie… Sur les encadrements.

Les objets oppressants constellés appelaient, se plaignaient, mugissaient, s'animaient. La chaîne Hifi serinait ses ritournelles :

« Pourquoi es-tu toujours là ?
Pourquoi ta présence incongrue ?
Va-t-en !
Pars !
Laisse-nous vivre notre vie d'autrefois !
Et fais venir la femme de ménage ! ! ! »

Dehors, il y a l'hôpital Sainte-Anne et son panneau Pôle des neurosciences. Disparition de la psychiatrie.

Véronique Deschamps

Texte écrit en Atelier d'écriture de Valéry Meynadier

MITIA (Dimitri Repérant). *Strange Apparition*. Sagaing, Myanmar. 2015.

La « petite musique » du patient et l'écoute du psychanalyste

Véronique DESCHAMPS

Il existe chez chaque être humain un rapport spécifique à la voix, au langage et à la parole. Personne ne possède le même timbre, ni les mêmes chaînes signifiantes, ni la même prosodie, ni la même manière d'habiter et d'être habité par le langage.

Dans une cure analytique, des *blablas* interviennent dès les premières séances. Il s'agit de savoir ce que le psychanalyste et ce que l'analysant en entendent. Encore faut-il que l'analyste écoute cette répétition une durée suffisante pour que « [...] l'analysant puisse en percevoir la prégnance dans son *modus desiderandi*[408]. »

Au fil des séances, l'analyste entend de chaque patient son rapport au langage incarné en un corps et une voix, que ce soit dans le champ de cures psychanalytiques ou en institution : une « petite musique » singulière comme la sonate de Vinteuil est l'obsession musicale de Proust et traverse son œuvre *À la recherche du temps perdu*[409].

Quelle est donc la genèse de cette musicalité ?

Quels sont les concepts qui la constituent ? Quel accueil le psychanalyste en fait-il ? Quel est son acte ? La question qui se pose est : comment faire avec chaque patient une fois que le défilement des séances permet de connaître et de reconnaître chaque petite musique singulière ?

Quels sont les liens entre la voix et le discours ? Le discours lui-même est composé de sonorités (phonèmes, onomatopées, allitérations, etc.). Quelles coupures,

408. SIMONNEY, D., « Lalangue en questions », *Essaim*, N° 29, 2012/2, p.7-16.
409. PROUST, M., *Du côté de chez Swann*, Paris, Gallimard, 1987.

que ce soient des interprétations, des ponctuations, des scansions, etc. pour qu'une *Tuché* (la rencontre du réel) interrompe ce long fleuve tranquille ?

Comment intervenir auprès de chaque patient afin soit de soutenir l'enrichissement de cette « petite musique », soit d'introduire une fausse note dans cette mélopée pour permettre une rectification subjective et un accès à un savoir sur l'inconscient ?

Dans le dispositif classique de la séance psychanalytique, le patient procède par l'association libre. Il n'y a pas captation par le regard puisqu'il est allongé sur un divan. C'est donc la voix qui est au premier plan et c'est par elle que sont véhiculés les dits (les énoncés) et les dires (l'énonciation) de l'analysant. Notons que le face à face, même s'il intervient dans les modalités d'expression du patient et l'écoute du psychanalyste, n'empêche pas le déploiement de cette « musique ». Nous donnerons quelques vignettes d'enfants reçus en institution qui illustrent la présence d'une forme de musicalité.

Naissance de la voix

Voix et jouissance

Nous n'évoquerons pas ce qu'entend le bébé durant la grossesse, notre propos étant de saisir sur le plan théorique les concepts et la clinique qui permettent de se représenter la naissance et la constitution de la voix après l'accouchement.

Rose-Paule Vinciguerra énonce que « [...] le placage de l'enfant et du sein (qui fait partie de lui) sur le corps de la mère n'est pas sans la voix maternelle[410]. »

Lacan dans le Séminaire ...*ou pire*, évoque un brouhaha, un hurlement perçu par l'*infans* : « brrom-brrom-ouap-ouap... C'est une indication concernant la voix, *l'a-voix* qui, comme chacun sait, aboie [...][411]. » C'est un objet détaché de la phonémisation. L'enfant a affaire à une jouissance inassimilable : « À une jouissance qui échappe aux lois de la parole et qui peut aussi bien être silence, mais un silence qui hurle, un silence absolu ne connaissant pas le rythme imprimé par l'alternance présence-absence[412]. » Une représentation mythologique de cette voix originaire est la voix des sirènes, promesse de jouissance éternelle. C'est une « pure matérialité sonore[413]. »

Cette présentation absolument effrayante d'un premier contact de l'enfant avec la voix de l'Autre maternel (de celle ou celui qui est dans une position de maternage avec lui) sans distinction entre le percevant et le perçu, totalement indifférencié, va évoluer par la manifestation du cri de l'enfant comme expression d'une souffrance. Mais ce cri n'a rien à communiquer puisque les instruments

410. VINCIGUERRA, R.-P., « L'objet voix », *La cause freudienne*, N° 71, 2009.
411. LACAN, J., *Le Séminaire*, livre XIX, ... *ou pire*, Paris, Seuil, 2011, p. 150.
412. VINCIGUERRA, R.-P., « L'objet-voix », *op.cit.*, p.135.
413. VIVÈS J.-M., « Pour introduire la question de la pulsion invocante », *Les enjeux de la voix en psychanalyse dans et hors la cure*, Presses universitaires de Grenoble, 2002.

du langage sont du côté de l'Autre maternel. Ce cri prend donc le sens d'un appel par la réponse de l'Autre maternel, par l'interprétation qu'il en fait. S'il n'y a pas transformation du cri en appel, l'enfant restera dans un chaos primordial avec envahissement permanent de l'Autre.

« À partir de cette réponse de l'Autre [...] l'*infans* va perdre pour toujours l'immédiateté du rapport à la voix comme objet. Il va céder son angoisse et c'est ici qu'on peut repérer sans doute quelque chose comme l'incorporation de la voix[414]. »

L'acte de parole et donc de signification implique la disparition de la voix primordiale ou, du moins, son voilement. Sans ce voilement, l'*infans* restera soumis à cette voix perçue dans le réel. De son côté, son cri subit une forme de dépossession par la signification donnée par l'Autre maternel qui manifeste ainsi son désir. Il y a un passage de la voix modulée à la voix articulée par ce rejet de l'Autre primordial ainsi déconstruit. Ce creusement d'un vide dans l'Autre par le cri traduit, en appel constitué, une demande. Freud en parle dès *L'Esquisse* : « Le cri comme signal d'une souffrance est à l'origine de la compréhension mutuelle des humains[415]. » Michel Poizat énonce : « [...] le cri pur de l'enfant devient un cri pour, pour quelque chose ou quelqu'un qui donc a été symbolisé par l'enfant puisqu'il peut en avoir l'évocation en son absence[416]. » Il y a donc une double perte de la voix (chez l'enfant et de l'Autre) comme réel du corps nécessaire à la prise de parole de l'enfant : elle est cet « [...] objet chu de l'organe de la parole[417]. » L'enfant pour accéder à la parole, doit « [...] se rendre sourd au timbre primordial[418]. » Lacan énonce dans *L'étourdit* : « Qu'on dise reste oublié derrière ce qui se dit dans ce qui s'entend[419]. »

« Le noyau de cette incorporation n'est-il pas [...] l'écho de la voix inarticulée de la jouissance, ce reste de la jouissance de toujours perdue [...][420] » ?

Mais la voix dont il s'agit c'est la voix surmoïque archaïque : la grosse voix. « Le surmoi s'identifie à la voix de la conscience, obscène et féroce[421]. » écrit Erik Porge. Il s'agit du « Tu es » interrompu, sans aucun attribut.

Chez le névrosé, la voix est incorporée et le sujet a à se situer dans la demande, effet du désir de l'Autre : « La voix n'est pas seulement l'objet causal mais l'instrument où se manifeste le désir de l'Autre[422]. »

Comment se construit donc la pulsion invocante à partir de la voix surmoïque chez le névrosé ?

---

414. VINCIGUERRA, R.-P., « L'objet-voix », *op. cit.*,p. 136.
415. FREUD, S., *Esquisse d'une psychologie*, Toulouse, Érès, 2011.
416. POIZAT, M., « La voix et l'appel du sujet », R. Lew et F. Sauvagnat (sous la directionde), *La voix*, Paris, La Lysimaque, 1989, p. 35.
417. LACAN, J., *Le Séminaire*, livre XXI, *Les non-dupes errent*, inédit, 1973-1974.
418. MILLER, J.-A., « Jacques Lacan et la voix », R. Lew et F. Sauvagnat (sous la direction de), *La voix, op. cit.*
419. LACAN, J., « L'Étourdit », *Autres écrits*, Seuil, 2001, p. 449.
420. VINCIGUERRA, R.-P., « L'objet-voix », *op. cit.*, p. 136.
421. PORGE, E., « Les voix, la voix », *Essaim*, N°26, 2011/1, p. 10.
422. LACAN, J., *Le Séminaire*, livre XIII, *L'objet de la psychanalyse*, inédit, 1965-1966.

Construction du concept de pulsion vocale

Nous avons vu que le surmoi « […] exerce de ce fait une loi féroce, impossible à satisfaire, intimant un "Jouis", à quoi le sujet ne peut que répondre "j'ouïs"[423]. » Dans *Totem et tabou*[424], Freud utilise le mythe de la horde primitive pour illustrer le cheminement de la jouissance absolue d'un père tout-puissant à l'interdit de l'inceste et par là même à l'accès à des « bouts » de jouissance toujours insatisfaisants et dont naît le désir toujours à renouveler.

Le meurtre du père primitif est commémoré énonce Lacan au cours de cérémonies utilisant la corne de bélier comme instrument : le chofar. Lacan pour constituer l'objet voix s'est servi du chofar. Le son du chofar est la répétition et la commémoration de la mise à mort « de ce dieu du paganisme […] [425] » sacrifié par Abraham. C'est l'alliance avec Dieu, la voix de cet ancêtre mythique assassiné[426].

L'objet pulsionnel *a* est ce qui reste de cette voix primordiale, de ce mugissement de Dieu, c'est-à-dire le reste de l'extraction de la voix de l'Autre maternel. Cette extraction et incorporation permet au nourrisson de sortir de son chaos originaire. Le sujet de l'inconscient recherche l'objet *a* qui n'est qu'un déchet détachable du réel du corps. En l'occurrence l'objet voix est objet cessible comme reste de réel du corps « essentiel […] à l'articulation du signifiant en tant qu'il soutient le passage[427]. » Ce qu'il reste de la grosse voix est le reste de ces coupures : « La scansion de la parole crée la voix comme objet *a*, en tant que sorti d'un orifice et quelque chose qui se coupe, à l'instar des autres objets libidinaux[428]. » Les possibilités d'enregistrement de sa propre voix démontrent que cet objet *a* est séparable du corps.

Dans *Le désir et son interprétation*, Lacan mentionne que le sujet ne peut se fier à la pérennité de la chaîne signifiante. Il n'y a pas la garantie que le grand Autre énonce ceci ou cela : « Dans quelle mesure et jusqu'à quel point puis-je compter sur l'Autre ? Qu'est-ce qu'il y a de fiable dans les comportements de l'Autre ? Quelle suite puis-je attendre de ce qui a déjà été par lui promis[429] ? » « Aucun signifiant possible ne garantit l'authenticité de la suite des signifiants […]. C'est en quoi le sujet dépend essentiellement de la bonne volonté de l'Autre[430]. » Rien ne vient donc garantir pour le sujet sa propre nomination au niveau du discours de l'Autre. Il ne rencontre qu'un vide de signifiant. « C'est en réponse à ce moment que surgit, comme suppléant du signifiant manquant, l'élément

423. LACAN, J., *Le Séminaire*, livre V, Les *formations de l'inconscient*, Paris, Seuil, 1998, p 333.
424. FREUD, S., *Totem et tabou*, Paris, Petite bibliothèque Payot, 1986.
425. HADDAD, G., *Yom Kippour : Lacan et la voix du shofar*, tenoua.org/kippour-shofar-haddad-173/, 2018.
426. LACAN, J., *Le Séminaire*, livre X, *L'angoisse*, Paris, Seuil, 2004, p. 281-295.
427. *Ibid*, p. 10.
428. LACAN, J., « D'une question préliminaire à tout traitement possible de la psychose », *Écrits*, séance du 20/05/59, Paris, Seuil, 1966.
429. LACAN, J., *Le Séminaire*, livre VI, *Le désir et son interprétation*, Paris, Seuil, 2013, p. 445.
430. *Ibid*, p. 446.

imaginaire, terme corrélatif de la structure du fantasme[431]. » Soit, $\$ < > a$. Le surgissement du fantasme permet au sujet de pallier le vide dans l'Autre. « La voix répond à ce qui se dit mais elle ne peut pas en répondre. Autrement dit, pour qu'elle en réponde nous devons incorporer la voix comme l'altérité de ce qui se dit. Le vide de l'Autre est le vide de son manque de garantie ultime, de l'énigme de son désir et de sa jouissance[432]. » Le névrosé aura à composer par le fantasme à ce vide de garantie pour se nommer en tant que sujet et compter sur l'Autre et sa bonne volonté ($\$ < > a$).

Comment l'Autre maternel atténue-t-il les effets de cette voix archaïque afin qu'un signifiant représente le sujet pour un autre signifiant ? Quels sont les mots, les onomatopées, les signifiants premiers, les traits unaires incorporés par le sujet pour construire ce qui lui tiendra lieu de garantie ? Pour un temps, au moins.

La mère accompagne la plupart du temps ses paroles auprès du nourrisson de modulations musicales, de berceuses qui voilent la voix surmoïque. Lacan avance dans le séminaire *L'angoisse* : « Je pense qu'il y a ici assez de mères non atteintes de surdité pour savoir qu'un très petit enfant [...] monologue avant son sommeil dès qu'il possède quelques mots[433]. »

Marie-Christine Laznik relève, au cours de ses entretiens cliniques avec les mères accompagnées de leur bébé, qu'une prosodie accompagne et soutient les paroles maternelles où se jouent les trois temps suivants : entendre, être entendu, se faire entendre. Nous y reviendrons. Lacan dans *Je parle aux murs*[434], crée par lapsus (paronyme) le néologisme *lalangue* à partir du nom Lalande (le dictionnaire). Il insiste sur le fait que *lalangue* n'a rien à voir avec le langage du dictionnaire. *Lalangue* participe du langage, structure universelle (l'inconscient est structuré comme un langage) et d'une langue singulière transmise par le grand Autre maternel.

Comment l'Autre maternel transmet-il cette *lalangue* dont l'enfant s'empare de manière active et la rend absolument singulière ? Quelle est l'incidence de la sonate maternelle ?

Homophonie et équivocité : illustrations cliniques

Lydie Salvayre, dans son roman *Pas pleurer,* fournit des exemples d'une *lalangue* à travers le personnage de sa mère, Montse, qui a fui la dictature franquiste en 1938 et qui, à 90 ans, ne se souvient plus que des événements d'avant cette funeste date. Ce que Lydie Salvayre apprend de sa mère, c'est un mélange d'espagnol et de français qui constitue une *lalangue* singulière[435].

La narratrice corrige les mots de sa mère (panaris au lieu de panadis) et transforme le sabir maternel en une *lalangue* pour elle. Nous constatons une irruption

431. *Ibid.*
432. LACAN, J., *Le Séminaire*, livre X, *L'angoisse*, *op. cit.*, p. 318 – 319.
433. *Ibid*, p. 315.
434. LACAN, J., *Je parle aux murs*, Paris, Seuil, 2011.
435. SALVAYRE L., *Pas pleurer*, Paris, Seuil, 2014, p. 12 – 15.

du réel par le trauma chez cette écrivaine qui s'opère par son entrée dans *lalangue* de l'Autre qui la divise et la castre symboliquement. Il y a traumatisme, aliénation et désaliénation de la part de Lydie Salvayre qui a fait de sa mère avec sa *lalangue* un personnage de roman. À la lire, on l'entend. Le savoir-faire de l'inconscient avec *lalangue* est passé pour elle par l'écriture fidèle des déformations de mots, des consonances, homophonies et faux amis entre les deux langues, signifiants maternels lâchés au seuil de la mort, mais qui ont dû scander l'enfance de l'auteure. La dimension de jouissance invocante y est présente ainsi que l'équivoque signifiante « elle a l'air bien modeste » qui n'échappe pas à Montse dans le sens d'un ravalement méprisant et injurieux. Cette illustration souligne la dimension de chaîne signifiante qui comporte une « attribution subjective distributive » qui n'est « nullement univoque[436] ».

« Lalangue nous affecte d'abord par tout ce qu'elle comporte comme effets qui sont des affects[437] », dit Lacan dans le Séminaire *Encore*.

Cet exemple pris dans la littérature accentue la singularité de *lalangue* dans la mesure où elle émerge de deux ou plusieurs entrecroisements de langages. Ce foisonnement, Louis Wolfson ne supporte plus de l'entendre dans sa langue maternelle, l'anglais. Intrusé par le réel de *lalangue*, il découvre une méthode afin de se protéger de l'envahissement de la voix primordiale : il traduit immédiatement les signifiants anglais en une langue étrangère (français, allemand, hébreu et russe) avec la règle de respecter la même sonorité et le même sens[438]. Notons le caractère traumatique qu'a sa langue maternelle pour lui et sa méthode pour ne plus être envahi par elle.

Dans le Séminaire *Les psychoses*, Lacan donne l'exemple d'une présentation de malade qui prononce le néologisme *galopiner*. Il l'identifie comme étant une signification ne renvoyant qu'à elle-même, la signification première pour cette patiente. Cette signification univoque n'est pas prise dans le réseau de signifiants. Il souligne la difficulté qu'il a eue lors de cette présentation à découvrir et à entendre ce néologisme du côté de la psychose.

Jean-Pierre Brisset a le suprême projet d'écrire un dictionnaire raisonné de toutes les langues avec comme postulat délirant initial que l'homme descend originairement de la grenouille. Il « rend à la grammaire son vacarme primitif. S'ensuit une cascade vertigineuse d'équations, de vocables, une grande aventure du verbe où chaque nouveau bond fait surgir des richesses phonologiques induites par un léger, inaudible glissement d'un mot à l'autre[439] » : « salaud, sale eau, salle au prix, salle au pris(onniers), saloperie », etc.

Daniel, un adolescent autiste d'une institution, ne parlait pas du tout à son arrivée. Il a commencé à parler en récitant par cœur les dialogues de certains dessins animés, ce qui lui tenait lieu de bord. Personne n'avait accès à ces dialo-

---

436. MILLER J.-A., « Jacques Lacan et la voix », *La voix*, *op. cit.*

437. LACAN, J., *Encore*, *op. cit.*, p. 127.

438. WOLFSON L., *Le schizo et les langues*, Paris, Gallimard, 1970.

439. DELBOURG P., « L'art d'être grammaire », *Les désemparés – 53 portraits d'écrivains*, Le Pré-Saint-Gervais, Castor Astral, 1996.

gues immuables entre les personnages de dessins animés qu'il répétait en boucle sans prêter attention à leur signification. Beaucoup de mots étaient estropiés, déformés et le sont demeurés. Seules la sonorité, l'intonation et l'imitation des voix paraissent l'intéresser encore. Il est longtemps resté indifférent à ma présence. Il a mis en place, après plusieurs années, un mode de relation avec moi. Il n'y a que lorsqu'il me croise dans un couloir qu'il vient me chuchoter à l'oreille une réponse à une question personnelle posée quelques jours auparavant. Il lui faut la différer plusieurs jours. C'est ainsi que s'est instauré sur plusieurs années un « dialogue » par intermittence qui lui permet de faire rempart au réel du langage. Il n'y a d'adresse à l'Autre de sa part que dans ces battements temporels et spatiaux. La voix parlée chuchotée, et je chuchote aussi, met à distance la voix primordiale qui pourrait l'anéantir. Au bout de plusieurs années, se sont agrégés des bouts de phrases qui, finalement, exprimaient ce qui lui était important de me dire dans cette sorte de va-et-vient, sorte d'écho d'un *fort-da*.

Nous venons de donner plusieurs exemples pour lesquels il n'y a pas eu extraction de l'objet *a*. L'*infans* n'a pu se dégager de l'emprise de la voix primordiale et doit utiliser toutes ses ressources psychiques et intellectuelles pour tenter d'exister et ne pas sombrer dans une cacophonie hallucinatoire. La construction d'un nouveau langage, un délire lui permet de mettre un peu à distance les voix qui s'imposent à lui comme la voix originaire, par le battement présence/absence et l'adoucissement de la voix dans le cas d'un sujet autiste.

Quand cette extraction a lieu, le sujet a à se dégager de la symphonie familiale, c'est-à-dire de la façon dont il a été parlé par ses parents, de ces petites phrases qui épinglent le sujet : « Le cancer, ça saute une génération », « Les empêcheurs de tourner en rond » (exemples de ritournelle pris chez des patients). Elles s'accompagnent d'une forme de musicalité, que ce soit vocalement ou dans l'écriture. C'est une quasi-synesthésie vocale.

Le diagnostic est essentiel dans l'accueil du patient. Comment sont donc à entendre les propos du patient dans ses premiers entretiens ? Il est crucial de percevoir ce qui, dans le défilé des signifiants, pointe une structure psychique. Est-ce de l'ordre d'un radotage vide de vérité ? Y a-t-il des indices laissant supposer la possibilité d'une psychose ? Comment le psychanalyste écoute ?

Une musicalité

Il y a l'énonciation du patient et tout ce qui concourt ou entrave cette énonciation du côté du corps. Dominique Simonney écrit : l'enfant « […] écoute dire ou chantonner sa mère, s'essaye lui-même à donner de la voix à travers ses gazouillis, sa lallation, mot dont Lacan souligne la proximité phonétique avec *lalangue*, plus musique homophonique que langage articulé[440]. » Marie-France Castarède avance : « Ce que la voix maternelle donne à entendre à son bébé est de deux ordres : d'une part, la continuité mélodique à travers les voyelles, d'autre part, la

440. SIMMONEY, D., « Lalangue en questions », *op. cit.*, p. 14.

scansion du discours à travers la discontinuité des consonnes[441]. » Daniel Stern parle d'une sonate maternelle à laquelle le nourrisson s'accorde.

À ce sujet, le travail clinique de Marie-Christine Lazniz auprès de mères et de leur nourrisson s'avère particulièrement enseignant. Elle a observé et écouté attentivement le mode sur lequel elles s'adressent à leur bébé. Elle constate que chaque mère possède sa propre prosodie en parlant à son bébé. Elle invente le terme *mamanais* (et *parentais*[442]) qui est une sorte de « parler bébé » qui emprunte autant à la mélodie qu'à *lalangue*. Elle remarque que les mères de bébés à risque d'autisme sont moins enclines à créer cette prosodie.

Elle a visionné de nombreux films familiaux avec des bébés qui sont devenus autistes. Elle a remarqué qu'il manquait le retour rétroactif de la boucle pulsionnelle, le moment où le bébé se fait objet de la jouissance maternelle en offrant lui-même son petit pied. En effet, le troisième temps pulsionnel – considéré comme passif par Freud – est repéré comme actif par Lacan. C'est le « se faire » qui apparaît dans le troisième temps des pulsions. À « Se faire boulotter le pied [443] » de la pulsion orale correspond « se faire entendre » avec, à la différence des autres pulsions (orale, scopique, anale), le fait que les oreilles soient le seul orifice qui ne se ferme pas : « Alors que le *se faire voir* s'indique d'une flèche qui vraiment revient vers le sujet, le *se faire entendre* va vers l'autre[444]. »

Marie-Christine Laznik ajoute, en reprenant Lacan, que deux expériences affectives doivent opérer simultanément pour qu'émerge le *mamanais* et donc le sujet. La prosodie maternelle comporte des éléments de surprise et de joie « à la vue » de son enfant. Le nourrisson va ainsi rencontrer la jouissance de l'Autre décomplétée. « Et cet Autre est barré, car décomplété de son savoir par la découverte d'un mot qu'il ignorait jusqu'alors[445]. » Chez le nourrisson à risque d'autisme, il y a une combinaison qui ne se fait pas entre le ratage de ce troisième temps et la jouissance maternelle décomplétée : il ne donne pas activement son petit pied pour « se le faire boulotter », même si sa mère tente de l'y inciter. Il n'y a pas de « retour rétroactif de la boucle » pulsionnelle, « le moment où le bébé se fait objet de la jouissance maternelle en offrant lui-même son petit pied. » La surprise est l'indice de la castration maternelle ou paternelle, d'un manque dans l'Autre, d'une décomplétude de son savoir. Le bébé peut « [...] crocheter alors sa jouissance en tant qu'Autre barré, car marqué du manque que cette surprise implique », écrit-elle.

Chaque mamanais ou parentais est unique. Cela veut donc dire que la mère d'un nouveau-né est dans cet état lors de sa naissance : émerveillée et surprise. Le nourrisson intègre ses phrases courtes et répétitives plus ou moins chantonnées, ses phonèmes auxquels un sens privé est donné. Sophie de Mijolla-Mellor fait

---

441. CASTAREDE, M.-F., « Métapsychologie de la voix », *Champ psychosomatique*, 2007/4, N°48.
442. LAZNIK, M.-C., « Pulsion invocante avec les bébés à risque d'autisme », *cahier de PréAut*, vol. 10, N°1, 2013.
443. LACAN, J., *Le Séminaire*, Livre XI, *Les quatre concepts fondamentaux de la psychanalyse*, Paris, Seuil, 1973, p. 178.
444. *ibid*, p. 178.
445. LAZNIK. M.-C., « Pulsion invocante avec les bébés à risque d'autisme », *op. cit.*

l'hypothèse d'un autre monde : celui de l'enfance. Les mots « [...] sont au plus près de la sensation, c'est-à-dire que ce sont plus ou moins des onomatopées[446]. »

La prosodie de *lalangue* est comparable à une partition mélodique. Qu'est-ce qu'écoute le psychanalyste de la petite musique du patient ?

Véronique DESCHAMPS. *L'Indus au Ladakh*. Léh, Inde. 2019.

446. DE MIJOLLA-MELLOR, S., « Pulsion obsédante pulsion d'exhumer », *Topique,* N° 139, 2017.

L'écoute du psychanalyste dans le transfert
Écoute et silence

Lacan pose que le psychanalyste doit être dans une « soumission entière même si elle est avertie, aux positions proprement subjectives du malade[447]. »

Martin, un enfant psychotique d'un institut médico-éducatif, en psychothérapie avec moi pendant plusieurs années, porte un nom de famille qui signifie un nom d'animal. Cet enfant n'existe que par le collage entre le signifiant et le signifié. Il fait ou plutôt il est cet animal constamment. C'est son trait unaire. Martin est convaincu d'être cet animal et n'entre en relation avec les autres qu'avec les caractéristiques de cet animal.

Lors des premières séances, il s'agissait de respecter cette position, ne pas lui dire : « Tu n'es pas cet animal. » Martin produisait de manière répétitive toujours les mêmes cris, les mêmes cavalcades, le même embryon de scénario : il tombait et faisait le mort. J'ai pris acte de sa position subjective, de cette partition qu'il n'adressait à personne au départ. Au fil des séances, il m'a adressé cette sorte de danse. J'ai pu m'inclure comme partenaire animal au niveau du langage et de jeux avec des jouets qui le représentaient pulsionnellement. Progressivement, il a développé son discours : l'animal mangeait, allait au McDo, courait dans les champs avec sa maman, déféquait, parlait avec les autres animaux, etc. Même si Martin revenait toujours en début de séance à ce qui inaugurait son entrée dans le vivant, sa partition s'est enrichie sur un mode métonymique. La soumission à sa position subjective favorisait la production de *S1*. D'autres événements extérieurs aux séances freinaient malheureusement son évolution.

Un autre patient, monsieur S, entendait dans son lit d'enfant des bruits sourds provenant de la chambre de ses parents. Il ne pouvait pas identifier la signification de ces bruits, comme des coups portés. La scène primitive énigmatique est venue s'éclairer à l'adolescence quand il a dû s'interposer entre son père violent et sa mère. Dans sa vie d'adulte ce « ver d'oreille » a resurgi à l'occasion de ses relations de couple. Il était enfermé dans cette scène par identification à son père, au son produit par la rencontre brutale des corps de ses parents. Pascal Quignard écrit : « Des sons anciens nous ont persécutés. Nous ne voyions pas encore. Nous ne respirions pas encore. Nous ne criions pas encore. Nous entendions[448]. »

Monsieur S, extrêmement angoissé, a choisi de rencontrer une analyste pour ne plus céder à cet appel aux coups de poing et à l'acting out de la jouissance paternelle. Son discours ne dénote aucune équivocité. Chaque signifié est comme agrafé à son signifiant. C'est dans son rapport à l'autre sexe qu'il y a le risque d'un glissement signifiant/signifié, ce qui le déclenchait autrefois. Dès lors qu'il avait affaire à une énonciation qui ne respectait pas à la lettre cet agrafage, qui donnait une autre signification au signifiant, intervenait la grosse voix surmoïque, ce son

447. LACAN, J., « D'une question préliminaire à tout traitement possible de la psychose », *op. cit.*, p. 534.
448. QUIGNARD, P., *La haine de la musique*, Paris, Calmann-Lévy, 2014, p. 4.

primitif qui l'agissait. Au fil des années, il a pu repérer les coordonnées de ses passages à l'acte. C'est un patient en cure depuis plus de dix ans. Il a découvert le signifiant « mensonge » qui lui permet de supporter l'équivocité et le dédit chez sa compagne sans que cela ne déclenche ses foudres. Cette vignette illustre le fait qu'il n'y a pas de garantie dernière, il n'y a pas d'Autre de l'Autre. Seul le transfert avec la confiance qu'il m'accorde et le bricolage créé par monsieur S lui permettent de ne pas entendre des voix. Faute du refoulement originaire de la voix, il n'a pu se rendre sourd au timbre primordial. Sa construction est fragile et constamment à consolider. Il n'a pas à disposition le fantasme.

Un patient vient tout d'abord en analyse à cause de symptômes et il suppose à son analyste un savoir à ce sujet. Le psychanalyste à l'écoute de son discours a à se demander : qu'est-ce qui cloche dans la voix et la chaîne signifiante ? Qu'est-ce qui est à entendre et comment l'entendre ?

Nietzsche avance que la lecture et l'écriture nécessitent une « troisième oreille[449]. » Theodor Reik s'est emparé de cette expression : « Le psychanalyste doit apprendre comment un esprit parle à un autre par-delà les mots en silence. Il doit apprendre avec la troisième oreille[450]. » Qu'est-ce que cette troisième oreille ?

« Il va s'agir ici d'interroger l'art et la manière – qui pourrait être celle de l'analyste – de se mettre à l'écoute de l'inexprimable qui nous renvoie à la dimension du Dire de l'analysant[451] », écrit Claire Gillie.

« Ce dire ne procède que du fait que l'inconscient, d'être "structuré comme un langage", c'est-à-dire lalangue qu'il habite, est assujetti à l'équivoque dont chacune se distingue. Une langue, entre autres n'est rien de plus que l'intégrale des équivoques que son histoire y a laissées persister[452]. »

Le psychanalyste est à l'écoute de ces équivoques, homophonies, allitérations, assonances, qui affleurent dans la parole du patient mais que celui-ci n'entend pas au début. Avant d'entrer en analyse, l'énonciation du sujet est « orchestrée par la symphonie familiale – il fut alors parlé par ses parents[453]. » C'est là qu'il y a traumatisme de *lalangue* et aliénation du sujet à la petite musique parentale. Si le patient vient en analyse, c'est qu'il souffre d'un symptôme qui vient percuter la symphonie familiale. Ce symptôme représente le sujet, une forme de créativité du sujet qui l'a construit à son insu. Il s'enracine dans l'orchestration familiale mais il est, en quelque sorte, « le porte-voix du sujet, du côté de sa singularité[454] », comme une protestation, une résistance à l'*automaton*, une rencontre avec le réel de la *tuché*.

---

449. NIETZSCHE, F., *Par-delà le bien et le mal*, Paris, Gallimard, Idées, N° 325, p. 192.
450. REIK, T., *Écouter avec la troisième oreille : l'expérience intérieure d'un psychanalyste*, Paris, Desclée de Brouver, 1986, chapitre 15.
451. GILLIE, C., « À couper le souffle, écouter l'inexprimable avec Reik », *Topique,* N° 139, 2017.
452. LACAN, J., « L'étourdit », *Autres écrits*, Paris, Seuil, p. 490.
453. ASSOUN, P.-L., « S'entendre dire : la cure ou la voix en jeu », *Les enjeux de la voix en psychanalyse dans et hors la cure, op. cit.*, p. 22.
454. *Ibid.*, p. 27.

Comment soutenir l'analysant dans son effort de subjectivation ? Comment le réveiller de son ressassement automatique des premiers temps de l'analyse ? Même si « [...] le ressassage par les analysants de leur relation à leurs parents [...] est un fait que l'analyste a à supporter[455]. »

Le sujet qui s'est vécu jusqu'ici comme « soumis à l'appel inconditionnel de l'Autre[456] » commence dans sa rencontre avec le psychanalyste à s'entendre parler, ce qui n'est pas s'écouter parler. Il entend ses ratés, ses bredouillements à certains moments, ses lapsus, sa toux, ses raclements de gorge. Jacques-Alain Miller précise : « [...] c'est la langue pleine d'échos, c'est la langue d'assonances, la langue d'allitérations[457]. » Le dispositif de la psychanalyse, de dire ce qui lui passe par la tête, pousse le patient à prendre la parole en son nom, à dire ce qui lui est arrivé, ce qui l'a amené en analyse. Il y a un « impératif d'invocation[458] » par l'association libre. Il parle comme il n'a jamais parlé et s'étonne de s'entendre dire ceci ou cela : moments de vérité.

Bien sûr, il s'agit de se demander si ce ressassement est à développer ou à restreindre quand il y a un foisonnement imaginaire qui ne trouve jamais sa butée. Le psychanalyste doit déjouer le piège de « la satisfaction du blabla[459] » dans lequel tend à s'enfermer le patient. Chez le névrosé, cette partition familiale est ce qui peut faire barrage à l'analyse, le côté, « je n'en veux rien savoir. »

Passer de s'écouter parler à s'entendre parler dépend donc des interventions du psychanalyste. Par le silence, il favorise la parole vraie. Qu'est-ce que ce silence ?

« [...] le silence de l'analyste est un équivalent de l'objet *a* qu'il fournit (en guise de mamelles) à l'analysant[460] », énonce Lacan. La lettre *a* supporte la fonction de jouissance de tout objet perdu à retrouver. L'objet *a* est rempli par une circulation symbolique qui attire la libido et la condense dans un fantasme. C'est une fonction logique de ce qui tombe du corps comme objet détachable. Il ne correspond à aucun objet de la réalité.

La pulsion invocante met en fonction l'objet *a* et s'articule en trois temps (entendre, être entendu et se faire entendre), puisqu'elle fait intervenir deux orifices : la bouche et l'oreille. Le « se faire entendre » va vers l'Autre. Sur le modèle de la schize de l'œil et du regard, il y aurait une schize de l'oreille et de la voix[461].

Le processus de désidentification par rapport au discours familial qui l'a parlé, commence. L'analysant s'interroge sur les expressions dont il a été affublé, par exemple, les surnoms qui le chosifiaient. Une patiente, Mlle E, me rapporta qu'à chaque action à venir, sa mère disait en s'adressant au père jusqu'à ses vingt ans et au-delà : « La pauvre, elle est petite, elle ne sait pas le faire seule. » Elle avait pendant longtemps eu le sentiment de se noyer dans un verre d'eau car toujours

455. *Ibid.*, p. 36.
456. VIVÈS, J.-M., « Pour introduire la question de la pulsion invocante », *op. cit.*
457. MILLER, J.-A., *La fuite du sens*, cours de l'année 1995-1996, séance du 20 décembre 1995, inédit.
458. ASSOUN, P.-L., « S'entendre dire : la cure ou la voix en jeu », *op. cit.*, p. 22.
459. LACAN, J., *Le Séminaire*, livre XX, *Encore*, Paris, Seuil, 1975, p. 49.
460. LACAN, J., « Conférences et entretiens », *Scilicet* 6/7, 1976, p. 62.
461. MILLER, J.-A., *La fuite du sens, op. cit.*, p.178.

« trop petite. » Il n'y avait que l'Autre qui savait comment s'y prendre et ce, dans tous les domaines. Elle n'avait pas même le temps de désirer, tout était abrasé par cette phrase et l'empressement du père à agir à sa place. S'adressant à son analyste, sujet supposé savoir, elle n'obtenait qu'un long silence au lieu d'une production de savoir qui n'était pas là où elle l'attendait. Le silence mais aussi l'alternance présence/absence, la scansion des séances, leur coupure en fonction de son énonciation, ont permis qu'elle s'autorise à parler librement. Un « c'est ça » lui fit saisir que la petite musique parentale la paralysait dans une position mortifère (ne pas grandir) liée à l'existence d'une sœur aînée mort-née. La symphonie familiale sonnait la commémoration et le deuil perpétuel que devait incarner Mlle E. Elle était quasiment inaudible au début de son analyse dans sa peine à prendre la parole et à exister, il fallait tendre l'oreille pour l'entendre. Son inhibition massive à faire entendre sa voix a été partiellement levée. À partir de cette rectification subjective, elle a pu écrire sa propre partition et s'exposer au dire qui ne faisait qu'apparaître furtivement déguisé sous les oripeaux familiaux d'une bienveillance de façade.

Cette oreille, « la troisième oreille "pousse" donc à l'analyste comme une antenne sous la pression de cette voix inouïe[462]. » C'est la voix de l'analysant qui crée la troisième oreille de l'analyste, selon Paul-Laurent Assoun.

La voix de Mlle E, chuchotante et hésitante, s'est affermie pour encadrer ou plutôt être la « bordure corporelle de la parole[463]. » Elle est devenue « partenaire du silence[464]. »

Le silence ne suffit pas, seul.

Lacan reprend à Theodor Reik un concept qui est celui de la surprise. Du silence à la surprise.

Surprise, pulsation de l'inconscient et effet de vérité

Il a déjà été question de la surprise et de l'émerveillement de la mère du nourrisson à sa vue qui déclenche le troisième temps de la boucle pulsionnelle.

Reik écrit : « [...] la technique psychanalytique n'est pas un recueil de prescriptions relatives à la façon de bien se comporter dans l'analyse. [...] Dans l'analyse, on ne procède pas selon des principes préconçus[465]. »

Il n'y a pas de recettes dans la cure analytique. Freud l'affirme à partir de la clinique à plusieurs reprises. Mais poursuivons avec Reik qui eut des tranches d'analyse avec Freud. Il envisage l'inconscient comme un réservoir pulsionnel. Pour Freud, l'inconscient est un réservoir de pulsions refoulées liées à des événements, des pratiques sexuelles infantiles et qui resurgissent dans l'après-coup comme traumatisme sexuel dans la rencontre avec son partenaire par exemple. Lacan lecteur de Freud énonce : « Il n'y a de cause que de ce qui cloche. [...]

---

462. ASSOUN, P.-L., « S'entendre dire : la cure ou la voix en jeu », *op. cit*, p. 36.
463. *Ibid*, p. 39.
464. PORGE, E., « Les voix, la voix », *op. cit.*
465. REIK, T., *Le psychologue surpris*, Paris, Denoël, 2001, p. 35.

entre la cause et ce qu'elle affecte, il y a toujours la clocherie. » ; « Dans cette béance, il se passe quelque chose[466]. » Pour Freud, la résolution de cette clocherie surviendra avec la prise de conscience de processus refoulés.

Reik va plus loin que Freud dans le sens de se laisser surprendre par le matériau amené par le patient : l'interprétation ne peut être donnée « que lorsque le patient est sur le point de trouver lui-même l'interprétation[467]. » L'inconscient interprète donc, branchement sur l'écoute du même objet *a*.

« [...] celui qui a pratiqué l'analyse pendant des années a pu observer que l'inconscient pulsionnel suit dans les communications de son patient un certain rythme[468]. » Nous entendons qu'il s'agit d'un rythme discontinu d'ouverture et de fermeture pulsionnelles. L'interprétation du patient est simultanée à l'ouverture de l'inconscient qui produit la surprise. Cette surprise divise le sujet. Il est fréquent qu'il s'exclame : « Je n'y avais jamais pensé. » L'inattendu est également du côté du psychanalyste. Reik est partisan lui aussi de l'inconscient comme réservoir des représentations refoulées, mais il le conçoit comme animé par un mouvement d'ouverture et de fermeture. Le moment d'ouverture permet la trouvaille d'un savoir refoulé. C'est un savoir en latence qui attend de se manifester.

La dimension de la surprise est corrélée à celle de la perte selon Lacan, puisque l'inconscient est structuré en ouvertures et en fermetures autour d'un vide central. Cette béance n'est donc pas un réservoir de représentations pulsionnelles selon lui : la surprise de la trouvaille qui est retrouvaille « est toujours prête à se dérober à nouveau, instaurant la dimension de la perte[469]. » La surprise est une trouvaille qui produit une perte en puissance. Les analysants, dans les moments de fermeture ne se souviennent plus d'une ancienne trouvaille. Il y a une perte de savoir. Dans cette faille se trouve « quelque chose de *non-réalisé*[470] », qui n'a donc pas été refoulé mais qui attire le refoulement. « L'inconscient se manifeste à nous comme quelque chose qui se tient en attente dans l'aire, dirais-je, du *non-né*[471]. »

Contrairement à Reik pour lequel ces soudaines ouvertures donnent accès à un savoir sur ce qui cause un symptôme, Lacan modère leur portée. En effet, cette scansion binaire de l'inconscient ne suffit pas à dénouer la complexité d'un symptôme : « Des éclairs, si fulgurants soient-ils, ne suffisent pas à constituer un monde[472] », dit-il. Ils ne surgissent pas ex nihilo mais peuvent être causés par l'acte du psychanalyste ; par le dispositif de l'association libre mais aussi par les interventions de l'analyste : coupure de la séance, reprise d'un signifiant, toux, « non » quand l'analysant s'égare, grognement, etc. Il s'agit de le déranger dans sa

466. LACAN, J., Le Séminaire, livre XI, *Les quatre concepts fondamentaux de la psychanalyse*, *op. cit.*, p. 25.
467. REIK, T., *Le psychologue surpris*, *op. cit.*, p. 159.
468. *Ibid.*, p. 162.
469. LACAN, J., *Le Séminaire*, livre XI, *Les quatre concepts fondamentaux de la psychanalyse*, *op. cit.*, p. 27.
470. *Ibid.*, p. 25.
471. *Ibid.*
472. LACAN, J., *Le Séminaire*, livre XII, *Problèmes cruciaux pour la psychanalyse*, Leçon du 6 janvier 1965, inédit.

petite musique de l'*automaton*, d'introduire au décours d'une chaîne signifiante, un son, un bruit du corps, qui souligne l'équivoque et provoque la surprise de ce qu'il entend de son dire dans ses multiples significations. Ces ponctuations inattendues surprennent l'analysant, mettent au travail son inconscient et mettent en valeur les effets de vérité[473].

Lacan nuance cependant ces effets de vérité fugitifs pour deux raisons : il y a, d'une part, le savoir acquis et clos du psychanalyste qui ferme la porte à la surprise. D'autre part, un travail de longue haleine est nécessaire pour dénouer tous les fils d'un symptôme chargé de sens[474]. Chaque nœud/symptôme a une forme, un serrage spécifique que le patient a à séparer. « L'effet thérapeutique durable est mis à la charge de cette deuxième voie[475]. »

Ce travail de dé-nouage patient se réalise par un tissage de l'étoffe de l'inconscient. Dénouer pour tisser autrement : « Nouer et dénouer n'étant pas ici des métaphores, mais bien à prendre comme des nœuds qui se construisent réellement à faire chaîne de manière signifiante. Car ces chaînes ne sont pas de sens mais de jouis – sens, à écrire comme vous voulez conformément à l'équivoque qui fait la loi du signifiant[476] .»

« Qu'est-ce qui chante en nous[477] ? » s'interrogeait Theodor Reik.

Intervenir auprès de chaque patient afin soit de soutenir l'enrichissement de cette « petite musique », soit d'introduire une fausse note dans cette mélopée pour permettre une rectification subjective et un accès à un savoir sur l'inconscient, s'élabore au cas par cas.

Il y a une logique à l'œuvre dans le passage par le mécanisme psychique d'incorporation, de la voix originaire à la voix objet *a* et la constitution chez l'enfant du point sourd par refoulement ou voilement, afin de se mettre à l'abri d'un envahissement de l'Autre par la jouissance. La parole peut alors naître. Un processus de subjectivation se met en place. Alain Didier-Weill utilise la métaphore du chœur (la voix primitive refoulée) et du soliste qui s'en sépare par la parole[478]. Le parlêtre n'a plus accès à la jouissance de la voix primordiale ni à ses représentations qui sont refoulées ou forcloses. Il n'a affaire qu'aux représentants, aux tenants-lieu de la représentation, c'est-à-dire à des chaînes signifiantes impropres à nommer le réel. La petite musique du patient serait une forme de tenant-lieu de la représentation, à l'instar de la *hanting melody* qui obséda Reik toute sa vie.

L'instant d'écoute du psychanalyste pour saisir le *kaïros* du patient est décisif quant à des effets thérapeutiques et de vérité.

---

473. LAURENT, E., « Surprise et dérangement dans la cure psychanalytique », *La cause freudienne*, N°45, 2000.
474. LACAN, J., *Le Séminaire*, livre XII, *Problèmes cruciaux pour la psychanalyse, op. cit.*, leçon du 6 janvier 1965, inédit.
475. KORETZKI, C., « La surprise lacanienne », *La cause freudienne,* N° 73, 2009.
476. LACAN, J., « Télévision », *Autres écrits, op. cit.*, p. 516.
477. REIK, T., *Le psychologue surpris, pp. cit.*, p. 105.
478. WEILL, A.-D., *Invocations – Dyonisios, Moïse, Saint-Paul et Freud*, Paris, Calmann-Lévy, 1998.

Langue des signes décille tes lèvres
Langue dessine désigne tes bords
Lente dérive décrypte l'onde amère
Lente déprime t'imprime te stigmate

Langue en bord de vitres
Précipite ton souffle
Hors sens d'un silence qui te fracasse
Hors sexe d'un sens qui te terrasse

Claire Gillie

Texte écrit en Atelier d'écriture de Valéry Meynadier

Claire GILLIE. *Nydia, la jeune fille aveugle de Pompéi.* Randolph Rogers. Musée de Detroit. 2020.

CHAPITRE 5

ENTRE ENVERS MUSICAL, DEVERS SOCIAUX ET REVERS MYSTIQUES ;

LES INSCRIPTIONS DE LA VOIX AU CŒUR DE L'ANTHROPOS

La voix à l'envers, du symptôme au style vocal

Fabien DELEURME

Folie, asphyxie, maladie, fantaisie... Ce n'est jamais avec indifférence qu'est produite ou entendue cette voix étrange appelée phonation ingressive, où le sujet vocalise son inspiration.

Nous soutenons dans ce travail la possibilité d'une telle voix comme manifestation d'un trouble vocal psychique, avant de la retrouver utilisée sciemment par des musiciens dans une diversité saisissante d'esthétiques et de cultures. L'une d'elles, portée par la communauté *metal*[479], a retenu notre attention.

Cette recherche trace ainsi un chemin entre pathologie et pratique artistique dans le registre symbolique de Lacan. Nous avançons l'hypothèse que, dans les deux cas, la voix inspirée répond d'un même anti-appel au grand Autre, dans un tableau que nous rapprochons de l'anorexie-boulimie et de l'aphonie psychogène. En retour, les utilisations thérapeutiques de cette même technique vocale nous aident à comprendre le détournement qu'elle permet d'une pulsion invocante parfois en berne.

Se pose alors la question d'un double statut : celui de symptôme, dans le premier cas, celui de style, dans le second. L'un peut-il prendre source dans l'autre ? Peut-on s'approprier la jouissance d'un autre ? Que sont ces musiques où l'on cultive une voix qui pour certains malades est un fardeau ? Quels mécanismes sont en jeu lorsqu'un artiste inscrit dans son arsenal technique la manifestation même d'un trouble ?

La méthode d'investigation utilisée allie l'étude de sources bibliographiques, de témoignages de cas pathologiques recueillis dans des articles de phoniatrie, et la collecte d'avis et de contributions publiques sur des forums internet spécialisés.

479. Nous adopterons dans cet article la terminologie anglaise, à savoir *metal* (sans accent).

Description générale

L'objet de cette étude est la voix produite sur le flux pulmonaire entrant, autrement dit l'inspiration, au lieu de l'expiration qui est le support de la majorité des productions vocales humaines. Sont exclues de cette recherche toutes les productions sonores de type consonnes injectives et clics, ceux-ci étant produits respectivement sur le flux glottal et le flux buccal.

Aucune dénomination stabilisée n'existe aujourd'hui pour désigner cette configuration phonatoire de manière univoque, ni dans la littérature anglaise, ni, à plus forte raison dans la littérature française.

Les plus importantes contributions viennent de Robert Eklund, avec une vision bio-linguistique et généraliste. Il a esquissé un premier repérage, remarquablement large[480]. Citons également le travail d'Amanda DeBoer[481] qui se focalise sur la musique contemporaine occidentale.

L'un des enjeux majeurs d'une vaste revue de toutes les formes de phonation inspiratoire était, pour Eklund, de déceler si celle-ci est un phénomène universel négligé plutôt qu'un phénomène simplement très fréquent, mais non digne de s'y attarder. Par ses recherches ultérieures, il suggère l'application de ce type de recherches en intelligence artificielle, par exemple, et le potentiel scientifique d'une meilleure compréhension de ce phénomène. Malgré de fascinants témoignages, il n'a jamais été formellement confirmé que la phonation pulmonaire ingressive soit constitutive d'une langue, actuelle ou éteinte.

Qu'en est-il d'une pratique musicale ? Cette voix particulière fait désormais partie du panel technique de plusieurs chanteurs contemporains, et les particularités tant timbrales que mélodiques qu'elle confère lui valent un très vaste auditoire, des jeux vocaux inuits au morceau pop « L'Assasymphonie » de Florent Mothe[482]. Cet auditoire ne signifie pour autant pas reconnaissance, et personne ne s'est encore intéressé à l'emploi commun d'une technique vocale ingressive dans de nombreux endroits du globe en contexte musical ou rituel.

Dans le cas d'un patient qui consulte pour une aphonie assortie de voie inspirée, il est évidemment délicat de parler d'acte volontaire. C'est justement ce point qui va remettre en question jusqu'à l'intention même des utilisateurs de phonation ingressive. Que se cache-t-il derrière un acte pathologique, pour les uns, artistique, pour les autres ?

Très peu de chercheurs se sont attardés sur la phonation ingressive en elle-même, pourtant présente de manière saillante dans plusieurs traditions vocales. Il existe à notre connaissance une seule analyse musicologique de la voix sur l'ins-

---

480. EKLUND, R., « Pulmonic ingressive phonation : Diachronic and synchronic characteristics, distribution and function in animal and human sound production and in human speech » *Journal of the International Phonetic Association*, Cambridge University Press 38 (03), 2008.
481. DEBOER, A., « Ingressive phonation in contemporary vocal music », Bowling Green State University, 2012.
482. Morceau figurant dans la comédie musicale *Mozart, l'opéra rock*, de 2009.

piration, menée par Amanda DeBoer dans son travail sur la musique « savante » contemporaine terminé en décembre 2012.

Les recherches en « *metal studies* » mentionnent seulement l'existence de cette technique vocale dans certaines branches de musique « *metal* », sans s'y pencher spécifiquement.

Nous pourrions aussi examiner la pratique de ventriloques, d'imitateurs, de voix pour le cinéma et le jeu vidéo. En effet, il y a plusieurs exemples d'utilisation consciente de la phonation ingressive dans ces milieux, pour des effets souvent très créatifs.

Approche du symptôme

Deux cas intrigants

Les sons sur la phase inspiratoire sont observables comme corollaire de plusieurs situations : l'autisme asperger, le bégaiement, la surdité[483].

Balata[484] rapporte le cas d'une femme souffrant de dysphonie psychogène, qui aurait adopté cette voix comme son unique moyen de communication après y avoir été initiée dans le cadre d'une rééducation. Ce n'était évidemment pas le résultat souhaité par le praticien qui se dit très étonné. On peut penser que le traitement proposé a donné lieu à un déplacement du symptôme, qui s'est installé dans le moyen même utilisé pour agir dessus. La patiente s'est mise à aspirer sa voix, empirant son intelligibilité et sa fatigue vocale.

Rapprochons ce cas de celui observé en clinique par une équipe de phoniatres en 2011[485] :

Un homme célibataire de 38 ans consulte, angoissé, avec la demande d'« arrêter de parler avec la voix à l'envers et surtout qu'on ne se moque plus de lui. » Il craint une maladie, se plaint du regard des autres et l'article décrit un comportement obsessionnel. Il parle exclusivement en voix inhalée depuis cinq semaines et les médecins constatent qu'aucune phonation normale n'est possible. La moindre toux provoque chez le patient une réaction de peur.

Stridor et cornage

Il est intéressant de définir ces deux termes qui désignent deux qualités de voix pathologiques en phonation inverse, liées à des lésions ou des troubles divers :

Le stridor est un bruit inspiratoire dû à une impossibilité d'ouvrir la glotte. Il peut être le signe d'un problème nerveux qui nécessite une intervention d'urgence. Le stridor produit un son clair.

---

483. VIROLE, B., *Psychologie de la surdité*, Bruxelles, De Boeck Université, 2006.

484. BALATA, P., « A fonação inspiratória como manifestação vocal psicogênica : estudo de caso », Brésil, Fonoaudiologia, 2000.

485. WATTREMEZ, A., et al., « La phonation inversée : aspects pathologiques et thérapeutiques. Étude d'un cas clinique », *Rev Laryngol Otol Rhinol*, 2011.

Le cornage indique les mêmes problèmes que le stridor mais il en est la version rauque.

Il est possible d'anticiper sur la base de ces définitions le réinvestissement qui sera fait par les chanteurs de *metal*. En effet les deux catégories de chant clair et de chant saturé sont opérantes dans ce style et il convient pour un chanteur de se spécialiser dans l'une ou l'autre de ces catégories.

Utilisations thérapeutiques

Comme rapporté par Finger et Cielo[486], la phonation ingressive peut être un exercice que le phoniatre propose à certains patients, car elle permet une meilleure observation des mouvements du larynx et des plis vocaux en endoscopie. Certaines lésions des plis vocaux se laissent ainsi mieux observer grâce à la configuration musculaire et vibratoire que suppose la phonation ingressive.

La même étude montre, en outre, que la phonation ingressive peut trouver sa place dans le cadre de la rééducation pratiquée par un orthophoniste pour certains types d'aphonie.

En effet, certains patients développent une voix basée sur la mise en vibration des bandes ventriculaires ou de l'épiglotte, en compensation d'un blocage à l'émission normale de la voix. Le thérapeute essaie alors de leur faire retrouver l'usage des plis vocaux par des simulations de vocalisations de surprise, d'émotion forte, de hoquet, qui vont solliciter la phonation ingressive réflexe.

D'autres types de troubles sont cités, et dénommés, parmi ces cas qui peuvent bénéficier d'exercices très ciblés en phonation ingressive : le bégaiement, les troubles de la mue à la puberté, l'aphonie psychogène, la dysphonie spasmodique. Les patients sont des adultes et des enfants, hommes et femmes. Les auteurs les plus fréquemment cités sont J. Abitbol et M. Behlau.

Il apparaît que, dans ces cas, la phonation ingressive permet de solliciter les muscles de l'appareil phonatoire d'une façon différente et propre à rééquilibrer l'action musculaire pour retrouver une voix satisfaisante.

Dans les cas fréquents où l'action sur le fonctionnel ne suffit pas, cette technique permet surtout une réappropriation détournée de la fonction phonatoire par les plis vocaux. Sans affronter directement l'acte problématique de vocalisation égressive habituelle, on évite d'alimenter un comportement d'échec.

Un exemple de protocole thérapeutique est rapporté par Finger et Cielo, dans lequel la stratégie est tout d'abord de mettre en place des jeux de prononciation de voyelles, de syllabes puis de petits mots, en inspirant puis en expirant, en explorant la tessiture. La voyelle « a » est privilégiée pour sa réalisation facile. L'idée est de comparer la qualité de voix entre les deux modalités. Il est rapporté que la différence est frappante à l'oreille tant que le patient continue de recourir à sa phonation compensatoire qui n'implique pas les plis vocaux. Il est attendu qu'après quelques séances la voix devienne similaire dans les deux modalités,

486. FINGER, L.S., CIELO, C.A., « Reverse phonation – physiologic and clinical aspects of this speech voice therapy modality », *Rev Bras Otorhinolaringol,* 73 (2), 2007.

expirée et inspirée, ce qui serait le signe d'une activation des plis vocaux véritables à l'expiration de nouveau.

Il en ressort qu'apprendre à parler ou à chanter en phonation inverse permet à l'apprenant de refaire partiellement le chemin de l'acquisition des fonctions phonatoires. Le praticien peut alors observer la stratégie d'apprentissage, et prendre note de comportements éclairants qui ne seraient apparus autrement en abordant le symptôme de manière frontale. En cas de blocage à la phonation normale, le patient peut corriger son problème par transfert progressif de la phonation inverse apprise à la phonation normale qui doit redevenir saine.

L'envers pour trouver l'endroit

Les occasions d'entendre une vocalisation inspirée ne manquent pas au quotidien et à travers le monde : jeu d'enfants, travestissement vocal, hoquet, ronflement, ventriloquie, bégaiement, éclat de rire, de surprise… mais un élément frappant est leur commune appartenance à une esthétique que l'on pourrait dire « de l'extra-ordinaire ». Que son recours ait une fin ludique, cultuelle, provocatrice ou compensatoire d'un handicap communicationnel, cette voix semble toujours rompre avec la normalité, s'inscrire dans un rapport à l'exogène. Nous proposons ci-après une piste d'analyse :

Au commencement était le logos

L'incipit énigmatique de l'Évangile selon Jean trouve, des siècles après sa première énonciation, une traduction particulière en la formulation de Saussure selon lequel la langue précède la parole[487]…

De nombreuses théories du langage ont vu le jour depuis, reprenant souvent ce principe, le présentant différemment ou proposant de mettre en avant telle ou telle autre fonction langagière. Nous tentons ci-après de discuter quelques principes utiles pour comprendre la place de la phonation ingressive :

Tout d'abord posons ici que, du point de vue de l'individu, la conscience est la condition de prise en charge de la langue. Les capacités individuelles de production de la langue prennent source dans cette conscience et vont se conjuguer avec la langue pour en faire le produit parole.

Cette précision permet de prendre en compte les productions individuelles non comme des signes d'une langue nouvelle et unique à chacun, mais comme les vecteurs d'évolution de la matrice langue au gré de son utilisation par la communauté. Elle permet de plus de souligner la boucle qui opère entre matrice et produit, plutôt que de présenter un trajet [langue → parole] à deux extrémités.

Remarquons ensuite que la parole, dans le sens commun, peut être écrite ou orale. Il en va de même pour l'énoncé. Or nous devons différencier ces deux modalités pour y trouver la place de la réalisation vocale, place que va occuper la phonation ingressive.

487. DE SAUSSURE, F., *Cours de linguistique générale*, Paris, Payot, 1916.

Les exemples sont nombreux d'évolution du vocabulaire et de différentes façons d'utiliser la langue, qui transforment peu à peu cette dernière au point que le français de Rabelais n'est pas le français d'aujourd'hui, et le français de Lille diffère de celui de Nice. Il y a suffisamment d'inter-compréhension entre ces langues pour qu'on les rattache à une matrice commune. L'usage fait prendre à la langue des particularismes divers qui ne créent pas seulement des dialectes, mais transforment effectivement la matrice.

Définissons ainsi la langue comme le système, la matrice. C'est le niveau le plus structuré et le plsu collectivement conscientisé des signifiants productibles par les connaisseurs de cette langue.

Elle précède tout acte de composition d'un énoncé, la composition étant un opérateur agissant comme un ensemble de choix conscients ou inconscients sur la matrice.

La matrice ainsi mise en œuvre par l'opérateur donne donc l'énoncé, produit non encore rendu sensible. Nous acceptons aussi « parole » comme énoncé non encore écrit ni vocalisé.

Il faut un second opérateur, technique celui-ci, pour réaliser de manière sensible cette parole ou cet énoncé.

Deux principaux produits matérialisés de la parole sont possibles : l'écriture, la voix, dans le visible et dans l'audible donc.

Ces deux produits techniques qui portent la parole dans le monde sensible sont ceux par lesquels s'opère la confrontation à l'autre, son rapport à l'extime, intimité extérieure. C'est dans ce domaine que se matérialise la pulsion invocante, que se crée la scission de l'individu et que la langue trouve son usage, sa raison profonde qui la fait renaître à chaque fois un peu changée.

Écriture et voix sont donc des signifiants qui renvoient à la matrice commune, mais seulement une partie pertinente de celle-ci dans le contexte donné, et surtout ils ne renvoient pas qu'à cette matrice. Ils pointent aussi des éléments individuels uniques qui, en étant signifiés en même temps que la langue, donnent à cette dernière une nouvelle acceptation. Ces éléments, grains de sable dans la boucle ainsi décrite, interviennent au travers les deux opérateurs précédemment évoqués.

Schématiquement :

langue →	composition →	énoncé →	technique →	voix/écriture →	langue → etc.
M	O1	P1	O2	P2	M

M est la matrice
O1 est le premier opérateur
P1 est le produit non encore rendu sensible de M et P1
O2 est le second opérateur
P2 est le produit sensible de P1 et O2.

Cette schématisation, en discernant clairement la place et l'apparition du domaine sensible, pour nous l'audible et le visible, présente l'avantage de s'appliquer sans problème à la voix chantée, à l'écriture de textes, à la composition musicale et même à l'exécution musicale si on remplace voix par son.

Toutes ces formes d'expression subissent synchroniquement et diachroniquement des évolutions lentes et profondes qui les transforment par l'action des opérateurs.

Il est possible de comprendre ces opérateurs comme le corollaire de la pulsion invocante. Supprimons-les un instant du schéma : l'énoncé n'est plus possible, la voix non plus, et la matrice ne subit aucune épreuve en retour. Nous serions dans un état de stase ramenant à un possible excès de pulsion de mort.

La notion de style a ici toute sa place en tant qu'il se définit justement par l'écart à la norme, et qu'il dépend du goût. C'est ainsi que vont se manifester nos opérateurs, poussés par les besoins d'individuation et d'appel.

On parlera du style musical de Beethoven ou littéraire de Raymond QUENAUD en O1, de calligraphie ou de phonostyle[488] en O2.

La phonation ingressive, qu'elle soit utilisée par un artiste ou qu'elle soit l'avatar d'une autre voix dénigrée, introduit une rupture majeure dans la boucle de sorte que la voix ainsi altérée conduit moins directement à la langue de référence. Mais est-elle pour autant un style ? Pas toujours, comme nous l'avons vu en première partie quand elle fait symptôme. Sans doute son émergence peut-elle être comprise comme une déconstruction de la norme, tout comme l'émergence du dodécaphonisme en son temps qui agit comme un révélateur radical de potentialités musicales interdites jusqu'alors, sans jamais toutefois s'être départie de son statut de dissonance dans le paysage musical.

Injonction de vie et pulsion de mort

Chanter, parler, répondre à une question, vivre, appelle de l'air. Cet air s'expulse à mesure que le sujet se dévoile à l'autre et à lui-même en s'exprimant vocalement. Vocaliser, c'est répondre à la demande extérieure de donner un peu de sa vie. On emploie parfois la métaphore de se mettre à nu. Mais que se passerait-il une fois le dernier rempart de vêtement retiré ? Une fois quelques mots de trop prononcés ? Peut-on aller plus loin ? Le timbre de ma voix peut-il me trahir ? Physiologiquement, ces questions trouvent un écho dans la gestion de l'air contenu dans les poumons. Ceux-ci ont une contenance nominale d'air, en dessous de laquelle il n'est plus possible de les remplir à nouveau. Heureusement, toute personne qui essaie de vider son air au maximum se trouve confrontée à une sensation de douleur et d'étourdissement inévitable, qui nous empêche normalement d'« aller trop loin ».

Or dans les cas d'apnée du sommeil, le sujet se réveille en détresse respiratoire et réalise brusquement qu'il vient d'être victime d'une réaction autodestructrice.

---

488. LÉON, P.R., *Précis de phonostylistique. Parole et expressivité*, Paris, Nathan, 1993.

Le plus souvent, ce réveil s'accompagne avant tout d'une bruyante inspiration réflexe et salvatrice[489].

Certaines personnes parlent parfois avec tellement de colère qu'elles semblent ne plus respirer, on entend clairement le manque de soutien aérodynamique des derniers mots de leurs phrases. En imposant ainsi leur point de vue, elles retardent au maximum l'inspiration, et la sensation d'asphyxie est la seule à les rappeler à leur besoin vital de recharge.

À l'opposé, on peut penser que garder son air, garder ses mots, peut être une stratégie de préservation qui devient pathologique. Puisque parler effectue un décompte de la réserve d'air vital, la seule manière d'émettre un son en évitant la perspective de l'épuisement à l'échéance, est de s'en remplir, au contraire.

L'expérience du trop-plein d'air est bien plus rare et inhabituelle, elle ne s'anticipe pas, contrairement à l'expérience de manquer d'air. Les chanteurs amateurs le savent bien, ils prennent beaucoup d'air avant toute prise de voix, et leurs professeurs n'ont de cesse de corriger ces prises d'air abusives qui précèdent chaque phrase musicale et vont leur nuire : cet excès d'air fait perdre l'accord pneumo-phono-résonantiel, équilibration entre la voyelle, la pression sous-glottique et la force d'accolement des plis vocaux. Cet accord est indispensable à l'homogénéité du timbre et à la souplesse mélodique à travers l'ambitus.

Durant des siècles, la maîtrise du souffle pour un chanteur se démontrait à sa capacité à donner de la voix sans faire s'éteindre une bougie à dix centimètres de sa bouche. Voilà bien de quoi susciter des compensations de tout ordre pour ne pas manquer d'air, comme le serrage vocal, compensations que nous savons nuisibles à l'art du chant classique et à la santé vocale.

Il est donc à considérer qu'un débordement de pulsion de mort peut se traduire en un repli sur soi tel que le sujet s'assure, pour vivre, de ne plus se vider, en s'exprimant sur la phase inspiratoire de la respiration. Bien sûr cette stratégie conduit à un nouvel inconfort. Le sujet, en aspirant ainsi le support de sa voix, se retrouve dans une situation d'autophagie vocale dans laquelle se remplir de soi-même aboutit aux mêmes funestes limites que de se dévoiler dans un geste d'abandon…

Les chanteurs

Plusieurs chanteurs expérimentateurs de la voix ont utilisé peu ou prou la phonation ingressive avec des effets variés. Citons seulement Koichi Makigami, Paul Dutton, Phil Minton, ou l'influent et prolifique Mike Patton… Tous en font un usage saisissant qui s'inscrit très clairement dans une esthétique de l'excès, de la fantaisie ou de la folie.

Amanda DeBoer étudie l'œuvre de plusieurs compositeurs contemporains qui ont exploré les possibilités artistiques de cette expression vocale : Helmut Lachenmann, Peter Maxwell Davies, Nicholas DeMaison, Michael Baldwin…

Theo Bleckmann dans « *Duet for one* », disponible sur le site de l'artiste en version studio et visible en concert sur les plateformes de streaming, met l'emphase

489. Cas discuté par Claire Gillie lors d'une des séances du D.U. Voix.

sur l'illusion d'ubiquité permise par le chant inspiré. Certaines phases d'expiration et d'inspiration sont clairement identifiables tant au niveau du sonore que du geste vocal, d'autres sont fondues dans une continuité apparemment volontaire.

Le cas du « **Screamo** »

Le *screamo* désigne une façon de chanter dans les styles dits « extrêmes » de la musique *metal*. Il implique la plus grande saturation possible de la voix. Tout comme dans l'opéra mozartien, le timbre prime sur la diction, et la voix est traitée comme un instrument de musique au détriment de l'intelligibilité des paroles.

Le chant aspiré est au cœur d'un débat passionné entre « *inhalers* » et « *exhalers* ». Les sympathisants du « *inhale screaming* » soutiennent que cette technique permet d'obtenir facilement un effet de forte distorsion vocale, tandis que les seconds condamnent violemment cette même facilité, valorisant le travail de la phonation traditionnelle, jugé plus vertueux, courageux et viril. La phonation aspirée aurait pour eux moins d'impact et serait un subterfuge impropre à la véritable attitude *metal*. Il est frappant de remarquer que les arguments évoqués par les uns et les autres sont rarement d'ordre purement esthétique ou acoustique. Il semble que, dans cette communauté, le choix de l'une ou l'autre solution est très chargé d'affect et confère un statut social dont les critères d'appréciation vont bien au-delà de la virtuosité et de l'adéquation au style.

Quelques groupes de *metal* semblent confirmer leur utilisation du cri inspiré, dans des branches de *metal* assez variées : *Mass Hysteria, Deftones, Job for a Cowboy*...

De nombreux autres groupes entretiennent le mystère sur l'utilisation ou non de cette technique, bien que l'oreille et la vue de leurs performances semblent les trahir.

En revanche, on trouve plusieurs vidéos de chanteurs amateurs qui démontrent leur maîtrise du « *inhale scream* ».

L'esthétique du cri n'est pas particulière au *metal*. Le cri est potentiellement représenté dans tous les styles musicaux connus, et ce depuis des temps très anciens. Qu'apporte le « *inhale screaming* » dans ce continuum ?

Un parallèle avec la guitare électrique

La saturation élevée de guitare électrique donne naissance à une matière sonore à sculpter, qui a un comportement propre en fonction des réglages de l'ampli qu'aura prédéfini le guitariste. Ce comportement comprend toujours une inertie du son, une fois celui-ci initié sur les cordes. Il va se transformer sans suivre l'enveloppe décroissante du son directement produit par l'oscillation de la corde. En effet, cette dernière est transformée en signal électrique par les bobines magnétiques du micro de guitare, puis de nouveau réinjectée en boucle dans un circuit de compression. Suivant la quantité de réinjection souhaitée, on va de la richesse timbrale à la distorsion. Ce faisant, la couleur spectrale du son obtenu évolue doucement en balayant l'ensemble des fréquences d'un magma sonore. Le musicien n'a de cesse de contenir cette boucle de réinjection. Parfois, au contraire il la laisse s'épanouir, et toujours il doit la moduler par les techniques diverses du jeu spécifique à la guitare électrique, effectuant sur le résultat sonore divers filtres fréquentiels et divers effets rythmiques.

Mais le spectre du larsen n'est jamais loin. S'il est parfois utilisé à dessein, sur scène il produit souvent l'idée d'excès, de débordement, tant du moment instrumental en cours que du spectacle lui-même incluant la passion de la foule. Il survient comme la sanction inéluctable d'un son laissé bouillir jusqu'à l'impasse. Il est l'après-distorsion, latent. Une manipulation trop brutale suffit parfois à le faire éclater, ou simplement une guitare livrée à elle-même sans les mains de son joueur pour la conduire.

La distorsion instaurée dans l'ampli demande la responsabilité du guitariste. Elle exige de lui un contrôle permanent pour orienter le son vers son idée musicale. En l'absence de ce contrôle, c'est la jouissance non retenue, l'éruption extatique, véritable éjaculation sonore ou agression violente et insupportable selon l'expectative qui l'accompagne.

Au service d'une idée musicale et en dehors de moments volontaires de larsen, la saturation produit toute sorte de sons qui peuvent évoquer l'industrie, les moteurs, les machines, « dotés d'une qualité dynamique » vivante qu'il serait hors-style de chercher à maîtriser entièrement. Le débordement du son qu'on initie soi-même renvoie à un véritable débordement pulsionnel. Il fait partie de l'esthétique *metal*, un équilibre permanent entre incontrôlé et maîtrisé.

Quelle voix s'élève ?

Le chanteur qui s'inscrit dans une telle trame sonore ne peut rester tout à fait indifférent à cette gestion très particulière de l'énergie. Un climat de tension latente est créé, il est de la responsabilité du guitariste de ne pas assassiner les oreilles de ses comparses.

Avec lui, le batteur imposera un découpage temporel structurant, mais lui aussi ira régulièrement flirter avec le chaos maîtrisé en ayant recours aux techniques spécifiques du jeu de batterie en *metal* extrême.

La voix inspirée, en faisant appel aux sonorités du rire, de la surprise, du hoquet…, en faisant entendre ce qui pourrait être une respiration difficile ou asthmatique, convoque elle aussi les signifiants d'une certaine vie quotidienne. C'est la vie rythmée par les émotions soudaines dans notre rapport au réel. C'est aussi la saturation de stimuli que l'individu ne peut plus traiter en temps réel et auxquels il réagira en différé. Ces vocalisations du quotidien laissent s'échapper, comme des appels, les débordements sensibles que la conscience sociale réprime : le hoquet, le bâillement, le rire nerveux, le gémissement de douleur, les cris débordants d'un bébé, les décharges vocales d'un autiste.

Or cette voix, la voix « crue », si l'on reprend le concept de Lévi-Strauss, fait l'objet d'une censure sociale forte. La voix « cuite » serait, elle, la voix acceptable empreinte de la culture de l'individu[490].

Le recours au chant ingressif peut alors être compris comme un moyen délibéré d'éviter la cuisson… Le contrôle de cette voix est forcément plus difficile que celui de la voix égressive commune car la trace neuro-musculaire du geste vocal à accomplir en est forcément plus rare. De plus, l'articulation phonétique devient acrobatique, de nombreuses consonnes étant physiquement impossibles à reproduire à l'identique sur le flux d'air entrant. Choisir le chant ingressif, c'est accepter le lâcher-prise, la laideur potentielle et la spontanéité de la voix crue…

On peut désormais y voir la volonté d'accéder au même jeu d'équilibriste que le guitariste, entre perte de contrôle et orientation des artefacts sonores opportunistes. Les deux musiciens se rejoignent dans leur transe et leur jeu avec le feu.

Mais quand la situation de contrôle relatif et fuyant concerne sa propre voix, c'est un produit de soi charnel et direct qui échappe au sujet. Que cette situation soit volontaire, spontanée ou inconsciente, la voix est connectée aux infinies nuances de l'être et à son tissu de signifiants. Aussi, une mise à distance de sa propre voix implique un éloignement d'avec son vouloir-dire.

Pourvoir le néant

Pour des raisons phonétiques, la phonation ingressive chantée est souvent réservée à l'articulation de voyelles. On effectuera des développements sonores libérés de la surcouche linguistique. Comme pointé par Smialek[491], c'est une pratique propice aux longs cris et aux voisements expressifs. On trouve souvent ce genre de cris en position de transition entre deux parties musicales, à la répétition d'une carrure, pour lancer un moment d'une intensité nouvelle ou en ponctuation. Ils peuvent accompagner une mise en « stase[492] » instrumentale produite par la grosse caisse de batterie en double pédale, ou d'autres figures rythmiques impliquant caisse claire et grosse caisse en flot ininterrompu de doubles croches ou de sextolets. Ces moments, dans leur intensité paroxysmique, font paradoxalement apparaître la dimension statique de la saturation d'intensité. Nous sommes là dans l'œil du cyclone en position fœtale. Cette indifférenciation par la poussée de tous les paramètres sonores dans leurs derniers retranchements fait écho à l'idée de *tabula rasa*, fait apparaître le vide dans une pulsion de mort que les musiciens partagent avec leur auditoire.

La mise en musique de la pulsion de mort par l'obtention d'un résultat musical et sonore si radical provoque soit l'adhésion du public, soit son aversion. Nous retrouvons ici la dimension élitiste propre au *metal*, mise en évidence par Smialek. En effet l'amateur aura la fierté d'avoir su passer le premier goût amer

490. Nous empruntons ici à Claire Gillie la terminologie qu'elle a adoptée, en lien avec les avancées de Lévi-Strauss dans son ouvrage *Le cru et le cuit*.
491. SMIALEK, E., « Genre and Expression in Extreme Metal Music », Montréal, McGill University, 2015.
492. HAINAUT, B., *Le style Black metal*, Montreuil, Ædam Musicæ, 2017.

d'une musique aux apparences si abruptes et exigeantes. Il y trouvera autant de subtilité et d'écho que l'inconditionnel des *Nocturnes* de Chopin qui se transporte dans la chambre du pianiste en guidant de son âme la caresse des notes sur son vécu romantique.

De l'autre côté du spectre des diverses réceptions possibles, un public non amateur se sera senti agressée par tant de grain, par l'obscénité du propos sonore, par l'inhabituelle débauche de signifiants de la violence. Entre ces deux réactions, bien peu d'auditeurs néophytes se trouveront en position neutre. La musique *metal* demande généralement une initiation, à laquelle les tenants de ce style tiennent comme à une garantie de la valeur de leur objet en tant qu'art…

C'est justement ici que le « *inhale* » se pose en objet contradictoire. Sur la base d'une observation du discours dans les forums spécialisés sur Internet comme à l'examen des expérimentations de Smialek, il est aisé de pointer un tabou de l'utilisation du « *inhale scream* ». Nous avons pourtant dégagé plusieurs possibles adéquations de cette technique au style *metal* et en quoi elle s'insère parmi les marqueurs stylistiques associés, en analogie avec l'amplification saturée de guitare électrique.

Mais la phonation inspiratoire donne accès pour de nombreux chanteurs à des longueurs de notes tenues, des effets de timbre et des hauteurs de fréquence fondamentale facilités. Or s'il y a bien une chose dévalorisante pour un « métaleux » authentique, c'est la facilité…

On entendra des critiques d'Iron Maiden pour la facilité des fréquentes marches harmoniques en transposition stricte, flatteuses à l'oreille et techniquement accessibles à tout guitariste moyen puisqu'il s'agit bien souvent de décaler la main gauche d'une, deux ou trois cases sans autres modifications. On critiquera la facilité d'une ligne de basse qui ne ferait que doubler platement toutes les parties de guitare. On critiquera l'utilisation d'un *trigger* de batterie pour dédoubler automatiquement les impacts de grosse caisse, qui auraient pu être tous joués sans assistance par un batteur virtuose et endurant. On ne saurait enfin survivre à l'utilisation honteuse et malhonnête d'un *autotune* : correction électronique de justesse vocale sur scène ! Les exemples sont innombrables et font partie des conversations communes des musiciens de *metal* entre eux. Dans le cas des voix ingressives, la triche est pointée sur le gain de volume sonore dans les fréquences élevées, la facilité d'accès à la saturation et l'étendue de l'ambitus de la voix dans les aigus. Ces critères historiques d'appréciation qualitative d'un chanteur *metal* n'auront pas été rencontrés « à la loyale », virilement, en voix égressive.

Quelques arguments sont avancés dans nos sources pour justifier de manière plus rationnelle la préférence donnée à la technique égressive : la sécurité d'exécution, le volume sonore plus intéressant. Toutefois, la lecture du travail d'Amanda DeBoer éclaire le fait que ces points ne peuvent s'évaluer dans l'absolu et nécessitent la prise en compte de l'apprentissage, comme pour n'importe quelle technique vocale.

Au-delà de ces considérations, il est remarquable de noter la volonté chez plusieurs de nos sujets de fournir des explications techniques rationnelles, puis de finir par des conclusions tout à fait passionnelles et subjectives, sensées résumer les arguments cités qui étaient pourtant d'un autre ordre : « *In a nutshell, inhales are for pussies* »… Dans une telle assertion, on pourrait penser que le sujet, n'ayant pas trouvé suffisamment de poids aux arguments « rationnels », ne peut éluder le tabou de la chose. Il y là encore contradiction puisque la recherche de vérité rationnelle semble importante aux yeux de la communauté *metal* qui n'a de cesse de s'inscrire en opposition à l'à-peu-près, au flou artistique, aux préjugés, au religieux… Voyons, par exemple, le nom évocateur du groupe *Brutal Truth*, ou les interviews d'artistes dans les revues spécialisées.

Pour autant, le surnaturel est l'une des sources d'inspiration les plus puisées dans le *metal*, comme en témoignent les pochettes d'album et les paroles. Le surnaturel doit toujours être mis en scène par la création d'un univers imaginaire à forte valeur métaphorique, symbolique, narrative ou moralisatrice.

Sur la voie du père inversé

Posons ici que la respiration, acte vital, articule en elle-même les ordres imaginaires et symboliques dessinés par Lacan.

L'expiration serait le lieu du petit autre, la phase supportant les signifiants du père. C'est le cadre de la pulsion invocante dans lequel se produit une réflexion de l'ego : le son de la voix normale du sujet. Celle-ci expulse, désincorpore, questionne et crée un périmètre du monde que le sujet entend prendre en compte.

L'inspiration normale, quant à elle, permet l'expiration. Le discours comme individuation ne peut se constituer sans elle. C'est le moment du miroir, de la réponse de l'interlocuteur, le temps silencieux de l'environnement, où l'énonciation précédente résonne. L'inspiration est aussi la phase cruciale qui conditionne l'énonciation suivante. Là se logerait le grand Autre.

N'oublions pas que cette inspiration correspond aussi à l'investissement d'un trou anatomique, celui des fosses nasales, et par là même potentiellement la condition d'une pulsion nasale. Dans une telle pulsion, le sujet va trouver la présence de l'objet *a* dans les odeurs, la perception du monde et l'apparition de la représentation en réseau avec les autres canaux sensoriels. Chez le bébé, cette apparition est immédiatement provocatrice d'un cri… Une construction affective est ensuite lancée. Il y a de nombreuses façons d'inspirer : En faisant la moue, en s'extasiant, en menaçant…

Or la voix ingressive supprime la fonction olfactive en remplaçant l'inspiration nasale par une phase de production sonore généralement buccale. Là où la voix normale articule avec équilibre pulsion nasale et pulsion invocante, la voix à l'envers écrase la potentielle pulsion nasale et incorpore de façon invasive un père mort dans le lieu du grand Autre.

Dans la structure névrotique, je parle, donc je suis… Mais dans le cas de la phonation inversée, parlée comme chantée, le cadre même est abattu, laissant déficitaires les pulsions invocante, orale et nasale, et laissant revenir l'indivision psychotique : le sujet supprime l'ordre symbolique et parle ou chante potentiellement tout le temps, sans réflexion possible, enfermé dans l'altérité illusoire de l'ordre imaginaire. La sonification indifférenciée, voire ininterrompue, des deux phases respiratoires ramène à l'identification originelle et à une absence d'appel. Le sujet se confond à l'Autre dans une prise de contrôle psychotique.

Si l'apparent père envahit la scène habituellement silencieuse où se loge le grand Autre, c'est bien l'ego qui s'est déguisé en père ! Ou encore un père défaillant que le sujet fait entendre bruyamment à l'endroit même où il n'a pas sa place. Un père inversé qui, en cas d'aphonie associée, tue et tait sa propre voix dans l'ordre symbolique de l'expiration.

La réalisation difficile de la phase inspiratoire s'entend par les signifiants du cornage, le son inspiré distordu. Celui-ci pointe la douleur individuelle et l'atteinte à l'intégrité physique. Le design sonore d'un zombie dans un film ou dans un jeu vidéo pourra y recourir avec éloquence. Un inhaler en *metal* pourra aussi aisément évoquer la peur, la menace, l'amputation, l'écorchure, l'emprisonnement dans une expression impossible.

Un chanteur jazz comme Théo Bleckman fera usage exclusivement du stridor, le son inspiré clair, ce qui retire le signifiant de douleur et d'atteinte à l'intégrité physique, mais n'enlève en rien la mise en son d'un espace absent, celui qui aurait dû permettre la naissance même de ce son.

Pour le spectateur, l'effet produit par l'emploi du chant inspiré est de renvoyer immédiatement à l'inhumain, à l'incarnation du surnaturel dans une performance masochiste. L'intérêt peut se trouver dans le fait d'offrir au spectateur l'exécution d'une poussée boulimique à remplir le vide, par procuration. À moins que ce ne soit l'urgence de se remplir de vie, par le prisme anorexique. On peut encore y voir le cannibalisme de la voix d'un auditoire qui parfois fait figure de grand Autre pour l'artiste. Le chanteur avale par sa bouche les débordements de son ego, en même temps qu'il enfouit dans son ventre la capacité de sa propre voix à se poser comme identité propre.

La diction est amputée d'une grande quantité de phonèmes, la conduite mélodique est fuyante, les changements de mécanismes laryngés[493] n'apparaissent plus aux mêmes fréquences, il y a même confusion des genres sexués. C'est la voix d'un monde très intérieur, la mise en scène publique d'un engloutissement contrôlé de l'objet *a*.

Citons ici le concept d'« anorexie vocale » apporté par Claire Gillie comme une aphonie symptomatique d'anorexie mentale :

493. LAMESCH, S., « Mécanismes laryngés et voyelles en voix chantée. Dynamique vocale, phonétogrammes de paramètres glottiques et spectraux, transitions de mécanismes », Université Pierre et Marie Curie-Paris VI, 2010.

« Pour décompléter la mère, l'anorexique incarne ce qui manque à la mère. Tandis que la boulimique frustrée d'amour cherche un plus de corps pour être enfin vue par la mère[494]. »

Pourrait-on alors penser que la phonation ingressive chez un patient par ailleurs aphone a quelque lien avec l'anorexie-boulimie ?

Conclusion

Du symptôme manifeste au manifeste artistique la phonation ingressive bouscule, mais rend audible la part cachée du chant, son antre, en inversant la fonctionnalité des phases inspiratoires et expiratoires.

Il existe aujourd'hui plusieurs initiatives individuelles qui tentent d'apporter des éléments plus ou moins pédagogiques à l'acquisition de cette technique, sans prétendre à la rigueur scientifique. Ceci peut paraître décevant, mais compréhensible si l'on considère l'histoire relativement récente de la littérature scientifique concernant la technique vocale. C'est peut-être même une source de confusions qui accommode les pratiquants de *screamo* dans la musique *metal*. Au vu des profonds effets psychiques de cette voix singulière, il semble clair qu'une incorporation de celle-ci ne peut se concevoir comme un simple apprentissage technique. Et apprend-on la musique par la raison pure ?

Les liens étroits de cette voix inversée avec les jeux de masque, l'auto-censure et la possible dimension boulimique de cette manifestation, dessinent un symptôme double face, dont l'envers se retrouve dans la forme artistique particulière du « *inhale scream* ». La phonation ingressive est une subversion des rituels corporels qui se fait tonitruante dans les microphones des vocalistes de *metal* extrême.

494. GILLIE, C., « Les miettes du festin ; une vie en miettes » (*Las migajas del festín : una vida en migajas*), Lapsus de Toledo, 2019.

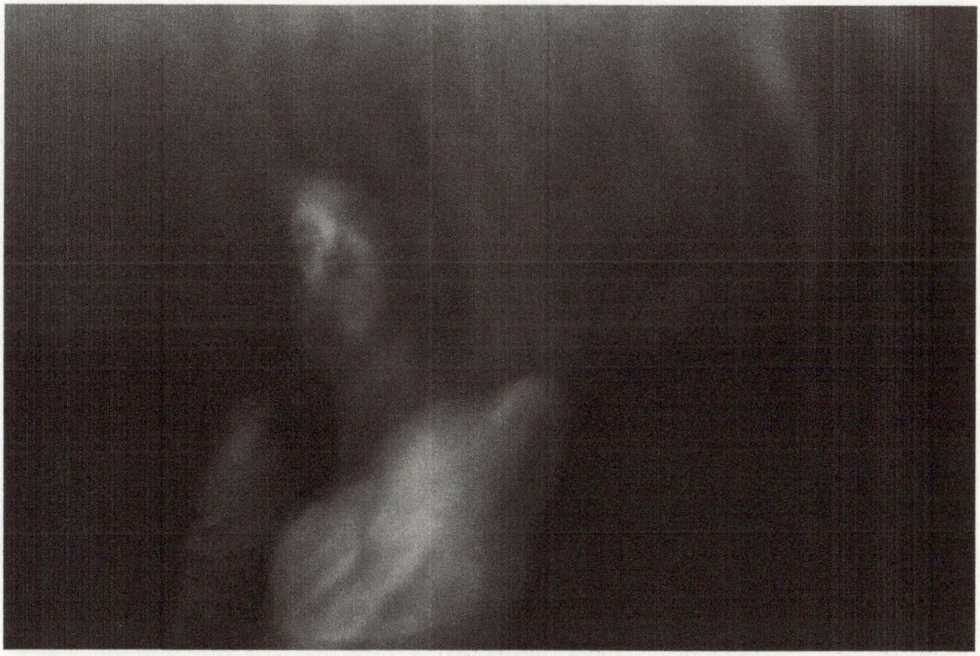

MITIA (Dimitri Repérant). *The Look.* Paris, France. 2017.

Libérer la voix et la parole ;
Le « pouvoir » de la voix finalement entendue

Dimitri REPÉRANT

La voie de l'*extime*

Le « dit » et les « non-dits »

La voix est certainement une des raisons fondamentales de notre évolution en tant qu'espèce et en tant qu'individu. Vecteur d'échanges et de liens aux autres, elle participe de notre insertion et de notre adaptation à notre environnement. Elle est une composante de notre existence au monde qui nous porte à agir ou *appelle* les autres à agir. En reproduisant par la voix sons et mots entendus, en *disant*, nous communiquons du sens aux autres et à nous-même. L'intervention de notre voix impacte donc aussi bien notre entourage que nous-même. Par le cri, par les mots parlés ou chuchotés, mais aussi par le silence, nous générons des réactions autour de nous et en nous qui transforment le *réel*.

Que se passe-t-il donc lorsque nous ravalons une voix qui veut se dire ? En empêchant cette voix de franchir notre corps, en lui enlevant la possibilité de se faire entendre d'un autre ou même de soi, on laisse cette voix *non dite* s'incorporer en nous. Le danger est alors que s'inscrive une impression de cette incapacité, de cette impuissance. Et si ce phénomène, vécu consciemment ou inconsciemment, dure ou se répète, il nous éloigne petit à petit de notre ressenti, de nos aspirations, et finalement de notre pouvoir de choix et d'action. À force donc de reproduire ce *mécanisme de la voix tue*, nous tendons à enfermer une part de nous-mêmes et à nous priver d'exister pleinement. Nous risquons alors de ne plus avoir *voix au chapitre* de notre vie.

Qui désirons-nous *invoquer* par ces voix, sans l'oser ? Ces voix que l'on bâillonne, veulent généralement s'adresser à des personnes qui nous sont proches, et dont l'écoute ou l'absence d'écoute revêt pour nous une importance particulière. Il s'agit par exemple de nos parents, notre conjoint(e), notre patron, notre collègue, ou encore toute autre personne avec qui nous sommes en lien *réellement* ou *symboliquement*.

Pourquoi craignons-nous de dire et enfouissons-nous ces voix ? D'une part, par peur de la réaction de l'extérieur : de la réponse, des répercussions, voire des représailles. D'autre part, par peur de la non-réaction de l'extérieur : de ne pas être entendu, que ce soit inutile, que ça ne changera rien. Ou bien encore par peur de ne pas savoir « bien dire » : d'être en incapacité de bien s'exprimer, voire dans l'impossibilité de trouver les mots. Enfin par peur de notre propre réaction en les disant : de celui que l'on *deviendrait* en les extériorisant, d'être submergé par l'émotion dans l'improvisation du face à face, et de faire sortir de nous des mots et des actes que l'on regretterait.

« Défouler » sa voix et sa parole

Ces paroles que l'on tait sont donc autant de parties de nous que l'on tue. En *refoulant* ces voix, on laisse l'inconscient prendre le dessus et guider la marche du choix. Autrement dit, sans dire, on se laisse *dire*. En cherchant des réponses thérapeutiques à ce problème, j'imaginais le pouvoir d'un Atelier tenu dans un lieu accessible – une sorte de *sas de décompression* à l'image d'une salle de sport – où il serait possible de venir se *défouler* de toutes ces voix face à une audience complice, sans avoir peur des conséquences de cette action dans notre réalité. Je poursuivais : « Si ce qui va sans dire va encore mieux en le disant, dire ce qui semble indicible pourrait être une voie de libération ? Pourquoi ne pas concevoir un *espace-temps* de jeu et de liberté, où chacun pourrait venir mettre en scène et exprimer ces voix qui n'osent se faire entendre ? Au travers d'une théâtralisation spontanée et créatrice d'un aspect de notre vie, on pourrait devenir *acteur* de cette part de notre histoire, en sublimant notre réalité et en s'autorisant à être autre. On s'allégerait du poids de nos *non-dits* en incarnant enfin ces paroles. On se déchargerait de quelques bagages d'émotions négatives en osant les jouer et les rejouer. On se libérerait de l'inhibition qui nous avait empêché de dire, tout en dépassant le *désir* de dire. On aurait la possibilité, face à un auditoire, de s'émanciper vocalement et verbalement de certaines de nos limitations, et de développer dans cette expérience de nouvelles capacités de communication. Enfin, on reprendrait du pouvoir sur notre existence et sur notre relation intérieure, en réentendant la voix de notre subjectivité ! » C'est ainsi que j'imaginais les résultats de l'Atelier conçu dans le cadre de ma pratique professionnelle de coach de voix : *Libérez votre voix et votre parole.*

La « catharsis » de la théâtralisation

L'expérience de la *catharsis*, faite en tant qu'acteur et non pas seulement en tant que spectateur, serait-elle un moyen de nous libérer de nos *non-dits* et d'améliorer notre communication ? Provenant du grec ancien *κάθαρσις*, *katharsis*, et signifiant « purification, purgation », cette notion a été conceptualisée par Aristote dans son essai *La Poétique* au travers de la tragédie. Selon le philosophe grec, nous purifions ou purgeons notre âme de nos passions en éprouvant peur, compassion, pitié devant le spectacle d'une destinée tragique. Pour autant, Aristote ne parle jamais, dans son essai, d'hypothétiques effets cathartiques que pourrait ressentir le tragédien lui-même, qui pourtant interprète et incarne le personnage et l'histoire. En faisant l'expérience de l'art dramatique pendant de nombreuses années, j'ai ressenti que l'acteur lui-même vivait cette *catharsis* de façon plus puissante que le spectateur. En effet, en jouant un personnage, l'acteur *acte* la représentation par sa chair, il la vit *réellement* ou *mimétiquement* dans son corps et dans son esprit.

Reprenons les mots éclairants de Jean-Michel Vivès (2010) sur l'hypothèse aristotélicienne d'une transformation positive de l'affect dans la *catharsis* : « L'affect ressenti à l'occasion de la catharsis est épuré parce que le spectateur reconnaît les formes de l'effrayant et du pitoyable, mais à la manière d'une épure. Ainsi, par exemple, le spectateur serait horrifié en voyant une mère massacrer ses enfants, mais il peut assister, sans bouger de son siège au récit de ce meurtre dans une tragédie comme *Médée*. Ce qui intéresse ici Aristote est la mystérieuse transformation des affects négatifs, par l'art mimétique, en plaisir. Car, pour Aristote, la catharsis substitue du plaisir à de la peine[495]. » S'il y a bien cette substitution chez le spectateur, n'est-il pas logique qu'il en aille de même (et au-delà) chez celui qui interprète le personnage ? Celle qui joue *Médée* – le prototype de *la vraie femme* selon Lacan – serait elle-même très probablement incapable d'assassiner ses enfants. Pourtant, c'est bien ce qu'elle incarne dans la tragédie, en ayant plaisir de le jouer. De cette observation, nous pouvons concevoir, qu'à travers la théâtralisation, l'acteur *sublime* à la fois ses *passions* et ses *pulsions*, et qu'il peut, par cet acte, dépasser ses tabous, ses limites morales. Par-delà cette *transgression symbolique* il a également la possibilité de découvrir qu'il peut être autrement et incorporer l'idée qu'il ne tient qu'à lui de choisir sa voie (voix) d'incarnation.

Pseudo-psychodrame

Ce n'est qu'après avoir expérimenté cette pratique de groupe que j'ai appris qu'elle ressemblait en de nombreux points à une pratique existante, beaucoup plus codifiée et largement théorisée dans les domaines de la psychothérapie et

495. VIVÈS, J.-M., « La catharsis, d'Aristote à Lacan en passant par Freud. Une approche théâtrale des enjeux éthiques de la psychanalyse », *Recherches en Psychanalyse,* N°9, 2010/1, p.25-26.

de la psychanalyse. Les observations tirées de mon expérience sur la *catharsis thérapeutique* de l'acteur faisaient écho à celles que démontrait, dès 1923, le psychiatre et sociologue autrichien Joseph Levi Moreno, fondateur même de cette praxis. C'est par Claire Gillie que j'entendis parler pour la première fois de cette technique. En recevant les détails du travail que j'avais mis en place au travers de l'Atelier, elle déclara : « Oui, c'est du *psychodrame.* » Du *psychodrame* ? Avec la lecture de l'ouvrage de référence d'Anne Ancelin Schützenberger (1966), je compris en quoi mon travail reprenait, sans le savoir, les principes du *psychodrame* :

« *Le psychodrame est, selon Moreno, la science, qui* ***explore la vérité des êtres humains ou la réalité des situations par des méthodes dramatiques.*** »

« *En psychodrame,* ***il s'agit de vivre en groupe une situation*** passée, présente, *ou même* **future, *non pas en la racontant dans un colloque singulier (comme en psychothérapie ou en psychanalyse), mais dans une action improvisée,*** *en une sorte de commedia dell'arte* ***s'appliquant à une situation vécue : le héros (ou protagoniste) exprime ses véritables sentiments et met en scène la situation, avec*** *l'aide de tous les personnages nécessaires à l'action, et qui lui donneront* ***la réplique.*** »

« ***En mettant en action la psyché, il permet soit une thérapie par le dégel et la libération des sentiments refoulés ou inhibés (la catharsis suivie de prise de conscience et de réentraînement à l'interaction et aux rôles sociaux), soit une pédagogie des relations interpersonnelles par un entraînement à la spontanéité, à la bonne perception d'autrui et de la relation avec l'autre, soit une accession à soi, à son être profond.*** »

« *Le psychodrame* ***libère des inhibitions, difficultés, traumatismes passés, par leur remise au jour, opère une catharsis*** **du passé dans le présent** ***ou*** **du futur dans le présent,** ***par la représentation dramatique de conflits, avec intensité émotionnelle.*** »

« ***Chaque séance*** *de psychodrame* ***se divise,*** *en principe,* ***en trois parties*** *égales :*

- ***la*** **mise en train** ***ou échauffement de l'auditoire ou du groupe*** **(warming-up*)***
- ***l'action :*** ***le jeu dramatique ou psychodrame (la production) ;***
- **les réactions en écho** ***de la salle ou participation de l'auditoire : chacun exprime ce qu'il a ressenti sur le plan émotionnel***[496]. »

Psychodrame versus *Libérez votre voix et votre parole*

Les rapprochements entre le *psychodrame* et l'Atelier (mis en gras dans les citations) sont importants. Néanmoins, des différences existent entre les deux pratiques. En voici quelques-unes : il est d'abord exceptionnel que le *psychodrame* se déroule pour un participant sur une séance unique, alors que ce fut jusqu'à maintenant la règle pour l'Atelier. Dans le *psychodrame* il y a des *ego-auxiliaires*

496. ANCELIN SCHÜTZENBERGER, A., *Le psychodrame,* Paris, Éditions Payot & Rivages, 2003.

qui donnent la réplique au *protagoniste,* et « un *meneur de jeu* [qui] dirige [...,] prend la responsabilité de la séance[497] » et ne joue qu'au besoin. Quand, dans l'approche de l'Atelier, chaque *protagoniste* s'adresse à un seul *ego-auxiliaire* que j'interprète tout en étant à la fois *meneur/entraîneur de jeu.* Je mets ici à profit mon expérience de comédien professionnel et de metteur en scène. Mais la plus grande différence vient du fait que dans la version du *psychodrame* de l'Atelier, le « *warming-up* » prend en charge de façon significative le travail de la voix. À travers une connexion entre le *dévoilement* de la voix d'un point de vue physiologique et de celui de la parole désirant être transmise, l'objectif est d'augmenter la puissance d'expression du participant, sa *catharsis* qui en découle, et d'améliorer ses facultés de communication aussi bien sur la forme que sur le fond. Il est déconseillé à l'acteur ou au chanteur de rentrer sur scène sans avoir d'abord échauffé son corps et chauffé sa voix. Pour exprimer un personnage et ses émotions, ne vaut-il pas mieux s'y préparer physiquement ? De même, pour pouvoir libérer sa parole, ne faut-il pas d'abord libérer ses capacités physiologiques ?

Le processus de l'Atelier

La *mise en route* de l'Atelier consiste donc d'abord en une *mise en voix,* à aider les participants à déployer leur puissance vocale en « libérant » leur corps et leur voix. Les divers échauffements, exercices, jeux, leur permettent de développer également leur spontanéité, leur qualité d'improvisation, et les encouragent à se connecter les uns aux autres et à créer une cohésion de groupe basée sur la bienveillance et la joie partagée. Ce premier temps de préparation est suivi d'une seconde phase de « pré-*production* », cette fois-ci à un niveau réflexif la *mise au clair.* Nous « partons » à la recherche de ces dits *non-dits.* Chaque participant fait sa propre investigation avec l'aide d'une série de questions. Par exemple : « Y a-t-il une personne à qui vous avez envie d'adresser des mots que vous n'avez jamais osé ou pu lui dire ? Quelles sont ces paroles que vous voulez dire à cette personne ? » ou « Y a-t-il une personne qui vous a blessé, vous blesse, et à qui vous ne l'avez jamais dit ? Quels sont ces mots, ces attitudes, qu'il ou elle vous a adressés et qui vous ont blessé, vous blessent encore ? Que voudriez-vous lui dire ? » Après avoir travaillé chacun de leur côté, ils se retrouvent par deux, pour échanger et élaborer plus clairement, dans un *effet de miroir*, ce qu'ils souhaitent mettre en scène. Nous terminons cette première partie de l'Atelier en nous réunissant pour partager tous ensemble. Je prends alors connaissance du travail accompli et envisage les rôles que je vais devoir interpréter face à eux.

Une fois cette étape de préparation physique et réflexive terminée, nous continuons vers la deuxième partie du travail : la *mise en jeu*, équivalent de « l'*action* » en psychodrame. Les participants passent l'un après l'autre, face à moi, sur l'hétérotopie de l'Atelier : le *ring de la parole.* Enfin, une fois que tout le monde a vécu cette expérience, nous terminons la séance par une phase d'échange sur ce qui vient de se passer intimement, à la fois dans l'exercice d'acteur et dans

497. *Ibid.*

celui de spectateur : *la mise en commun*. Cette dernière partie, qui ressemble aux « *réactions en écho* » du psychodrame, est absolument primordiale. Elle permet de rentrer dans l'analyse, la réflexion, et apporte encore davantage une « légitimité d'être » aux participants, grâce à l'approbation et aux retours bienveillants de leurs *alter ego*.

Les « non-dits » derrière les « soi-disant »

Cet Atelier a été conçu à destination de toute personne majeure souhaitant se *défouler* vocalement et verbalement dans un *tiers-lieu* où s'efface la peur d'altérer ses relations dans le *réel* ; ainsi qu'à ceux désirant sauter consciemment ou inconsciemment dans un travail d'exploration intérieure et extérieure de leur communication. Les *non-dits* se cachent aussi souvent derrière les raisons pour lesquelles les participants viennent à ces séances. Certains viennent *soi-disant* uniquement pour travailler leur voix, tout en éludant complètement l'aspect psychologique de la libération de la parole explicité dans les descriptifs. Par exemple, il est arrivé qu'une participante décide de partir juste après le démarrage de la phase *psychodramatique*, en disant : « Je n'avais pas compris qu'il s'agissait de cela, je ne suis pas prête à le faire. » Au début de l'Atelier, pourtant, un rappel est donné : « L'objectif direct de ce travail est de se libérer de certains *non-dits* qui nous empoisonnent de l'intérieur, et qui sans qu'on le sache, contraignent notre *instrument voix*, et nos prises de parole. Et que pour faire cela au mieux, nous allons décoincer le corps et la voix, utiliser le *jeu de rôle* et la théâtralisation de ces paroles, afin d'améliorer globalement nos aptitudes communicationnelles et relationnelles. »

Cette participante est la seule qui se soit abstenue de monter sur le *ring de la parole*. Elle n'était « pas prête » à *dévoiler* son *non-dit*, même si un désir inconscient l'avait menée jusqu'au pied du *ring*. Pour tous les autres, ils ont soit plongé dans le jeu, soit mis un peu plus de temps à s'y lancer. Beaucoup ont témoigné avoir réalisé que les causes profondes pour lesquelles ils s'étaient inscrits différaient fortement de celles qu'ils s'étaient consciemment données. Il ne s'agissait pas seulement d'un aspect extérieur de leur voix, « pas assez forte », « bloquée », « serrée », ou encore « trop dans l'émotion », mais surtout de leur « envie d'enfin ouvrir [leur] gueule », « de faire sortir ce cri [en eux] », « de se débarrasser de cette haine, de cette rage, de cette colère intérieure », en somme de transgresser et se purger.

*De l'*intime *à l'*extime

Ces séances sont donc une occasion de se « mettre à nu », de révéler à l'autre son intimité, et donc bien souvent ses hontes, ses lâchetés, ses limitations, ses inhibitions, voire ses traumatismes. Ce n'est pas chose facile. Qui le dirait ? Il faut du courage pour d'abord s'inscrire, puis plus encore pour monter sur le *ring*. Chaque *combattant* passe donc dans cet exercice de l'*intime* à l'*extime*[498], il extériorise son intimité, et par cela se la révèle également à lui-même. Le psychanalyste Serge Tisseron (2011) définit l'*extimité* comme « le processus par lequel des fragments du soi intime sont proposés au regard d'autrui afin d'être validés » et ajoute que « le désir d'*extimité* est inséparable du désir de se rencontrer soi-même à travers l'autre, et d'une prise de risque[499]. »

Dans cette prise de risque que constitue l'expérience du *ring de la parole*, chaque participant se rencontre lui-même. Dans ce passage de la *voix intime* à la *voix extime*, et grâce à la présence d'un auditoire, dont l'intention est d'être à l'écoute, bienveillant et empathique, il est validé dans ce qu'il peut ressentir. Sa voix, sa parole, est légitimée. Elle a enfin le « droit » d'exister face à cet *Autre* lacanien qui l'avait interdite et refoulée. Elle se fait finalement entendre et prend corps face à la présence, l'oreille, et les réactions *symboliques* de celui ou celle à qui elle voulait s'adresser. Elle est accueillie et raffermie par l'intérêt de tous ces spectateurs qui représentent l'altérité au sens large. Cette pratique d'expression permet donc de mieux se connaître, de découvrir ce qui se cache en nous, et en affichant théâtralement et spontanément cette dimension face à un public, de pouvoir, comme en témoigne plus amont Jonathan, « déconstruire » une part de ce qui s'est « construit » malgré nous dans notre *for intérieur*, et pouvoir, par-là, mettre plus de choix dans la complexité de notre individualité.

Libérez votre voix et votre parole

Afin de découvrir les résultats concrets de cette expérience sur la vie de ceux qui s'y sont essayés, revenons, à partir de leurs témoignages détaillés, sur le parcours de quatre participants.

« Le rempart de la ville a cédé, et j'ai fait le lien entre le corps et la psyché »

Jonathan, cadre supérieur de 47 ans, était venu « par curiosité ». Sa demande était double : « pouvoir mieux gérer [sa] voix », et aller « plus en profondeur, pour comprendre à quoi [il s'identifiait] à travers [sa] voix. » Jonathan suivait alors une psychanalyse depuis trois ans.

Après la première phase physique qui l'enthousiasma, il décida de dire à sa mère qu'il était son fils et non pas son « substitut de mari », et d'expliquer plus largement à ses parents le rôle qu'il voulait avoir dans la structure familiale. Il souhaitait parler tour à tour à ses deux parents. La discussion commença avec sa maman. Au départ, il eut du mal à rentrer dans le jeu, il avait encore « beaucoup de résistances. » Il m'adressait alors intérieurement : « Tu ne m'auras pas ! Ce que

---

498. LACAN, J., *Le Séminaire*, Livre VII, *L'éthique de la psychanalyse*, Paris, Seuil, 1986. Dans ce Séminaire, Lacan précise que l'extime, c'est « cette extériorité intime » (p.167) qui est « étranger à moi tout en étant au cœur de ce moi » (p.87).

499. TISSERON, S., « Intimité et extimité », *Communications*, N°88, 2011/1, p.83-91.

tu veux me faire faire, je le fais depuis trois ans. » Il avait aussi en lui une pudeur, une volonté de « garder la face » et de « ne pas s'épancher devant les autres » : « c'est pas évident de se mettre à nu devant des personnes que tu ne connais pas, il faut se lancer », confia-t-il.

Au travers de ce dialogue avec « sa mère », il me sembla que son « nœud » se trouvait plutôt du côté du père : je sortis donc du *ring* et revins en l'incarnant. Il devint plus vivant, plus présent, il y croyait plus. Selon ses mots : « Ce n'était plus toi, mais c'était mon père, et je ne voyais plus les autres participants de la même manière. Il n'y avait plus que lui devant moi, et une instance autour, comme l'*Autre* lacanien, qui fut constitué tour à tour de moi, de mon frère, mon père, ma sœur, ma mère, de toutes ces personnes, ces voix auxquelles je m'étais identifié. Au fil de l'interaction, **le rempart de la ville a cédé, et j'ai fait le lien entre le corps et la psyché.** Ça m'a permis de révéler ma blessure œdipienne, de faire remonter mes dénégations, de faire remonter une haine inconsciente que j'avais envers mon père. Et en l'exprimant j'ai réussi à la dépasser et à dire "papa, je t'aime". C'était la première fois que je le pensais et que je le disais. »

Suite à l'Atelier, son « rapport à [son] père s'est modifié », comme s'il avait « enlevé un voile », il se réconcilia avec lui, et apprit « à gérer ça », selon ses mots. Des mois plus tard, il témoigna que cette expérience avait « encore un effet » sur lui, qu'elle lui avait non seulement permis d'améliorer ses relations avec son père, mais qu'elle avait également augmenté son « énergie vitale », sa « *volonté de puissance* dans l'idée Nietzschéenne, volonté d'aller de l'avant, volonté de grandir », et surtout qu'elle lui avait « offert de construire davantage [son] *moi* » Il expliqua aussi : « Ça a eu l'effet d'une "déconstruction", d'une révélation de pourquoi je suis comme ça, pourquoi je me suis identifié à telle ou telle chose. Et l'effet conséquent d'une "construction" de ce que je suis, de ce que je veux être. Quelque chose s'est modifié en moi. Connais-toi toi-même : plus tu te connais (plus tu te "déconstruis"), plus tu peux te construire en choisissant. »

« Même si c'est faux, tu le sors, tu le dis, tu vois ce que ça amène chez toi »

Après avoir regardé plusieurs fois la présentation de l'Atelier sans s'inscrire, Clara se dit un jour : « Je vais faire le truc ! » Je vis arriver une femme d'une quarantaine d'années, dans un corps assez chétif, les épaules rentrées. On lui « reprochait souvent d'avoir une petite voix, une voix qu'on n'entend pas. » Elle désirait « reprendre confiance », se « *booster* », « re-stabiliser une voix agréable », et « travailler à être plus authentique, à se sentir libre de parler, d'intervenir, de donner [son] opinion. » Elle avait très bien compris, avant même de venir, l'objectif de libération des *non-dits*, et avait décidé en conscience de se « faire ce cadeau ».

Selon elle, les exercices du début l'avaient beaucoup aidée à revenir dans son corps, retrouver de l'énergie et oser sa voix. Et peut-être fallait-il bien cela pour faire sortir toute la rage qu'elle avait accumulée contre sa mère ? Elle la décrivait aussi « hypersensible » qu'elle-même, « toxique, agressive et alcoolique ». Clara lui reprochait fortement de ne pas « s'être assez occupée [d'elle], de ne pas [lui] avoir assez parlé étant enfant », et aussi « la séparation d'avec [son] père. » Elle commença par dire : « Maman, je regrette ton manque d'écoute, d'intérêt pour mes émotions, pour mes paroles, je regrette de devoir m'éloigner de toi, de t'éviter, de ne pas t'appeler pour ne pas avoir à supporter, endurer les problèmes. »

Comme Jonathan, Clara avait d'abord pensé que mon intervention sur le *ring* ne pourrait pas la convaincre d'être en face à face avec sa mère, « mais plus [je] posais des questions, plus [elle voyait] des réactions chez [moi] qui [lui] faisaient penser à elle. » Elle sentait « que c'était du théâtre et qu'en même temps c'était vrai. » Je l'entraînai plus avant dans le jeu. À un moment, je lui tendis une feuille pleine d'insultes en lui disant : « Vas-y dis-moi ce qu'il y a écrit sur cette feuille. » Elle hésita intérieurement : « Insulter sa mère c'est un peu choquant. » Mais comme elle sentait « ce non-jugement », elle osa se lancer : « Tant pis, tu le dis et on verra. » Elle se décida à « tout lâcher » : « **Même si c'est faux, tu le sors, tu le dis, tu vois ce que ça amène chez toi** et tu donnes tout. » « Rapidement, [elle monta] dans les tours, sans perdre ni [ses] mots, ni [sa] concentration, [son] esprit resta clair malgré ces conditions émotionnelles », ce qui n'était pas à son habitude. Sa « parole sortait du bassin », elle se sentait « vraie », elle « insultait [sa mère] et lui parlait vraiment. » D'un coup, une voix puissante, de tragédienne, sortit de sa poitrine et traversa la pièce comme un long cri : « Je veux te crever ! » Elle toucha sa limite. Presque immédiatement, elle eut le sentiment « d'être allée trop loin dans le lâcher-prise. » Elle n'avait « plus besoin de l'insulter et de la salir. » En éprouvant une colère plus forte qu'elle ne se l'autorisait, elle la dépassa : le dialogue s'apaisa. À la toute fin de l'exercice, je vins la prendre dans mes bras, et lui parlai lentement à l'oreille. À ce moment précis, elle eut « vraiment l'impression que c'était [sa mère qui lui] parlait. » « Ces quelques mots [lui] firent beaucoup de bien. » Quelques mois après l'Atelier, elle témoigna :

« Quand je suis sortie, je tremblais de partout, j'étais positivement déboussolée. Je sentais qu'il s'était passé quelque chose de fort et que c'était aussi dans le corps. Je me suis sentie fière de ce que j'avais pu sortir. Je me suis dit, ça y est tu as ouvert la porte, tu peux le faire. Ça a eu l'effet d'une catharsis. J'avais déjà écrit mais oser dire, c'est autre chose, c'est plus fort. C'est important de s'entendre le dire et de sentir que l'autre entend ce qu'on dit. Ça passe par la voix et le son. Grâce au processus, grâce à ton écoute, tes mots, j'ai mis de côté cette partie de moi qui me dévalorisait. Tu m'as rassurée sur ce que je vivais, tu avais les références, la maîtrise, le professionnalisme, les appuis littéraires qui m'ont fait me dire : "Ok, je ne suis pas juste dans un groupe de parole." Aujourd'hui cette part de moi que je ne faisais pas ressortir, je n'ai plus envie de la "tuer", de l'étouffer, et que les autres l'étouffent. […] À travers cette séance j'ai pu : parler de moi, exposer mes difficultés, dire mon opinion, les partager sous le regard des autres, avoir leurs retours, éviter de juger les autres, assumer mes pensées aussi, et travailler sur le fait d'être plus authentique. Ça a eu également un impact sur ma voix, et j'ai senti une remise en route globale dans les semaines qui ont suivi. Deux mois plus tard j'ai pu passer un entretien d'embauche et j'ai retrouvé un travail. »

À travers ce témoignage, on voit à quel point la *transgression* de Clara (notamment dans la verbalisation des insultes) lui permit de faire sortir d'elle ce *trop-plein* subi dans la relation à sa mère. En la *pressant* à ex-*primer*, elle osa dépasser ses carcans. Et en allant jusqu'à sa limite, elle prit conscience de manière plus profonde de *sa* subjectivité et de *sa* parole choisie.

« J'avais la sensation de m'être séparé d'une partie de moi-même »

Rémy, ancien expatrié, homme d'environ 50 ans, venait de revenir en France. Il recherchait du travail. Son retour et cette recherche étaient synonymes pour lui « d'inquiétudes et de peurs. » Cela l'angoissait et, selon lui, altérait sa voix. Quand il se présenta, j'entendis une voix soufflée, qui paraissait douloureuse, avec une *adduction* à la fois partielle et serrée. Il se plaignait d'avoir « mal dans la voix. » Son désir était donc de libérer sa voix de ce « serrage », et de libérer sa parole de *non-dits* qu'il n'avait jamais osé adresser à ses parents.

Il eut beaucoup de mal à gérer la première phase du travail corporel et d'investigation : « C'était lourd émotionnellement. » Pourtant, il fut le premier à vouloir monter sur le *ring de la parole*. Il avait décidé de parler à sa mère. Une fois sur le *ring*, il plongea dans le jeu : « Ça m'a pris par surprise, je suis rentré dedans tout de suite sans réfléchir, je t'ai dit : "tu es ma mère" et je t'ai tout de suite pris pour ma mère. » Il lui reprochait l'attitude qu'elle avait eue envers lui depuis son enfance, mais aussi d'avoir supporté son père « bête et brutal » pendant tant d'années « en étant malheureuse, et en reportant son malheur sur ses enfants. » Comme pour Jonathan, le dialogue tournait autour du père, je pris donc – dans ce cas-là aussi – la liberté de sortir du *ring* pour y revenir sous la figure paternelle. Il exprima alors « une colère et des mots [qu'il avait] ressassés en [lui] pendant toute [sa] vie et [qu'il n'avait] jamais exprimés. » Selon son témoignage, il pouvait s'exprimer « sans blesser » dans cet espace de combat « *safe* ». Il se sentit « puissant, en contrôle, validé et légitime dans cette attitude », et réussit à « se débarrasser de ces *non-dits*, de cette colère en [lui], de ces choses » qui ne s'étaient dites qu'en lui-même, « de ces voix [en lui] qui s'étaient chargées d'une force de plus en plus négative à mesure [qu'il se les était] répétées intérieurement. » Durant le confinement lié à l'épidémie de la covid-19, il me confia :

« En rentrant de l'Atelier, j'étais très fatigué et j'avais comme un poids qui était parti de moi, surtout au niveau de ma poitrine. Ça a duré au moins deux jours. J'étais un peu vidé, physiquement vide. Comme si j'avais porté quelque chose toute ma vie et que cette chose s'en était allée. ***J'avais la sensation de m'être séparé d'une partie de moi-même****. Après la fatigue, la question qui est venue en moi c'est : "Avec quoi je vais remplir ce vide que je ressens ?" et la réponse fut "être moi-même, être quelqu'un de calme, de posé, qui réfléchit, qui analyse…". Depuis, il y a toujours des moments où il y a ces colères, ces disputes qui ressurgissent dans ma tête. La différence, c'est que ce n'est pas chargé émotionnellement. Avant, j'avais une pulsion qui me pous-*

sait à réagir absolument. Aujourd'hui, au lieu de subir la parole de l'autre, j'ai le pouvoir de ne pas réagir. Face aux attaques verbales de mon entourage, j'ai appris à donner des réponses qui me permettent de rester moi-même. Je sais poser des limites aux autres pour ne pas me faire utiliser ou submerger par eux. Et en même temps, j'ai beaucoup plus d'indulgence envers les gens qui sont toxiques dans mon entourage. J'ai le sentiment de pouvoir plus m'ouvrir à l'autre grâce au fait de m'être "désaliéné". Cette séance a eu un impact très fort pour moi ! Elle m'a donné confiance en moi et le pouvoir d'incarner plus clairement ma personnalité, mon identité. Je suis beaucoup plus moi-même. J'ai plus d'audace à être moi-même. Et ça me permet d'affronter des situations beaucoup plus difficiles. »

Le témoignage de Rémy interroge sur cette sensation d'être « physiquement vide » qui fait suite à ce *dévidement* psychique. Comme si dans le déversement de ses voix de la colère, de ses *troumatismes*[500], il avait rouvert la porte aux trous, au vide : « condition nécessaire et préalable au désir[501] », selon Winnicott. Ce *dévidement* aurait donc provoqué chez lui un désir d'être un autre *moi* qu'il exprima par sa question : « Avec quoi je vais remplir ce vide que je ressens ? », vrai *appel* à *boucher le trou*. On pourrait aussi dire que ce travail a eu l'effet de vider certains de ses trous – ceux-là mêmes qui avaient été remplis malgré lui par toutes ses voix de l'*Autre* – et, en les laissant ainsi béants, de les préparer à être à nouveau remplis par son désir *débridé*.

« Je pense que c'est le fait d'avoir commencé à m'exprimer qui m'a sauvé la vie »

Emma, artiste plasticienne d'une trentaine d'années, se sentait « bloquée » dans sa parole. Elle n'arrivait pas à s'exprimer « correctement », « les mots restaient coincés. » Sa voix et même tout son corps « se mettaient à trembler » quand elle devait prendre la parole. Elle désirait donc la « libérer » et « pouvoir [s]'exprimer sans avoir à physiquement ressentir ces symptômes » et ainsi faciliter sa communication.

Rapidement après le début de l'Atelier, elle se sentit « en confiance », portée à « être elle-même » en appréciant particulièrement les exercices physiques et vocaux. Dans la phase de recherche, elle n'arriva pas à identifier de prime abord une personne précise à qui elle désirait s'adresser. Elle avait une rage qu'elle voulait exprimer « au monde », « un dégoût de la société dans laquelle on vit. » J'y voyais un détour pour éviter les réels objets de sa colère. Je lui demandai de spécifier, et de trouver une ou des « personnes concrètes » à qui *dire*. Elle décida de parler tour à tour « au dirigeant de Monsanto, à Trump et à Macron », trois représentants de l'*autorité*. La *figure du père* était-elle cachée derrière eux ?

---

500. LACAN, J., *Le Séminaire*, Livre XXI, *Les non-dupes errent*, séance du 19 février 1974, inédit, 1973-1974.
501. WINNICOTT, D.W., « La crainte de l'effondrement », *La crainte de l'effondrement et autres situations cliniques*, Paris, Gallimard, 1989.

Au démarrage du *combat,* elle n'osa pas complètement exprimer cette colère. Je l'incitai à parler plus fort. Elle me déclara au bout de quelques instants : « J'ai dit ce que j'avais à dire. » Sentant que son corps n'avait pas encore complètement *essoré* cette émotion, je lui proposai de continuer. Cette invitation lui permit de « canaliser ce cri, de le lancer, de le sortir, de le hurler. » Elle déclara par la suite « que [son] corps en avait eu besoin. » Elle avait « tellement gardé en [elle son] émotion qu'elle était devenue un cri. » À la fin de l'exercice, Clara se sentait « libérée de quelque chose. » En extériorisant « ce qui était bloqué [en elle...], en osant être soi-même face à un groupe d'inconnus, [...] en mettant en mots [ses] émotions », elle eut l'impression d'ouvrir pour elle-même « une voie de libération. »

À la suite de l'Atelier, elle se sentit à la fois plus « légitime » pour s'affirmer, « de plus en plus en confiance » avec elle-même, et libre « de prendre la parole, de chanter même (ce qui ne [lui était] pas arrivé depuis au moins quinze ans). » Elle réalisa également qu'elle s'était « bloquée, à force d'entendre des gens [lui] dire d'arrêter de parler, de chanter. » Que c'était d'abord sa mère qui lui avait dit : « Arrête de crier, tu ne chantes pas, tu cries. » Que son père aussi « [l'avait] poussée à [se] taire avec ses réflexions répétées, du type : "Emma tais-toi". » Ses réalisations aboutirent à son choix « de travailler [sur elle] avec un thérapeute, pour exprimer les choses [qu'elle avait] enfouies. » Dans ce travail, elle prit conscience qu'elle n'avait « jamais fait le deuil d'une personne qui était morte quand [elle avait] 13 ans. » Elle n'avait « jamais réussi à en parler, et quand enfin [elle l'exprima] dans la thérapie, [elle se mit] à vomir », comme si ça lui était « resté, littéralement, en travers de la gorge » : « C'était impressionnant de voir comment mon corps réagissait au fait d'exprimer enfin ce deuil, que j'avais enfoui en moi, et de l'accepter par le fait de l'exprimer. »

Cette expérience de somatisation après notre travail ne fut pas l'unique ni la première pour Emma. « Quelques semaines après l'Atelier », elle commença « à tousser », et eut « pendant des mois de la toux chronique. » Elle se décida « à consulter » six mois plus tard, et fit « un scanner des poumons. » Il révéla « une infection des poumons, non visible sur les résultats sanguins. » Son pneumologue l'hospitalisa directement « pour savoir ce qui se passait » : « C'était une sarcoïdose. » Le spécialiste voulait la « traiter aux corticoïdes », et selon elle, « faire passer ça en force, malgré [son] refus. » Suite à des examens complémentaires, d'autres médecins lui déclarèrent qu'elle pouvait « éviter ce traitement si physiquement [elle se sentait] assez bien. » Le pneumologue insistait cependant. Des mois plus tard, elle déclarait :

« Cet Atelier m'a donné le pouvoir de prendre mes propres décisions, sans influences extérieures. J'ai pu prendre conscience de ce que je voulais dire et suis capable aujourd'hui d'exprimer mes pensées, qu'elles soient en accord avec celles des autres ou non. Si j'ai l'intention de dire non, j'assume le non, et je le dis. Ça a amélioré mes relations, ça les a éclaircies. J'ai appris à m'affirmer, j'ai arrêté de me taire. Quand je me suis retrouvée face à mon propre entourage, je me suis dit : "Je l'ai fait devant

des inconnus et bien je vais continuer à m'exprimer devant mes proches." J'ai revu mon père que je n'avais pas vu depuis sept ans et j'ai réussi à lui dire ce que j'avais à lui dire, en lui partageant ce que je ressentais. Je me suis également remise à chanter, à apprécier ma voix, à m'amuser, et à m'autoriser à exprimer ma joie comme j'en avais envie. Et surtout je me suis rendu compte, à travers cette séance, que la parole, le fait de s'exprimer ou pas, avait une importance même physique. En travaillant sur des choses qui étaient enfouies en moi, en prenant conscience d'elles et en les verbalisant, j'ai vraiment libéré quelque chose qui s'est ensuite exprimé dans mon corps. Je pense que ma maladie est complètement liée au fait d'avoir commencé à ressortir cela. J'avais tellement enfoui que quand c'est ressorti, c'est ressorti de façon perturbante. Mais ***je pense que c'est le fait d'avoir commencé à m'exprimer qui m'a sauvé la vie.*** *J'ai eu ensuite l'audace de dire non à un traitement qui semblait "vital", et de prendre le temps de m'écouter, de prendre ma vie en main. Chose qu'avant je n'aurais pas osé faire, je me serais dit : "C'est un médecin, il doit avoir raison." Grâce au fait d'avoir repris la parole j'ai pu dire : "C'est mon choix, c'est ma vie, je décide." Et suite à cette affirmation personnelle face au pneumologue, je n'ai plus eu de symptôme de toux, ça a l'air d'être passé, mais on verra… »*

Le symptôme est langage dont la parole doit être délivrée

Oui, on verra… On pourrait beaucoup dire du « choix d'organe » respiratoire de la maladie d'Emma, ainsi que du *dégorgement* vomissant de son deuil dans la thérapie et des voix de la douleur qu'elle avait refoulée et incorporée. On pourrait parler également de la trace inconsciente des dévalorisations de ses parents, qui ont certainement joué un rôle important dans ses inhibitions vocales, langagières, et même d'actions. On pourrait aussi pousser plus avant la réflexion sur la *figure du père*, et de l'*autorité*, en apprenant qu'avant l'Atelier, elle n'avait pas vu le sien depuis sept ans. Mais ce qui questionne certainement le plus dans son témoignage, c'est la puissance de sa somatisation. On observe à travers son expérience à quel point l'inhibition du sujet parlant peut avoir des facultés « occultantes » sur le symptôme, et comment la libération du *parlêtre*[502] peut avoir des capacités « perturbantes » sur le *soma*. Laisser sortir la parole non dite peut donc avoir un caractère « dangereux » pour le corps, car en la libérant avec force, s'extériorise également tout ce que le corps avait emmagasiné et tu. Il ne s'agit heureusement pour Emma que d'une maladie « bénigne », et le récit de son expérience résonne avec ce passage de la préface de la quatrième édition des leçons de psychanalyse *Corps et Symptôme* de Paul-Laurent Assoun (2015) :

« …une "bonne somatisation", si j'ose dire, est-elle souvent une façon de "se refaire une santé" ou, à défaut, de mener, à l'ombre de cet inconfort organique, une vie de

---

502 Terme lacanien, composé de *parler* et être, « c'est l'être parlant dans sa singularité de jouissance, ce qui implique la façon dont l'inconscient produit ses effets au niveau du corps ». (IZCOVICH, L., « L'être de jouissance », *L'en-je Lacanien*, N° 11, 2008/2, p.35-46.)

plaisir inconsciente, fût-ce sous l'égide de la douleur et avec la bénédiction de la médecine. Ce "masochisme organique" acte ce que l'on appelle jouissance inconsciente. [...] Lacan soulignera que le sujet ne pâtît du corps qu'en tant que parlêtre : "Le symptôme se résout tout entier dans une analyse de langage, parce qu'il est lui-même structuré comme un langage, qu'il est langage dont la parole doit être délivrée[503]*"*[504]. »

Ces mots de Lacan donnent à comprendre combien il est important, dans le travail de cet Atelier, qu'il y ait une analyse, un échange de mots à la fin de la séance, pour prendre du recul sur ce qui s'y est passé. Et qu'au-delà, dans les semaines et mois qui suivent, il y ait un accompagnement individuel, parfois thérapeutique, de compréhension et de *mise en perspective* par la parole de l'évènement qui s'y est produit, de tout ce qu'il a révélé et de tout ce qui s'est ensuivi. L'expérience d'Emma pose en tout cas la question de l'accès de ce travail à tous, de la façon dont il doit être conduit, et de la manière dont il doit être poursuivi selon les cas.

***

Dans un temps réel porté par les technologies de communication, où les échanges foisonnent sur les réseaux sociaux ; dans un temps rapide et distancié, où chacun, équipé d'un téléphone, utilise de plus en plus cet outil « indispensable » censé prolonger sa voix, le constat est d'autant plus fort de la nécessité de dire, et de dire en face à face, en portant sa voix vers l'autre. Les témoignages de l'Atelier permettent de constater combien les personnes sortent volontiers de leur habitude pour monter sur ce *ring*, et s'y libérer. Si les *non-dits* trouvent d'autres lieux d'expression, celui-ci semble particulièrement adapté à notre temps et au désir d'une action rapide, même si elle concerne des champs de notre être non explorés depuis bien longtemps. Dans l'exercice de cette expérience s'ouvrent des voies de perfectionnement et de recherche auxquelles nombre de disciplines et d'approches thérapeutiques pourraient contribuer. Aussi j'espère que cet article puisse inspirer réactions, actions et collaborations.

503 LACAN, J., « Fonction et champ de la parole et du langage », *Écrits*, 4e section, Paris, Seuil, 1966.
504 ASSOUN, P.-L., *Corps et Symptôme, leçons de psychanalyse*, 4e édition, Paris, Anthropos, Economica, 2015.

Le roi infecte cette inestimable souffrance d'un vide inélégant ; le souffle infecté inexploitable pénètre dans le brouillard sombre et lourd, perdant l'infant de son cri inexploitable qui se meurt de l'autre sourd. L'autre disparaissant dans l'onde épaisse du brouillant où bruine sur ta couronne des perles d'amour réanimant le souffle de vie. L'empreinte dans ce brouillard perce et vient chercher le son de l'infant, noyé dans les gouttelettes des larmes du divin. De l'infamie laisse renaître de l'infini, l'infini sans fin a faim de vie et d'amour.

Deborah Bellevy

Texte écrit en Atelier d'écriture de Valéry Meynadier

MITIA (Dimitri Repérant). *Walk On The Wild Side*. Zumala, Espagne. 2016.

Voix subjective et voix sacrée

Martin LE DREF

Ce texte développe un dialogue entre mystique et psychanalyse au travers d'une lettre fictive qu'aurait pu adresser Rabindranath Tagore à Sigmund Freud, selon ce que j'ai pu comprendre de l'implication de l'un et de l'autre dans leur champ conceptuel respectif. Donnant voix ici à Tagore, par la voix de l'écriture, je laisse Tagore se référer à la mystique et son rapport à la jouissance pour explorer les limites de la dimension langagière et signifiante de la voix, telle qu'elle est mobilisée dans la cure analytique. Le lecteur se trouvera ainsi mis en place de récepteur de cette lettre, prêtant l'oreille à Tagore, comme aurait pu le faire Freud, un certain Freud qui s'était laissé travailler par la question du religieux et de la mystique dans L'Avenir d'une illusion, dans Malaise dans la Civilisation et dans son Moïse…

Calcutta, le 13 mai 1937

Cher Professeur Freud,

Il est temps que la vérité s'en mêle. Depuis plusieurs semaines, notre entrevue à Vienne me revient à l'esprit et quelque chose me dit que nous avons laissé passer une occasion d'engager un dialogue dont je perçois aujourd'hui la perspective bien plus nettement qu'au moment de notre rencontre. Je dois vous dire que ces quelques heures passées avec vous m'avaient peu enthousiasmé, et que j'avais supposé qu'elles n'eussent laissé sur vous que peu d'impressions également. Toutefois, j'ai récemment appris par un ami anglais que vous m'aviez comparé, à la suite de cette rencontre, au Christ de Michel Ange seulement avec dix mille ans de plus. Cette moquerie m'a amusé et quelque peu séduit aussi puisqu'elle m'a laissé espérer que vous n'aviez pas été totalement insensible à ma présence. Le regret avec lequel j'avais regagné mon hôtel tient à ce que votre raisonnement m'avait semblé discriminatif, inductif et scientifique, pour ainsi dire analytique, ce qui m'est étranger. L'organisation de concepts et de lois sur un mode schématique et impersonnel contredit notre vision orientale, qui, elle, vous devez le savoir, agit sur un mode subjectif et intuitif, et se révèle peut-être plus intégrative, déductive et spiritualiste. Vous concevez un modèle de l'homme qui pose de façon tacite des limites à son enquête. La mystique, elle, nie la finitude humaine et affirme une réalité transcendant l'histoire et le temps de l'individu, qui exclut la temporalité et les conditions d'existence historiques et culturelles.

Comme vous le savez, j'ai douté des bienfaits psychanalyse pour l'Inde et perçu le danger qu'elle faisait courir à l'étude de l'âme, que nous considérons comme insondable et inscrutable. Nous sommes plusieurs à penser ici que la psychanalyse voudrait défroquer l'âme de son mystère et à percevoir en elle l'intention de réduire une totalité, un tout, à des analyses de composantes dont la somme n'est pas égale au tout. Généralement, en Orient, domine l'idée que la réalité ne peut s'atteindre par dissection de ses éléments et qu'elle se doit d'être appréhendée comme un tout. Aussi, je m'interroge sur le caractère réellement mesurable du rêve et doute ainsi du caractère scientifique de la psychanalyse, au travers du rapport fondamental qu'elle entretient avec lui. L'Inconscient est généralement situé hors du champ des études scientifiques en Orient, où nous stipulons d'emblée que sa perception est une illusion et renonçons habituellement à sa compréhension. La nécessité de compréhension me semble si caractéristique de la mentalité occidentale, alors que le monde intérieur est quasi indéchiffrable et échappe toujours au sujet qui tente de s'en emparer.

Pour autant, la psychanalyse et l'expérience mystique ont en commun de toucher à ce qu'il y a de plus intime, pour cela elles occupent toutes deux une place majeure dans l'histoire de l'homme. Les deux disciplines traitent de la nature de l'homme et se préoccupent de ce qui est permanent et inchangé en lui, de ce qui est considéré comme l'expression centrale de son être.

En analyse ou dans une quête mystique, le sujet s'engage dans un processus de recherche de vérité qui l'amène à se subjectiver de façon distincte. Dans les deux disciplines, la part du sujet qui se dérobe à lui et guide sa conscience peut faire l'objet d'une rencontre pour amener à une connaissance de soi supérieure. La psychanalyse désigne cet objet par le terme d'*Inconscient*, la pensée indienne par celui d'*ātman*. Dans la pensée indienne, seule la connaissance de cette conscience absolue permet l'atteinte du *moksha*, la libération des attaches terrestres et du cycle des réincarnations, état suprême de transcendance et véritable accomplissement de soi. Il est en quelque sorte l'équivalent hindou du *nirvãna* bouddhique. L'on retrouve dans ce concept la notion fondamentale d'union, de fusion, commune aux différentes mystiques. Cet idéal est décrit par des sages anciens l'ayant expérimenté comme un état de non-dualité, que désigne remarquablement ce passage des *Upanishads* :

« Dans cet état rien ne subsiste qui permette de distinguer l'intérieur de l'extérieur. C'est l'entrée dans le Brahman, une fusion, une incorporation, une respiration de l'esprit du Brahman. C'est l'union du soi avec le monde. »

Brihadâranyaka Upanishad 4.3.2.

Je devine votre méfiance, l'idéal d'une union transcendantale et la tentation de l'infinité de la jouissance mystique étant difficilement compatibles avec la division constitutive de l'homme, divisé à plus d'un titre, repérée par la psychanalyse. En plaçant la dimension biographique du sujet au cœur de la psychanalyse, vous voyez en celle-ci la possibilité d'une assomption de la part du sujet par sa propre histoire. Dans les séances que vous proposez, vous ouvrez la porte à un sujet appelé à advenir en lui offrant la possibilité de venir parler. L'avènement d'un sujet y est possible car la psychanalyse est constituée par la parole adressée à un autre et en cela elle me paraît être le règne de la parole à laquelle vous attribuez une valeur de sens en l'interprétant. Dans un tel cadre, le rapport que vous entretenez avec votre patient tient à ce rapport de parole où il n'est pas tant question pour ce dernier de vous révéler des choses sur lui, ou pour vous de lui apprendre des choses à son sujet, que de se le dire à soi. Vous placez la parole au centre de la construction subjective. « Au commencement était le Verbe », nous dit la Bible. Mais alors qui parle ? Votre génie fut de comprendre que, dans le moi, se loge un autre sujet, qui le transcende. La découverte de l'Inconscient de la psychanalyse opère une discontinuité radicale en cela qu'elle démontre une excentricité du sujet par rapport au moi : le sujet surgit là où le moi n'est pas. Penser le sujet de l'inconscient, c'est ce que vous faites dans l'analyse de ce que vous appelez les formations de l'inconscient : rêves, actes manqués, lapsus, traits d'esprit, puisque vous y repérez des manifestations du désir, des temps et des endroits où le sujet apparaît. Il s'agit donc de phénomènes en rupture avec le cours de la réalité auxquels je suis moi-même extrêmement sensible. La souplesse de la pensée hindoue fait que je ne fais pas de stricte distinction entre la réalité et l'illusion ; réalité concrète, vision mystique, mémoire, rêve, sont autant de versants perceptibles de la réalité.

Me vient à l'esprit l'intervention, rapportée jusqu'en Inde, de la patiente qui exigea que vous vous taisiez pour la laisser parler. Elle n'aurait pas pu mieux engendrer ce qui primera dans le rapport du sujet à l'autre en analyse, la valeur fondamentale de la dimension de la parole. La position subjective de l'analysant passe par la dimension essentielle dans laquelle s'accomplit l'analyse, qui est celle de la parole signifiante. Nous faisons une hypothèse contraire en Orient puisque nous pensons que le détour par la parole éloigne du chemin sur lequel s'engage l'aspirant à une connaissance supérieure de soi. Les paroles sacrées, universelles, parfois insignifiantes, transmises par la religion hindoue, de nature mystique, sont des productions vocales qu'un sujet peut s'approprier singulièrement, et au travers desquelles il peut adopter une position subjective débarrassée des illusions d'un monde physique que sa conscience considère comme la réalité *(māyā)*.

Votre attachement à la tradition européenne ne vous a pas permis de vous aventurer tellement au-delà du monde judéo-chrétien bien que Romain Rolland vous ait introduit à la pensée indienne. Comme beaucoup d'autres (H. Hesse, A. Artaud, A. Gide, H. Michaux, A. Malraux), il s'est tourné vers la civilisation indienne avec l'attente de quelque chose comme d'une possibilité de ressourcement pour l'Europe, après la faillite spirituelle symbolisée par la Grande Guerre. C'est lui qui vous a fait part de ses réflexions sur ce qu'il a nommé la *sensation océanique*, sensation d'éternel sans bornes perceptibles. C'est la trace principale de l'Inde dans l'œuvre, que l'on retrouvée dans *Malaise dans la civilisation*. Vous définissez cette sensation océanique comme un « *sentiment d'attachement indissoluble, de solidarité avec le monde extérieur dans son entier* » et vous faites la démonstration qu'il s'agit de la mémoire d'un état infantile peu différencié, sans bornes perceptibles[505]. Vous l'assimilez à une régression vers une phase de l'enfance dans laquelle la mère et l'enfant sont pris dans une relation symbiotique. À la suite de ça, vous userez du terme « sentiment océanique » pour qualifier tout ce qui ressort de l'état mystique ou d'une expérience extatique. Dès 1901, vous interprétez la religion comme une psychologie projetée dans le monde extérieur, comme une « production au dehors[506]. » Sans nier la réalité psychique de ces productions, vous les qualifiez comme des transpositions et des projections dans l'espace religieux. Dans *L'Avenir d'une illusion,* vous présentez la religion comme une névrose de contrainte universelle de l'humanité et vous la qualifiez d'illusion en postulant que son existence est déterminée par le besoin né d'une détresse infantile en quête de protection paternelle[507]. Par illusion, vous entendez une croyance erronée, motivée par le désir humain, abandonnant tout rapport à la réalité effective puisqu'elle se passe de tout besoin d'être accréditée. Selon vous, le divin a pour tâche de compenser les manques et les dommages liés à la culture, qui réclame contraintes et renoncements pulsionnels. Du refoulement des frustrations et des privations imposées par la nature et la culture, naîtraient des idéaux de satisfaction substitutifs, parmi lesquels la religion[508]. Vous désignez là le phénomène social, et non la pathologie individuelle, et faites l'hypothèse que l'adoption de la religion a valeur de névrose collective et qu'elle dispense de la tâche de développer une névrose individuelle, puisqu'elle « *veille à l'exécution des prescriptions de la culture.* » Celles-ci « *se voient attribuer une origine divine, elles sont élevées au-dessus de la société humaine, étendues à la nature et à l'advenir du monde.* » « *Les représentations religieuses procèdent du besoin [...] de se défendre contre l'écrasante surpuissance de la nature* » et naissent de la « *poussée à corriger les imperfections de la culture ressenties comme pénibles*[509]. » Vous faites donc du besoin de protection la genèse psychique des représentations religieuses. Si je me risquais à une interprétation du type de celles que vous faites avec vos patients, je dirais que votre insensibilité à l'égard de la religion pourrait tenir de votre évitement répressif de la question de l'hostilité maternelle et de son déplacement sur le père et ainsi sur la religion.

505. FREUD, S., *Malaise dans la civilisation*, Paris, PUF, 1971.
506. FREUD, S., *La psychopathologie de la vie quotidienne*, Paris, Payot, 2001.
507. FREUD, S., *L'Avenir d'une illusion,* Paris, PUF, 2013.
508. FREUD, S., *Pulsion et destins des pulsions*, Paris, Payot, 2012.
509. FREUD, S., *L'Avenir d'une illusion, op. cit.*

Après la lecture de *L'avenir d'une illusion*, Romain Rolland vous a écrit ceci : « *Votre analyse des religions est juste, mais j'aurais aimé vous voir faire l'analyse du sentiment religieux spontané, ou plus exactement de la sensation religieuse, qui est toute différente des religions proprement dîtes, [...] le fait simple et direct de la sensation de l'éternel, qui peut très bien ne pas être éternel, mais simplement sans bornes perceptibles et comme océanique. Je suis moi-même familier avec cette sensation. Tout au long de ma vie elle ne m'a jamais manqué*[510]. » Il souligne très justement la distinction entre la religion et le sentiment religieux. Le sentiment d'appartenance « à un tout sans borne océanique » existe, selon lui, en dépit de toute croyance religieuse, et est considéré comme plus durable que les religions proprement dites. Il place l'expérience religieuse, libérée des constructions idéales et des représentations, au-dessus de la croyance religieuse. En Inde, nous accordons à l'expérience religieuse la plus haute importance. C'est le terme *moksha* que nous utilisons pour désigner : « l'accomplissement de soi », « la transcendance », ou encore « la libération des attaches terrestres et du cycle des réincarnations. » Il s'agit d'une expérience mystique située au-delà des mots, par essence intraduisible en langage verbal. Le *moksha* n'est pas une brusque bouffée de sentiment océanique mais un état permanent de conscience totale dans l'océan. Dans cet état « *toutes distinctions entre objet et sujet ont été transcendées* », comme une expérience directe de l'union fondamentale de l'être humain avec l'infini[511]. Mais je connais votre position là-dessus, la dissolution psychique dans la totalité, proche de la fusion symbiotique et du fantasme de régression psychique vers un pur principe de plaisir sont en désaccord avec la différenciation psychique et le principe de réalité qui sont au cœur de la pensée psychanalytique.

Vous estimez que le sentiment océanique confronte à un Moi primaire qui se serait conservé, et que son expérience témoigne d'une régression à une phase précoce du développement du Moi caractérisé par l'absence de frontière avec le tout. L'indifférenciation primaire entre l'extérieur et l'intérieur est en effet une caractéristique de l'état du nourrisson, qui ne distingue pas les stimulations venant de l'extérieur de celles issues de son propre organisme. Son Moi primitif évolue, dans un premier temps, dans une sorte de liquide amniotique englobant tout de manière indifférenciée, puis en se confrontant au premier objet qui s'oppose à lui en tant qu'entité extérieure, le sein maternel, il se soumet au principe de réalité, se sépare ainsi progressivement de son environnement immédiat et se détache des sensations qui l'inondent, pour faire apparaître une dimension externe et évoluer progressivement vers un Moi plus mature, aux limites resserrées. Le Moi du nourrisson ressert ses frontières vers l'extérieur, et s'impose ainsi comme intermédiaire entre les revendications de la vie pulsionnelle, du Ça, et celles du monde extérieur. Vous soulignez toutefois que les frontières du Moi peuvent être provisoirement abolies par certaines fonctions des processus patho-

510. VERMOREL, H., *Sigmund Freud et Romain Rolland, Un dialogue*, Paris, Albin Michel, 2018.

511. KAKAR, S., *Moksha. Le monde intérieur. Enfance et société en Inde*, Paris, Les Belles Lettres, 1985.

logiques ou bien dans l'état amoureux, par exemple, où la frontière entre Moi et objet semble s'effacer, se brouiller. Vous concluez par : « *le sentiment du Moi est sujet à des perturbations et les frontières du Moi ne sont pas stables*[512]. » À partir de l'instabilité fondamentale des frontières du Moi, vous supposez ainsi que le sentiment océanique est une « survie de l'originel », un reliquat d'une expérience de solidarité avec le tout, un retour vers un état d'indifférenciation primaire entre l'intérieur et l'extérieur. La conservation du passé dans la vie psychique est au cœur de votre pensée et vous avez toujours considéré que ce qui se formait dans la vie psychique à un moment donné gardait une trace ultérieure et pouvait, sous l'effet de la régression, ré-émerger sous une forme reconnaissable.

L'expérience mystique n'est ainsi, selon vous, pas un supplément d'âme spirituelle mais une opération psychique inconsciente que vous laïcisez. Vous en faites une énigme scientifique à laquelle vous vous confrontez courageusement, puisqu'il s'agit proprement d'un mystère de l'existence humaine. Le mysticisme concerne n'importe quelle religion, c'est un fondement psychique universel de l'homme. Vous dites que dans l'état mystique des « rapports autrement inaccessibles » s'établissent entre « le Moi et les couches profondes pulsionnelles du Ça. » Une analyse du sentiment d'extase mystique à partir de votre topographie m'amènerait à formuler les choses de la manière suivante : l'état mystique est une expérience de délocalisation des instances, Moi et Ça entretiennent une proximité inhabituelle, leurs frontières s'amenuisent et autorisent le Moi à une plongée dans le Ça. Le Moi perçoit alors de la pulsion et a un accès ponctuel à ce qui lui est, en temps normal, inaccessible. Il appréhende des rapports autrement inaccessibles dans des états normaux : c'est un savoir qui se fait dans les tréfonds du moi[513]. Dans l'expérience mystique, *Ça* et Moi se rapprochent au point d'effectuer « une curieuse transgression topique, sous forme d'une sorte de translation des frontières[514]. » Si vous considérez que, vers l'extérieur, le Moi montre des frontières fermes et tranchées, vous percevez justement le leurre qu'est l'autonomie du Moi, qui se poursuit à l'intérieur dans un *Ça* inconscient. Vous écrivez : « *[Le] Moi nous apparaît autonome, homogène, et bien distinct du reste. [...] Cette apparence [est] illusoire, [...] le Moi se prolonge au contraire en nous sans transition marquée par une entité psychique inconsciente que nous appelons Ça [...]. Mais de l'extérieur au moins, le Moi paraît garder des limites bien nettes*[515]. » Cet état *donne un accès ponctuel à quelque chose qui demeure habituellement inaccessible et met le Sujet en rapport à un Réel excessif. Cette confrontation au Réel est l'idéal de sagesse que poursuivent les mystiques, celui de se fondre dans l'Univers, alors qu'il n'est pour vous qu'un reliquat d'une aspiration primaire à la dissolution du Moi dans son environnement.* Les mystiques seraient à la quête de leur Moi primitif, dans

---

512. FREUD, S., *Malaise dans la civilisation*, *op. cit.*.

513. ASSOUN P.-L., « Jouissance et Métapsychologie », Conférence à l'institut Elie Wiesel du 22 janvier 2012.

514. ASSOUN P.-L., « Freud et la mystique », *Nouvelle Revue de Psychanalyse*, N°22, Paris, Gallimard, 1980.

515. FREUD, S., *Malaise dans la civilisation*, *op. cit.*.

une recherche de fusion avec la mère originaire, sur le modèle d'une régression linéaire. Le *sentiment* océanique viserait à rétablir un narcissisme sans limite, et entretiendrait une part idéalisée de dilatation narcissique. Cette vision de la fusion de l'être avec l'Absolu n'est pas contestable dans le sens où elle renvoie à quelque chose de la jouissance infinie et évoque une tentative de retour au repos éternel où la mort serait confondue avec le retour à la Terre Mère, sur un mode incestueux originaire, mais vous réduisez la jouissance mystique à une jouissance infantile, et j'aimerais nuancer ce point à partir d'une phrase que vous écrivez, toujours au sujet de la construction du Moi. Vous affirmez que *« le moi contient tout [...]. Notre sentiment actuel du moi n'est donc qu'un reste ratatiné d'un sentiment plus largement étendu, étendu même à tout*[516]. » Je souhaiterais m'arrêter sur cette idée, vous ne souhaiteriez sans doute pas la voir prise au pied de la lettre, que le moi originel *contiendrait tout.* L'idée que quelque chose soit là préalablement, et se révèle à un certain moment comme ayant toujours été là est, me semble-t-il, proche de la pensée mystique. Dans le transport mystique, la plongée intérieure mène à la découverte d'une altérité jusque-là silencieuse, tue par une armada de projections multiples sur le monde, qui retiennent l'homme prisonnier dans le monde imaginaire et illusoire de la représentation mentale. *Mens, mensonge, mentir et mental* sont des mots parents, il s'agit pour le mystique de briser cette coque d'idées fausses et d'imaginations qui constituent le *Samsara*, c'est-à-dire le cycle des naissances successives soumises à l'attachement et à l'ignorance. Dans la pensée hindoue, le monde matériel est considéré comme une illusion, la seule réalité est l'âme universelle, et le monde sensible, ou perceptible, est considéré comme un jeu magique que l'âme universelle se joue à elle-même. C'est sous l'effet de la *māyā* que le sujet, dès la naissance, tient le monde pour réel et s'identifie à tort à son corps et à sa psyché. Dans l'introspection mystique, la connaissance de soi passe donc par le détachement du moi habituel et la déprise de l'illusion engendrée par le sentiment du moi. L'état mystique n'équivaut donc pas à un repli narcissique, et serait peut-être une position « anti-narcissique ». L'élan mystique vers Dieu, dans un mouvement de dépossession et de désappropriation subjective, constitue un consentement à l'*Hilflosigkeit*, la détresse infantile. Cette acceptation permet de comprendre la mystique comme un retour vers une relation originaire et méconnue[517].

Deux sujets se distinguent dans une prise de parole, le sujet de l'énoncé et celui de l'énonciation. Sujet et moi ne sont pas la même chose, le moi n'est que la surface sous laquelle se tapit un sujet de désir, qui, lui, émerge précisément là où le moi n'est pas. La vérité du sujet apparaît dans les liens de l'énoncé et de l'énonciation, son désir s'affirme dans la formation d'actes signifiants que sont les symptômes, les lapsus ou les actes manqués, mais aussi au travers de poèmes

---

516. VERMOREL, H., *Sigmund Freud et Romain Rolland, Un dialogue*, *op. cit.*
517. SCHWAB, E., « Mystique et psychanalyse : l'Autre avant ? M. Zundel et S. Freud, lectures croisées », *Autres Temps,* N° 72, 2001.

et d'œuvres d'art, ou de fantasmes et de répétitions. Dire « moi, je » n'assure en rien que celui qui s'exprime parle véritablement de lui-même… Le surgissement du sujet de l'énonciation est au cœur de la rencontre analytique. Le langage ne se conçoit pas comme un simple outil de communication : langage et subjectivité sont solidaires, l'utilisation du *Je* permet au locuteur, dans un acte d'énonciation, de se nouer lui-même au langage. Le sujet doit être convoqué pour se faire apparaître, car une partie du discours lui fait défaut et c'est dans cette partie que réside l'Inconscient. L'écart qui existe entre ce que l'on dit et ce que l'on veut dire est la preuve d'un Sujet de l'Inconscient.

Le Sujet, parlêtre, baigne dans une marée langagière extérieure à lui, qui le précède, le nomme, le parle. L'être humain ne choisit pas le rapport au signifiant dans lequel il se trouve, ce rapport lui est imposé et a des incidences subjectives. Il est pris dans l'ordre des signifiants et se trouve en situation de dépendance vis-à-vis d'eux car ces signifiants sont ceux de l'Autre, et il s'y trouve pris dès le départ de son existence. Il ne choisit pas la langue dans laquelle il naît, ni l'ensemble de signifiants dans lequel il baigne. Il est « Autrifié », jusque dans l'empreinte laissée par les signifiants de l'Autre dans son corps, avec très peu de marge de manœuvre. Le Sujet est pris dans un réseau de signifiants qui le détermine, le parle. C'est en se dégageant de l'Autre, dans et par lequel il est nécessairement pris, qu'advient un véritable Sujet, qui peut alors parler en son nom et produire des énonciations[518]. L'écoute de ces signifiants en travail analytique justement permet d'introduire un écart entre le Sujet et l'Autre : cet écart est la condition au frayage d'un chemin par le désir. Mais alors de quoi est fait cet écart ? Il est sans doute pour partie le résultat de l'introduction d'une énigme, d'un doute, qui permet une certaine respiration entre le Sujet et l'Autre. Le désir s'inscrit sous la forme d'empreintes tissées dans la parole.

L'interlocution entre l'analysant et l'analyste questionne sur le vide qui se fait entendre au-delà de la parole. « *Mais qu'était donc cet appel du sujet au-delà du vide de son dire ? Appel à la vérité dans son principe […] Mais d'abord […] appel propre du vide* [519]. » Ne pensez-vous pas que la vérité du sujet s'inscrit dans une béance de la parole, qu'elle se heurte à la réalité de ce qui n'est ni vrai, ni faux ? Il existe à coup sûr une béance de la parole, un « *au-delà du vide du dire du sujet, qui est précisément le lieu de sa vérité.*[520] » Le traitement analytique vise le trou de l'énonciation au-delà de ce qui est dit, la béance au sein du sujet d'où ça parle.

La part mystique de l'homme m'intéresse car elle permet d'entrevoir ce qui se situe au-delà du langage. Vous avez écrit à Jung ceci : « *[…] la pensée "logique" est la pensée en paroles, qui comme un discours se tourne vers l'extérieur. La pensée "analogique" ou fantasmatique est du domaine du sentiment, analogue à l'image et sans paroles, non un discours, mais une rumination de matériaux qui se dirige vers*

518. LACAN, J., *Le Séminaire, livre VI, Le désir et son interprétation*, Paris, La Martinière/Le Champ freudien, 2013.
519. LACAN, J., « Fonction et champ de la parole et du langage », *Écrits*, Paris, Seuil, 1966.
520. GUEY, N., *Le sujet et l'Autre*, https ://www.lacan-universite.fr/wp-content/uploads/2017/09/03-Ironik25-Nicole-Guey.pdf

l'intérieur. La pensée logique est "pensée-parole" [...]. L'analogique est archaïque, inconsciente, non formulée en paroles et ne peut guère être saisie en paroles. » Les représentations et la parole interviennent dans la pensée « logique » mais sont exclues de la pensée « analogique », comparable à des ruminations mystiques[521]. La mystique est une expérience de la limite et de la transgression, et les doctrines religieuses ont de tout temps perçu les dangers qui lui étaient inhérents et appelé à sa condamnation. Pour ce que les différentes mystiques ont de non conforme aux dogmes et aux pratiques rituels, pour ce qu'elles transgressent l'ordre religieux, mais pas seulement. Elle va certes au-delà des rites religieux et appelle même à leur destruction, mais l'essence même de la mystique réside dans ce qu'elle dépasse les capacités du langage. Le mystique, dans sa quête, pose la question de l'absence et interroge les limites du langage. C'est l'essence même du mysticisme que d'entrevoir au-delà des capacités du langage, c'est justement parce que la mystique a en propre de déborder les limites du cadre symbolique – ordonné par le signifiant phallus – qu'il faut la prendre au sérieux et la promouvoir au titre d'une « jouissance au-delà ». En cela, la mystique figure une double expérience de transgression symbolique vis-à-vis du système clérical et langagier.

L'extase mystique est l'expérience d'un écart dans le langage entre la dénomination de la chose et la chose elle-même. La dénomination tue la chose, « *le mot est le meurtre de la chose*[522] », en raison du fait que le signifiant, dans sa matérialité sonore, a pour effet de séparer la chose de son appellation. L'expression mystique est celle d'un désir inexprimable par les voies langagières habituelles. Son expérience est celle d'un corps pris dans les affres d'un désir qui dépasse les capacités habituelles de symbolisation. Dans le sens contraire de la conversion que vous avez décrite chez l'hystérique chez qui l'esprit vient au corps, comme un « saut du psychique dans l'innervation somatique », un mouvement inverse se repère chez le mystique où s'opère une production de la psyché à partir du soma. L'extase pourrait être le produit psychique d'une symbolisation du Réel du corps et constituer ainsi une métaphore corporelle originaire. Dans un changement qualitatif, du Réel s'extrait un signifiant, et il y a conversion du corps en esprit. La figure du chiasme illustre bien ce qu'est l'extase : une spiritualisation du corps et une incarnation du verbe[523]. Le mystique approche donc le Réel à qui il donne le nom de Dieu. « *Dieu est le nom d'emprunt de l'absence du Nom, il recouvre le trou des symboles langagiers, incapables de se définir eux-mêmes. L'élan mystique est indicible parce qu'il se fonde sur le manque d'un mot qui dirait tout, et devant le Nom de Dieu qui en tient lieu, les autres vocables montrent leur dénuement*[524]. » Ce trou, où défaillent les symboles langagiers et fait ainsi défaut l'inscription du père

521. KALUARATCHIGE, E., « Freud versus Jung : Analyse versus Synthèse. Le début d'une conflictualité inspirée des religions occidentales et asiatiques dans l'histoire du mouvement psychanalytique », *Recherches en psychanalyse* N° 11, Paris, RePsy, 2011.
522. LACAN, Discours de Rome
523. JURANVILLE, A., « Jouissance mystique et figures de l'amour », *Le Journal des psychologues*, N° 371, Martin Media, 2019
524. POMMIER, G., *L'exception féminine*, Paris, Point Hors Ligne, 1985.

comme symbole, est celui par lequel s'éprouve la jouissance. Le vide dont il s'agit est à l'origine du surgissement d'un dire qui déchire la trame symbolique. « Si je ne parle pas, je brûle », écrit le poète persan Attâr.

Je voudrais vous amener au-devant de la mystique hindoue en soulignant la différence anthropologique cruciale vis-à-vis des rapports entre l'Homme et l'Absolu qui la distingue de la mystique occidentale. Dans la pensée monothéiste, l'expérience mystique est généralement subordonnée à une croyance religieuse, dans la chrétienté, la doctrine de la création creuse un fossé entre Dieu et l'Homme, et a pour effet de rapporter l'expérience mystique à une transcendance des capacités humaines grâce à une intervention divine. Dans les religions orientales, au contraire, l'extase mystique, considérée comme l'une des plus hautes manifestations spirituelles, n'exige pas forcément une croyance religieuse. L'intervention d'une grâce divine n'est pas indispensable à l'aspirant spirituel. Dans l'hindouisme, la croyance n'est pas considérée avec autant de sérieux que dans les religions monothéistes, il n'existe aucun devoir de croire mais un devoir d'adhérer aux pratiques rituelles et aux règles socioreligieuses, l'identité religieuse repose davantage sur la réalisation des rites de passage, la vénération des divinités chez soi ou au temple, ou la célébration des fêtes que sur la croyance ou l'adhésion aux doctrines théologiques. La vision hindoue suppose à l'être humain la possibilité de dépasser la limite du corps physique et du corps que nous appelons subtil, c'est-à-dire psychique, pour atteindre une réalité présente en soi, le Soi, autrement appelée *ātman*. La transcendance des corps physiques et psychiques s'appuie ainsi sur la divinité à la manière d'une béquille, et l'expérience mystique ne contient aucun statut ontologique en elle-même. Elle ne se justifie pas de l'intervention systématique de Dieu, ce que les mystiques chrétiens et musulmans ont dû défendre d'un point de vue théologique. L'expérience mystique est considérée comme naturelle et peut donc être atteinte au travers d'exercices et de pratiques répétés, que véhicule l'hindouisme (*abhyāsal*). Parmi ces pratiques figure la récitation des *mantras*. En cela, si elle est considérée comme exceptionnelle, l'extase n'en demeure pas moins comme faisant partie des possibilités humaines. Il est également considéré que les aspirants à l'expérience mystique peuvent s'appuyer sur des compétences variables d'un sujet à l'autre, appréhendées d'ailleurs plutôt comme des dispositions.

Selon la doctrine brahmanique, tout être matériel renferme un élément immatériel, l'âme, et au monde sensible, monde en réalité trompeur, correspond un monde suprasensible auquel il fait écran. L'essence de toute chose est ainsi un principe immatériel et éternel qui provient d'une âme universelle, et chaque chose est une parcelle de cette âme universelle à laquelle elle retourne, l'âme universelle étant, bien entendu, supérieure à l'âme individuelle. Le *brahmane* prend conscience qu'il porte, en son être individuel, une parcelle de l'être infini, et l'exprime de façon suivante :

« Voici la vérité, de même que d'un feu ardent sortent par milliers des étincelles pareilles à lui, ainsi naissent de l'être immuable toutes sortes d'êtres qui retournent à lui »

Upanishads

De la traversée d'états mystiques, aussi appelés *états théopathiques,* les mystiques nous rapportent l'existence du Dieu absent, l'Objet perdu. Nous verrons qu'elles possèdent et sont à la fois possédées par cet Objet perdu. *Les états théopathiques* sont les « *états de ceux à qui le théos interpellé répond pour ainsi dire, et qui en reçoivent, contre toute attente, la "souffrance analogique" et la joie [...]. Cette probation de joie-douleur et de souffrance-joie, inlassablement narrée, imitée, demandée, réinscrite, épreuve amoureuse perpétuelle, colore toute expérience : cette naissance dans la douleur à une autre vie, un autre bonheur, s'adresse à l'Autre – avec pour horizon, l'incroyable jouissance foncière et permanente de l'union parfaite ou* Gelassenheit[525]. » Dans l'espace du christianisme, le chemin qui mène à la jouissance mystique passe le plus souvent par l'abaissement et l'humiliation, qui permettent de transformer en joie souffrances et peines. Je vous retranscris l'extrait d'un ouvrage que j'ai récemment consulté à la bibliothèque de Calcutta, écrit par Marie de l'Incarnation (Relation de Tours) :

« Comme je réfléchissais un jour comment je pourrais faire pour m'humilier devant mon grand Dieu, je l'entendis qui me disait ces paroles dans mon intérieur : Abaisse-toi, abaisse-toi jusqu'au centre de l'abjection. Depuis lors, je n'eus plus qu'une pensée : me priver de tout ce que j'aimais le plus afin d'en faire sacrifice pour arriver plus sûrement à ce fond d'abjection qui m'avait été indiqué. »

Comment mieux témoigner de l'invocation de l'Autre pour l'abjection, le lieu de sa jouissance ? Cet Autre pour le mystique est désigné comme Dieu. Nous entendons ici Marie de l'Incarnation jouir de la jouissance fantasmée de son corps en souffrance offert à Dieu, et viser la réduction de son corps à un état de « corps déchet » qui fait la jouissance d'un Autre. L'Autre est symboliquement marqué de la perte ou du manque, ce qui situe le sujet lui aussi dans un marquage par le manque, ou la perte de l'objet *a*. Mais le mystique cherche à se mettre en place d'objet manquant pour l'Autre afin de le faire jouir, il rêve d'être objet de la jouissance de l'Autre, et ne cherche pour lui-même aucune jouissance : la possibilité de faire jouir Dieu prévaut sur celle de jouir pour Dieu[526].

Dans les élans amoureux des mystiques apparaît une dimension quasi érotomaniaque, qui évoque une ivresse sensuelle. Pourtant réside là un paradoxe puisque l'amour pour le divin révèle une jouissance « autre que phallique », puisque séparée de la satisfaction sexuelle phallique. Cette forme de jouissance, non sexualisée, s'avère être un lieu où la femme n'est pas occupée par l'homme. Cette jouissance,

525. VUARNET J.-N., *Le dieu des femmes*, Paris, Éditions de l'Herne, 1989.
526. BIDAUD, E., « Mystique, sexualité et vérité », *Figures de la psychanalyse,* N°7, 2002.

à la fois « en corps » et « en âme », entraîne une déchirure, une faille sans fond qui entraîne le sujet, dans sa rencontre de l'Autre divin, à se confronter à l'absence de Dieu et à l'impossible de la fusion[527]. Le mystique bouscule la psychanalyse en ceci qu'il postule la réalisation aboutie et définitive de son désir. Celui-ci, fusionnel et comblé s'il en est, ouvre la porte à un haut-delà du manque dont Sainte-Thérèse témoigne lorsqu'elle écrit : « *l'âme n'a plus de désir, elle possède le Bien-Aimé.* » La possession de l'objet suppose l'absence du manque, et considère le sujet dans sa plénitude et la finitude de son désir. Elle interroge également sur le rapport entretenu à la vérité, car le mystique est appelé à un mode supérieur de connaissance et se pose en incarnation de la vérité. Pour autant, celle-ci se caractérise par sa nature énigmatique ! La vérité est d'ordinaire partielle et se dérobe au sujet dans sa forme complète et dénuée de doute. Prenons la définition de la mystique suivante : « *la croyance en la possibilité d'une union intime et directe de l'esprit humain au principe fondamental de l'être, union constituant à la fois un mode d'existence et un mode de connaissance, étrangers et supérieurs à l'existence et à la connaissance normales*[528]. » Le mot vient du grec *mustikos,* de la même racine que *mustérion*, qui a donné *mystère,* ce qui est mystique est donc relatif au mystère, aux choses cachées. De la même racine que le verbe *mueo* qui signifie *enseigner,* c'est *l'initiation à un secret inaccessible et indémontrable.* Le mot mystique se traduit en hindi par les mots *aprakaṭa* (non manifeste), *gahana* (impénétrable, obscur), *gupta* (caché). Le secret et l'énigme semblent être les modes de « monstration » de l'incarnation de la vérité du mystique. Je me mets à votre place, en revendiquant l'accès à ce qui se situe hors de la connaissance communément admise, le mystique expose la réalisation d'un moi pleinement souverain, exclut dans son rapport à la vérité la marge qui existe entre un sujet et son objet, les fusionnant ainsi dans l'avènement d'une vérité éclatante. Il n'approche pas la vérité, il est la vérité. Vous devez vous demander comment parler de désir dès lors que l'objet ne fait pas défaut, qu'il n'offre aucun manque permettant de soutenir le désir ? Le mystique nous dit qu'il possède l'objet dont il s'assure d'une jouissance illimitable et pour ainsi dire ineffable. Il imposerait sa vérité, dont il n'aurait à justifier d'aucune manière. Une démonstration placerait sa vérité à portée de l'autre et la situerait dans un champ où l'altérité impliquerait une reconnaissance d'un désir autre.

Selon votre doctrine, la mystique s'apparente à un repli narcissique, duquel sont refoulés les pulsions de vie et leurs éléments sexuels, ainsi que les pulsions de mort et leurs motions agressives[529]. Le détournement de la sexualité du mystique trouverait sa justification dans le retrait narcissique des pulsions sur le Moi. Ceci est contestable car dans les formes cliniques de retrait narcissique, l'aliénation moïque ne permet pas l'écart nécessaire à la construction d'un espace de représentation, et abolit toute possibilité de symbolisation. Or dans sa compulsion à raconter ses expériences, le mystique instaure du signifiant et de l'altérité, dans

---

527. JURANVILLE, A., « Jouissance mystique et figures de l'amour », *op. cit.*
528. LALANDE, A., *Vocabulaire critique et technique de la philosophie,* Paris, PUF, 2010.
529. ROSOLATO, G., « Présente mystique », *Nouvelle Revue de Psychanalyse,* N°22, 1980.

l'exil à soi mystique se produit un mouvement d'extériorisation de soi à l'autre. La réduction de la mystique à une capture narcissique est une erreur car elle évacue la dimension primordiale d'ouverture et d'écart garantie par la présence de l'Autre dans l'expérience mystique.

La voix émise par le disciple, à l'adresse d'une divinité ou d'un maître spirituel, trouve son origine dans une part intime de l'être. En quoi se distingue-t-elle alors de celle entendue chez le psychanalyste ? Les deux traversent le corps pour mettre en acte une représentation psychique à travers la parole et s'entendent comme autant de révélations de l'intériorité d'un sujet. Elles sont parallèlement destinées à être reçues comme des adresses transférentielles, à l'endroit de l'analyste pour le patient, à celui de Dieu pour le pratiquant. À chacun son Autre. Je suis frappé de constater combien le sujet occidental a le pressentiment qu'une meilleure connaissance de soi passe par le dévoilement de pensées intimes à un autre et la mise à profit de la voix dans ce sens. Du fait d'une certaine immobilité du corps dans la séance que vous proposez à vos patients, la voix devient un objet mouvant, incité à s'agiter dans un sens puis dans un autre, et devient ainsi comme le poisson glissant que l'homme cherche à empoigner, lui échappant à chaque fois qu'il resserre un peu plus sur lui son étreinte. Le seul but que doit poursuivre celui qui désire capturer manuellement le poisson doit être de le mener préalablement à un état de quiétude tel qu'il se laissera saisir au seul rapprochement du pouce vers l'index. Comment considérer qu'une âme instable puisse être approchée par une autre ? Comment une âme peut-elle même être pleinement comprise par une autre ? L'accès à une connaissance supérieure de soi, si elle passe temporairement par l'intermédiaire d'un maître, n'en demeure pas moins une quête individuelle. Elle est individuelle car elle doit mener à la rencontre du sujet avec une partie intime de lui dont il est habituellement déconnecté. L'être tout entier est soumis à l'influence de facteurs intérieurs et extérieurs, sources d'éloignement vis-à-vis d'une part silencieuse de son être. Le tumulte environnant et le bavardage interne parasitent le sujet tourné vers son intériorité.

Nos deux disciplines cherchent à débusquer une partie de l'être considérée comme tapie derrière un rideau d'identification, entortillée dans un réseau d'illusions qui obscurcissent la vérité du Sujet. Pour y parvenir, la cure analytique exige du sujet une prise de parole signifiante dans laquelle se découpe un Sujet de l'Inconscient. Sa dépendance à l'égard des signifiants de l'Autre nécessite l'introduction par l'analyste d'un écart entre le Sujet et l'Autre, et la tolérance de l'inconstance de la manifestation d'un sujet de l'énonciation. La pratique mystique vise l'atteinte d'une intimité méconnue du sujet, réfléchie dans une réalité absolue. Pour y parvenir, la mystique hindoue propose l'expression d'une parole universelle et sacrée, considérée comme divine par essence. La récitation de parole sacrées est une expérience de la langue qui recouvre les identifications imaginaires du sujet et, je vous laisserai avec ceci, l'engage, me semble-t-il, par une prise directe avec ses objets, vers une voix intime et une altérité silencieuse.

Dans l'espoir de vous savoir intéressé par ces réflexions croisées, dans l'attente d'une réponse de votre part et, pourquoi pas, une invitation à Vienne, je vous adresse mes profonds respects, cher Professeur.

Rabindranath Tagore

Point d'Orgue

Claire GILLIE

« Rabindranath Tagore », tel est le dernier nom qui s'inscrit dans ce manuscrit, par le tracé singulier de la voix de Martin Le Dref, comme un point d'orgue qui vient clore les volutes invocantes de cette partition écrite à plusieurs voix.

En cette époque secouée par la discordance des discours sur le religieux, la dissonance d'actes dictés par des Voix venues d'ailleurs, nous espérons ici, à travers cette adresse fictive – nous le redisons bien – de Tagore à Freud, relancer le dialogue fécond entre Freud et le pasteur Pfister, et au-delà de lui, contribuer modestement à ce que le dialogue de la psychanalyse et du religieux ne cesse pas de ne pas s'écrire. Ni celui de la psychanalyse avec l'anthropologie et l'art, dans les lieux de savoir où se tissent les rencontres, depuis l'étrangeté des langues et des langages.

Car toute voix cherche son oreille, appelle une oreille comme terre d'asile ; que ce soit sur la scène musicale ou sur la scène de l'analyse. L'oreille déplie les brisures et ratés de la voix dolente prise dans l'étau du corps-parlant. Voix hors frontières du corps, hors murailles du langage, elle joue les passe-murailles pour dénicher dans les fissures de la parole et les coursives du corps, l'appel à l'amour et à la mort dont elle se fait l'oracle. Voix entre cuir et chair, entre perception et conscience, elle maintient à fleur de peau la vérité du dire sur le fil du rasoir. Entre rature et parure de la parole, la voix vacille ou s'exhibe dans la rencontre avec le désir de l'Autre, au risque des noces barbares. Ecorchée vive, dans ce corps à corps avec l'autre qui se dérobe, la voix s'incarne, se décharne, se désincarne et travaille au burin l'oreille débordant de surdité et d'hostilité mortifère. L'analyste qui se met à son écoute tend l'oreille vers cette parole qui oscille entre « hésiter » et « exister », dans le labyrinthe de la langue. Cette oreille de l'analyste, Alain

Didier-Weill l'évoquait encore ainsi en juin dernier, quelques mois avant de nous quitter : « j'entends de toi ce dont ta surdité t'a privé. »

Sur la corde raide, écartelée entre demande et désir, la voix en appelle aux retrouvailles avec la parole perdue dont la voix perdue et le souffle coupé n'en sont que la défroque. Défiant le vertige qui saisit la parole en littoral du théâtre de l'ombre, au seuil du souffle suspendu à fleur de divan, le silence se fait legato d'une voix à l'autre, pour qu'il y ait du dire à entendre.

Claire Gillie, *Postlude*. 04.11.2020.

Porte-pas, porte-larmes
L'escalier trébuchait
L'escalier craquait
Sous le poids des mots
Sous l'effroi des maux

Marche au pas, marche à l'ombre
L'escalier se crispait
L'escalier se tendait
Vers le vide à pallier
Vers le rien à relier

Du divin au divan
L'escalier dévale
L'escalier s'emballe

Du divan au divin
Une échelle de Jacob
Escalier arpenté
Escalier transfiguré

D'un analysant à l'autre
Une pierre
Une échelle
Jacob…

« Et les anges ? »
Priait l'escalier…

« Et les ailes du désir
Et les ailes de leur désir ? »
S'époumonait Dieu…

… à moins que ce fut l'analyste…

Claire Gillie

Texte écrit en Atelier d'écriture de Valéry Meynadier

MITIA (Dimitri Repérant). *Walking On A Dream*. Barcelone, Espagne. 2015.

Table des Textes poétiques écrits en atelier d'écriture

Table des Illustrations

Page 195 : Déborah CHOCK. *Le Carnaval des mots 2, « Nos corps mis à mots »*. Huile sur chiffon. 25 x 32 cm. 2015.
Page 201 : Claire GILLIE. *Voix recluses*. À proximité du pont Saint-Charles, Prague. 2010.
Page 220 : MITIA (Dimitri Repérant). *No Face, No Name, No Number*. Hô Chi Minh-Ville, Vietnam. 2016.
Page 236 : MITIA (Dimitri Repérant). *O Sole Mio*. Palerme, Italie. 2015.
Page 251 : MITIA (Dimitri Repérant). *Strange Apparition*. Sagaing, Myanmar. 2015.
Page 260 : Véronique DESCHAMPS. *L'Indus au Ladakh*. Léh, Inde. 2019.
Page 268 : Claire GILLIE. *Nydia, la jeune fille aveugle de Pompéi*. Sculpture de Randolph Rogers. Musée de Détroit. 2020.
Page 285 : MITIA (Dimitri Repérant). *The Look*. Paris, France. 2017.
Page 301: MITIA (Dimitri Repérant). *Walk On The Wild Side*. Zumala, Espagne. 2016.
Page 318 : MITIA (Dimitri Repérant). *Walking On A Dream*. Barcelone, Espagne. 2015.

Bibliographie

AMOSSÉ, V., « Ce que la pluie entraîne », *Poèmes roulants 1981-2004*, inédit.

ANCELIN SCHÜTZENBERGER, A., *Le psychodrame,* Paris, Éditions Payot & Rivages, 2003.

ANDERSON, M. (1897-1993) ; Price, L. (1927) ; Arroyo, M.(1936) ; Norman, J. (1945-2019).

ANGELOPOULOS, T. "*Le Pas suspendu de la cigogne*", Centre du cinéma grec, Theo Angelopoulos, Arena Film, Vega Film, Erre Produzioni, 1991, 143 minutes.

ANZIEU, D., « L'enveloppe sonore du soi », *Nouvelle revue de psychanalyse*, Paris, Gallimard, *13*, 173-179, 1976.

ANZIEU, D., *Le Moi-peau.* Paris, Dunod, 1985.

ARNAUD, A., *Les hasards de la voix,* Paris, Flammarion, 2002.

ARTAUD, A., *Le théâtre et son double*, Paris, Gallimard, coll. « folio essais », 1938.

ARTAUD, A., *Lettre à Henri Parisot* du 22 septembre 1945.

ARTAUD, A., *L'ombilic des limbes (1925),* Paris, Gallimard, 1968.

ARTAUD, A., *Pour en finir avec le jugement de Dieu (*1947), Paris, Gallimard, 2003.

ARTAUD, A., *Van Gogh, Le suicidé de la société (*1947), Paris, Gallimard, 2001.

ASSOUN P.-L. *Freud et la femme,* Paris, Calmann-Lévy, 1983.

ASSOUN P.-L., « Freud et la mystique », *Nouvelle Revue de Psychanalyse*, N°22, Paris, Gallimard, 1980.

ASSOUN P.-L., « Jouissance et Métapsychologie », Conférence à l'institut Elie Wiesel du 22 janvier 2012.

ASSOUN, P. L., *Leçons psychanalytiques sur les phobies*, Paris, Anthropos, 2011.

ASSOUN, P.-L, *Leçons psychanalytiques sur le regard et la voix, tome 1, Fondements – De la clinique à la théorie*, Paris, Anthropos-Economica, 1995.

ASSOUN, P.-L., *Le regard et la voix : Leçons de psychanalyse* (4e éd.). Paris, Anthropos-Economica, 2014.

ASSOUN, P.-L., « Au bord de l'inaudible. L'Autre à voix basse ou la profération hallucinatoire », *À bas bruit, la voix, Voix/ Psychanalyse*, Solipsy, 2016.

ASSOUN, P.-L., « Que veut une adolescente ? », *Le féminin : un concept adolescent ?*, Érès, 2001, p. 75-90.

ASSOUN, P.-L., « S'entendre dire : la cure ou la voix en jeu », *Les enjeux de la voix en psychanalyse dans et hors la cure,* Presses universitaire de Grenoble, 2002.

ASSOUN, P.-L., « La voix de son maître : le masochisme vocal », *La voix entre chien et loup,* sous la dir. de GILLIE, C., Actes de la Journée Mondiale de la Voix 2014, Paris, édition Solilang, Coll. Solipsy, 2015.

ASSOUN, P.-L., *Corps et Symptôme, leçons de psychanalyse,* 4e édition, Paris, Anthropos-Economica, 2015.

ASSOUN, P.-L., « Le corps saint : Du déni à la jouissance », *Champ psychosomatique, 33*(1), 2004, p. 11-27.

ASSOUN, P.-L., *Leçons psychanalytiques sur le masochisme,* 2° édition, Paris, Anthropos, 2007.

ASSOUN, P.-L., *Les Troubles du langage*, EPCI, Journée d'étude, mai 2015.

ASSOUN, P.-L., Préface, *Voix éperdues*, Paris, Solipsy, 2014.

ASSOUN, P.-L., *Leçons psychanalytiques sur le masculin et le féminin*, Paris, Editions Economica, Anthropos, 2013.

ATTIE, J., « Du symptôme au sinthome », *Che vuoi*, 2003/1.

AVIV N., *D'une langue à l'autre*, interview de Aharon Appelfeld, Swan Productions-ZDF-Transfax Films-Noga Channel 8-Dérives, 2018.

AVRON, O., « Le jeu et ses fonctions scéniques », *Excitation, jeu et groupe*, sous la direction de Jean-Bernard Chapelier, *Érès, 2005,* p. 71-82.

AVRON, O., « Psychodrame : la technique du double », *Dialogue*, Érès, 2010, N° 189(3), p. 95-108.

BABIN, E., *Le cancer de la gorge et la laryngectomie, La découration*, Paris, L'Harmattan, 2013.

BAÏETTO, M.-C., « La voix incorporée ». *Analyse Freudienne Presse*, 2010/1, N° 17, p. 57-68.

BALATA, P., « A fonação inspiratória como manifestação vocal psicogênica : estudo de caso », Brésil, Fonoaudiologia, 2000.

BALCELLS, S. « Freud et la honte », Séminaire de psychanalyse, ALI Alpes-Maritimes–AEFL., 2013.

BALCELLS, S., *Séminaire de psychanalyse 2012-2013, Miroir Noir, trous de voix ou le mystère de la lettre,* ALI Alpes-Maritimes–AEFL.

BARRAL A., BEN YOUSSEF R., LHEUREUX-DAVIDSE C., VARRO C., « Émergences du langage dans le suivi d'enfants autistes en psychothérapie », *Psychiatrie de l'enfant*, Paris, PUF, vol. LIII, 2/2010.

BAYLE, G., « Le psychodrame analytique », spp.asso.fr/textes/la-psychanalyse/le-psychodrame-analytique/, 2014.

BEAUSSANT, C. & JOHNSTON, G., « Quand l'homme ne trouve pas sa voix : une étude psychologique de la mue faussée », *Neuropsychiatrie de l'enfance et de l'adolescence* N° 64, Issy-les-Moulineaux, Elsevier Masson, 2016, p. 125-130.

BENGHOZI, P., « La violence n'est pas l'agressivité : une perspective psychanalytique des liens », *Revue de psychothérapie psychanalytique de groupe,* N° 55, Toulouse, Érès, 2010/2, p. 41-54.

BERCOT, R., « Rapports sociaux de sexe et appréciation du mal être au travail », *Raison présente,* N° 190, Paris, Union rationaliste, 2014, p.19-29.

BERGERET, J., *La personnalité normale et pathologique*, Paris, Dunod, 1974.

BERGOUGNIOUX, P., *La mue,* Paris, Gallimard, 1991.

BIDAUD, E., « Mystique, sexualité et vérité », *Figures de la psychanalyse,* N° 7, Érès, 2002.

BLEULER, E., *Dementia praecox*, Paris, EPEL, École Lacanienne de psychanalyse, 1993.

BOLZINGER, C., « La voix du silence en psychanalyse », *Sigila,* N° 29, 2012/1, p. 59-69.

BOURGEOIS, L., « Precious liquids », installation artistique réalisée en 1992, dans un réservoir d'eau d'immeuble new-yorkais.

BURGUET, D., « Des voix pour un bilo. L'expulsion rituelle du maléfique à travers les chants polyphoniques », Transposition, 1, 2011.

CALECA, C., « Cri, langage, affect : modalités dans le grand âge », *L'information psychiatrique*, Arcueil, John Libbey Eurotext, 2006/5.

CASTARÈDE, M.-F., GREEN, A., & KONOPCZYNSKI, G., *Au commencement était la voix*, Paris, Érès, 2005.

CASTARÈDE, M.-F., « Métapsychologie de la voix », *Champ psychosomatique,* N° 48, Paris, L'Esprit du temps, 2007, p. 7-21.

CASTARÈDE, M.-F., *La voix et ses sortilèges*, Paris, Les belles lettres, 1987.

CATÃO, I., et VIVÈS, J.-M., « À propos du choix du sujet autiste : voix et autisme. Pour une prise en compte de la dynamique invocante dans la psychothérapie des patients autistes », *Psychothérapies*, vol. 32, N°. 4, 2012, p. 231-238.

CHARPENTIER, E., PETIT, E., BERANGER, S., AZARINE, A., « Presumption of pericardial endometriosis using MRI : Case report and review of the literature », *J Gynecol Obstet Hum Reprod.*, 48 (1), 2019, p. 71-77.

CHARPY, N., *La mue des adolescentes*, Communication présentée lors du Congrès de la Société Française de Phoniatrie, Paris, Octobre 2002.

CHEDID, A., *Poèmes pour un texte, Épreuves du vivant,* Paris, Flammarion,1991.

CHEVAILLIER, G., « Les troubles de la mue masculine et leur prise en charge », *De la voix parlée au chant*, Carine KLEIN-DALLANT (sous la dir.), Éditions Klein-Dallant, 2016.

CHIRIACO, S., *Le Désir foudroyé. Sortir du traumatisme par la psychanalyse*, Paris, Navarin, 2012.

CORNUT, G., *La voix : « Que sais-je ? »*, N° 627, Paris, Que sais-je, 2019.

CORPELET, D., « La voix du réel dans l'écriture du *Vice-consul* de Marguerite Duras », colloque international « Duras infinie », 2014, faculté de philologie de l'université Complutense de Madrid.

COSYNS, M., Van HERREWEGHE, A., CHRISTIAENS, G., & VAN BORSEL, J., « Stutter-like dysfluencies in Flemish Sign Language users », *Clinical linguistics & phonetics*, *23*(10), 2009, p. 742-750.

COTE, A., « Le temps logique et la certitude anticipée », séminaire champ lacanien, EPFCL, mai 2017 , *Mensuel*, 115, 2017, p. 24-33.

COUSI, A. B., « Le psychodrame analytique individuel : un jeu d'enfant ? », revue en ligne *Les enfants de la psychanalyse*, 2014.

DE LANLAY, F., « Du double-tu au double-je. Processus de subjectivation au décours d'un psychodrame d'adolescent », *La psychiatrie de l'enfant*, N° 56, PUF, 2013, p. 351-375.

DE MIJOLLA-MELLOR, S., « Pulsion obsédante pulsion d'exhumer », *Topique*, N° 139, L'esprit du temps, 2017.

DE SAUSSURE, F., *Cours de linguistique générale*, Paris, Payot, 1916.

DEBOER, A., « Ingressive phonation in contemporary vocal music », Bowling Green State University, 2012.

DELAROCHE, P., « Le psychodrame psychanalytique individuel », *Enfances & Psy*, N° 12 (4), Paris, Érès, 2000, p. 89-95.

DELBOURG P., « L'art d'être grammaire », *Les désemparés : 53 portraits d'écrivains*, Le Castor Astral, 1996.

DELORME, S., « Le trac (Ou la jouissance de l'Autre) », *Insistance*, 6(2), Paris, Érès, 2011, p. 105-117.

DETAMBEL, R., « Le chemin sous la peau », H. Marchal et A. Simon dir., *Projections des organes hors du corps* (actes du colloque international des 13 et 14 octobre 2006), publication en ligne, www.epistemocritique.org, septembre 2008, p. 166-171.

Dictionnaire de l'Académie française, 9e édition (actuelle). https ://www.dictionnaire-academie.fr/article/A9F0332.

Dictionnaire *Le Littré* (XMLittré v2), https ://www.littre.org/definition/enfant.

Dictionnaire *Le Littré* (XMLittré v2), https ://www.littre.org/definition/enfant.

DOLTO, F., *L'image inconsciente du corps*, Paris, Seuil, 1984.

DOMECQ, J.-P., *Ce que nous dit la vitesse*, Paris, édition Pocket, 2013.

DUCARD, D., *La voix et le miroir ; une étude sémiologique de l'imaginaire et de la formation de la parole*, Paris, L'Harmattan, 2002.

DUMAY, C., *Crispations*, La Rochelle, Les Arêtes, 2014.

DUMAY, C., « Le refus », *Revue l'Intranquille*, St-Quentin-de-Caplong, Atelier de l'agneau, 14, 2018.

DUPEU, J., « Processus d'introjection et théorie traductive de la constitution de l'appareil psychique », *L'intérêt du psychodrame analytique : Contribution à une métapsychologie de la technique analytique*, Paris, PUF, 2005, p. 253-285.

DURAS, M., *Écrire*, Paris, Gallimard, 1993.

EKLUND, R., « Pulmonic ingressive phonation : Diachronic and synchronic characteristics, distribution and function in animal and human sound production and in human speech », *Journal of the International Phonetic Association*, Cambridge University Press 38 (03), 2008.

ENGASSER, O., « Quand l'écrit fait taire les cris. Pour une clinique particulière de l'oralité dans la démence », *Clinique*, N°6, Érès, 2013.

EVANS, S., BUSH, D., *Endometriosis and pelvic pain*, Susan F. Evans Pty Ltd, Adelaide, 2011.

FABRE, N., *Bégayer : Des cailloux plein la bouche*, Paris, Éditions Fleurus, 2004.

FEDIDA, P., *Par où commence le corps humain*, Paris, PUF, 2001.

FINE A., « "Valence différentielle des sexes" et/ou "domination masculine" ? », *Travail, genre et sociétés*, N° 10, p.174-180, https ://www.cairn.info/revue-travail-genre-et-societes – 2003-2-page-174.htm.

FINGER, L.S., CIELO, C.A., « Reverse phonation – physiologic and clinical aspects of this speech voice therapy modality », *Rev Bras Otorhinolaringol 73 (2)*, 2007.

FOUCHER, M., *L'invention des frontières*, Paris, Fondation pour les Études de Défense Nationale, 1987.

FOURNIER, T., JARTY, J., Lapeyre, N., Touraille, P., « L'alimentation, arme du genre », *Journal des anthropologues*, N° 140-141, Portail Persée, 2015/1-2, p. 19-49.

FREUD, S., *Névrose démoniaque au XVIIe siècle*, Paris, Gallimard, 1971.

FREUD, S., « Trois essais sur la théorie sexuelle », 1905, Œuvres complètes, Vol.VI, Paris, PUF, 2006.

FREUD, S., « Le trouble de vision psychogène dans la conception psychanalytique », 1910, *Œuvres complètes, Vol. X*, Paris, PUF, 1993.

FREUD, S., « Remarques psychanalytiques sur un cas de paranoïa (dementia paranoides) décrit sous forme autobiographique », 1910, *Œuvres complètes, Vol. X*, Paris, PUF, 1993.

FREUD, S., « Sur la psychanalyse », 1911, *Œuvres complètes, Vol. XI*, Paris, PUF, 1998, p.37.

FREUD, S., « Pour introduire le narcissisme », 1913-1914, *Œuvres complètes, Vol. XII*, Paris, PUF, 2005.

FREUD, S., « Pulsions et destins de pulsions », 1915, *Œuvres complètes, Vol. XIII*, Paris, PUF, 1988.

FREUD, S., « Un enfant est battu », 1919, *Œuvres complètes, Vol. XV*, Paris, PUF, 1988.

FREUD, S., « Das Unheimliche », *Imago : Zeitschrift fur Anwendung der Psychoanalyse auf die Geisteswissenschaften*, vol. 5, N°6, 1919, p. 1.

FREUD, S., « Psychologie des masses et analyse du moi », 1921, *Œuvres complètes*, Vol. XVI, Paris, PUF, 1991.

FREUD, S., « Obsessions et phobies : leur mécanisme psychique et leur étiologie », *Gesammelte Werke : I : Werke aus den jahren 1892-1899*, 1991.

FREUD, S., *Deuil et mélancolie*, Revue Sociétés, De Boek supérieur, 2004.

FREUD, S., Au-*delà du principe de plaisir,* 1920, trad. J. Altounian et al., Paris, PUF, 2010.

FREUD, S., « De la sexualité féminine », 1931, *Œuvres complètes, tome XIX*, Paris, PUF, 1995.

FREUD, S., *Délire et rêves dans la Gradiva de Jensen*, Paris, Gallimard, 1949.

FREUD, S., *Esquisse d'une psychologie*, Érès, 2011.

FREUD, S., *Inhibition, symptôme, angoisse*, Paris, Quadrige/PUF, 2002.

FREUD, S., *L'Avenir d'une illusion,* Paris, PUF, 2013.

FREUD, S., *L'homme aux loups : d'une histoire d'une névrose infantile*, Paris, Petite bibliothèque Payot, 2010.

FREUD, S., *L'interprétation du rêve*, Paris, Seuil, 2010.

FREUD, S., *La psychopathologie de la vie quotidienne*, Paris, Payot, 2001.

FREUD, S., *Le moi et le ça*, Paris, Points, 2015.

FREUD, S., *Malaise dans la civilisation*, Paris, PUF, 1971.

FREUD, S., *Névrose et psychoses*, Paris, Petite biblio Payot classiques, 1974.

FREUD, S., *Pulsion et destins des pulsions*, Paris, Payot, 2012.

FREUD, S., *Totem et tabou*, Petite bibliothèque Payot, 1986.

GARCIA LORCA, F., *Romancero Gitano*, *Œuvres complètes I*, Paris, Gallimard, Pléiade, 1986, p. 415-452.

GIBEAULT, A., « René Diatkine et le psychodrame. Réflexions sur l'approche psychanalytique de la psychose : (suivi d'un inédit de René Diatkine : « Dépression et culpabilité, au sujet du psychodrame ») », Florence Quartier édition*, L'héritage vivant de René Diatkine*, 2015, p. 103-127.

GIDDEY, C., & LOPEZ, S., « Se prendre au jeu, se prendre au corps », *Adolescence,* N° 52, Corps et âme, Paris, 2005, p. 427-434.

GILLIE, C., « Voix "flagellée", voix "transfigurée" : la "clandestinité vocale" à perpétuité », Colloque « anthropologie et psychanalyse/clinique de La Marge ». *Cliniques Méditerranéennes*, 2011.

GILLIE, C., « À couper le souffle, écouter l'inexprimable avec Reik », *Topique*, N° 139, 2017.

GILLIE, C., « À gorge déployée, à gorge dépliée ; mutations, métamorphoses & devenirs des voix d'enfants », *Les états de la voix, Conservatoire du Grand Chalon, 2017.* https ://www.le-lab.info/sites/le-lab.info/files/atelier5-textescomplets_0.pdf

GILLIE, C., « La dette mélancolique ; souffrir et jouir du « rien » », (La deuda melancolica ; sufrir y gozar del « nada »), *Mecanismos de defensa en las psicosis*, trad.Marcelo Sztrum, Lapsus de Toledo, N° 11, Ledoria JMR, 2018.

GILLIE, C., « La Voix à fleur de Peau », Colloque de musicothérapie Paris V-2008, *Revue française de musicothérapie*, Volume XXVIII, N° 1, 2009, mis en ligne le 26 janvier 2010, URL : http ://revel.unice.fr/rmusicotherapie/index.html ?id = 3091

GILLIE, C., « La Voix au risque de la Perte ; de l'aphonie à l'(a) phonie ; l'enseignant à corps perdu », thèse de doctorat en anthropologie psychanalytique, Paris 7, 2006.

GILLIE, C., « Les miettes du festin ; une vie en miettes » (*Las migajas del festín : una vida en migajas*), Lapsus de Toledo, 2019.

GILLIE, C., « Nœuds et dénouement ; du labyrinthe à la dernière estocade » (*Nudos y desanudamientos : del laberinto a la última estocada*), trad Marcelo Sztrum, Colloque de la FEPT Tores et minotaures / Toros y minotauros, 13-15 avril 2018.

GILLIE, C., La voix à fleur de mots. *Revue française de musicothérapie*, *28*(1), 1, 2010.

GILLIE, C., « Parler à son corps défendant », *Études théâtrales,* N°66, 2017, p. 33-43.

GILLIE, C., « "phobie vocale" et "voix crépusculaire" », *La voix entre chien et loup,* sous la dir. de GILLIE, C., Actes de la Journée Mondiale de la Voix 2014, éditions Solipsy, 2015.

GILLIE, C., « Prélude : "phobie vocale" et "voix crépusculaire" », *La voix entre chien et loup,* sous la dir. de GILLIE, C., Actes de la Journée Mondiale de la Voix 2014, éditions Solipsy, 2015.

GILLIERON, E., « Fondements groupaux du psychodrame », *Revue de psychothérapie psychanalytique de groupe*, N°37 (2), Érès, 2001, p. 45-57.

GOBARD H., *L'aliénation linguistique (analyse tétraglossique)*, Flammarion, 1976.

GRAVOUIL, J.-F., cours de pathologie de l'attachement 2009, citant WINNICOTT, D., *De la pédiatrie à la psychanalyse*, Paris, Payot, 1969.

GREVILLE, H., *L'ingénue*, Paris, Plon, Nourrit et Cie éditeurs, 1883.

GRIGNON, O., *Le corps des larmes,* Paris, Calman-Levy, 2002.

GROSCLAUDE, M., *Gérontologie et société,* N° 106, 2003.

GUEY, N., *Le sujet et l'Autre*, https ://www.lacan-universite.fr/wp-content/uploads/2017/09/03-Ironik25-Nicole-Guey.pdf

GUICHARD, L., « Leçons psychanalytiques sur Masculin Féminin », *Le Carnet PSY,* N°104, Revue en ligne, 2020, p. 17-19.

GUTIERREZ-CHOQUEVILCA, A.L., « La contagion des images : voix enchâssées et dispositifs sensoriels dans un rituel chamanique amérindien », *Hybrid*, 1er déc 2017.

HADDAD, G., *Yom Kippour : Lacan et la voix du shofar*, tenoua.org/kippour-shofar-haddad-173/, 2018.

HAINAUT, B., *Le style Black metal*, Montreuil, Ædam Musicæ, 2017.

HAYHOW, R., CRAY, A. M., & ENDERBY, P., « Stammering and therapy views of people who stammer », *Journal of Fluency disorders*, *27*(1), 1–17, 2002.

HENDRICKS, B., *Ma voie (mémoires)*, Paris, Les Arènes, 2010.

HÉRITIER, F., *La différence des sexes*, Montrouge, Bayard Éditions, 2010.

HÉRITIER, F., *Masculin/Féminin II Dissoudre la hiérarchie*, Paris, Odile Jacob, 2002.

HERLANT-HÉMAR, K., CARON, C., « Le rythme comme générateur de continuité chez le sujet en proie à la démence avancée », *Cliniques méditerranéennes*, N°86, Érès, 2012/2.

ISAKOWER, O., « De l'exceptionnelle position de la sphère auditive », https :// www.psychanalyse67.fr/accueil/myFiles/46_FJ831430J9.pdf, 1939.

IZCOVICH, L., « L'impossible dans l'expérience analytique », *L'en-je lacanien*, N°7, 2006/2

IZCOVICH, L., « L'être de jouissance », *L'en-je Lacanien*, N°11, 2008/2.

JANET, J., *Les troubles psychopathiques de la miction : essai de psycho-physiologie normale et pathologique*, Paris, Lefrançois, 1890.

JEAMMET, P., « Le psychodrame psychanalytique à l'adolescence », *Le Carnet PSY*, N°102(7), Revue en ligne, p. 29-31, 2005.

JOSEPH, J., SAHN, S., « Thoracicendometriosis syndrome : New observations from an analysis of 10 case », *The American Journal of Medicine*, Vol. 100, N°2, 1996, p. 164-170.

JOURNET, R., ROBERT, G., & PETIT, J., « Mots et dictionnaires, 1798-1878 », Vol. 78, Paris, *Les belles lettres*, 1973.

JOUVET, L., *Le comédien désincarné* (1954), Paris, Flammarion, 2009.

JURANVILLE, A., « Jouissance mystique et figures de l'amour », *Le Journal des psychologues,* N°371, Paris, Martin Media, 2019.

JURANVILLE, A., *Lacan et la philosophie*, Paris, PUF, 1984.

KAKAR, S., *Moksha. Le monde intérieur. Enfance et société en Inde*, Paris, Les Belles Lettres, 1985.

KALUARATCHIGE, E., « Freud versus Jung : Analyse versus Synthèse. Le début d'une conflictualité inspirée des religions occidentales et asiatiques dans l'histoire du mouvement psychanalytique », *Recherches en psychanalyse,* N°11, Paris, RePsy, 2011.

KALUARATCHIGE, E., « La musique "océanique" : Romain Rolland entre Beethoven et Wagner », *Topique*, N°128, 2014, p.135-149.

KANT, E., *Anthropologie du point de vue pragmatique,* Paris, Garnier-Flammarion, 1999.

KATAN, M., *Rêve et psychose : leur rapport avec les processus hallucinatoires*, RFP, 1961.

KEFALAS TRONCON, J., TAGLIATTI Zani, A., DAMASCENO VIEIRA, A. POLI-NETO, O., NOGUEIRA, A., ROSA-E-SILVA, J., *Endometriosis in a Patient with Mayer-Rokitansky-Küster-Hauser Syndrome*, 2014.

KORETZKI, C., « La surprise lacanienne », *La cause freudienne,* N° 73, Navarin, 2009.

LACAN, J., *Le Séminaire*, Livre II, *Le moi dans la théorie de Freud et dans la technique de la psychanalyse*, 1955.

LACAN, J., *Le Séminaire,* Livre III, *Les psychoses,* Paris, Seuil, 1975.

LACAN, J., *Le Séminaire,* Livre V, *La forclusion du Nom-du-Père*, Paris, Seuil, 1958, p. 143-159.

LACAN, J., *Le Séminaire*, Livre V, *Les formations de l'inconscient*, Paris, Seuil,1998.

LACAN, J., *Le Séminaire*, Livre VI, *Le désir et son interprétation*, Paris, Seuil, 2013.

LACAN, J., *Le Séminaire*, Livre VII, *L'éthique de la psychanalyse*, Paris, Seuil, 1986.

LACAN, J., *Le Séminaire*, Livre VIII, *Le transfert*, Paris, Seuil, 2001.

LACAN, J., *Le Séminaire*, Livre X, *L'angoisse*, Paris, Seuil, 2004.

LACAN, J., *Le Séminaire*, Livre XI, *Les 4 concepts fondamentaux de la psychanalyse*, Paris, Seuil, 1973.

LACAN, J., *Le Séminaire*, Livre XII, *Problèmes cruciaux pour la psychanalyse*, inédit.

LACAN, J., *Le Séminaire*, Livre XIII, *L'objet de la psychanalyse*, inédit.

LACAN, J., *Le Séminaire*, Livre XIV, *La logique du fantasme*, inédit.

LACAN, J., Le séminaire, Livre XVII, L'envers de la psychanalyse, Paris, Seuil, 1991.

LACAN, J., *Le Séminaire*, Livre XIX, ... *ou pire*, Seuil, 2011.

LACAN, J., *Le Séminaire*, Livre XX, *Encore*, Seuil, 1975.

LACAN, J., *Le Séminaire*, Livre XXI, *Les non-dupes erren*t, séance du 19 février 1974, inédit, 1973-1974.

LACAN, J., *Le Séminaire*, Livre XXII, *RSI*, inédit, 1974-1975.

LACAN, J., *Le Séminaire*, Livre XXIII, Le *sinthome*, Paris, Seuil, 2004.

LACAN, J., *Le Séminaire*, Livre XXV, *Le moment de conclure*, inédit, 1977-1978.

LACAN, J., *Écrits*, Paris, Seuil, 1966.

LACAN, J., « Le stade du miroir », *Écrits,* Paris, Seuil, 1966.

LACAN, J., « D'une question préliminaire à tout traitement possible de la psychose », *Écrits*, Paris, Seuil, 1966.

LACAN, J., « Fonction et champ de la parole et du langage », *Écrits*, Paris, Seuil, 1966.

LACAN, J., « L'agressivité en psychanalyse », *Écrits*, Paris, Seuil,1966.

LACAN, J., « Du sujet enfin en question », *Écrits*, Paris, Seuil, 1966.

LACAN, J., « Hommage fait à Marguerite Duras, du ravissement de Lol V. Stein », *Autres écrits*, Paris, Seuil, 2001.

LACAN, J., « L'Étourdit », *Autres écrits*, Paris, Seuil, 2001.

LACAN, J., « Télévision », *Autres écrits,* Paris, Seuil, 2001.

LACAN, J., *Je parle aux murs*, Paris, Seuil, 2011.

LACAN, J., « Conférences et entretiens », *Scilicet* 6/7, Paris, Seuil, 1976.

LACAN, J., *Le mythe individuel du névrosé ou poésie et vérité dans la névrose*. Paris, Seuil, 1953.

LACAN, J., *Le triomphe de la religion*, Paris, Seuil, 2005.

LALANDE, A., *Vocabulaire critique et technique de la philosophie,* Paris, PUF, 2010.

LAMESCH, S., « Mécanismes laryngés et voyelles en voix chantée. Dynamique vocale, phonétogrammes de paramètres glottiques et spectraux, transitions de mécanismes. », Université Pierre et Marie Curie-Paris VI, 2010.

LANÇON, P., *Le lambeau*, Paris, Gallimard, 2018.

LAURENT, E., « Surprise et dérangement dans la cure psychanalytique », *La cause freudienne*, N°45, Paris, Navarin, 2000.

LAZALI, K., « Un cri sans appel », *La lettre de l'enfance et de l'adolescence,* N°64, 2006.

LAZNIK, M.-C., « Pulsion invocante avec les bébés à risque d'autisme », *Cahier de PréAut*, Vol. 10, N°1, Érès, 2013.

LE BRETON D., *Du silence*, Paris, Métailié, 1997.

LECOQ, J. *Le corps poétique*, Arles, Actes Sud, 1999, p.28.

LÉON, P.-R., *Précis de phonostylistique, Parole et expressivité*, Paris, Nathan, 1993.

LHEUREUX-DAVIDSE, C., « L'étonnement partagé face à des événements sensoriels avec des personnes autistes », *Corps, trauma et processus créateurs, Cliniques méditerranéennes*, N° 91, 2015, p. 67-80.

LIPPI, S., « La voix sur le divan. Musique sacrée, opéra, techno » de Vivès J.-M., *Cahiers de psychologie clinique*, N° 43, 2014.

MAILLARD, C., « Du souffle au cri, l'art de La Moravie, Quatuor à corps d'écrit de mise à nue », *Insistance,* Éres, 2005.

MALEVAL, J.-C., « Pour une réhabilitation de la folie hystérique », *Folies hystériques et psychoses dissociatives*, Paris, Payot, 1981.

MALEVAL, J.-C., *Folies hystériques et psychoses dissociatives*, Paris, Payot, 1981.

MALEVAL, J.-C., *L'autiste et sa voix,* Paris, Seuil, 2009.

MARC, C. & DUBOIS, A., « Groupes de psychodrame avec de jeunes adolescents », *Revue de psychothérapie psychanalytique de groupe*, N° 53(2), 2009, p. 67-77.

MARTIN D., REDWIN, D., « Great debate on the origins of endometriosis », *Conférence médicale*, 2019.

MARTINEZ, C., *Du domaine des murmures*, Paris, Gallimard, 2011.

MARTY, F. « Le retard de la mue chez le garçon », *Champ psychosomatique*, N°48, L'Esprit du temps, 2007, p. 125-136.

MERTENS, G., « (S')accorder une voie », *Cahiers de psychologie clinique*, De Boeck supérieur, 2005, p.181-198.

MERY, F., « Le refoulement "manqué" du cri de naissance », *Analyse freudienne Presse*, N°8, Toulouse, Érès, 2003.

MIGNEMI, G., FACCHINI, C., RAIMONDO, D., MONTANARI, G., FERRINI, G., SERACCHIOLI, R., « A case report of nasal endometriosis in a patient affected by Behcet's disease » *Journal of Minimally Invasive Gynecology*, 19, 4, 2012, p. 514-516.

MILLER J.-A., « Jacques Lacan et la voix », *La voix*, Colloque d'Ivry, Lysimaque, 1989.

MILLER, J.-A., *La fuite du sens*, cours de l'année 1995-1996, séance du 20 décembre 1995, inédit.

MIMOUN, M., « La quatrième dimension de la peau : le point de vue d'un chirurgien plasticien, reconstructeur et esthétique », *Revue française de psychosomatique*, 29(1), Paris, PUF, 2006, p.147-158.

MOLIÈRE, J. B., *Tartuffe*, Paris, Larousse, 2011.

MORIN E., *Changeons de voie, Les leçons du coronavirus*, Paris, Denoël, 2020.

MOTTEZ, B., *La surdité dans la vie de tous les jours*, Paris, CTNERHI, 1981.

MOUAWAD, W., *Anima*, Paris, Actes Sud, 2012.

NIETZSCHE, F., *Par-delà le bien et le mal*, Paris, Idées/Gallimard, N°325, 1971.

ORRADO, I. ; PILAS, V. ; VIVÈS J.M., « De l'impossible cession de l'objet voix au possible investissement d'une voix : La passe résonante de l'autiste », *Revista Latinoamericana de Psicopatologia Fundamental*, 20(3), juillet 2017, p. 481-946.

OVIDE, « Le Minotaure et le Labyrinthe », *Les métamorphoses*, (VIII, 152-168), Bibliotheca classica, 2007.

PASQUALINO, C., *Dire le Chant (les gitans flamencos d'Andalousie)*, CNRS Éditions de la maison des sciences de l'homme, Paris, 1998, p. 236.

PEJU, P., « Le cri, le gouffre et le berceau », *Spirale,* N°56, Érès, 2010.

PELLET, C., *Le théâtre de Marguerite Duras*, Lausanne, Ides et Calandes, 2018.

PELLION, T., « Présentations de l'objet à l'adolescence. Le cas de la pulsion scopique », *Recherches en psychanalyse*, N° 8, 2009, p. 265-281. https ://doi.org/10.3917/rep.008.0265.

PERROS, G., *Papiers collés*, III, Paris, Gallimard, 1978.

PICKMANN, C.-N., « La petite fille existe-t-elle ? », *Revue de l'enfance et de l'adolescence*, N° 51, p. 21-28. https ://www.cairn.info/revue-lettre-de-l-enfance-et-de-l-adolescence-2003-1-page-21.htm.

PIERRET, J.-M., *Phonétique historique du français et notions de phonétique générale*, Peeters Louvain-La-Neuve, Persée, 1997.

POIZAT, M., « "L'inquiétante étrangeté" de la voix ou : la voix du loup », *La lettre de l'enfance et de l'adolescence*, N°56, Érès, 2004, p. 43-50.

POIZAT, M., *L'opéra ou le cri de l'ange, Essai sur la jouissance de l'amateur de l'opéra*, Paris, Métailié, 1986.

POIZAT, M., *La voix du diable. La jouissance lyrique sacrée*, Paris, Métailié, 1991.

POIZAT, M., *La voix sourde,* Métailié, Paris, 1996.

POMMIER, G., *L'exception féminine*, Paris, Point Hors Ligne, 1985.

PORGE, E., « Les voix, la voix », *Essaim,* N°26*, Érès,* 2011.

PROUST, M., *Le côté de Guermantes*, Paris, Collection Folio classique (N° 2658), Gallimard, 1994.

PROUST, M., *Du côté de chez Swann*, Paris, Gallimard, 1987.

QUIGNARD, P., *La leçon de musique*, Paris, Gallimard, Folio, 2007.

QUIGNARD, P., *La haine de la musique*, Paris, Calmann-Lévy, 1996.

RABAIN, J., « Psychodrame psychanalytique et empathie métaphorisante », *Champ psychosomatique*, N°23, Bègles, L'Esprit du temps, 2001, p. 69-84.

RANK, O., *Don Juan et le Double*, Paris, Petite bibliothèque Payot, 1973.

RASSIAL, J. J., *L'adolescent et le psychanalyste*. Paris, Payot & Rivages, 1990.

RAVIT, M., « Le viol ou l'autre comme empreinte de soi », *Psychologie clinique et projective,* N° 10, Toulouse, Érès, 2004, p. 209-227.

REDWINE, D., *100 Questions & Answers*, Burlington, Jones and Bartlett publishers, 2009.

REIK, T., Écouter avec la troisième oreille : l'expérience intérieure d'un psychanalyste, Bibliothèque des introuvables.

REIK, T., *Le psychologue surpris*, Paris, Denoël, 2001.

REVIS, J., *La voix et soi : Ce que notre voix dit de nous*. Paris, De Boeck Supérieur, 2013.

RIMBAUD, A., *Poésies complètes*, Le Livre de poche, 2013.

ROSOLATO, G., *La relation d'inconnu*, Paris, Gallimard, 1978.

ROSOLATO, G., « Présente mystique », *Nouvelle Revue de Psychanalyse,* N° 22, Paris, Gallimard, 1980.

ROUDINESCO, E. et PLON, M., *Dictionnaire de la psychanalyse*, Paris, LGF, 2011.

ROUGET, G., *La musique et la transe*, Paris, Gallimard, 1990.

ROUSSEAU, J.-J., *Essai sur l'Origine des langues*, Paris, Flammarion, 1993.

SALVAYRE, L., *Pas pleurer*, Paris, Seuil, 2014.

SCHNEIDER, M., cité par GILLIE, C., « Carmen, Figure féminine du désir », *L'Autre femme : Micaëla,* 2020, à paraître.

SCHORE, A., *La régulation affective et la réparation du soi,* Montréal, CIG, 2008.

SCHWAB, E., « Mystique et psychanalyse : L'autre avant ? – M. Zundel et S. Freud, lectures croisées », *Autres Temps,* N° 72, Paris, Persée, 2001.

SEGAL, H., *Introduction à l'œuvre de Mélanie Klein*, Paris, PUF, 1978.

SIGNORILE, P-G., BALDI, F., BUSSANI, R., VICECONTE, R., BULZOMI, P., D'ARMIENTO, M., D'AVINO, A., BALDI, A., *Embryologic origin of endometriosis : analysis of 101 human female fetuses,* vol. 227, N° 4, 2012, p. 1653-1656

SIMONNEY, D., « Ce que l'on doit à lalangue », *Essaim*, N° 29, Érès, 2012.

SMIALEK, E., « Genre and Expression in Extreme Metal Music », Montréal, McGill University, 2015.

SNYDER, G., WILLIAMS, M.-G., Adams, C., & Blanchet, P., « The Effects of Different Sources of Stuttering Disclosure on the Perceptions of a Child Who Stutters », *Language, Speech, and Hearing Services in Schools*, 1-16, 2020.

SOUZENELLE, A., *Alliance de feu I*, Paris, Albin Michel, 1995.

TAUSK, V., *De la genèse de l'appareil à influencer dans la schizophrénie*, Paris, Petite bibliothèque Payot, 1980.

TISSERON, S., « Intimité et extimité », *Communications*, N° 88, 2011, p. 83-91.

TORRE, S., « Le psychodrame analytique », *Psychologies*, 2018.

TOUSSEUL, S., « L'affect et la raison », *Recherches en psychanalyse,* N° 7, Association Recherches en psychanalyse, Bègles, L'Esprit du temps, 2009/1, p. 109-119.

VANIER, A., « La musique c'est du bruit qui pense », *Insistance,* N°6, Éres, 2011.

VAUBOURG-BERTRAND L., « Sang Peur », *Champ psychosomatique,* N°40, Bègles, L'Esprit du temps, 2005, p.147-163.

VELLUT, N., *Le cri du vivant*, Communication à Tolède, mars 2020.

VERMOREL, H., *Sigmund Freud et Romain Rolland, Un dialogue*, Paris, Albin Michel, 2018.

VINCIGUERRA, R.-P., « L'objet voix », *La cause freudienne*, N°71, Paris, Navarin, 2009.

VINET, E., & MORANDEAU, C., Formation *Culture de l'égalité*, 2014.

VIROLE, B., *Psychologie de la surdité*, Bruxelles, De Boeck Université, 2006.

VIVÈS J.-M., « La vocation du féminin », *Cliniques méditerranéennes*, N° 68, p. 193-205. https ://www.cairn.info/revue-cliniques-mediterraneennes-2003-2-page-193.htm.

VIVÈS J.-M., « Pour introduire la question de la pulsion invocante », *Les enjeux de la voix en psychanalyse dans et hors la cure*, Presses universitaires de Grenoble, 2002.

VIVÈS J.-M., LEROY-VIEMON B., « Œdipe féminin et destins de l'Œdipe féminin », *Cliniques méditerranéennes*, N°92, 2015, p. 41-56.

VIVÈS, J.-M., « Comment la voix vient-elle aux enfants ? », *Enfances & Psy*, N°58, Érès, 2013.

VIVÈS, J.-M., « L'avocation mélancolique », *Cliniques méditerranéennes*, N°73, Érès, 2006.

VIVÈS, J.-M., « La catharsis, d'Aristote à Lacan en passant par Freud. Une approche théâtrale des enjeux éthiques de la psychanalyse », *Recherches en Psychanalyse,* N°9, 2010/1, p. 25-26.

VIVÈS, J.-M., « Le chant entre parole et cri étouffé », *Insistance*, N°1, Érès, 2005.

VIVÈS, J.-M., « Le point sourd », *La voix sur le divan,* Paris, Aubier, 2012.

VIVÈS, J.-M., « Les voix et le regard du loup : le surmoi lupin », *La voix entre chien et loup*, colloque Voix/psychanalyse, 2014, p. 86.

VIVÈS, J.-M., « Pulsion invocante et destins de la voix », *Insistance,* en ligne : http ://ns.lutetium.org/mirror/www.insistance.org/news/42/72/Pulsion-invocante-et-destins-de-la-voix/d,detail_article.html

VUARNET J.-N., *Le dieu des femmes*, Paris, Éditions de l'Herne, 1989.

WATTREMEZ, A., et al., « La phonation inversée : aspects pathologiques et thérapeutiques. Étude d'un cas clinique », *Rev Laryngol Otol Rhinol*, Paris, 2012.

WEILL, A.-D., *Invocations – Dyonisios, Moïse, Saint-Paul et Freud*, Paris, Calmann-Lévy, 1998.

WEILL, A.-D., *Un mystère plus lointain que l'inconscient,* Paris, Aubier, 2010.

WINNICOTT, D.-W., *Jeu et réalité*. Paris, Gallimard, 1975.

WINNICOTT, D.-W., « Le rôle de miroir de la mère et de la famille dans le développement de l'enfant », *Jeu et réalité*, Paris, Gallimard, 1975.

WINNICOTT, D.-W., « La crainte de l'effondrement », *La crainte de l'effondrement et autres situations cliniques*, Paris, Gallimard, 1989.

WOLFSON L., *Le schizo et les langues*, Paris, Gallimard, 1970.

ZEMP, H. et HAI, T.Q., « Recherches expérimentales sur le chant diphonique », *Cahiers d'ethnomusicologie*, Ateliers d'ethnomusicologie, Genève, 1991.

ZIMMERMAN, C., GUZMAN, G., RIZZI, A., CAMARA, H., RUSHA, M. & MORO, M., « À propos du psychodrame psychanalytique individuel », *Adolescence*, N°80, 2012, p. 391-399.

LA GESTE
www.gesteditions.com

Par ce logo, nous témoignons d'une volonté de réduire les impacts environnementaux liés aux activités de l'imprimerie. Nous choisissons un imprimeur impliqué dans la réduction des gaz à effet de serre. Le choix de nos papiers assure que la production a été faite à partir d'un produit à base de bois et a suivi le cahier des charges d'une gestion durable des forêts européennes. Achevé d'imprimer chez Factory en Union européenne en décembre 2020.

Crédits photographies :
Déborah CHOCK : pages 181, 188, 195
Véronique DESCHAMPS : page 260
Claudine DOLLAT : page 80
Michel ESCABERT : photo de couverture
Claire GILLIE : pages 31, 63, 113, 128, 201, 268
Mitia (Dimitri REPÉRANT) : pages 32, 48, 97, 111, 147, 164, 179, 220, 236, 251, 285, 301, 318
Eddy RIVIÈRE : pages 131, 133

Composition : Imran Babi

Compagnie du livre
11, rue Norman-Borlaug
79260 La Crèche
contact@gesteditions.com

Dépôt légal : second semestre 2020